魯 迅 作 品 精 華

魯 迅 作 品 精 華

（選 評 本）

第三卷　雜文編年選集

楊 義 / 選評

責任編輯　　鄭海檳

書籍設計　　鍾文君

書　　名　**魯迅作品精華（選評本）**　第三卷　雜文編年選集

選　　評　楊義

出　　版　三聯書店（香港）有限公司

　　　　　香港北角英皇道 499 號北角工業大廈 20 樓

　　　　　Joint Publishing (H.K.) Co., Ltd.

　　　　　20/F., North Point Industrial Building,

　　　　　499 King's Road, North Point, Hong Kong

香港發行　香港聯合書刊物流有限公司

　　　　　香港新界大埔汀麗路 36 號 3 字樓

印　　刷　中華商務彩色印刷有限公司

　　　　　香港新界大埔汀麗路 36 號 14 字樓

版　　次　2015 年 7 月香港第一版第一次印刷

規　　格　特 16 開（152 × 228 mm）416 面

國際書號　ISBN 978-962-04-3726-7

© 2015 Joint Publishing (H.K.) Co., Ltd.

Published in Hong Kong

序 言

　　呈獻在讀者面前的這部《魯迅作品精華〔選評本〕》，凝聚了本人近二十年的心血。一九九五年將書稿送交香港三聯書店出版時，我就根據可以傳世不衰的思想文化經典的應有的標準，遴選魯迅作品二百二十餘篇，在魯迅全部作品中擷取十分之一二作為精華，力圖讓世人認知一個"經典魯迅"。時隔近二十年，當北京的生活書店計劃重印這部精華集時，我重讀當年寫下的百餘篇簡短的點評，為它們的淺陋感到汗顏，因而狠下決心，補齊全部點評，並對所有點評進行脫胎換骨的修訂和拓展深化，以副我目下的學術能力和水平。這番努力，追求的是為一部精華文集作點評，理應點出其精、評出其華，選與評相搭配，使讀者能夠在一個思想文化精華的平台上，進行酣暢痛快的、而不是八股老調式的或瞎子摸象式的精神對話。因而點評的篇幅，就由原來的三四萬字拓展為近二十萬字。儘管時間倉促，或不周密，但對我而言，已是"李長吉真欲嘔出心頭血乃已耳"。

　　中國現代思想和文學，是有幸的。因為二十世紀中國之有魯迅，使二十世紀的文化和文學，增加了不少聲色、血性，以及對中國和中國人的深度思考。魯迅藉文學而思想，使思想得以長久保鮮；魯迅藉思想而文學，使文學牽繫着民族和歷史的筋骨血脈。他是中國現代文學之父，也是"五四"諸子中最燦爛、也最不能說盡的思想者。

　　"魯迅"這個筆名，是一九一八年五月在《新青年》第四卷第五號發表中國現代文學史上第一篇白話文小説《狂人日記》時，首次使用的，至今已近一百年了。百年歲月並沒有使魯迅作品顏色凋殘，滋味減淡，以至今天讀魯迅的書，依然有一種辛辣的思想智慧被釋放的痛快感。讀他的文學而能夠從思想深處感到辛辣、感到痛快，進而從辛辣、痛快中，感到生命力的汩汩啓動，魯迅以外似乎很難找到另外的人。只要你的思想不麻木、不輕薄，不受某些成見所控制，你都會感受到魯迅以刻骨銘心的深刻性和焦灼不已的憂患意識，關注着中國人的精神，關注着中國的命運，他是奴役體制和奴才心理的不可調和的敵人。有些利益集團壓迫他，有些苟安求存者討厭他，他們自有理由。但魯迅從來不迴避也不畏怯這一點，他生前受過 "冷箭"，身後也受得起 "冷箭"，"那怕你銅牆鐵壁！那怕你皇親國戚！……"。

看見了毀譽不一的種種議論，再從魯迅作品閱讀中體驗那種辛辣的痛快感，就更能感覺到不痛就不快，不痛就不能狠下心來作出深度的歷史和精神的反思。既然要對生命相許的老大而貧弱的民族和它的思考者本人進行歷史理性的反思，既然要 "抉心自食"，豈能不 "創痛酷烈"？痛而後快，這是一種精神的錘煉、淬火和釋放，精神的干將莫邪不是在花柳叢中、而是在烘爐烈火中煉成的，由此而產生剛毅的擔當意識和創造意識。用魯迅的話來説，就是要 "在冰谷中救出死火"，讓它繼續燃燒；就是要打出 "火焰的怒吼，油的沸騰，鋼叉的震顫相和鳴"，邊沿開着慘白色的曼陀羅花的地獄，"肩住了黑暗的閘門"，放青年一代 "到寬闊光明的地方去"。他的終極關懷，在於這麼一條因果鏈：由人的覺醒，達致民族的振興。這是人類性的，也是民族性的，二者不能割裂。

沒有理由不承認，魯迅是一位真正以人為本，並為之除蟲固本的戰鬥者。自語義學而言，本就是根柢，在木的下方以一橫來標示，正如在刀口以一點標示 "刃"，出自同樣的原始造字法。根柢的根，是蔓生的根，柢是直生的根。因而魯迅在一九〇八年，就將以人為本表述為“根柢在人”，“首在立人”。在如何立人上，魯迅尤其注重精神，不僅呼喚“精神界戰士”的出現，而且認為“我們的第一要著，是在改變他們的精神，而善於改變精神的是，我那時以為當然要推文藝，於是想提倡文藝運動了”。《狂人日記》以滿紙荒唐言製造強烈的精神衝擊力，它查看每頁都寫着“仁義道德”的歷史，卻從字縫裡看出都寫着“吃人”，所吃掉的不只是人的肉體，更嚴重的是吃掉人的精神。“哀莫大於心死”，精神的萎縮，是民族的最大悲劇。因而魯迅始終堅持解剖和改造國民性，思考着如何鑄造剛健清新、生命力充溢的“民族魂”。

在解剖國民性中，魯迅最痛心疾首的是四性：一是奴性，或阿Q性，麻木以求苟存；二是剝皮性，或暴君性，殘暴以逞威權；三是二丑性，或叭兒狗性，流言蜚語而討好獻媚；四是流氓性，或《水滸》中的牛二性，非法耍橫而胡攪蠻纏。正是針對充其量也不過是“在瓦礫場上修補老例”的這四種習性，他總結雷峰塔倒掉的教訓時，反對寇盜式的破壞和奴才式的破壞，觀人省己，保護國家柱石不讓偷挖，主張“內心有理想的光”的革新式的破壞與建設並行。從這些闡述中可以發現，由於思想的銳進和閱歷的加深，一九二五年的魯迅與一九〇八年的魯迅相比，對於立人之“人”的類型把握，更加具體切實了，但以人為本還是前後一致的。魯迅把立人和立“人國”看作一個整體性的事業，很早以前他給許壽裳的兒子開蒙，寫了兩個字，一個是“天”，一個是“人”。“天”就是把握自然和世界，這是人的生存空間，生命實現空間；“人”就是要認識自己及同類，有一種頂天立地的精神自許，有一種人之為人、能夠實現人生意義的尊嚴。這無疑是綱常名教壓瘋了的人，要恢復其天性的掙扎、反叛和重新鑄造。魯迅文化就是關聯着天的“人的文化”，天之本在人，人之本在天，二者互為本源和本質，是一種現代性的“天人之學”。這種“人學”或“天人學”，是中國思想史上前無古人的創造。

　　由於深度關懷着重鑄人的精神而建立"人國"，魯迅在他所處的內憂外患深重的歷史時代，作為一個知識者，只能訴諸嚴正的不留情面的"文明批評"和"社會批評"，以匕首投槍，短兵相接，殺出一條生存的血路，在當代世界發出中國的聲音。龔自珍一八三九年作《己亥雜詩》云："九州生氣恃風雷，萬馬齊喑究可哀。我勸天公重抖擻，不拘一格降人材。"他感受到國家元氣殆盡，社會"萬馬齊喑"，呼喚着風雷激蕩，催生"九州生氣"。魯迅是喜歡龔定庵的詩的，八十多年後，魯迅也致力於"畫出這樣沉默的國民的魂靈"，一九二七年魯迅作《無聲的中國》講演，要求"青年們先可以將中國變成一個有聲的中國。大膽地說話，勇敢地進行，忘掉了一切利害，推開了古人，將自己的真心的話發表出來。……只有真的聲音，才能感動中國的人和世界的人；必須有了真的聲音，才能和世界的人同在世界上生活"。為此，魯迅也吶喊，那是"中華民族到了最危險的時候，每個人被迫着發出最後的吼聲"，只要國歌中"最危險"三個字沒有改動，就有魯迅存在的現實感；魯迅也彷徨，那是新文化團隊經歷了進退沉浮，佈不成陣後的堅持性彷徨，令人聯想到"屈原放逐，彷徨山澤"，見到廟宇祠堂中的精靈古怪和各色人物的顛倒錯綜的形相，"因書其壁，呵而問之，以抒憤懣"，以作《天問》的彷徨。無論他的吼聲或天問，都是從一個真正的"人之子"的口中發出的。從中可以體驗到在"風沙撲面，狼虎成群"的荊棘叢中"上下求索"，踏出路來的生命訴求。魯迅是在峽谷深處伸出雙手，竭誠盡力以托起"中國夢"的孤膽巨人。其中的拳拳之心，就像魯迅高度讚揚的德國女畫家珂勒惠支的木刻《犧牲》中，一位母親悲哀地閉了眼睛，獻出她的孩子一樣。魯迅代表着祖國母親，睜着悲憫的眼睛，獻出了狂人、孔乙己、阿Q、閏土、祥林嫂，以及無常、女弔，令人在一種辛辣的痛快感中，反思着"真的人"與蟲豸、人間與地獄、中國與世界。

魯迅的人文世界是豐富多彩，趣味深遠的。雜學、野史、經籍、文物、繪畫、地方戲和民俗，無不隨手拈來，調侃體味，皆成妙趣。魯迅有兒童的好奇心，農民的幽默感及民俗的狂歡意態。他欣賞鄉下小孩"打了太公，一村的老老小小，也決沒有一個會想出'犯上'這兩個字來"的純真和頑皮；自己老大得子，還說"無情未必真豪傑，憐子如何不丈夫"。他以含淚的笑關注着頭上長滿癩瘡疤的阿Q，在街頭赤膊抓虱子與人比醜，還憤憤地與別人互抓辮子進行"龍虎鬥"；又關注着祥林嫂捐了土地廟門檻，依然贖不回地獄分屍的鬼債，懷着恐懼、疑惑和沒有泯滅的期待，惴惴然徘徊在地獄的邊緣。魯迅最忘不了這麼一幅神異的鄉愁圖："深藍的天空中掛着一輪金黃的圓月，下面是海邊的沙地，都種着一望無際的碧綠的西瓜，其間有一個十一二歲的少年，項帶銀圈，手捏一柄鋼叉，向一匹猹盡力的刺去，那猹卻將身一扭，反從他的胯下逃走了"；卻又為"多子，饑荒，苛稅，兵，匪，官，紳"苦累得像一個木偶人的閏土，淒涼地顫動嘴唇，恭敬地叫出"老爺！……"的稱呼，感受到大地的呻吟。即便是民俗的狂歡，他把金臉或藍臉紅臉的神像出遊，當成"罕逢的一件盛事"，能夠從中創造出詼諧的無常和剛烈的女弔，魯迅的經典地位已經足以不朽了。

還有一點需要補充討論。近年由於國學升溫，孔子升堂，也就浮現出思想史上的一個重大命題：魯迅與孔子的關係。作為一個現代大國，對此不應持守簡單的二元排斥的態度，而應該擁有一種多元共存、綜合創新的文化胸襟。還在最初編纂這部精華集之前的一九九二年，我就提出"魯迅與孔子溝通說"："魯迅思想自然不能等同於古越文化，它是二十世紀前期中國人面對世界以後，對自己文化建設，尤其是自己文化傳統弊端進行空前深刻的反思的結晶。因而它帶有明顯的現代性，這一點非孔學所能比擬。當民族積弱，需要發憤圖強之時，越文化和魯迅精神是一服極好的刺激劑；但當民族需要穩定和凝聚之時，孔學的優秀成分也是不應廢棄的黏合劑。儒者，柔也；而越文化與魯迅，則屬於剛。在穩定、開明的文化環境中，二者未嘗不可以剛柔相濟、文野互補、古今互惠。中華民族的現代文化建設應該超越狹隘的時間空間界限，廣攝歷代之精粹，博取各地域文化智慧之長，建構立足本土又充分開放的壯麗輝煌的文明和文化形態。正是在這種意義上，我認為魯迅和孔子之間，並非不能融合和溝通。"中華民族有五千年文明史，有九百六十萬平方公里的幅員，有總人口十三億的五十六個民族，在它創建現代大國文化的時候，有足夠的精神空間容納魯迅和孔子，容納老莊、孟荀、墨韓，容納中國思想文化及人類思想文化的精華。精華之為物，乃是人類文明的共同財富。

二〇一三年十二月十六日

編者弁言（一九九八年香港版）

楊 義

　　在“二十世紀巨人”的行列中，無論如何，魯迅是佔有新文化先驅者的顯著位置的。屈指算來，他離開我們的歲月已是整整一個“六十甲子”，而且是中國歷史上發生了強烈震撼和偉大變遷的“六十甲子”。然而我們觀察中國事物之時，灼灼然總是感受到他那銳利、嚴峻而深邃的眼光，感受到他在昭示着甚麼，申斥着甚麼，期許着甚麼。由此你不能不慨嘆了：讀魯迅，可以療治膚淺，可以更深刻地瞭解何為中國和中國人，這是讀任何文學家的書都難以達到的一種境界。

　　“魯迅眼光”，已經成為二十世紀中國智慧和精神的一大收穫，一種超越了封閉的儒家精神體系，從而對建構現代中國文化體系具有實質意義的收穫。在魯迅同代人中，比他激進者有之，如陳獨秀；比他機智者有之，如胡適；比他儒雅者有之，如周作人；唯獨無之者，無人如他那樣透視了中國歷史進程和中國人生模型的深層本質，這就使得他的著作更加耐人重讀，愈咀嚼愈有滋味。魯迅學而深思，思而深察，表現出中國現代史上第一流的思想洞察力、歷史洞察力和社會洞察力，從而使他豐厚的學養和深切的閱歷形成了一種具有巨大的穿透力的歷史通識。正是依憑着這種卓越的歷史通識，他觀察着和解剖着一個在災難深重中進行革故鼎新的大時代，在中外古今各種文化思潮都爭辯着自己存在的歷史合理性的漫無頭緒之中，梳理着中國的生存處境及其發展的契機和可能性，對之作出令人難以忘懷的形象表達。

魯迅作品以凝縮的形態，蘊藏着一個革故鼎新的大時代的思想含量和審美含量，其中的精華，堪稱現代中國必讀的民族典籍。這就是本書取名的來由，它尋找着彌足珍貴的"魯迅眼光"，出以"民族經典意識"。

　　誰能設想魯迅僅憑一支形小價廉的"金不換"毛筆，卻能疾風迅雷般揭開古老中國的沉重帷幕，賦予痛苦的靈魂以神聖，放入一線晨曦於風雨如磐？他對黑暗的分量有足夠的估計，而且一進入文學曠野便以身期許："自己背着因襲的重擔，肩住了黑暗的閘門"，放青年一代"到寬闊光明的地方去，此後幸福的度日，合理的做人"。這便賦予新文化運動以勇者人格、智者風姿。很難再找到另一個文學家像他那樣深知中國之為中國了。那把啓蒙主義的解剖刀，簡直是刀刀見血，哪怕是辮子、面子一類意象，國粹、野史一類話題，無不順手拈來，不留情面地針砭着奴性和專制互補的社會心理結構，把一個國民性解剖得物無遁形、淋漓盡致了。讀魯迅，可以領略到一種苦澀的愉悅，即在一種不痛不快、奇痛奇快的大智慧境界中，體驗着他直視現實的"睜了眼看"的人生態度，以及他遙祭"漢唐魄力"，推崇"拿來主義"的開放胸襟。他後期運用的唯物辯證法也是活生生的，毫無"近視眼論區"（參看他的雜文《扁》）的隔膜。我們依然可以在他關於家族、社會、時代、父子、婦女，以及文藝與革命，知識者與民眾，聖人、名人與真理一類問題的深度思考中，感受到唯物辯證法與歷史通識的融合，感受到一種痛快淋漓的智慧禪悅。他長於諷刺，但諷刺秉承公心，冷峭包裹熱情，在一種"冰與火"共存的特殊風格中，逼退復古退化的荒謬，逼出"中國的脊樑"和"中國人的自信力"。魯迅使中國人對自身本質的認識達到了一個新的歷史深度，正是這種充滿奇痛奇快的歷史深度，給一個世紀的改革事業注入了前行不息的、類乎"過客"的精神驅動力。

"甚麼是路？就是從沒路的地方踐踏出來的，從只有荊棘的地方開闢出來的。"魯迅把這段話寫入《生命的路》，使人們可以把"荊棘與路"的意象，作為他的生命哲學之精髓而加以解讀。魯迅是在荊棘叢生的曠野上為新文學開路的先驅者。要瞭解中國文學如何從古典階段轉型到現代階段，要瞭解現代中國的人文精神在開闢草萊時留下過何種彌足珍貴的足跡，是不可不讀魯迅的書的。起碼在這三個領域，他建立了新文學開路者的不世功勳：小說、散文詩、雜文。本精華集凡三卷，實際上想伴同讀者從三條路徑上一探現代中國人文精神和審美智慧的源頭。不是有過漢代博望侯張騫通西域之後，探尋黃河源頭的壯舉嗎？這三卷書想在另一種意義上探尋人文精神的河源，以"博"吾"望"。第一卷收小說二十四篇（序言和附錄八篇）。魯迅說，他的小說也是某種"論文"，這強調他小說藝術形態的深處隱寓着豐富的文化意義密碼。第二卷收散文詩三十三篇（附錄一篇），散文二十六篇（小引一篇），舊體詩二十六首，書信二十六篇。就散文詩和散文而言，這當是至今為止最為完備的集子，包括九篇散文詩和十五篇散文都是按照嚴格的文體概念，從他的雜文集中遴選出來的，應看作研究的結果。第三卷以編年方式，選錄雜文七十八篇。編年的好處是可以窺見時代思潮和作者思想脈絡，這次編選是把文化價值和審美價值置於時效價值之上，從中當可領略魯迅的胸襟、人格和思想深度。三卷精華集共收各類作品二百二十餘篇，除學術專著《中國小說史略》外，殆可代表一個"世紀巨人"的成就，亦可使讀者領略現代中國人文精神的綺麗河源。

　　編選，實為當代人與前輩先驅者在研究基礎上，進行心靈對話的一種方式，其中包含對先驅業績的價值理解和精神體驗的相互溝通。因此精華集在編輯體例上另創新格，不取以往對魯迅著作詳注典故人事的方式，而在一些重要篇章後面寫出"編者附語"，以裨讀者直接把

握 "魯迅眼光"—— 他的歷史通識和審美特質。比如魯迅自稱《野草》包含有他的 "哲學"，編者附語採取 "吾道一以貫之" 的思路，在逐篇闡釋中系統地揭示他的自然哲學、歷史哲學、社會哲學、人生哲學和生命哲學的幽深境界，這種填補學術空白的貫通研究，諒可打開讀者一扇心靈窗戶。散文之附語，較多關注作者的鄉土因緣和精神家園，如《狗‧貓‧鼠》附語，援引作者的宋代同鄉陸游關於 "貓為虎舅" 的詩注，當可加深對紹興民俗幻想的體味。小說附語，多採納敘事學智慧，點明妙處，以滋讀者的審美修養。比如《祝福》附語，重在交代紹興歲終 "祝福儀式"，使讀者更真切地領會小說複調敘事的效果。至於第一卷《小說集編餘雜識》，則於小說外談論小說，既交代魯迅未完成的三部長篇小說的構思，又揭示其未完成的社會心理原因，使人得到某種掩卷餘味。諸如此類的 "編者附語" 凡一百餘則，旨在開闊讀者的文化視野，引發廣泛的自由聯想，是否有點類乎魯迅編《唐宋傳奇集》而寫 "稗邊小綴" 的體例？倘若如此，多少算是師法魯迅體例而編《魯迅作品精華》吧。

一九九六年元月十一日

目 錄

在北京

隨感錄二十五

　　我一直從前曾見嚴又陵在一本甚麼書上發過議論，書名和原文都忘記了。大意是：“在北京道上，看見許多孩子，輾轉於車輪馬足之間，很怕把他們碰死了，又想起他們將來怎樣得了，很是害怕。”其實別的地方，也都如此，不過車馬多少不同罷了。現在到了北京，這情形還未改變，我也時時發起這樣的憂慮；一面又佩服嚴又陵究竟是“做”過赫胥黎《天演論》的，的確與眾不同：是一個十九世紀末年中國感覺銳敏的人。

　　窮人的孩子蓬頭垢面的在街上轉，闊人的孩子妖形妖勢嬌聲嬌氣的在家裡轉。轉得大了，都昏天黑地的在社會上轉，同他們的父親一樣，或者還不如。

　　所以看十來歲的孩子，便可以逆料二十年後中國的情形；看二十多歲的青年，—— 他們大抵有了孩子，尊為爹爹了，—— 便可以推測他兒子孫子，曉得五十年後七十年後中國的情形。

　　中國的孩子，只要生，不管他好不好，只要多，不管他才不才。生他的人，不負教他的責任。雖然“人口眾多”這一句話，很可以閉了眼睛自負，然而這許多人口，便只在塵土中輾轉，小的時候，不把他當人，大了以後，也做不了人。

　　中國娶妻早是福氣，兒子多也是福氣。所有小孩，只是他父母福氣的材料，並非將來的“人”的萌芽，所以隨便輾轉，沒人管他，因為無論如何，數目和材料的資格，總還存在。即使偶爾送進學堂，然而社會和家庭的習慣，尊長和伴侶的脾氣，卻多與教育反背，仍然使他與新時代不合。大了以後，幸而生存，也不過"仍舊貫如之何"，照例是製造孩子的傢伙，不是"人"的父親，他生了孩子，便仍然不是"人"的萌芽。

最看不起女人的奧國人華寧該爾（Otto Weininger）曾把女人分成兩大類：一是"母婦"，一是"娼婦"。照這分法，男人便也可以分作"父男"和"嫖男"兩類了。但這父男一類，卻又可以分成兩種：其一是孩子之父，其一是"人"之父。第一種只會生，不會教，還帶點嫖男的氣息。第二種是生了孩子，還要想怎樣教育，才能使這生下來的孩子，將來成一個完全的人。

前清末年，某省初開師範學堂的時候，有一位老先生聽了，很為詫異，便發憤說："師何以還須受教，如此看來，還該有父範學堂了！"這位老先生，便以為父的資格，只要能生。能生這件事，自然便會，何須受教呢。卻不知中國現在，正須父範學堂；這位先生便須編入初等第一年級。

因為我們中國所多的是孩子之父；所以以后是只要"人"之父！

點 評

本文初載於一九一八年九月十五日《新青年》第五卷第三號"隨感錄"欄，署名唐俟，收入《熱風》。《新青年》是在一九一八年四月第四卷第四號開始設置"隨感錄"專欄，從而成為雜文文體的專門園地，或發祥地的。在該欄的一百三十三則隨感錄中，陳獨秀作品最多，凡五十八則；魯迅其次，凡二十七則。本篇是從民族和人類發展的角度，反省中國的"為父之道"，揭示"我們中國所多的是孩子之父；所以以後是只要‘人’之父”，因而它痛心疾首地呼籲為人父者要樹立“人的意識”，當好“人”之父。這種精神與一九〇七年作的《文化偏至論》中提倡的“首在立人，人立而後凡事舉”，一九一八年此前《狂人日記》中“救救孩子”的呼聲，以及此後的長文《我們現在怎樣做父親》在精神上是一脈相承的，把歷史進化觀念和人的意識結合在對父子關係的反省之中，提出“所有小孩應是將來的‘人’的萌芽”的命題。從本文還可以知道，魯迅是一個關注人類生存環境和優生優育的先驅者。

隨感錄三十五

從清朝末年，直到現在，常常聽人說 "保存國粹" 這一句話。

前清末年說這話的人，大約有兩種：一是愛國志士，一是出洋遊歷的大官。他們在這題目的背後，各各藏着別的意思。志士說保存國粹，是光復舊物的意思；大官說保存國粹，是教留學生不要去剪辮子的意思。

現在成了民國了。以上所說的兩個問題，已經完全消滅。所以我不能知道現在說這話的是那一流人，這話的背後藏着甚麼意思了。

可是保存國粹的正面意思，我也不懂。

甚麼叫 "國粹"？照字面看來，必是一國獨有，他國所無的事物了。換一句話，便是特別的東西。但特別未必定是好，何以應該保存？

譬如一個人，臉上長了一個瘤，額上腫出一顆瘡，的確是與眾不同，顯出他特別的樣子，可以算他的 "粹"。然而據我看來，還不如將這 "粹" 割去了，同別人一樣的好。

倘說：中國的國粹，特別而且好；又何以現在糟到如此情形，新派搖頭，舊派也嘆氣。

倘說：這便是不能保存國粹的緣故，開了海禁的緣故，所以必須保存。但海禁未開以前，全國都是 "國粹"，理應好了；何以春秋戰國五胡十六國鬧個不休，古人也都嘆氣。

倘說：這是不學成湯文武周公的緣故；何以真正成湯文武周公

時代，也先有桀紂暴虐，後有殷頑作亂；後來仍舊弄出春秋戰國五胡十六國鬧個不休，古人也都嘆氣。

我有一位朋友說得好：“要我們保存國粹，也須國粹能保存我們。”

保存我們，的確是第一義。只要問他有無保存我們的力量，不管他是否國粹。

點 評

本文初載於一九一八年十一月《新青年》第五卷第五號“隨感錄”欄，收入《熱風》。它首先以歷史理性的分析態度，考察了“保存國粹”的意義從清末到五四新文化運動時期，由於文化語境的變遷所發生的蛻變，繼而以五四時期的開放精神批評抱殘守缺、自我封閉的國粹派。仔細體味行文，魯迅並非全盤否定中國文化傳統中精粹的地方，只是指出“一國獨有”的東西“未必定是好”，不否定有“好的”，但是更尖銳地揭示有如“臉上長了一個瘤，額上腫出一顆瘡”的“不好的”，在隱含着理性分析態度的同時，突出時代的文化批判的基本主題。由此看來，文化是一個動詞，一種適應時代和現實需要的與時俱進的戰略。而在當時，時代思維焦點為：“保存我們，的確是第一義。只要問他有無保存我們的力量，不管他是否國粹。”這是以“現在的我們”的生存和發展作為最基本的價值標準。

現在的屠殺者

高雅的人説，"白話鄙俚淺陋，不值識者一哂之者也。"

中國不識字的人，單會講話，"鄙俚淺陋"，不必説了。"因為自己不通，所以提倡白話，以自文其陋"如我輩的人，正是"鄙俚淺陋"，也不在話下了。最可嘆的是幾位雅人，也還不能如《鏡花緣》裡説的君子國的酒保一般，滿口"酒要一壺乎，兩壺乎，菜要一碟乎，兩碟乎"的終日高雅，卻只能在呻吟古文時，顯出高古品格；一到講話，便依然是"鄙俚淺陋"的白話了。四萬萬中國人嘴裡發出來的聲音，竟至總共"不值一哂"，真是可憐煞人。

做了人類想成仙；生在地上要上天；明明是現代人，吸着現在的空氣，卻偏要勒派朽腐的名教，僵死的語言，侮蔑盡現在，這都是"現在的屠殺者"。殺了"現在"，也便殺了"將來"。──將來是子孫的時代。

點　評

本文初載於一九一九年五月《新青年》第六卷第五號，收入《熱風》。文章寫得短小犀利，論辯之術始而以退為進，先是放低身段進行自我嘲弄，如拳師搏擊，高明者不把拳頭用盡，便於騰挪應對，接招拆招。承認我輩提倡白話，屬於"鄙俚淺陋"；繼而冷嘲熱諷，反譏雅士們也不能滿口"酒要一壺乎，兩壺乎，菜要一碟乎，兩碟乎"的終日高雅。行文從中國人之言文分離所造成的尷尬的實際出發，論證白話的日用性和白話文運動的合理性，借用魯迅熟知的古小說的故事（應為《鏡花緣》淑士國）對白話文的反對派實行歸謬式的論辯，使其無地自容，"生在地上要上天"的不切實際。一針見血地指出反對白話者屠殺了"現在"，阻礙發展，因而也屠殺了"將來"，顯示了魯迅雜文匕首式的鋒芒。魯迅是一個面向將來的現在主義者。

"聖武"

我前回已經說過"甚麼主義都與中國無干"的話了；今天忽然又有些意見，便再寫在下面：

我想，我們中國本不是發生新主義的地方，也沒有容納新主義的處所，即使偶然有些外來思想，也立刻變了顏色，而且許多論者反要以此自豪。我們只要留心譯本上的序跋，以及各樣對於外國事情的批評議論，便能發見我們和別人的思想中間，的確還隔着幾重鐵壁。他們是說家庭問題的，我們卻以為他鼓吹打仗；他們是寫社會缺點的，我們卻說他講笑話；他們以為好的，我們說來卻是壞的。若再留心看看別國的國民性格，國民文學，再翻一本文人的評傳，便更能明白別國著作裡寫出的性情，作者的思想，幾乎全不是中國所有。所以不會瞭解，不會同情，不會感應；甚至彼我間的是非愛憎，也免不了得到一個相反的結果。

新主義宣傳者是放火人麼，也須別人有精神的燃料，才會着火；是彈琴人麼，別人的心上也須有弦索，才會出聲；是發聲器麼，別人也必須是發聲器，才會共鳴。中國人都有些不很像，所以不會相干。

幾位讀者怕要生氣，說，"中國時常有將性命去殉他主義的人，中華民國以來，也因為主義上死了多少烈士，你何以一筆抹殺？嚇！"這話也是真的。我們從舊的外來思想說罷，六朝的確有許多焚身的和尚，唐朝也有過砍下臂膊佈施無賴的和尚；從新的說罷，自然也有過幾個人的。然而與中國歷史，仍不相干。因為歷史結帳，不能像數學一般精密，寫下許多小數，卻只能學粗人算帳的四捨五入法門，記一筆整數。

中國歷史的整數裡面，實在沒有甚麼思想主義在內。這整數只是兩種物質，——是刀與火，"來了"便是他的總名。

火從北來便逃向南，刀從前來便退向後，一大堆流水帳簿，只有這一個模型。倘嫌"來了"的名稱不很莊嚴，"刀與火"也觸目，我們也可以別想花樣，奉獻一個謚法，稱作"聖武"，便好看了。

古時候，秦始皇帝很闊氣，劉邦和項羽都看見了；邦說，"嗟乎！大丈夫當如此也！"羽說，"彼可取而代也！"羽要"取"甚麼呢？便是取邦所說的"如此"。"如此"的程度，雖有不同，可是誰也想取；被取的是"彼"，取的是"丈夫"。所有"彼"與"丈夫"的心中，便都是這"聖武"的產生所，受納所。

何謂"如此"？說起來話長；簡單地說，便只是純粹獸性方面的慾望的滿足——威福，子女，玉帛，——罷了。然而在一切大小丈夫，卻要算最高理想（？）了。我怕現在的人，還被這理想支配着。

大丈夫"如此"之後，慾望沒有衰，身體卻疲敝了；而且覺得暗中有一個黑影——死——到了身邊了。於是無法，只好求神仙。這在中國，也要算最高理想了。我怕現在的人，也還被這理想支配着。

求了一通神仙，終於沒有見，忽然有些疑惑了。於是要造墳，來保存死屍，想用自己的屍體，永遠佔據着一塊地面。這在中國，也要算一種沒奈何的最高理想了。我怕現在的人，也還被這理想支配着。

現在的外來思想，無論如何，總不免有些自由平等的氣息，互助共存的氣息，在我們這單有"我"，單想"取彼"，單要由我喝盡了一切空間時間的酒的思想界上，實沒有插足的餘地。

因此，只須防那"來了"便夠了。看看別國，抗拒這"來了"的便是有主義的人民。他們因為所信的主義，犧牲了別的一切，用骨肉碰鈍了鋒刃，血液澆滅了煙焰。在刀光火色衰微中，看出一種薄明的天色，便是新世紀的曙光。

曙光在頭上，不抬起頭，便永遠只能看見物質的閃光。

點 評

本文初載於一九一九年五月《新青年》第六卷第五號，為"隨感錄五十九"，收入《熱風》。文章從國民性格改造的角度，考察為新的主義準備"精神燃料"的啓蒙運動，須深入到民眾心理之中，才能產生改造社會的效應。即是說，"新主義宣傳者是放火人麼，也須別人有精神的燃料，才會着火；是彈琴人麼，別人的心上也須有弦索，才會出聲；是發聲器麼，別人也必須是發聲器，才會共鳴。"它反對當時軍閥混戰中以"刀與火"爭奪權柄的獸慾，就如反對以往改朝換代時所見，"只是純粹獸性方面的慾望的滿足——威福，子女，玉帛，——罷了。然而在一切大小丈夫，卻要算最高理想（？）了。"魯迅為此主張迎接外來的進步思潮，培養"有主義的人民"，抗拒封建軍閥的"刀與火"，"他們因為所信的主義，犧牲了別的一切，用骨肉碰鈍了鋒刃，血液澆滅了煙焰"，抬起頭來，"在刀光火色衰微中，看出一種薄明的天色，便是新世紀的曙光"。

我們現在怎樣做父親

我作這一篇文的本意，其實是想研究怎樣改革家庭；又因為中國親權重，父權更重，所以尤想對於從來認為神聖不可侵犯的父子問題，發表一點意見。總而言之：只是革命要革到老子身上罷了。但何以大模大樣，用了這九個字的題目呢？這有兩個理由：

第一，中國的"聖人之徒"，最恨人動搖他的兩樣東西。一樣不必說，也與我輩絕不相干；一樣便是他的倫常，我輩卻不免偶然發幾句議論，所以株連牽扯，很得了許多"鏟倫常""禽獸行"之類的惡名。他們以為父對於子，有絕對的權力和威嚴；若是老子說話，當然無所不可，兒子有話，卻在未說之前早已錯了。但祖父子孫，本來各各都只是生命的橋樑的一級，決不是固定不易的。現在的子，便是將來的父，也便是將來的祖。我知道我輩和讀者，若不是現任之父，也一定是候補之父，而且也都有做祖宗的希望，所差只在一個時間。為想省卻許多麻煩起見，我們便該無須客氣，盡可先行佔住了上風，擺出父親的尊嚴，談談我們和我們子女的事；不但將來着手實行，可以減少困難，在中國也順理成章，免得"聖人之徒"聽了害怕，總算是一舉兩得之至的事了。所以說，"我們怎樣做父親。"

第二，對於家庭問題，我在《新青年》的《隨感錄》（二五，四十，四九）中，曾經略略說及，總括大意，便只是從我們起，解放了後來的人。論到解放子女，本是極平常的事，當然不必有甚麼討論。但中國的老年，中了舊習慣舊思想的毒太深了，決定悟不過來。譬如早晨聽到烏鴉叫，少年毫不介意，迷信的老人，卻總須頹唐半天。雖然很可憐，然而也無法可救。沒有法，便只能先從覺醒的人開手，各自解放了自己的孩子。自己背着因襲的重擔，肩住了黑暗的閘門，放他們到寬闊光明的地方去；此後幸福的度日，合理的做人。

還有，我曾經說，自己並非創作者，便在上海報紙的《新教訓》裡，捱了一頓罵。但我輩評論事情，總須先評論了自己，不要冒充，才能像一篇說話，對得起自己和別人。我自己知道，不特並非創作者，並且也不是真理的發見者。凡有所說所寫，只是就平日見聞的事理裡面，取了一點心以為然的道理；至於終極究竟的事，卻不能知。便是對於數年以後的學說的進步和變遷，也說不出會到如何地步，單相信比現在總該還有進步還有變遷罷了。所以說，"我們現在怎樣做父親。"

我現在心以為然的道理，極其簡單。便是依據生物界的現象，一，要保存生命；二，要延續這生命；三，要發展這生命（就是進化）。生物都這樣做，父親也就是這樣做。

生命的價值和生命價值的高下，現在可以不論。單照常識判斷，便知道既是生物，第一要緊的自然是生命。因為生物之所以為生物，全在有這生命，否則失了生物的意義。生物為保存生命起見，具有種種本能，最顯著的是食慾。因有食慾才攝取食品，因有食品才發生溫熱，保存了生命。但生物的個體，總免不了老衰和死亡，為繼續生命起見，又有一種本能，便是性慾。因性慾才有性交，因有性交才發生苗裔，繼續了生命。所以食慾是保存自己，保存現在生命的事；性慾是保存後裔，保存永久生命的事。飲食並非罪惡，並非不淨；性交也就並非罪惡，並非不淨。飲食的結果，養活了自己，對於自己沒有恩；性交的結果，生出子女，對於子女當然也算不了恩。—— 前前後後，都向生命的長途走去，僅有先後的不同，分不出誰受誰的恩典。

可惜的是中國的舊見解，竟與這道理完全相反。夫婦是"人倫之中"，卻說是"人倫之始"；性交是常事，卻以為不淨；生育也是常事，卻以為天大的大功。人人對於婚姻，大抵先夾帶着不淨的思想。親戚朋友有許多戲謔，自己也有許多羞澀，直到生了孩子，還是躲躲閃閃，怕敢聲明；獨有對於孩子，卻威嚴十足，這種行徑，簡直可以說是和偷了錢發跡的財主，不相上下了。我並不是說，——如他們攻擊者所意想的，——人類的性交也應如別種動物，隨便舉行；或如無恥流氓，專做些下流舉動，自鳴得意。是說，此後覺醒的人，應該先洗淨了東方固有的不淨思想，再純潔明白一些，瞭解夫婦是伴侶，是共同勞動者，又是新生命創造者的意義。所生的子女，固然是受領新生命的人，但他也不永久佔領，將來還要交付子女，像他們的父母一般。只是前前後後，都做一個過付的經手人罷了。

生命何以必需繼續呢？就是因為要發展，要進化。個體既然免不了死亡，進化又毫無止境，所以只能延續着，在這進化的路上走。走這路須有一種內的努力，有如單細胞動物有內的努力，積久才會繁複，無脊椎動物有內的努力，積久才會發生脊椎。所以後起的生命，總比以前的更有意義，更近完全，因此也更有價值，更可寶貴；前者的生命，應該犧牲於他。

但可惜的是中國的舊見解，又恰恰與這道理完全相反。本位應在幼者，卻反在長者；置重應在將來，卻反在過去。前者做了更前者的犧牲，自己無力生存，卻苛責後者又來專做他的犧牲，毀滅了一切發展本身的能力。我也不是說，——如他們攻擊者所意想的，——孫子理應終日痛打他的祖父，女兒必須時時咒罵他的親娘。是說，此後覺醒的人，應該先洗淨了東方古傳的謬誤思想，對於子女，義務思想須加多，而權利思想卻大可切實核減，以準備改作幼者本位的道德。況且幼者受了權利，也並非永久佔有，將來還要對於他們的幼者，仍盡義務。只是前前後後，都做一切過付的經手人罷了。

　　"父子間沒有甚麼恩"這一個斷語，實是招致"聖人之徒"面紅耳赤的一大原因。他們的誤點，便在長者本位與利己思想，權利思想很重，義務思想和責任心卻很輕。以為父子關係，只須"父兮生我"一件事，幼者的全部，便應為長者所有。尤其墮落的，是因此責望報償，以為幼者的全部，理該做長者的犧牲。殊不知自然界的安排，卻件件與這要求反對，我們從古以來，逆天行事，於是人的能力，十分萎縮，社會的進步，也就跟着停頓。我們雖不能説停頓便要滅亡，但較之進步，總是停頓與滅亡的路相近。

　　自然界的安排，雖不免也有缺點，但結合長幼的方法，卻並無錯誤。他並不用"恩"，卻給與生物以一種天性，我們稱他為"愛"。動物界中除了生子數目太多——愛不周到的如魚類之外，總是摯愛他的幼子，不但絕無利益心情，甚或至於犧牲了自己，讓他的將來的生命，去上那發展的長途。

　　人類也不外此，歐美家庭，大抵以幼者弱者為本位，便是最合於這生物學的真理的辦法。便在中國，只要心思純白，未曾經過"聖人之徒"作踐的人，也都自然而然的能發現這一種天性。例如一個村婦哺乳嬰兒的時候，決不想到自己正在施恩；一個農夫娶妻的時候，也決不以為將要放債。只是有了子女，即天然相愛，願他生存；更進一步的，便還要願他比自己更好，就是進化。這離絕了交換關係利害關係的愛，便是人倫的索子，便是所謂"綱"。倘如舊説，抹煞了"愛"，一味説"恩"，又因此責望報償，那便不但敗壞了父子間的道德，而且也大反於做父母的實際的真情，播下乖剌的種子。有人做了樂府，説是"勸孝"，大意是甚麼"兒子上學堂，母親在家磨杏仁，預備回來給他喝，你還不孝麼"之類，自以為"拚命衛道"。殊不知富翁的杏酪和窮人的豆漿，在愛情上價值同等，而其價值卻正在父母當時並無求報的心思；否則變成買賣行為，雖然喝了杏酪，也不異"人乳餵豬"，無非要豬肉肥美，在人倫道德上，絲毫沒有價值了。

所以我現在心以為然的，便只是"愛"。

無論何國何人，大都承認"愛己"是一件應當的事。這便是保存生命的要義，也就是繼續生命的根基。因為將來的運命，早在現在決定，故父母的缺點，便是子孫滅亡的伏線，生命的危機。易卜生做的《群鬼》（有潘家洵君譯本，載在《新潮》一卷五號）雖然重在男女問題，但我們也可以看出遺傳的可怕。歐士華本是要生活，能創作的人，因為父親的不檢，先天得了病毒，中途不能做人了。他又很愛母親，不忍勞他服侍，便藏着嗎啡，想待發作時候，由使女瑞琴幫他吃下，毒殺了自己；可是瑞琴走了。他於是只好託他母親了。

> 歐"母親，現在應該你幫我的忙了。"
> 阿夫人"我嗎？"
> 歐"誰能及得上你。"
> 阿夫人"我！你的母親！"
> 歐"正為那個。"
> 阿夫人"我，生你的人！"
> 歐"我不曾教你生我。並且給我的是一種甚麼日子？我不要
> 　他！你拿回去罷！"

這一段描寫，實在是我們做父親的人應該震驚戒懼佩服的；決不能昧了良心，說兒子理應受罪。這種事情，中國也很多，只要在醫院做事，便能時時看見先天梅毒性病兒的慘狀；而且傲然的送來的，又大抵是他的父母。但可怕的遺傳，並不只是梅毒；另外許多精神上體質上的缺點，也可以傳之子孫，而且久而久之，連社會都蒙着影響。

我們且不高談人群，單為子女說，便可以說凡是不愛己的人，實在欠缺做父親的資格。就令硬做了父親，也不過如古代的草寇稱王一般，萬萬算不了正統。將來學問發達，社會改造時，他們僥倖留下的苗裔，恐怕總不免要受善種學（Eugenics）者的處置。

倘若現在父母並沒有將甚麼精神上體質上的缺點交給子女，又不遇意外的事，子女便當然健康，總算已經達到了繼續生命的目的。但父母的責任還沒有完，因為生命雖然繼續了，卻是停頓不得，所以還須教這新生命去發展。凡動物較高等的，對於幼雛，除了養育保護以外，往往還教他們生存上必需的本領。例如飛禽便教飛翔，鷙獸便教搏擊。人類更高幾等，便也有願意子孫更進一層的天性。這也是愛，上文所說的是對於現在，這是對於將來。只要思想未遭錮蔽的人，誰也喜歡子女比自己更強，更健康，更聰明高尚，——更幸福；就是超越了自己，超越了過去。超越便須改變，所以子孫對於祖先的事，應該改變，"三年無改於父之道可謂孝矣"，當然是曲說，是退嬰的病根。假使古代的單細胞動物，也遵着這教訓，那便永遠不敢分裂繁複，世界上再也不會有人類了。

幸而這一類教訓，雖然害過許多人，卻還未能完全掃盡了一切人的天性。沒有讀過"聖賢書"的人，還能將這天性在名教的斧鉞底下，時時流露，時時萌櫱；這便是中國人雖然凋落萎縮，卻未滅絕的原因。

所以覺醒的人，此後應將這天性的愛，更加擴張，更加醇化；用無我的愛，自己犧牲於後起新人。開宗第一，便是理解。往昔的歐人對於孩子的誤解，是以為成人的預備；中國人的誤解，是以為縮小的成人。直到近來，經過許多學者的研究，才知道孩子的世界，與成人截然不同；倘不先行理解，一味蠻做，便大礙於孩子的發達。所以一切設施，都應該以孩子為本位，日本近來，覺悟的也很不少；對於兒童的設施，研究兒童的事業，都非常興盛了。第二，便是指導。時勢既有改變，生活也必須進化；所以後起的人物，一定尤異於前，決不能用同一模型，無理嵌定。長者須是指導者協商者，卻不該是命令者。不但不該責幼者供奉自己；而且還須用全副精神，專為他們自己，養成他們有耐勞作的體力，純潔高尚的道德，廣博自由能容納新潮流的精神，也就是能在世界新潮流中游泳，不被淹沒的力量。第三，便是解放。子女是即我非我的人，但既已分立，也便是人類中的人。因為即我，所以更應該盡教育的義務，交給他們自立的能力；因為非我，所以也應同時解放，全部為他們自己所有，成一個獨立的人。

這樣，便是父母對於子女，應該健全的產生，盡力的教育，完全的解放。

但有人會怕，仿佛父母從此以後，一無所有，無聊之極了。這種空虛的恐怖和無聊的感想，也即從謬誤的舊思想發生；倘明白了生物學的真理，自然便會消滅。但要做解放子女的父母，也應預備一種能力。便是自己雖然已經帶着過去的色采，卻不失獨立的本領和精神，有廣博的趣味，高尚的娛樂。要幸福麼？連你的將來的生命都幸福了。要"返老還童"，要"老復丁"麼？子女便是"復丁"，都已獨立而且更好了。這才是完了長者的任務，得了人生的慰安。倘若思想本領，樣樣照舊，專以"勃谿"為業，行輩自豪，那便自然免不了空虛無聊的苦痛。

或者又怕，解放之後，父子間要疏隔了。歐美的家庭，專制不及中國，早已大家知道；往者雖有人比之禽獸，現在卻連"衛道"的聖徒，也曾替他們辯護，說並無"逆子叛弟"了。因此可知：惟其解放，所以相親；惟其沒有"拘攣"子弟的父兄，所以也沒有反抗"拘攣"的"逆子叛弟"。若威逼利誘，便無論如何，決不能有"萬年有道之長"。例便如我中國，漢有舉孝，唐有孝悌力田科，清末也還有孝廉方正，都能換到官做。父恩諭之於先，皇恩施之於後，然而割股的人物，究屬寥寥。足可證明中國的舊學說舊手段，實在從古以來，並無良效，無非使壞人增長些虛偽，好人無端的多受些人我都無利益的苦痛罷了。

獨有“愛”是真的。路粹引孔融說，“父之於子，當有何親？論其本意，實為情慾發耳。子之於母，亦復奚為，譬如寄物瓶中，出則離矣。”（漢末的孔府上，很出過幾個有特色的奇人，不像現在這般冷落，這話也許確是北海先生所說；只是攻擊他的偏是路粹和曹操，教人發笑罷了。）雖然也是一種對於舊說的打擊，但實於事理不合。因為父母生了子女，同時又有天性的愛，這愛又很深廣很長久，不會即離。現在世界沒有大同，相愛還有差等，子女對於父母，也便最愛，最關切，不會即離。所以疏隔一層，不勞多慮。至於一種例外的人，或者非愛所能鈎連。但若愛力尚且不能鈎連，那便任憑甚麼“恩威，名分，天經，地義”之類，更是鈎連不住。

或者又怕，解放之後，長者要吃苦了。這事可分兩層：第一，中國的社會，雖說“道德好”，實際卻太缺乏相愛相助的心思。便是“孝”“烈”這類道德，也都是旁人毫不負責，一味收拾幼者弱者的方法。在這樣社會中，不獨老者難於生活，既解放的幼者，也難於生活。第二，中國的男女，大抵未老先衰，甚至不到二十歲，早已老態可掬，待到真實衰老，便更須別人扶持。所以我說，解放子女的父母，應該先有一番預備；而對於如此社會，尤應該改造，使他能適於合理的生活。許多人預備着，改造着，久而久之，自然可望實現了。單就別國的往時而言，斯賓塞未曾結婚，不聞他侘傺無聊；瓦特早沒有了子女，也居然“壽終正寢”，何況在將來，更何況有兒女的人呢？

或者又怕，解放之後，子女要吃苦了。這事也有兩層，全如上文所說，不過一是因為老而無能，一是因為少不更事罷了。因此覺醒的人，愈覺有改造社會的任務。中國相傳的成法，謬誤很多：一種是錮閉，以為可以與社會隔離，不受影響。一種是教給他惡本領，以為如此才能在社會中生活。用這類方法的長者，雖然也含有繼續生命的好意，但比照事理，卻決定謬誤。此外還有一種，是傳授些周旋發法，教他們順應社會。這與數年前講"實用主義"的人，因為市上有假洋錢，便要在學校裡遍教學生看洋錢的法子之類，同一錯誤。社會雖然不能不偶然順應，但決不是正當辦法。因為社會不良，惡現象便很多，勢不能一一順應；倘都順應了，又違反了合理的生活，倒走了進化的路。所以根本方法，只有改良社會。

就實際上說，中國舊理想的家族關係父子關係之類，其實早已崩潰。這也非"於今為烈"，正是"在昔已然"。歷來都竭力表彰"五世同堂"，便足見實際上同居的為難；拚命的勸孝，也足見事實上孝子的缺少。而其原因，便全在一意提倡虛偽道德，蔑視了真的人情。我們試一翻大族的家譜，便知道始遷祖宗，大抵是單身遷居，成家立業；一到聚族而居，家譜出版，卻已在零落的中途了。況在將來，迷信破了，便沒有哭竹，臥冰；醫學發達了，也不必嘗穢，割股。又因為經濟關係，結婚不得不遲，生育因此也遲，或者子女才能自存，父母已經衰老，不及依賴他們供養，事實上也就是父母反盡了義務。世界潮流逼拶着，這樣做的可以生存，不然的便都衰落；無非覺醒者多，加些人力，便危機可望較少就是了。

但既如上言，中國家庭，實際久已崩潰，並不如"聖人之徒"紙上的空談，則何以至今依然如故，一無進步呢？這事很容易解答。第一，崩潰者自崩潰，糾纏者自糾纏，設立者又自設立；毫無戒心，也不想到改革，所以如故。第二，以前的家庭中間，本來常有勃谿，到了新名詞流行之後，便都改稱"革命"，然而其實也仍是討姨錢至於相罵，要賭本至於相打之類，與覺醒者的改革，截然兩途。這一類自稱"革命"的勃谿子弟，純屬舊式，待到自己有了子女，也決不解放；或者毫不管理，或者反要尋出《孝經》，勒令誦讀，想他們"學於古訓"，都做犧牲。這只能全歸舊道德舊習慣舊方法負責，生物學的真理決不能妄任其咎。

　　既如上言，生物為要進化，應該繼續生命，那便"不孝有三無後為大"，三妻四妾，也極合理了。這事也很容易解答。人類因為無後，絕了將來的生命，雖然不幸，但若用不正當的方法手段，苟延生命而害及人群，便該比一人無後，尤其"不孝"。因為現在的社會，一夫一妻制最為合理，而多妻主義，實能使人群墮落。墮落近於退化，與繼續生命的目的，恰恰完全相反。無後只是滅絕了自己，退化狀態的有後，便會毀到他人。人類總有些為他人犧牲自己的精神，而況生物自發生以來，交互關聯，一人的血統，大抵總與他人有多少關係，不會完全滅絕。所以生物學的真理，決非多妻主義的護符。

　　總而言之，覺醒的父母，完全應該是義務的，利他的，犧牲的，很不易做；而在中國尤不易做。中國覺醒的人，為想隨順長者解放幼者，便須一面清結舊賬，一面開闢新路。就是開首所說的"自己背着因襲的重擔，肩住了黑暗的閘門，放他們到寬闊光明的地方去；此後幸福的度日，合理的做人。"這是一件極偉大的要緊的事，也是一件極困苦艱難的事。

　　但世間又有一類長者，不但不肯解放子女，並且不准子女解放他們自己的子女；就是並要孫子曾孫都做無謂的犧牲。這也是一個問題；而我是願意平和的人，所以對於這問題，現在不能解答。

一九一九年十月。

點 評

　　本文初載於一九一九年十一月《新青年》第六卷第六號，收入《墳》。它從達爾文的生物進化論出發："便是依據生物界的現象，一，要保存生命；二，要延續這生命；三，要發展這生命（就是進化）。"進而引申出以人類進化和社會發展的觀念，審視中國家族制度中的父子關係和孝的觀念，從而把握了中國傳統文化中"親權重，父權更重"的關鍵所在。但是從生物進化論來看，"生命何以必需繼續呢？就是因為要發展，要進化。個體既然免不了死亡，進化又毫無止境，所以只能延續着，在這進化的路上走。走這路須有一種內的努力，有如單細胞動物有內的努力，積久才會繁複，無脊椎動物有內的努力，積久才會發生脊椎。所以後起的生命，總比以前的更有意義，更近完全，因此也更有價值，更可寶貴；前者的生命，應該犧牲於他。"因此，"本位應在幼者"。連接父子之間的感情紐帶，應該是"愛"："只要思想未遭錮蔽的人，誰也喜歡子女比自己更強，更健康，更聰明高尚，——更幸福；就是超越了自己，超越了過去。"於是"三年無改於父之道可謂孝矣"，就成了曲說，成了退嬰的病根。所以覺醒的人，此後應將這天性的愛，更加擴張，更加醇化；用無我的愛，自己犧牲於後起新人。開宗第一，便是理解。第二，便是指導。第三，便是解放。它剖析了舊式"父道子從"的家族文化承傳方式的保守性、封閉性和成規崇拜，是在"提倡虛偽道德，蔑視了真的人情"。這就要敦促為人父母者做"覺醒的父母"，以促進文化體制的良性運轉。要做到這些，根本方法只有改良社會。文章視野開闊，借鑑外來，穿透歷史，洋溢着理性的論辯風格。尤其是"自己背着因襲的重擔，肩住了黑暗的閘門，放他們到寬闊光明的地方去；此後幸福的度日，合理的做人"的名言，反覆強調，充滿着人類責任的承擔意識和歷史悲壯感。

未有天才之前

—— 一九二四年一月十七日在北京師範大學附屬中學校友會講

　　我自己覺得我的講話不能使諸君有益或者有趣，因為我實在不知道甚麼事，但推託拖延得太長久了，所以終於不能不到這裡來說幾句。

　　我看現在許多人對於文藝界的要求的呼聲之中，要求天才的產生也可以算是很盛大的了，這顯然可以反證兩件事：一是中國現在沒有一個天才，二是大家對於現在的藝術的厭薄。天才究竟有沒有？也許有着罷，然而我們和別人都沒有見。倘使據了見聞，就可以說沒有；不但天才，還有使天才得以生長的民眾。

　　天才並不是自生自長在深林荒野裡的怪物，是由可以使天才生長的民眾產生，長育出來的，所以沒有這種民眾，就沒有天才。有一回拿破侖過 Alps 山，說，“我比 Alps 山還要高！”這何等英偉，然而不要忘記他後面跟着許多兵；倘沒有兵，那只有被山那面的敵人捉住或者趕回，他的舉動，言語，都離了英雄的界線，要歸入瘋子一類了。所以我想，在要求天才的產生之前，應該先要求可以使天才生長的民眾。——譬如想有喬木，想看好花，一定要有好土；沒有土，便沒有花木了；所以土實在較花木還重要。花木非有土不可，正同拿破侖非有好兵不可一樣。

　　然而現在社會上的論調和趨勢，一面固然要求天才，一面卻要他滅亡，連預備的土也想掃盡。舉出幾樣來說：

　　其一就是“整理國故”。自從新思潮來到中國以後，其實何嘗有力，而一群老頭子，還有少年，卻已喪魂失魄的來講國故了，他們說，"中國自有許多好東西，都不整理保存，倒去求新，正如放棄祖宗遺產一樣不肖。"抬出祖宗來說法，那自然是極威嚴的，然而我總不信在舊馬褂未曾洗淨疊好之前，便不能做一件新馬褂。就現狀而言，做事本來還隨各人的自便，老先生要整理國故，當然不妨去埋在南窗下讀死書，至於青年，卻自有他們的活學問和新藝術，各幹各事，也還沒有大妨害的，但若拿了這面旗子來號召，那就是要中國永遠與世界隔絕了。倘以為大家非此不可，那更是荒謬絕倫！我們和古董商人談天，他自然總稱讚他的古董如何好，然而他決不痛罵畫家，農夫，工匠等類，說是忘記了祖宗：他實在比許多國學家聰明得遠。

其一是"崇拜創作"。從表面上看來，似乎這和要求天才的步調很相合，其實不然。那精神中，很含有排斥外來思想，異域情調的分子，所以也就是可以使中國和世界潮流隔絕的。許多人對於托爾斯泰，都介涅夫，陀思妥夫斯奇的名字，已經厭聽了，然而他們的著作，有甚麼譯到中國來？眼光囚在一國裡，聽談彼得和約翰就生厭，定須張三李四才行，於是創作家出來了，從實說，好的也離不了刺取點外國作品的技術和神情，文筆或者漂亮，思想往往趕不上翻譯品，甚者還要加上些傳統思想，使他適合於中國人的老脾氣，而讀者卻已為他所牢籠了，於是眼界便漸漸的狹小，幾乎要縮進舊圈套裡去。作者和讀者互相為因果，排斥異流，抬上國粹，那裡會有天才產生？即使產生了，也是活不下去的。

這樣的風氣的民眾是灰塵，不是泥土，在他這裡長不出好花和喬木來！

還有一樣是惡意的批評。大家的要求批評家的出現，也由來已久了，到目下就出了許多批評家。可惜他們之中很有不少是不平家，不像批評家，作品才到面前，便恨恨地磨墨，立刻寫出很高明的結論道，"唉，幼稚得很。中國要天才！"到後來，連並非批評家也這樣叫喊了，他是聽來的。其實即使天才，在生下來的時候的第一聲啼哭，也和平常的兒童的一樣，決不會就是一首好詩。因為幼稚，當頭加以戕賊，也可以萎死的。我親見幾個作者，都被他們罵得寒噤了。那些作者大約自然不是天才，然而我的希望是便是常人也留着。

惡意的批評家在嫩苗的地上馳馬，那當然是十分快意的事；然而遭殃的是嫩苗——平常的苗和天才的苗。幼稚對於老成，有如孩子對於老人，決沒有甚麼恥辱；作品也一樣，起初幼稚，不算恥辱的。因為倘不遭了戕賊，他就會生長，成熟，老成；獨有老衰和腐敗，倒是無藥可救的事！我以為幼稚的人，或者老大的人，如有幼稚的心，就說幼稚的話，只為自己要說而說，說出之後，至多到印出之後，自己的事就完了，對於無論打着甚麼旗子的批評，都可以置之不理的！

就是在座的諸君，料來也十之九願有天才的產生罷，然而情形是這樣，不但產生天才難，單是有培養天才的泥土也難。我想，天才大半是天賦的；獨有這培養天才的泥土，似乎大家都可以做。做土的功效，比要求天才還切近；否則，縱有成千成百的天才，也因為沒有泥土，不能發達，要像一碟子綠豆芽。

做土要擴大了精神，就是收納新潮，脫離舊套，能夠容納，瞭解那將來產生的天才；又要不怕做小事業，就是能創作的自然是創作，否則翻譯，介紹，欣賞，讀，看，消閒都可以。以文藝來消閒，說來似乎有些可笑，但究竟較勝於戕賊他。

泥土和天才比，當然是不足齒數的，然而不是堅苦卓絕者，也怕不容易做；不過事在人為，比空等天賦的天才有把握。這一點，是泥土的偉大的地方，也是反有大希望的地方。而且也有報酬，譬如好花從泥土裡出來，看的人固然欣然的賞鑑，泥土也可以欣然的賞鑑，正不必花卉自身，這才心曠神怡的——假如當作泥土也有靈魂的說。

點 評

這篇講演，針對當時呼喚文學天才出現的時代性焦慮，提出培育天才的泥土，從切實處做起的思想，觸及五四新文學的一門必修課。魯迅認為：「天才並不是自生自長在深林荒野裡的怪物，是由可以使天才生長的民眾產生，長育出來的，所以沒有這種民眾，就沒有天才。……在要求天才的產生之前，應該先要求可以使天才生長的民眾。——譬如想有喬木，想看好花，一定要有好土；沒有土，便沒有花木了；所以土實在較花木還重要。」他批評了當時三種妨礙天才和產生天才的泥土的誤區：一是老先生自可埋頭「整理國故」，不應妨害青年追求「活學問和新藝術」；二是「崇拜創作」無可厚非，但不應排斥外來思潮，討厭翻譯文學，使眼界變得狹小，幾乎要縮進舊圈套裡去；三是還有惡意的批評家在文學嫩苗的地上馳馬，這在新文學發軔期是非常有害的，要知道「即使天才，在生下來的時候的第一聲啼哭，也和平常的兒童的一樣，決不會就是一首好詩」；「作品也一樣，起初幼稚，不算恥辱的。因為倘不遭了戕賊，他就會生長，成熟，老成；獨有老衰和腐敗，倒是無藥可救的事！」如果不清除這些誤區，「縱有成千成百的天才，也因為沒有泥土，不能發達，要像一碟子綠豆芽」。因此在未有天才之前，先要提高泥土的質量，「做土要擴大了精神，就是收納新潮，脫離舊套，能夠容納，瞭解那將來產生的天才；又要不怕做小事業，就是能創作的自然是創作，否則翻譯，介紹，欣賞，讀，看，消閒都可以」。這樣的泥土是有「靈魂」的，它的偉大在於它也是反有大希望的地方。

論雷峰塔的倒掉

　　聽說，杭州西湖上的雷峰塔倒掉了，聽說而已，我沒有親見。但我卻見過未倒的雷峰塔，破破爛爛的映掩於湖光山色之間，落山的太陽照着這些四近的地方，就是“雷峰夕照”，西湖十景之一。“雷峰夕照”的真景我也見過，並不見佳，我以為。

　　然而一切西湖勝跡的名目之中，我知道得最早的卻是這雷峰塔。我的祖母曾經常常對我說，白蛇娘娘就被壓在這塔底下。有個叫作許仙的人救了兩條蛇，一青一白，後來白蛇便化作女人來報恩，嫁給許仙了；青蛇化作丫鬟，也跟着。一個和尚，法海禪師，得道的禪師，看見許仙臉上有妖氣，——凡討妖怪做老婆的人，臉上就有妖氣的，但只有非凡的人才看得出，——便將他藏在金山寺的法座後，白蛇娘娘來尋夫，於是就“水滿金山”。我的祖母講起來還要有趣得多，大約是出於一部彈詞叫作《義妖傳》裡的，但我沒有看過這部書，所以也不知道“許仙”“法海”究竟是否這樣寫。總而言之，白蛇娘娘終於中了法海的計策，被裝在一個小小的鉢盂裡了。鉢盂埋在地裡，上面還造起一座鎮壓的塔來，這就是雷峰塔。此後似乎事情還很多，如“白狀元祭塔”之類，但我現在都忘記了。

　　那時我惟一的希望，就在這雷峰塔的倒掉。後來我長大了，到杭州，看見這破破爛爛的塔，心裡就不舒服。後來我看看書，說杭州人又叫這塔作保叔塔，其實應該寫作“保俶塔”，是錢王的兒子造的。那麼，裡面當然沒有白蛇娘娘了，然而我心裡仍然不舒服，仍然希望他倒掉。

現在，他居然倒掉了，則普天之下的人民，其欣喜為何如？

這是有事實可證的。試到吳越的山間海濱，探聽民意去。凡有田夫野老，蠶婦村氓，除了幾個腦髓裡有點貴恙的之外，可有誰不為白娘娘抱不平，不怪法海太多事的？

和尚本應該只管自己唸經。白蛇自迷許仙，許仙自娶妖怪，和別人有甚麼相干呢？他偏要放下經卷，橫來招是搬非，大約是懷着嫉妒罷，──那簡直是一定的。

聽說，後來玉皇大帝也就怪法海多事，以至荼毒生靈，想要拿辦他了。他逃來逃去，終於逃在蟹殼裡避禍，不敢再出來，到現在還如此。我對於玉皇大帝所做的事，腹誹的非常多，獨於這一件卻很滿意，因為"水滿金山"一案，的確應該由法海負責；他實在辦得很不錯。只可惜我那時沒有打聽這話的出處，或者不在《義妖傳》中，卻是民間的傳說罷。

秋高稻熟時節，吳越間所多的是螃蟹，煮到通紅之後，無論取那一隻，揭開背殼來，裡面就有黃，有膏；倘是雌的，就有石榴子一般鮮紅的子。先將這些吃完，即一定露出一個圓錐形的薄膜，再用小刀小心地沿着錐底切下，取出，翻轉，使裡面向外，只要不破，便變成一個羅漢模樣的東西，有頭臉，身子，是坐着的，我們那裡的小孩子都稱他"蟹和尚"，就是躲在裡面避難的法海。

當初，白蛇娘娘壓在塔底下，法海禪師躲在蟹殼裡。現在卻只有這位老禪師獨自靜坐了，非到螃蟹斷種的那一天為止出不來。莫非他造塔的時候，竟沒有想到塔是終究要倒的麼？

活該。

一九二四年十月二十八日。

點 評

　　本篇和下篇分別發表在一九二四年十一月和一九二五年二月《語絲》週刊，收入《墳》。杭州西湖的雷峰塔，據傳是吳越王錢弘俶為慶祝寵妃黃氏得子而建，建於宋太祖開寶八年（九七五年），至元代猶有"千尺浮圖兀倚空"的雄偉。元代維吾爾族詩人貫雲石（原名小雲石海涯，一二八六至一三二四）晚年隱居杭州時，作《正宮·小梁州》曲說："雷峰塔畔登高望，見錢塘一派長江。湖水清，江潮漾，天邊斜月，新雁兩三行。"明嘉靖年間，倭寇入侵杭州，懷疑塔內藏有明軍，放火焚塔，木質結構多毀，只存磚體塔身。這就是魯迅早年所見的"破破爛爛的映掩於湖光山色之間"了。

　　雷峰塔於一九二四年九月二十五日下午，突然坍塌。作為歷史文物的倒塌，自然是可惜的，但魯迅這篇文章採取的是文化批評的視角，把雷峰塔當作某種文化象徵物，進入了另一評價體系。這種文化批評視角的轉換，是魯迅啓蒙、批判、改革精神的結晶。既然雷峰塔象徵着對報恩思凡、追求美好姻緣的白蛇娘娘的鎮壓，象徵着以宗教禁慾主義撲滅人間的自由情感和愛情，那麼它的倒掉也就象徵着令人欣喜的精神解放了。文中說法海大約是對人間美好婚姻"懷着嫉妒"，而招是搬非，逼出"水滿金山"，這是以弗洛伊德的精神分析學重新解釋古老的傳說。民間心理是同情白蛇娘娘，而討厭法海和尚禪師的："試到吳越的山間海濱，探聽民意去。凡有田夫野老，蠶婦村氓，除了幾個腦髓裡有點貴恙的之外，可有誰不為白娘娘抱不平，不怪法海太多事的？"因而引民間傳說為證，玉皇大帝怪法海多事，要拿辦他，使他只好逃入蟹殼中當"蟹和尚"了，這是不會像雷峰塔倒掉這樣容易了結的懲罰。雷峰塔傳說和蟹和尚傳說，代表着傳統禮教和民間的兩種價值觀。

再論雷峰塔的倒掉

　　從崇軒先生的通信（二月份《京報副刊》）裡，知道他在輪船上聽到兩個旅客談話，說是杭州雷峰塔之所以倒掉，是因為鄉下人迷信那塔磚放在自己的家中，凡事都必平安，如意，逢凶化吉，於是這個也挖，那個也挖，挖之久久，便倒了。一個旅客並且再三嘆息道：西湖十景這可缺了呵！

　　這消息，可又使我有點暢快了，雖然明知道幸災樂禍，不像一個紳士，但本來不是紳士的，也沒有法子來裝潢。

　　我們中國的許多人，──我在此特別鄭重聲明：並不包括四萬萬同胞全部！──大抵患有一種"十景病"，至少是"八景病"，沉重起來的時候大概在清朝。凡看一部縣誌，這一縣往往有十景或八景，如"遠村明月""蕭寺清鐘""古池好水"之類。而且，"十"字形的病菌，似乎已經侵入血管，流佈全身，其勢力早不在"！"形驚嘆亡國病菌之下了。點心有十樣錦，菜有十碗，音樂有十番，閻羅有十殿，藥有十全大補，猜拳有全福手福手全，連人的劣跡或罪狀，宣佈起來也大抵是十條，仿佛犯了九條的時候總不肯歇手。現在西湖十景可缺了呵！"凡為天下國家有九經"，九經固古已有之，而九景卻頗不習見，所以正是對於十景病的一個針砭，至少也可以使患者感到一種不平常，知道自己的可愛的老病，忽而跑掉了十分之一了。

　　但仍有悲哀在裡面。

　　其實，這一種勢所必至的破壞，也還是徒然的。暢快不過是無聊的自欺。雅人和信士和傳統大家，定要苦心孤詣巧語花言地再來補足了十景而後已。

無破壞即無新建設，大致是的；但有破壞卻未必即有新建設。盧梭，斯諦納爾，尼采，托爾斯泰，伊孛生等輩，若用勃蘭兌斯的話來說，乃是"軌道破壞者"。其實他們不單是破壞，而且是掃除，是大呼猛進，將礙腳的舊軌道不論整條或碎片，一掃而空，並非想挖一塊廢鐵古磚挾回家去，預備賣給舊貨店。中國很少這一類人，即使有之，也會被大眾的唾沫淹死。孔丘先生確是偉大，生在巫鬼勢力如此旺盛的時代，偏不肯隨俗談鬼神；但可惜太聰明了，"祭如在祭神如神在"，只用他修《春秋》的照例手段以兩個"如"字略寓"俏皮刻薄"之意，使人一時莫明其妙，看不出他肚皮裡的反對來。他肯對子路賭咒，卻不肯對鬼神宣戰，因為一宣戰就不和平，易犯罵人 —— 雖然不過罵鬼 —— 之罪，即不免有《衡論》（見一月份《晨報副鐫》）作家 TY 先生似的好人，會替鬼神來奚落他道：為名乎？罵人不能得名。為利乎？罵人不能得利。想引誘女人乎？又不能將蚩尤的臉子印在文章上。何樂而為之也歟？

孔丘先生是深通世故的老先生，大約除臉子付印問題以外，還有深心，犯不上來做明目張膽的破壞者，所以只是不談，而決不罵，於是乎儼然成為中國的聖人，道大，無所不包故也。否則，現在供在聖廟裡的，也許不姓孔。

不過在戲台上罷了，悲劇將人生的有價值的東西毀滅給人看，喜劇將那無價值的撕破給人看。譏諷又不過是喜劇的變簡的一支流。但悲壯滑稽，卻都是十景病的仇敵，因為都有破壞性，雖然所破壞的方面各不同。中國如十景病尚存，則不但盧梭他們似的瘋子決不產生，並且也決不產生一個悲劇作家或喜劇作家或諷刺詩人。所有的，只是喜劇底人物或非喜劇非悲劇底人物，在互相模造的十景中生存，一面各各帶了十景病。

然而十全停滯的生活，世界上是很不多見的事，於是破壞者到了，但並非自己的先覺的破壞者，卻是狂暴的強盜，或外來的蠻夷。狄早到過中原，五胡來過了，蒙古也來過了；同胞張獻忠殺人如草，而滿州兵的一箭，就鑽進樹叢中死掉了。有人論中國説，倘使沒有帶着新鮮的血液的野蠻的侵入，真不知自身會腐敗到如何·！這當然是極刻毒的惡謔，但我們一翻歷史，怕不免要有汗流浹背的時候罷。外寇來了，暫一震動，終於請他作主子，在他的刀斧下修補老例；內寇來了，也暫一震動，終於請他做主子，或者別拜一個主子，在自己的瓦礫中修補老例。再來翻縣誌，就看見每一次兵燹之後，所添上的是許多烈婦烈女的氏名。看近來的兵禍，怕又要大舉表揚節烈了罷。許多男人們都那裡去了？

凡這一種寇盜式的破壞，結果只能留下一片瓦礫，與建設無關。

但當太平時候，就是正在修補老例，並無寇盜時候，即國中暫時沒有破壞麼？也不然的，其時有奴才式的破壞作用常川活動着。

雷峰塔磚的挖去，不過是極近的一條小小的例。龍門的石佛，大半肢體不全，圖書館中的書籍，插圖須謹防撕去，凡公物或無主的東西，倘難於移動，能夠完全的即很不多。但其毀壞的原因，則非如革除者的志在掃除，也非如寇盜的志在掠奪或單是破壞，僅因目前極小的自利，也肯對於完整的大物暗暗的加一個創傷。人數既多，創傷自然極大，而倒敗之後，卻難於知道加害的究竟是誰。正如雷峰塔倒掉以後，我們單知道由於鄉下人的迷信。共有的塔失去了，鄉下人的所得，卻不過一塊磚，這磚，將來又將為別一自利者所藏，終究至於滅盡。倘在民康物阜時候，因為十景病的發作，新的雷峰塔也會再造的罷。但將來的運命，不也就可以推想而知麼？如果鄉下人還是這樣的鄉下人，老例還是這樣的老例。

這一種奴才式的破壞，結果也只能留下一片瓦礫，與建設無關。

豈但鄉下人之於雷峰塔，日日偷挖中華民國的柱石的奴才們，現在正不知有多少！

瓦礫場上還不足悲，在瓦礫場上修補老例是可悲的。我們要革新的破壞者，因為他內心有理想的光。我們應該知道他和寇盜奴才的分別；應該留心自己墮入後兩種。這區別並不煩難，只要觀人，省己，凡言動中，思想中，含有藉此據為己有的朕兆者是寇盜，含有藉此佔些目前的小便宜的朕兆者是奴才，無論在前面打着的是怎樣鮮明好看的旗子。

一九二五年二月六日。

點 評

魯迅一旦把雷峰塔當作文化象徵物，它的坍塌也就不妨對之一論再論，於是在寫了《論雷峰塔的倒掉》之後，意猶未已，三個月後又寫出《再論雷峰塔的倒掉》。文章從崇軒（胡也頻）刊登在一九二五年二月二日《京報副刊》上的給編者孫伏園的信《雷峰塔倒掉的原因》談起，信中說："那雷峰塔不知在何時已倒掉了一半，只剩着下半截，很破爛的，可是我們那裡的鄉下人差不多都有這樣的迷信，說是能夠把雷峰塔的磚拿一塊放在家裡必定平安，如意，無論甚麼凶事都能夠化吉，所以一到雷峰塔去觀瞻的鄉下人，都要偷偷的把塔磚挖一塊帶家去，——我的表兄曾這樣做過的，——你想，一人一塊，久而久之，那雷峰塔裡的磚都給人家挖空了，塔豈有不倒掉的道理？現在雷峰塔是已經倒掉了，唉，西湖十景這可缺了啊！"一九二九年出版的劉聲木《萇楚齋續筆》卷三有《雷峰塔記》也説："甲子八月中秋後，杭州西湖水忽然混濁如墨者三日，杭人盛傳，白娘娘將出現，謠言大熾。未幾，廿七日下午一時三十分，雷峰塔忽然崩坍，聲震全湖。俗傳白蛇精為白娘娘，壓於雷峰塔下，塔坍，白蛇精當然出現。其塔基在西湖南屏山西淨慈寺北，與寶俶塔相對。塔成於北宋開寶八年，歲在乙亥，距今九百五十年。其崩坍原因，其故由於杭人相傳，求子者偷塔上一磚回家，即可生子，兼可鎮邪辟火，以致偷磚者紛紛。久之，塔雖在，已外強內乾，終有崩坍之一日。上海土俗謂：偷生兒女多者之馬桶蓋，蓋於自己馬桶上，即可生子。以致生子女多者馬桶蓋防護維謹，無子者盜竊維巧，得之者欣喜異常，失者則咒罵不已，亦奇聞也。"

魯迅從胡崇軒手中借用了"現在雷峰塔是已經倒掉了，唉，西湖十景這可缺了呵！"由此引出了傳統中國人"十景病"的話題："我們中國的許多人，──我在此特別鄭重聲明：並不包括四萬萬同胞全部！──大抵患有一種'十景病'，至少是'八景病'，沉重起來的時候大概在清朝。凡看一部縣誌，這一縣往往有十景或八景，如'遠村明月''蕭寺清鐘''古池好水'之類。而且，'十'字形的病菌，似乎已經侵入血管，流佈全身⋯⋯點心有十樣錦，菜有十碗，音樂有十番，閻羅有十殿，藥有十全大補，猜拳有全福手福手全，連人的劣跡或罪狀，宣佈起來也大抵是十條，仿佛犯了九條的時候總不肯歇手。現在西湖十景可缺了呵！⋯⋯定要苦心孤詣巧語花言地再來補足了十景而後已。"魯迅解剖國民性，批評傳統中國人的"十景病"，以及維護"十全停滯的生活"和"修補老例"的習性，"外寇來了，暫一震動，終於請他作主子，在他的刀斧下修補老例；內寇來了，也暫一震動，終於請他做主子，或者別拜一個主子，在自己的瓦礫中修補老例"。行文對於"奴才式的破壞者"

也極其憎惡，"雷峰塔磚的挖去，不過是極近的一條小小的例。龍門的石佛，大半肢體不全，圖書館中的書籍，插圖須謹防撕去，凡公物或無主的東西，倘難於移動，能夠完全的即很不多"。這種"奴才式的破壞者"在名勝古跡上，留下了破壞者本人的恥辱印記。因而魯迅嚴厲地批判了"寇盜式的破壞"、"奴才式的破壞"，提倡革新的破壞者。他主張以開放的胸襟接納新潮，迎着理想之光，對傳統文化結構進行破壞和重建，體現了一個文化革新者的急進姿態。

尚可補充的是，徐一士《一士類稿》說："（孫）傳芳由閩入浙，抵杭州之日，雷峰塔崩圮，談休咎者以為不祥之徵，而傳芳無恙，馴且以浙江為根據地，一躍而為五省聯帥焉。在浙時收拾民心，與地方感情頗不惡。比至蘇，首裁附加捐稅，民譽大起。……失敗後，在江浙尚不無去思，亦自有因耳。"以雷峰塔的倒掉反襯軍閥"政績"，反映了作者的巫鬼心理和頑固立場。又據《鄭孝胥日記》記載，鄭孝胥以總理內務府大臣的身份隨溥儀從北京潛逃至天津日租界，一九二五年一月二十一日有樓辛壺者，持雷峰塔所出錢武肅刻《陀羅尼經》求他題字。八年後，鄭氏已是偽"滿洲國"國務總理兼陸軍大臣，一九三三年八月二十日，為日人題畫虎、畫歸農二紙；為陳識先題雷峰塔藏經小卷："雷峰已滅藏經出，四十年來事渺茫（光緒乙未二月，嘗一至湖上）。劫後遺民吾尚在，卻看孤塔過遼陽。"這實在是不幸被魯迅言中了，奴才式的破壞在雷峰塔的倒掉後還在繼續，劫掠廢墟藏經就是一例。鄭氏不作掩飾地記錄在案，是應以喜劇筆墨予以嘲諷和撕破的。正如魯迅所說："悲劇將人生的有價值的東西毀滅給人看，喜劇將那無價值的撕破給人看。譏諷又不過是喜劇的變簡的一支流。"

看鏡有感

因為翻衣箱，翻出幾面古銅鏡子來，大概是民國初年初到北京時候買在那裡的，"情隨事遷"，全然忘卻，宛如見了隔世的東西了。

一面圓徑不過二寸，很厚重，背面滿刻蒲陶，還有跳躍的鼺鼠，沿邊是一圈小飛禽。古董店家都稱為"海馬葡萄鏡"。但我的一面並無海馬，其實和名稱不相當。記得曾見過別一面，是有海馬的，但貴極，沒有買。這些都是漢代的鏡子；後來也有模造或翻沙者，花紋可造粗拙得多了。漢武通大宛安息，以致天馬蒲萄，大概當時是視為盛事的，所以便取作什器的裝飾。古時，於外來物品，每加海字，如海榴，海紅花，海棠之類。海即現在之所謂洋，海馬譯成今文，當然就是洋馬。鏡鼻是一個蝦蟆，則因為鏡如滿月，月中有蟾蜍之故，和漢事不相干了。

遙想漢人多少閎放，新來的動植物，即毫不拘忌，來充裝飾的花紋。唐人也還不算弱，例如漢人的墓前石獸，多是羊，虎，天祿，辟邪，而長安的昭陵上，卻刻着帶箭的駿馬，還有一匹駝鳥，則辦法簡直前無古人。現今在墳墓上不待言，即平常的繪畫，可有人敢用一朵洋花一隻洋鳥，即私人的印章，可有人肯用一個草書一個俗字麼？許多雅人，連記年月也必是甲子，怕用民國紀元。不知道是沒有如此大膽的藝術家；還是雖有而民眾都加迫害，他於是乎只得萎縮，死掉了？

宋的文藝，現在似的國粹氣味就熏人。然而遼金元陸續進來了，這消息很耐尋味。漢唐雖然也有邊患，但魄力究竟雄大，人民具有不至於為異族奴隸的自信心，或者竟毫未想到，凡取用外來事物的時候，就如將彼俘來一樣，自由驅使，絕不介懷。一到衰弊陵夷之際，神經可就衰弱過敏了，每遇外國東西，便覺得仿佛彼來俘我一樣，推拒，惶恐，退縮，逃避，抖成一團，又必想一篇道理來掩飾，而國粹遂成為屠王和屠奴的寶貝。

　　無論從那裡來的，只要是食物，壯健者大抵就無需思索，承認是吃的東西。惟有衰病的，卻總常想到害胃，傷身，特有許多禁條，許多避忌；還有一大套比較利害而終於不得要領的理由，例如吃固無妨，而不吃尤穩，食之或當有益，然究以不吃為宜云云之類。但這一類人物總要日見其衰弱的，因為他終日戰戰兢兢，自己先已失了活氣了。

　　不知道南宋比現今如何，但對外敵，卻明明已經稱臣，惟獨在國內特多繁文縟節以及嘮叨的碎話。正如倒霉人物，偏多忌諱一般，豁達閎大之風消歇淨盡了。直到後來，都沒有甚麼大變化。我曾在古物陳列所所陳列的古畫上看見一顆印文，是幾個羅馬字母。但那是所謂"我聖祖仁皇帝"的印，是征服了漢族的主人，所以他敢；漢族的奴才是不敢的。便是現在，便是藝術家，可有敢用洋文的印的麼？

　　清順治中，時憲書上印有"依西洋新法"五個字，痛哭流涕來劾洋人湯若望的偏是漢人楊光先。直到康熙初，爭勝了，就教他做欽天監正去，則又叩閽以"但知推步之理不知推步之數"辭。不准辭，則又痛哭流涕地來做《不得已》，說道"寧可使中夏無好曆法，不可使中夏有西洋人。"然而終於連閏月都算錯了，他大約以為好曆法專屬於西洋人，中夏人自己是學不得，也學不好的。但他竟論了大辟，可是沒有殺，放歸，死於途中了。湯若望入中國還在明崇禎初，其法終未見用；後來阮元論之曰："明季君臣以大統浸疏，開局修正，既知新法之密，而迄未施行。聖朝定鼎，以其法造時憲書，頒行天下。彼十餘年辯論翻譯之勞，若以備我朝之採用者，斯亦奇矣！……我國家聖聖相傳，用人行政，惟求其是，而不先設成心。即是一端，可以仰見如天之度量矣！"（《疇人傳》四十五）

現在流傳的古鏡們，出自冢中者居多，原是殉葬品。但我也有一面日用鏡，薄而且大，規撫漢制，也許是唐代的東西。那證據是：一，鏡鼻已多磨損；二，鏡面的沙眼都用別的銅來補好了。當時在妝閣中，曾照唐人的額黃和眉綠，現在卻監禁在我的衣箱裡，它或者大有今昔之感罷。

但銅鏡的供用，大約道光咸豐時候還與玻璃鏡並行；至於窮鄉僻壤，也許至今還用着。我們那裡，則除了婚喪儀式之外，全被玻璃鏡驅逐了。然而也還有餘烈可尋，倘街頭遇見一位老翁，肩了長凳似的東西，上面縛着一塊豬肝色石和一塊青色石，試伫聽他的叫喊，就是"磨鏡，磨剪刀！"

宋鏡我沒有見過好的，什九並無藻飾，只有店號或"正其衣冠"等類的迂銘詞，真是"世風日下"。但是要進步或不退步，總須時時自出新裁，至少也必取材異域，倘若各種顧忌，各種小心，各種嘮叨，這麼做即違了祖宗，那麼做又像了夷狄，終生惴惴如在薄冰上，發抖尚且來不及，怎麼會做出好東西來。所以事實上"今不如古"者，正因為有許多嘮叨着"今不如古"的諸位先生們之故。現在情形還如此。倘再不放開度量，大膽地，無畏地，將新文化盡量地吸收，則楊光先似的向西洋主人瀝陳中夏的精神文明的時候，大概是不勞久待的罷。

但我向來沒有遇見過一個排斥玻璃鏡子的人。單知道咸豐年間，汪曰楨先生卻在他的大著《湖雅》裡攻擊過的。他加以比較研究之後，終於決定還是銅鏡好。最不可解的是：他說，照起面貌來，玻璃鏡不如銅鏡之準確。莫非那時的玻璃鏡當真壞到如此，還是因為他老先生又帶上了國粹眼鏡之故呢？我沒有見過古玻璃鏡。這一點終於猜不透。

一九二五年二月九日。

點　評

　　本篇最初發表於一九二五年三月二日《語絲》週刊第十六期，收入《墳》。借物（銅鏡）言志，在批判自我封閉的國粹派的同時，弘揚敢於接受外來事物的“漢唐魄力”，洋溢着開放精神。“遙想漢人多少閎放，新來的動植物，即毫不拘忌，來充裝飾的花紋。唐人也還不算弱，例如漢人的墓前石獸，多是羊，虎，天祿，辟邪，而長安的昭陵上，卻刻着帶箭的駿馬，還有一匹駝鳥，則辦法簡直前無古人。”漢唐魄力，是我們民族值得永遠回憶的大國氣象。因為漢唐氣象是開放的，充溢着元氣的，“漢唐雖然也有邊患，但魄力究竟雄大，人民具有不至於為異族奴隸的自信心，或者竟毫未想到，凡取用外來事物的時候，就如將彼俘來一樣，自由驅使，絕不介懷”。

　　魯迅的人文興趣廣泛，少好繡像、俗劇，長嗜古碑、漢磚和木刻，藉以體驗文化趣味和古人心靈。文學家的魯迅，是以博識者作為其文化修養背景的，本篇寫得如此驅遣自如，誠然顯示了博識者風采。比如他談論銅鏡：“一面圓徑不過二寸，很厚重，背面滿刻蒲陶，還有跳躍的鼯鼠，沿邊是一圈小飛禽。古董店家都稱為‘海馬葡萄鏡’。但我的一面並無海馬，其實和名稱不相當。記得曾見過別一面，是有海馬的，但貴極，沒有買。這些都是漢代的鏡子；後來也有模造或翻沙者，花紋可造粗拙得多了。漢武通大宛安息，以致天馬蒲萄，大概當時是視為盛事的，所以便取作什器的裝飾。古時，於外來物品，每加海字，如海榴，海紅花，海棠之類。海即現在之所謂洋，海馬譯成今文，當然就是洋馬。鏡鼻是一個蝦蟆，則因為鏡如滿月，月中有蟾蜍之故，和漢事不相干了。"這種專家內行的口吻，沒有民國初年魯迅於寂寞中潛心購閱佛典，校勘古碑，搜集金石小品和漢代石畫像所形成的知識儲備，是做不到的。民國初年，是魯迅修煉內功的時期。從這種意義上說，沒有民初的魯迅，何來"五四"的魯迅？

忽然想到（三、四）

三

我想，我的神經也許有些瞀亂了。否則，那就可怕。

我覺得仿佛久沒有所謂中華民國。

我覺得革命以前，我是做奴隸；革命以後不多久，就受了奴隸的騙，變成他們的奴隸了。

我覺得有許多民國國民而是民國的敵人。

我覺得有許多民國國民很像住在德法等國裡的猶太人，他們的意中別有一個國度。

我覺得許多烈士的血都被人們踏滅了，然而又不是故意的。

我覺得甚麼都要從新做過。

退一萬步說罷，我希望有人好好地做一部民國的建國史給少年看，因為我覺得民國的來源，實在已經失傳了，雖然還只有十四年！

二月十二日。

四

先前，聽到二十四史不過是"相斫書"，是"獨夫的家譜"一類的話，便以為誠然。後來自己看起來，明白了：何嘗如此。

歷史上都寫着中國的靈魂，指示着將來的命運，只因為塗飾太厚，廢話太多，所以很不容易察出底細來。正如通過密葉投射在莓苔上面的月光，只看見點點的碎影。但如看野史和雜記，可更容易瞭然了，因為他們究竟不必太擺史官的架子。

秦漢遠了，和現在的情形相差已多，且不道。元人著作寥寥。至於唐宋明的雜史之類，則現在多有。試將記五代，南宋，明末的事情的，和現今的狀況一比較，就當驚心動魄於何其相似之甚，仿佛時間的流駛，獨與我們中國無關。現在的中華民國也還是五代，是宋末，是明季。

以明末例現在，則中國的情形還可以更腐敗，更破爛，更兇酷，更殘虐，現在還不算達到極點。但明末的腐敗破爛也還未達到極點，因為李自成，張獻忠鬧起來了。而張李的兇酷殘虐也還未達到極點，因為滿洲兵進來了。

難道所謂國民性者，真是這樣地難於改變的麼？倘如此，將來的命運便大略可想了，也還是一句爛熟的話：古已有之。

伶俐人實在伶俐，所以，決不攻難古人，搖動古例的。古人做過的事，無論甚麼，今人也都會做出來。而辯護古人，也就是辯護自己。況且我們是神州華冑，敢不“繩其祖武”麼？

幸而誰也不敢十分決定說：國民性是決不會改變的。在這“不可知”中，雖可有破例 —— 即其情形為從來所未有 —— 的滅亡的恐怖，也可以有破例的復生的希望，這或者可作改革者的一點慰藉罷。

但這一點慰藉，也會勾消在許多自詡古文明者流的筆上，淹死在許多誣告新文明者流的嘴上，撲滅在許多假冒新文明者流的言動上，因為相似的老例，也是“古已有之”的。

其實這些人是一類，都是伶俐人，也都明白，中國雖完，自己的精神是不會苦的，——因為都能變出合式的態度來。倘有不信，請看清朝的漢人所做的頌揚武功的文章去，開口"大兵"，閉口"我軍"，你能料得到被這"大兵""我軍"所敗的就是漢人的麼？你將以為漢人帶了兵將別的一種甚麼野蠻腐敗民族殲滅了。

然而這一流人是永遠勝利的，大約也將永久存在。在中國，惟他們最適於生存，而他們生存着的時候，中國便永遠免不掉反覆着先前的運命。

"地大物博，人口眾多"，用了這許多好材料，難道竟不過老是演一齣輪迴把戲而已麼？

二月十六日。

點 評

本篇和下一篇《忽然想到（五、六）》先後發表於一九二五年二月和四月的《京報副刊》，收入《華蓋集》。題目似乎帶點感想的隨意性，但由於作者對歷史（尤其是野史）有深刻的領會，對現實沉思默察，使其每有所思都富有理性和悟性的直覺力，直抵社會歷史的深處，把握住時代思維的神經，讀之，令人有精神觸電而閃光的喜悅。

作為辛亥的過來人，魯迅痛感"理念上的辛亥"與"現實中的辛亥"，存在着巨大落差："我覺得仿佛久沒有所謂中華民國。我覺得革命以前，我是做奴隸；革命以後不多久，就受了奴隸的騙，變成他們的奴隸了。"魯迅以歷史和現實相參證，"試將記五代，南宋，明末的事情的，和現今的狀況一比較，就當驚心動魄於何其相似之甚，仿佛時間的流駛，獨與我們中國無關。現在的中華民國也還是五代，是宋末，是明季"。這種"季世感"在魯迅心頭蒙上了濃重的陰影，歷史的循環感和倒退感與他所接受的歷史進化論，發生了強烈的對撞。撞得看透了"兩個辛亥"的裂變，使魯迅"覺得甚麼都要從新做過"。"五四"開始的事業，相對於辛亥而言，就是思想文化上"從新做"的事業。

　　以史為鑑的批判精神，是上承魯迅家鄉的浙東史學的，但魯迅超越了"六經皆史"，而從正統趨向異端，趨向野史："歷史上都寫着中國的靈魂，指示着將來的命運，只因為塗飾太厚，廢話太多，所以很不容易察出底細來。正如通過密葉投射在莓苔上面的月光，只看見點點的碎影。但如看野史和雜記，可更容易瞭然了，因為他們究竟不必太擺史官的架子。"以野史雜學入雜文，是魯迅將雜文做大的一個知識學上的關鍵。

忽然想到（五、六）

五

　　我生得太早一點，連康有為們"公車上書"的時候，已經頗有些年紀了。政變之後，有族中的所謂長輩也者教誨我，說：康有為是想篡位，所以他的名字叫有為；有者，"富有天下"，為者，"貴為天子"也。非圖謀不軌而何？我想：誠然。可惡得很！

　　長輩的訓誨於我是這樣的有力，所以我也很遵從讀書人家的家教。屏息低頭，毫不敢輕舉妄動。兩眼下視黃泉，看天就是傲慢，滿臉裝出死相，說笑就是放肆。我自然以為極應該的，但有時心裡也發生一點反抗。心的反抗，那時還不算甚麼犯罪，似乎誅心之律，倒不及現在之嚴。

　　但這心的反抗，也還是大人們引壞的，因為他們自己就常常隨便大說大笑，而單是禁止孩子。黔首們看見秦始皇那麼闊氣，搗亂的項羽道："彼可取而代也！"沒出息的劉邦卻說："大丈夫不當如是耶？"我是沒出息的一流，因為羨慕他們的隨意說笑，就很希望趕忙變成大人，——雖然此外也還有別種的原因。

　　大丈夫不當如是耶，在我，無非只想不再裝死而已，慾望也並不甚奢。

　　現在，可喜我已經大了，這大概是誰也不能否認的罷，無論用了怎樣古怪的"邏輯"。

我於是就拋了死相，放心説笑起來，而不意立刻又碰了正經人的釘子：説是使他們“失望”了。我自然是知道的，先前是老人們的世界，現在是少年們的世界了；但竟不料治世的人們雖異，而其禁止説笑也則同。那麽，我的死相也還得裝下去，裝下去，“死而後已”，豈不痛哉！

我於是又恨我生得太遲一點。何不早二十年，趕上那大人還准説笑的時候？真是“我生不辰”，正當可詛咒的時候，活在可詛咒的地方了。

約翰彌耳説：專制使人們變成冷嘲。我們卻天下太平，連冷嘲也沒有。我想：暴君的專制使人們變成冷嘲，愚民的專制使人們變成死相。大家漸漸死下去，而自己反以為衞道有效，這才漸近於正經的活人。

世上如果還有真要活下去的人們，就先該敢説，敢笑，敢哭，敢怒，敢罵，敢打，在這可詛咒的地方擊退了可詛咒的時代！

四月十四日。

六

外國的考古學者們聯翩而至了。

久矣夫，中國的學者們也早已口口聲聲的叫着“保古！保古！保古！……”

但是不能革新的人種，也不能保古的。

所以，外國的考古學者們便聯翩而至了。

長城久成廢物，弱水也似乎不過是理想上的東西。老大的國民盡鑽在僵硬的傳統裡，不肯變革，衰朽到毫無精力了，還要自相殘殺。於是外面的生力軍很容易地進來了，真是“匪今斯今，振古如茲”。至於他們的歷史，那自然都沒我們的那麼古。

可是我們的古也就難保，因為土地先已危險而不安全。土地給了別人，則“國寶”雖多，我覺得實在也無處陳列。

但保古家還在痛罵革新，力保舊物地幹：用玻璃板印些宋版書，每部定價幾十幾百元；“涅槃！涅槃！涅槃！”佛自漢時已入中國，其古色古香為何如哉！買集些舊書和金石，是劬古愛國之士，略作考證，趕印目錄，就升為學者或高人。而外國人所得的古董，卻每從高人的高尚的袖底裡共清風一同流出。即不然，歸安陸氏的皕宋，濰縣陳氏的十鐘，其子孫尚能世守否？

現在，外國的考古學者們便聯翩而至了。

他們活有餘力，則以考古，但考古尚可，幫同保古就更可怕了。有些外人，很希望中國永是一個大古董以供他們的賞鑑，這雖然可惡，卻還不奇，因為他們究竟是外人。而中國竟也有自己還不夠，並且要率領了少年，赤子，共成一個大古董以供他們的賞鑑者，則真不知是生著怎樣的心肝。

中國廢止讀經了，教會學校不是還請腐儒做先生，教學生讀“四書”麼？民國廢去跪拜了，猶太學校不是偏請遺老做先生，要學生磕頭拜壽麼？外國人辦給中國人看的報紙，不是最反對五四以來的小改革麼？而外國總主筆治下的中國小主筆，則倒是崇拜道學，保存國粹的！

但是，無論如何，不革新，是生存也為難的，而況保古。現狀就是鐵證，比保古家的萬言書有力得多。

我們目下的當務之急，是：一要生存，二要溫飽，三要發展。苟有阻礙這前途者，無論是古是今，是人是鬼，是《三墳》《五典》，百宋千元，天球河圖，金人玉佛，祖傳丸散，秘製膏丹，全都踏倒他。

保古家大概總讀過古書，“林回棄千金之璧，負赤子而趨”，該不能說是禽獸行為罷。那麼，棄赤子而抱千金之璧的是甚麼？

四月十八日。

點　評

魯迅的文明批評立足於現實，他揭示現實這個"可詛咒的時候、可詛咒的地方"，有一種"禁止說笑"的信條，這就會扼殺生命力，並且導致"專制使人們變成冷嘲"。因而魯迅大聲疾呼："世上如果還有真要活下去的人們，就先該敢說，敢笑，敢哭，敢怒，敢罵，敢打，在這可詛咒的地方擊退了可詛咒的時代！"敢說、敢笑、敢哭、敢怒、敢罵、敢打這"六敢"，是生命的盛宴，是人性的張揚。

由於當時國粹保古之風甚盛，魯迅提醒："不能革新的人種，也不能保古的。"革新才能給古老的文化注入化腐朽為神奇的生命活力，不然，"老大的國民盡鑽在僵硬的傳統裡，不肯變革，衰朽到毫無精力了"。這倒符合有些外人的心意，他們"很希望中國永是一個大古董以供他們的賞鑑"。在現代世界，強敵環伺的時際，"無論如何，不革新，是生存也為難的，而況保古"？因而魯迅說得斬釘截鐵："我們目下的當務之急，是：一要生存，二要溫飽，三要發展。苟有阻礙這前途者，無論是古是今，是人是鬼，是《三墳》《五典》，百宋千元，天球河圖，金人玉佛，祖傳丸散，秘製膏丹，全都踏倒他。"值得注意的是，魯迅在這個單子上，提到的多是故弄玄虛，或烏煙瘴氣的一些古物，並沒有提到"四書五經"、史學諸子佛典之類，是否他在批判保古思潮的時候，也暗含着歷史理性的分析態度？

燈下漫筆

一

　　有一時，就是民國二三年時候，北京的幾個國家銀行的鈔票，信用日見其好了，真所謂蒸蒸日上。聽説連一向執迷於現銀的鄉下人，也知道這既便當，又可靠，很樂意收受，行使了。至於稍明事理的人，則不必是“特殊知識階級”，也早不將沉重累墜的銀元裝在懷中，來自討無謂的苦吃。想來，除了多少對於銀子有特別嗜好和愛情的人物之外，所有的怕大都是鈔票了罷，而且多是本國的。但可惜後來忽然受了一個不小的打擊。

　　就是袁世凱想做皇帝的那一年，蔡松坡先生溜出北京，到雲南去起義。這邊所受的影響之一，是中國和交通銀行的停止兌現。雖然停止兌現，政府勒令商民照舊行用的威力卻還有的；商民也自有商民的老本領，不説不要，卻道找不出零錢。假如拿幾十幾百的鈔票去買東西，我不知道怎樣，但倘使只要買一枝筆，一盒煙捲呢，難道就付給一元鈔票麼？不但不甘心，也沒有這許多票。那麼，換銅元，少換幾個罷，又都説沒有銅元。那麼，到親戚朋友那裡借現錢去罷，怎麼會有？於是降格以求，不講愛國了，要外國銀行的鈔票。但外國銀行的鈔票這時就等於現銀，他如果借給你這鈔票，也就借給你真的銀元了。

　　我還記得那時我懷中還有三四十元的中交票，可是忽而變了一個窮人，幾乎要絕食，很有些恐慌。俄國革命以後的藏着紙盧布的富翁的心情，恐怕也就這樣的罷；至多，不過更深更大罷了。我只得探聽，鈔票可能折價換到現銀呢？說是沒有行市。幸而終於，暗暗地有了行市了：六折幾。我非常高興，趕緊去賣了一半。後來又漲到七折了，我更非常高興，全去換了現銀，沉墊墊地墜在懷中，似乎這就是我的性命的斤兩。倘在平時，錢舖子如果少給我一個銅元，我是決不答應的。

但我當一包現銀塞在懷中，沉墊墊地覺得安心，喜歡的時候，卻突然起了另一思想，就是：我們極容易變成奴隸，而且變了之後，還萬分喜歡。

假如有一種暴力，"將人不當人"，不但不當人，還不及牛馬，不算甚麼東西；待到人們羨慕牛馬，發生"亂離人，不及太平犬"的嘆息的時候，然後給與他略等於牛馬的價格，有如元朝定律，打死別人的奴隸，賠一頭牛，則人們便要心悅誠服，恭頌太平的盛世。為甚麼呢？因為他雖不算人，究竟已等於牛馬了。

我們不必恭讀《欽定二十四史》，或者入研究室，審察精神文明的高超。只要一翻孩子所讀的《鑑略》，——還嫌煩重，則看《歷代紀元編》，就知道"三千餘年古國古"的中華，歷來所鬧的就不過是這一個小玩藝。但在新近編纂的所謂"歷史教科書"一流東西裡，卻不大看得明白了，只仿佛說：咱們向來就很好的。

但實際上，中國人向來就沒有爭到過"人"的價格，至多不過是奴隸，到現在還如此，然而下於奴隸的時候，卻是數見不鮮的。中國的百姓是中立的，戰時連自己也不知道屬於那一面，但又屬於無論那一面。強盜來了，就屬於官，當然該被殺掠；官兵既到，該是自家人了罷，但仍然要被殺掠，仿佛又屬於強盜似的。這時候，百姓就希望有一個一定的主子，拿他們去做百姓，——不敢，是拿他們去做牛馬，情願自己尋草吃，只求他決定他們怎樣跑。

假使真有誰能夠替他們決定，定下甚麼奴隸規則來，自然就"皇恩浩蕩"了。可惜的是往往暫時沒有誰能定。舉其大者，則如五胡十六國的時候，黃巢的時候，五代時候，宋末元末時候，除了老例的服役納糧以外，都還要受意外的災殃。張獻忠的脾氣更古怪了，不服役納糧的要殺，服役納糧的也要殺，敵他的要殺，降他的也要殺：將奴隸規則毀得粉碎。這時候，百姓就希望來一個另外的主子，較為顧及他們的奴隸規則的，無論仍舊，或者新頒，總之是有一種規則，使他們可上奴隸的軌道。

"時日曷喪，予及汝偕亡！"憤言而已，決心實行的不多見。實際上大概是群盜如麻，紛亂至極之後，就有一個較強，或較聰明，或較狡滑，或是外族的人物出來，較有秩序地收拾了天下。釐定規則：怎樣服役，怎樣納糧，怎樣磕頭，怎樣頌聖。而且這規則是不像現在那樣朝三暮四的。於是便"萬姓臚歡"了；用成語來說，就叫作"天下太平"。

任憑你愛排場的學者們怎樣鋪張，修史時候設些甚麼"漢族發祥時代""漢族發達時代""漢族中興時代"的好題目，好意誠然是可感的，但措辭太繞灣子了。有更其直捷了當的說法在這裡——

一，想做奴隸而不得的時代；
二，暫時做穩了奴隸的時代。

這一種循環，也就是"先儒"之所謂"一治一亂"；那些作亂人物，從後日的"臣民"看來，是給"主子"清道闢路的，所以說："為聖天子驅除云爾。"

現在入了那一時代，我也不瞭然。但看國學家的崇奉國粹，文學家的讚嘆固有文明，道學家的熱心復古，可見於現狀都已不滿了。

然而我們究竟正向着那一條路走呢？百姓是一遇到莫名其妙的戰爭，稍富的遷進租界，婦孺則避入教堂裡去了，因為那些地方都比較的"穩"，暫不至於想做奴隸而不得。總而言之，復古的，避難的，無智愚賢不肖，似乎都已神往於三百年前的太平盛世，就是"暫時做穩了奴隸的時代"了。

但我們也就都像古人一樣，永久滿足於"古已有之"的時代麼？都像復古家一樣，不滿於現在，就神往於三百年前的太平盛世麼？

自然，也不滿於現在的，但是，無須反顧，因為前面還有道路在。而創造這中國歷史上未曾有過的第三樣時代，則是現在的青年的使命！

二

但是讚頌中國固有文明的人們多起來了，加之以外國人。我常常想，凡有來到中國的，倘能疾首蹙額而憎惡中國，我敢誠意地捧獻我的感謝，因為他一定是不願意吃中國人的肉的！

鶴見祐輔氏在《北京的魅力》中，記一個白人將到中國，預定的暫住時候是一年，但五年之後，還在北京，而且不想回去了。有一天，他們兩人一同吃晚飯——

> "在圓的桃花心木的食桌前坐定，川流不息地獻着山海的珍味，談話就從古董，畫，政治這些開頭。電燈上罩着支那式的燈罩，淡淡的光洋溢於古物羅列的屋子中。甚麼無產階級呀，Proletariat 呀那些事，就像不過在甚麼地方颳風。
>
> "我一面陶醉在支那生活的空氣中，一面深思着對於外人有着'魅力'的這東西。元人也曾征服支那，而被征服於漢人種的

生活美了；滿人也征服支那，而被征服於漢人種的生活美了。現在西洋人也一樣，嘴裡雖然說着 Democracy 呀，甚麼甚麼呀，而卻被魅於支那人費六千年而建築起來的生活的美。一經住過北京，就忘不掉那生活的味道。大風時候的萬丈的沙塵，每三月一回的督軍們的開戰遊戲，都不能抹去這支那生活的魅力。"

　　這些話我現在還無力否認他。我們的古聖先賢既給與我們保古守舊的格言，但同時也排好了用子女玉帛所做的奉獻於征服者的大宴。中國人的耐勞，中國人的多子，都就是辦酒的材料，到現在還為我們的愛國者所自詡的。西洋人初入中國時，被稱為蠻夷，自不免個個蹙額，但是，現在則時機已至，到了我們將曾經獻於北魏，獻於金，獻於元，獻於清的盛宴，來獻給他們的時候了。出則汽車，行則保護：雖遇清道，然而通行自由的；雖或被劫，然而必得賠償的；孫美瑤擄去他們站在軍前，還使官兵不敢開火。何況在華屋中享用盛宴呢？待到享受盛宴的時候，自然也就是讚頌中國固有文明的時候；但是我們的有些樂觀的愛國者，也許反而欣然色喜，以為他們將要開始被中國同化了罷。古人曾以女人作苟安的城堡，美其名以自欺曰"和親"，今人還用子女玉帛為作奴的贄敬，又美其名曰"同化"。所以倘有外國的誰，到了已有赴宴的資格的現在，而還替我們詛咒中國的現狀者，這才是真有良心的真可佩服的人！

　　但我們自己是早已佈置妥帖了，有貴賤，有大小，有上下。自己被人凌虐，但也可以凌虐別人；自己被人吃，但也可以吃別人。一級一級的制馭着，不能動彈，也不想動彈了。因為倘一動彈，雖或有利，然而也有弊。我們且看古人的良法美意罷——

　　"天有十日，人有十等。下所以事上，上所以共神也。故王

臣公，公臣大夫，大夫臣士，士臣皁，皁臣輿，輿臣隸，隸臣僚，
僚臣僕，僕臣台。"（《左傳》昭公七年）

但是"台"沒有臣，不是太苦了麼？無須擔心的，有比他更卑的妻，
更弱的子在。而且其子也很有希望，他日長大，升而為"台"，便又有
更卑更弱的妻子，供他驅使了。如此連環，各得其所，有敢非議者，
其罪名曰不安分！

雖然那是古事，昭公七年離現在也太遼遠了，但"復古家"盡可
不必悲觀的。太平的景象還在：常有兵燹，常有水旱，可有誰聽到大
叫喚麼？打的打，革的革，可有處士來橫議麼？對國民如何專橫，向
外人如何柔媚，不猶是差等的遺風麼？中國固有的精神文明，其實並
未為共和二字所埋沒，只有滿人已經退席，和先前稍不同。

因此我們在目前，還可以親見各式各樣的筵宴，有燒烤，有翅
席，有便飯，有西餐。但茅檐下也有淡飯，路傍也有殘羹，野上也有
餓莩；有吃燒烤的身價不貲的闊人，也有餓得垂死的每斤八文的孩子
（見《現代評論》二十一期）。所謂中國的文明者，其實不過是安排給
闊人享用的人肉的筵宴。所謂中國者，其實不過是安排這人肉的筵宴
的廚房。不知道而讚頌者是可恕的，否則，此輩當得永遠的詛咒！

外國人中，不知道而讚頌者，是可恕的；佔了高位，養尊處優，
因此受了蠱惑，昧卻靈性而讚嘆者，也還可恕的。可是還有兩種，其
一是以中國人為劣種，只配悉照原來模樣，因而故意稱讚中國的舊
物。其一是願世間人各不相同以增自己旅行的興趣，到中國看辮子，
到日本看木屐，到高麗看笠子，倘若服飾一樣，便索然無味了，因而
來反對亞洲的歐化。這些都可憎惡。至於羅素在西湖見轎夫含笑，便
讚美中國人，則也許別有意思罷。但是，轎夫如果能對坐轎的人不含
笑，中國也早不是現在似的中國了。

這文明，不但使外國人陶醉，也早使中國一切人們無不陶醉而且至於含笑。因為古代傳來而至今還在的許多差別，使人們各各分離，遂不能再感到別人的痛苦；並且因為自己各有奴使別人，吃掉別人的希望，便也就忘卻自己同有被奴使被吃掉的將來。於是大小無數的人肉的筵宴，即從有文明以來一直排到現在，人們就在這會場中吃人，被吃，以兇人的愚妄的歡呼，將悲慘的弱者的呼號遮掩，更不消說女人和小兒。

這人肉的筵宴現在還排着，有許多人還想一直排下去。掃蕩這些食人者，掀掉這筵席，毀壞這廚房，則是現在的青年的使命！

一九二五年四月二十九日。

點 評

本文充分峻急地反映了"五四"一代文學革命者與傳統決裂的叛逆精神，其社會文化態度是反對保古守舊，使中國不再陷於歷史循環的怪圈之中，而開拓嶄新的前程，是魯迅在"彷徨"時期依然高調發出的"吶喊"。行文從日常的市場鈔票行情的社會心理反應說起，深探中國世俗中的奴隸心態，由小及大，運筆自如而深透。它以人的價值為基本尺度，去衡量"三千年古國古"的中華，揭示了"中國人向來就沒有爭到過'人'的價格，至多不過是奴隸，到現在還如此，然而下於奴隸的時候，卻是數見不鮮的"。亂世的強盜或官軍，都把百姓當殺掠的對象，百姓就只能希望主子定出一個"奴隸規則"，使他們可以走上奴隸的軌道。從中可以體驗到魯迅浩瀚博大的憂患意識和悲天憫人的情懷。他由此出入於歷史與現實，揭示了社會結構依然固我之時代的惡性歷史循環："一，想做奴隸而不得的時代；二，暫時做穩了奴隸的時代。"從而呼喚超越歷史循環，去創造"中國歷史上未曾有過的第三樣時代"。

漫筆的第二部分，探討這種歷史循環怪圈產生的原因。先是從日本人和白種洋人稱讚中國的飲食和古董的"魅力"寫起，他們相約在北京的飯店吃晚餐，在桃花心木的圓形食桌前坐定，川流不息地端上山珍海味，"一面陶醉在支那生活的空氣中，一面深思着對於外人有着'魅力'的這東西。元人也曾征服支那，而被征服於漢人種的生活美了；滿人也征服支那，而被征服於漢人種的生活美了。現在西洋人也一樣，嘴裡雖然説着 Democracy 呀，甚麼甚麼呀，而卻被魅於支那人費六千年而建築起來的生活的美"。魯迅指出，這就是當道者以子女玉帛作為"奉獻於征服者的大宴"，而且是"華屋中享用盛宴"，對於這種盛宴還發明了種種名堂："古人曾以女人作苟安的城堡，美其名以自欺曰'和親'，今人還用子女玉帛為作奴的贄敬，又美其名曰'同化'。"魯迅對於中國陷入殖民地半殖民地的生存處境，是深感悲哀和憤怒的。繼而究其原因，當局者"是早已佈置妥帖了，有貴賤，有大小，有上下。自己被人凌虐，但也可以凌虐別人；自己被人吃，但也可以吃別人"。這就深入到中國古代所謂"天有十日，人有十等"的等級社會結構的本質。魯迅對此悲憤填膺，認為這種等級結構若不打破，則"所謂中國者，其實不過是安排這人肉的筵宴的廚房"。因此作者代歷史發言，發出沉痛峻切的聲音："掃蕩這些食人者，掀掉這筵席，毀壞這廚房，則是現在的青年的使命！"這種立意與情調，是可以和《狂人日記》中對"吃人"歷史的抨擊相參照的。它呼喚着打破循環的歷史怪圈和等級性的社會結構，沉痛悲愴，大有陳子昂"念天地之悠悠，獨愴然而涕下"之概。噫吁嚱！

雜　感

人們有淚，比動物進化，但即此有淚，也就是不進化，正如已經只有盲腸，比鳥類進化，而究竟還有盲腸，終不能很算進化一樣。凡這些，不但是無用的贅物，還要使其人達到無謂的滅亡。

現今的人們還以眼淚贈答，並且以這為最上的贈品，因為他此外一無所有。無淚的人則以血贈答，但又各各拒絕別人的血。

人大抵不願意愛人下淚。但臨死之際，可能也不願意愛人為你下淚麼？無淚的人無論何時，都不願意愛人下淚，並且連血也不要：他拒絕一切為他的哭泣和滅亡。

人被殺於萬眾聚觀之中，比被殺在“人不知鬼不覺”的地方快活，因為他可以妄想，博得觀眾中的或人的眼淚。但是，無淚的人無論被殺在甚麼所在，於他並無不同。

殺了無淚的人，一定連血也不見。愛人不覺他被殺之慘，仇人也終於得不到殺他之樂：這是他的報恩和復仇。

死於敵手的鋒刃，不足悲苦；死於不知何來的暗器，卻是悲苦。但最悲苦的是死於慈母或愛人誤進的毒藥，戰友亂發的流彈，病菌的並無惡意的侵入，不是我自己制定的死刑。

仰慕往古的，回往古去罷！想出世的，快出世罷！想上天的，快上天罷！靈魂要離開肉體的，趕快離開罷！現在的地上，應該是執着現在，執着地上的人們居住的。

但厭惡現世的人們還住着。這都是現世的仇仇，他們一日存在，現世即一日不能得救。

先前，也曾有些願意活在現世而不得的人們，沉默過了，呻吟過了，嘆息過了，哭泣過了，哀求過了，但仍然願意活在現世而不得，因為他們忘卻了憤怒。

勇者憤怒，抽刃向更強者；怯者憤怒，卻抽刃向更弱者。不可救藥的民族中，一定有許多英雄，專向孩子們瞪眼。這些孱頭們！

孩子們在瞪眼中長大了，又向別的孩子們瞪眼，並且想：他們一生都過在憤怒中。因為憤怒只是如此，所以他們要憤怒一生，──而且還要憤怒二世，三世，四世，以至末世。

無論愛甚麼，──飯，異性，國，民族，人類等等，──只有糾纏如毒蛇，執着如怨鬼，二六時中，沒有已時者有望。但太覺疲勞時，也無妨休息一會罷；但休息之後，就再來一回罷，而且兩回，三回……。血書，章程，請願，講學，哭，電報，開會，輓聯，演說，神經衰弱，則一切無用。

血書所能掙來的是甚麼？不過就是你的一張血書，況且並不好看。至於神經衰弱，其實倒是自己生了病，你不要再當作寶貝了，我的可敬愛而討厭的朋友呀！

我們聽到呻吟，嘆息，哭泣，哀求，無須吃驚。見了酷烈的沉默，就應該留心了；見有甚麼像毒蛇似的在屍林中蜿蜒，怨鬼似的在黑暗中奔馳，就更應該留心了：這在豫告“真的憤怒”將要到來。那時候，仰慕往古的就要回往古去了，想出世的要出世去了，想上天的要上天了，靈魂要離開肉體的就要離開了！……

五月五日。

點 評

　　本篇最初發表於一九二五年五月八日北京《莽原》週刊第三期，收入《華蓋集》。它的語言充滿跳躍，時時迸出格言的火花。魯迅是一個執着戰鬥的現在主義者，他高聲疾呼："仰慕往古的，回往古去罷！想出世的，快出世罷！想上天的，快上天罷！靈魂要離開肉體的，趕快離開罷！現在的地上，應該是執着現在，執着地上的人們居住的。"它在前面講了這一段話，在結尾處又重複了這一段話，唯獨少了"現在的地上，應該是執着現在，執着地上的人們居住的"一句，而附上"……"，這種省略和附加，就是期待讀者與作者一起喊出"現在的地上，應該是執着現在，執着地上的人們居住的"。要做現在主義者並不輕鬆，是需要有勇氣的："勇者憤怒，抽刃向更強者；怯者憤怒，卻抽刃向更弱者。不可救藥的民族中，一定有許多英雄，專向孩子們瞪眼。"現在主義者無論愛與憎，都要執着，有韌勁，不懈怠："無論愛甚麼，——飯，異性，國，民族，人類等等，——只有糾纏如毒蛇，執着如怨鬼，二六時中，沒有已時者有望。"這就是魯迅期待"真的憤怒"將要到來。

論睜了眼看

虛生先生所做的時事短評中，曾有一個這樣的題目：《我們應該有正眼看各方面的勇氣》（《猛進》十九期）。誠然，必須敢於正視，這才可望敢想，敢說，敢作，敢當。倘使並正視而不敢，此外還能成甚麼氣候。然而，不幸這一種勇氣，是我們中國人最所缺乏的。

但現在我所想到的是別一方面——

中國的文人，對於人生，——至少是對於社會現象，向來就多沒有正視的勇氣。我們的聖賢，本來早已教人"非禮勿視"的了；而這"禮"又非常之嚴，不但"正視"，連"平視""斜視"也不許。現在青年的精神未可知，在體質，卻大半還是彎腰曲背，低眉順眼，表示着老牌的老成的子弟，馴良的百姓，——至於說對外卻有大力量，乃是近一月來的新說，還不知道究竟是如何。

再回到"正視"問題去：先既不敢，後便不能，再後，就自然不視，不見了。一輛汽車壞了，停在馬路上，一群人圍着呆看，所得的結果是一團烏油油的東西。然而由本身的矛盾或社會的缺陷所生的苦痛，雖不正視，卻要身受的。文人究竟是敏感人物，從他們的作品上看來，有些人確也早已感到不滿，可是一到快要顯露缺陷的危機一髮之際，他們總即刻連說"並無其事"，同時便閉上了眼睛。這閉着的眼睛便看見一切圓滿，當前的苦痛不過是"天之將降大任於是人也，必先苦其心志，勞其筋骨，餓其體膚，空乏其身，行拂亂其所為。"於是無問題，無缺陷，無不平，也就無解決，無改革，無反抗。因為凡事總要"團圓"，正無須我們焦躁；放心喝茶，睡覺大吉。再說費話，就有"不合時宜"之咎，免不了要受大學教授的糾正了。呸！

我並未實驗過，但有時候想：倘將一位久蟄洞房的老太爺拋在夏天正午的烈日底下，或將不出閨門的千金小姐拖到曠野的黑夜裡，大概只好閉了眼睛，暫續他們殘存的舊夢，總算並沒有遇到暗或光，雖然已經是絕不相同的現實。中國的文人也一樣，萬事閉眼睛，聊以自欺，而且欺人，那方法是：瞞和騙。

中國婚姻方法的缺陷，才子佳人小說作家早就感到了，他於是使一個才子在壁上題詩，一個佳人便來和，由傾慕 —— 現在就得稱戀愛 —— 而至於有"終身之約"。但約定之後，也就有了難關。我們都知道，"私訂終身"在詩和戲曲或小說上尚不失為美談（自然只以與終於中狀元的男人私訂為限），實際卻不容於天下的，仍然免不了要離異。明末的作家便閉上眼睛，並這一層也加以補救了，說是：才子及第，奉旨成婚。"父母之命媒妁之言"經這大帽子來一壓，便成了半個鉛錢也不值，問題也一點沒有了。假使有之，也只在才子的能否中狀元，而決不在婚姻制度的良否。

（近來有人以為新詩人的做詩發表，是在出風頭，引異性；且遷怒於報章雜誌之濫登。殊不知即使無報，牆壁實"古已有之"，早做過發表機關了；據《封神演義》，紂王已曾在女媧廟壁上題詩，那起源實在非常之早。報章可以不取白話，或排斥小詩，牆壁卻拆不完，管不及的；倘一律刷成黑色，也還有破磁可劃，粉筆可書，真是窮於應付。做詩不刻木板，去藏之名山，卻要隨時發表，雖然很有流弊，但大概是難以杜絕的罷。）

《紅樓夢》中的小悲劇，是社會上常有的事，作者又是比較的敢於實寫的，而那結果也並不壞。無論賈氏家業再振，蘭桂齊芳，即寶玉自己，也成了個披大紅猩猩氈斗篷的和尚。和尚多矣，但披這樣闊斗篷的能有幾個，已經是“入聖超凡”無疑了。至於別的人們，則早在冊子裡一一注定，末路不過是一個歸結：是問題的結束，不是問題的開頭。讀者即小有不安，也終於奈何不得。然而後來或續或改，非借屍還魂，即冥中另配，必令“生旦當場團圓”，才肯放手者，乃是自欺欺人的癮太大，所以看了小小騙局，還不甘心，定須閉眼胡說一通而後快。赫克爾（E. Haeckel）說過：人和人之差，有時比類人猿和原人之差還遠。我們將《紅樓夢》的續作者和原作者一比較，就會承認這話大概是確實的。

“作善降祥”的古訓，六朝人本已有些懷疑了，他們作墓誌，竟會說“積善不報，終自欺人”的話。但後來的昏人，卻又瞞起來。元劉信將三歲痴兒拋入醮紙火盆，妄希福祐，是見於《元典章》的；劇本《小張屠焚兒救母》卻道是為母延命，命得延，兒亦不死了。一女願侍癱疾之夫，《醒世恆言》中還說終於一同自殺的；後來改作的卻道是有蛇墜入藥罐裡，丈夫服後便全癒了。凡有缺陷，一經作者粉飾，後半便大抵改觀，使讀者落誣妄中，以為世間委實盡夠光明，誰有不幸，便是自作，自受。

有時遇到彰明的史實，瞞不下，如關羽岳飛的被殺，便只好別設騙局了。一是前世已造凶因，如岳飛；一是死後使他成神，如關羽。定命不可逃，成神的善報更滿人意，所以殺人者不足責，被殺者也不足悲，冥冥中自有安排，使他們各得其所，正不必別人來費力了。

中國人的不敢正視各方面，用瞞和騙，造出奇妙的逃路來，而自以為正路。在這路上，就證明着國民性的怯弱，懶惰，而又巧滑。一天一天的滿足着，即一天一天的墮落着，但卻又覺得日見其光榮。在事實上，亡國一次，即添加幾個殉難的忠臣，後來每不想光復舊物，而只去讚美那幾個忠臣；遭劫一次，即造成一群不辱的烈女，事過之後，也每每不思懲兇，自衛，卻只顧歌詠那一群烈女。仿佛亡國遭劫的事，反而給中國人發揮"兩間正氣"的機會,增高價值,即在此一舉,應該一任其至,不足憂悲似的。自然,此上也無可為,因為我們已經藉死人獲得最上的光榮了。滬漢烈士的追悼會中,活的人們在一塊很可景仰的高大的木主下互相打罵,也就是和我們的先輩走着同一的路。

文藝是國民精神所發的火光,同時也是引導國民精神的前途的燈火。這是互為因果的,正如麻油從芝麻榨出,但以浸芝麻,就使它更油。倘以油為上,就不必說;否則,當參入別的東西,或水或礆去。中國人向來因為不敢正視人生,只好瞞和騙,由此也生出瞞和騙的文藝來,由這文藝,更令中國人更深地陷入瞞和騙的大澤中,甚而至於已經自己不覺得。世界日日改變,我們的作家取下假面,真誠地,深入地,大膽地看取人生並且寫出他的血和肉來的時候早到了;早就應該有一片嶄新的文場,早就應該有幾個兇猛的闖將!

現在,氣象似乎一變,到處聽不見歌吟花月的聲音了,代之而起的是鐵和血的讚頌。然而倘以欺瞞的心,用欺瞞的嘴,則無論說 A 和 O,或 Y 和 Z,一樣是虛假的;只可以嚇啞了先前鄙薄花月的所謂批評家的嘴,滿足地以為中國就要中興。可憐他在"愛國"的大帽子底下又閉上了眼睛了——或者本來就閉着。

沒有衝破一切傳統思想和手法的闖將,中國是不會有真的新文藝的。

一九二五年七月二十二日。

點 評

這是"五四"時期為人生文學流派的現實主義宣言,落筆大刀闊斧,堂堂正正。魯迅認為文學應有擔當意識,正視現實,是擔當的第一個前提："必須敢於正視，這才可望敢想，敢說，敢作，敢當。倘使並正視而不敢，此外還能成甚麼氣候。"為此，他猛烈地抨擊歷史上的"瞞和騙"的文人傳統，"中國的文人也一樣，萬事閉眼睛，聊以自欺，而且欺人，那方法是：瞞和騙"。對此，魯迅以大量的小說戲曲作品為證，在其《中國小說史略》的基礎上，另作"文學模式"的概括，概括出才子佳人小說戲曲的"團圓主義"描寫模式。而且進一步揭示其社會心理根源，就在於"中國人的不敢正視各方面，用瞞和騙，造出奇妙的逃路來，而自以為正路。在這路上，就證明着國民性的怯弱，懶惰，而又巧滑"。由文學模式深入到解剖國民性。

為了拯救，魯迅從為人生的角度如此闡述文學的本質與功能："文藝是國民精神所發的火光，同時也是引導國民精神的前途的燈火。這是互為因果的，正如麻油從芝麻榨出，但以浸芝麻，就使它更油。"為了實施這種文學的本質功能，需要從作家自身做起，如同早期在《摩羅詩力說》中呼喚浪漫主義的"精神界之戰士"一樣，此文中呼喚現實主義的"兇猛的闖將"。他認為要創造真正的新文藝，就必須衝破一切傳統思想和手法，因而這種闖將型的精神特徵，就應該與"中國人向來因為不敢正視人生，只好瞞和騙，由此也生出瞞和騙的文藝來，由這文藝，更令中國人更深地陷入瞞和騙的大澤中，甚而至於已經自己不覺得"的狀態決裂，看清世界大勢和現實苦難："世界日日改變，我們的作家取下假面，真誠地，深入地，大膽地看取人生並且寫出他的血和肉來的時候早到了；早就應該有一片嶄新的文場，早就應該有幾個兇猛的闖將！"魯迅一再強調："沒有衝破一切傳統思想和手法的闖將，中國是不會有真的新文藝的。"在二十世紀二十年代的中國文學觀中，沒有第二種文學觀像這種文學觀那樣深刻地揳入文學社會學的內在肌理。這些言論，為我們解開魯迅作品的精神秘密，提供了鑰匙。

《出了象牙之塔》後記

　　我將廚川白村氏的《苦悶的象徵》譯成印出，迄今恰已一年；他的略歷，已說在那書的《引言》裡，現在也別無要說的事。我那時又從《出了象牙之塔》裡陸續地選譯他的論文，登在幾種期刊上，現又集合起來，就是這一本。但其中有幾篇是新譯的；有幾篇不關宏旨，如《遊戲論》，《十九世紀文學之主潮》等，因為前者和《苦悶的象徵》中的一節相關，後一篇是發表過的，所以就都加入。惟原書在《描寫勞動問題的文學》之後還有一篇短文，是回答早稻田文學社的詢問的，題曰《文學者和政治家》。大意是說文學和政治都是根據於民眾的深邃嚴肅的內底生活的活動，所以文學者總該踏在實生活的地盤上，為政者總該深解文藝，和文學者接近。我以為這誠然也有理，但和中國現在的政客官僚們講論此事，卻是對牛彈琴；至於兩方面的接近，在北京卻時常有，幾多醜態和惡行，都在這新而黑暗的陰影中開演，不過還想不出作者所說似的好招牌，——我們的文士們的思想也特別儉嗇。因為自己的偏頗的憎惡之故，便不再來譯添了，所以全書中獨缺那一篇。好在這原是給少年少女們看的，每篇又本不一定相鈎連，缺一點也無礙。

　　"象牙之塔"的典故，已見於自序和本文中了，無須再說。但出了以後又將如何呢？在他其次的論文集《走向十字街頭》的序文裡有說明，幸而並不長，就全譯在下面：——

"東呢西呢，南呢北呢？進而即於新呢？退而安於古呢？往靈之所教的道路麼？赴肉之所求的地方麼？左顧右盼，彷徨於十字街頭者，這正是現代人的心。'To be or not to be,'that is the question。' 我年逾四十了，還迷於人生的行路。我身也就是立在十字街頭的罷。暫時出了象牙之塔，站在騷擾之巷裡，來一說意所欲言的事罷。用了這寓意，便題這漫筆以十字街頭的字樣。

　　"作為人類的生活與藝術，這是迄今的兩條路。我站在兩路相會而成為一個廣場的點上，試來一思索，在我所親近的英文學中，無論是雪萊，裴倫，是斯溫班，或是梅壘迪斯，哈兌，都是帶着社會改造的理想的文明批評家；不單是住在象牙之塔裡的。這一點，和法國文學之類不相同。如摩理思，則就照字面地走到街頭發議論。有人說，現代的思想界是碰壁了。然而，毫沒有碰壁，不過立在十字街頭罷了，道路是多着。"

　　但這書的出版在著者死於地震之後，內容要比前一本雜亂些，或者是雖然做好序文，卻未經親加去取的罷。

　　造化所賦與於人類的不調和實在還太多。這不獨在肉體上而已，人能有高遠美妙的理想，而人間世不能有副其萬一的現實，和經歷相伴，那衝突便日見其瞭然，所以在勇於思索的人們，五十年的中壽就恨過久，於是有急轉，有苦悶，有彷徨；然而也許不過是走向十字街頭，以自送他的餘年歸盡。自然，人們中盡不乏面團團地活到八十九十，而且心地太平，並無苦惱的，但這是專為來受中國內務部的褒揚而生的人物，必須又作別論。

　　假使著者不為地震所害，則在塔外的幾多道路中，總當選定其一，直前勇往的罷，可惜現在是無從揣測了。但從這本書，尤其是最緊要的前三篇看來，卻確已現了戰士身而出世，於本國的微溫，中道，妥協，虛偽，小氣，自大，保守等世態，一一加以辛辣的攻擊和無所假借的批評。就是從我們外國人的眼睛看，也往往覺得有 "快刀斷亂麻" 似的爽利，至於禁不住稱快。

但一方面有人稱快，一方面即有人汗顏；汗顏並非壞事，因為有許多人是並顏也不汗的。但是，辣手的文明批評家，總要多得怨敵。我曾經遇見過一個著者的學生，據說他生時並不為一般人士所喜，大概是因為他態度頗高傲，也如他的文辭。這我卻無從判別是非，但也許著者並不高傲，而一般人士倒過於謙虛，因為比真價裝得更低的謙虛和抬得更高的高傲，雖然同是虛偽，而現在謙虛卻算美德。然而，在著者身後，他的全集六卷已經出版了，可見在日本還有幾個結集的同志和許多閱看的人們和容納這樣的批評的雅量；這和敢於這樣地自己省察，攻擊，鞭策的批評家，在中國是都不大容易存在的。

我譯這書，也並非想揭鄰人的缺失，來聊博國人的快意。中國現在並無 "取亂侮亡" 的雄心，我也不覺得負有刺探別國弱點的使命，所以正無須致力於此。但當我旁觀他鞭責自己時，仿佛痛楚到了我的身上了，後來卻又霍然，宛如服了一帖涼藥。生在陳腐的古國的人們，倘不是洪福齊天，將來要得內務部的褒揚的，大抵總覺到一種腫痛，有如生着未破的瘡。未嘗生過瘡的，生而未嘗割治的，大概都不會知道；否則，就明白一割的創痛，比未割的腫痛要快活得多。這就是所謂 "痛快" 罷？我就是想藉此先將那腫痛提醒，而後將這 "痛快" 分給同病的人們。

著者呵責他本國沒有獨創的文明，沒有卓絕的人物，這是的確的。他們的文化先取法於中國，後來便學了歐洲；人物不但沒有孔，墨，連做和尚的也誰都比不過玄奘。蘭學盛行之後，又不見有齊名林那，奈端，達爾文等輩的學者；但是，在植物學，地震學，醫學上，他們是已經著了相當的功績的，也許是著者因為正在針砭"自大病"之故，都故意抹殺了。但總而言之，畢竟並無固有的文明和偉大的世界的人物；當兩國的交情很壞的時候，我們的論者也常常於此加以嗤笑，聊快一時的人心。然而我以為惟其如此，正所以使日本能有今日，因為舊物很少，執著也就不深，時勢一移，蛻變極易，在任何時候，都能適合於生存。不像倖存的古國，恃着固有而陳舊的文明，害得一切硬化，終於要走到滅亡的路。中國倘不徹底地改革，運命總還是日本長久，這是我所相信的；並以為為舊家子弟而衰落，滅亡，並不比為新發戶而生存，發達者更光彩。

說到中國的改革，第一著自然是埽蕩廢物，以造成一個使新生命得能誕生的機運。五四運動，本也是這機運的開端罷，可惜來摧折它的很不少。那事後的批評，本國人大抵不冷不熱地，或者胡亂地說一通，外國人當初倒頗以為有意義，然而也有攻擊的，據云是不顧及國民性和歷史，所以無價值。這和中國多數的胡說大致相同，因為他們自身都不是改革者。豈不是改革麼？歷史是過去的陳跡，國民性可改造於將來，在改革者的眼裡，已往和目前的東西是全等於無物的。在本書中，就有這樣意思的話。

恰如日本往昔的派出"遣唐使"一樣，中國也有了許多分赴歐，美，日本的留學生。現在文章裡每看見"莎士比亞"四個字，大約便是遠哉遙遙，從異域持來的罷。然而且吃大菜，勿談政事，好在歐文，迭更司，德富蘆花的著作，已有經林紓譯出的了。做買賣軍火的中人，充遊歷官的翻譯，便自有摩托車墊輸入臀下，這文化確乎是邇來新到的。

他們的遣唐使似乎稍不同，別擇得頗有些和我們異趣。所以日本雖然採取了許多中國文明，刑法上卻不用凌遲，宮庭中仍無太監，婦女們也終於不纏足。

　　但是，他們究竟也太採取了，著者所指摘的微溫，中道，妥協，虛假，小氣，自大，保守等世態，簡直可以疑心是說着中國。尤其是凡事都做得不上不下，沒有底力；一切都要從靈向肉，度着幽魂生活這些話。凡那些，倘不是受了我們中國的傳染，那便是游泳在東方文明裡的人們都如此，真是如所謂"把好花來比美人，不僅僅中國人有這樣觀念，西洋人，印度人也有同樣的觀念"了。但我們也無須討論這些的淵源，著者既以為這是重病，診斷之後，開出一點藥方來了，則在同病的中國，正可藉以供少年少女們的參考或服用，也如金雞納霜既能醫日本人的瘧疾，即也能醫治中國人的一般。

　　我記得"拳亂"時候（庚子）的外人，多說中國壞，現在卻常聽到他們讚賞中國的古文明。中國成為他們恣意享樂的樂土的時候，似乎快要臨頭了；我深憎惡那些讚賞。但是，最幸福的事實在是莫過於做旅人，我先前寓居日本時，春天看看上野的櫻花，冬天曾往松島去看過松樹和雪，何嘗覺得有著者所數說似的那些可厭事。然而，即使覺到，大概也不至於有那麼憤懣的。可惜回國以來，將這超然的心境完全失掉了。

　　本書所舉的西洋的人名，書名等，現在都附注原文，以便讀者的參考。但這在我是一件困難的事情，因為著者的專門是英文學，所引用的自然以英美的人物和作品為最多，而我於英文是漠不相識。凡這些工作，都是韋素園，韋叢蕪，李霽野，許季黻四君幫助我做的；還有全書的校勘，都使我非常感謝他們的厚意。

　　文句仍然是直譯，和我歷來所取的方法一樣；也竭力想保存原書的口吻，大抵連語句的前後次序也不甚顛倒。至於幾處不用"的"字而用"底"字的緣故，則和譯《苦悶的象徵》相同，現在就將那《引言》裡關於這字的說明，照鈔在下面：——

　　"……凡形容詞與名詞相連成一名詞者，其間用'底'字，例如 social being 為社會底存在物，Psychische Trauma 為精神底傷害等；又，形容詞之由別種品詞轉來，語尾有 -tive, -tic 之類者，於下也用'底'字，例如 speculative, romantic，就寫為思索底，羅曼底。"

一千九百二十五年十二月三日之夜，魯迅。

點　評

　　對於廚川白村，魯迅曾翻譯過他的《苦悶的象徵》，一九二五年三月作為《未名叢刊》之一，由北京大學新潮社代售，後改由北新書局出版。廚川白村（一八八〇至一九二三），是日本英國文學學者，東京大學英文系畢業後，留母校擔任助教，一九一二年以《近代文學十講》知名於世。一九一五年留學美國，一九一八年獲文學博士學位，回國任東京帝大教授。一九二三年關東大地震中遇難，歿於鐮倉。因作者在地震中喪生，《苦悶的象徵》成了一部未完成的書，留下創作論、鑑賞論、關於文藝的根本問題的考察、文學的起源（未完）四部分。

　　魯迅在《苦悶的象徵·引言》中說："這《苦悶的象徵》也是歿後才印行的遺稿，雖然還非定本，而大體卻已完具了。……至於主旨，也極分明，用作者自己的話來説，就是'生命力受了壓抑而生的苦悶懊惱乃是文藝的根柢，而其表現法乃是廣義的象徵主義'。但是'所謂象徵主義者，決非單是前世紀末法蘭西詩壇的一派所曾經標榜的主義，凡有一切文藝，古往今來，是無不在這樣的意義上，用着象徵主義的表現法的'。……作者據伯格森一流的哲學，以進行不息的生命力為人類生活的根本，又從弗羅特（弗洛伊德）一流的科學，尋出生命力的根柢來，即用以解釋文藝，——尤其是文學。然與舊説又小有不同，伯格森以未來為不可測，作者則以詩人為先知，弗羅特歸生命力的根柢於性慾，作者則云即其力的突進和跳躍。這在目下同類的群書中，殆可以説，既異於科學家似的專斷和哲學家似的玄虛，而且也並無一般文學論者的繁碎。作者自己就很有獨創力的，於是此書也就成為一種創作，而對於文藝，即多有獨到的見地和深切的會心。"魯迅曾用之作為大學講義，影響了一代人。

至於廚川白村的文藝評論集《出了象牙之塔》，魯迅譯本於一九二五年十二月由北京未名社出版單行本，為《未名叢刊》之一。這篇《後記》最初發表於一九二五年十二月十四日《語絲》週刊第五十七期（無最後二節），後印入《出了象牙之塔》卷末。如果説，翻譯《苦悶的象徵》是要探討文學發生的心理根據，那麼翻譯《出了象牙之塔》，則要思考文明批評的歷史理性了。魯迅特別指出："從這本書，尤其是最緊要的前三篇看來，卻確已現了戰士身而出世，於本國的微溫，中道，妥協，虛假，小氣，自大，保守等世態，一一加以辛辣的攻擊和無所假借的批評。"

更重要的，也更具有本質價值的是，魯迅翻譯這本書的態度，"並非想揭鄰人的缺失，來聊博國人的快意"，那樣做是膚淺的，無益的。魯迅目的在於"當我旁觀他鞭責自己時，仿佛痛楚到了我的身上了，後來卻又霍然，宛如服了一帖涼藥”。這就是魯迅極其深刻的批判性的文化反省精神了，文化反省有深刻的批判性，才能打破一個古國“恃着固有而陳舊的文明，害得一切硬化”的僵局，袪除諱疾忌醫的心態，以改革開闢生機。正是出自這種文化反省精神，魯迅看到：“著者所指摘的微溫，中道，妥協，虛假，小氣，自大，保守等世態，簡直可以疑心是説着中國。尤其是凡事都做得不上不下，沒有底力；一切都要從靈向肉，度着幽魂生活這些話。凡那些，倘不是受了我們中國的傳染，那便是游泳在東方文明裡的人們都如此，真是如所謂‘把好花來比美人，不僅僅中國人有這樣觀念，西洋人，印度人也有同樣的觀念’了。”因此魯迅提倡一種文化自覺：“説到中國的改革，第一著自然是埽蕩廢物，以造成一個使新生命得能誕生的機運。五四運動，本也是這機運的開端罷，可惜來摧折它的很不少。”他把“五四”只看作“使新生命得能誕生的機運”的“開端”，開端固然偉大，但它遠非過程的全部。魯迅的翻譯，實質上是以被翻譯的作品為由頭，落腳點是激發自身的創造。

這個與那個

一 讀經與讀史

　　一個闊人說要讀經，嗡的一陣一群狹人也說要讀經。豈但"讀"而已矣哉，據說還可以"救國"哩。"學而時習之，不亦說乎？"那也許是確鑿的罷，然而甲午戰敗了，——為甚麼獨獨要說"甲午"呢，是因為其時還在開學校，廢讀經以前。

　　我以為伏案還未功深的朋友，現在正不必埋頭來哼線裝書。倘其咿唔日久，對於舊書有些上癮了，那麼，倒不如去讀史，尤其是宋朝明朝史，而且尤須是野史；或者看雜說。

　　現在中西的學者們，幾乎一聽到"欽定四庫全書"這名目就魂不附體，膝彎總要軟下來似的。其實呢，書的原式是改變了，錯字是加添了，甚至於連文章都刪改了，最便當的是《琳琅秘室叢書》中的兩種《茅亭客話》，一是宋本，一是四庫本，一比較就知道。"官修"而加以"欽定"的正史也一樣，不但本紀咧，列傳咧，要擺"史架子"；裡面也不敢說甚麼。據說，字裡行間是也含着甚麼褒貶的，但誰有這麼多的心眼兒來猜悶壺盧。至今還道"將平生事跡宣付國史館立傳"，還是算了罷。

　　野史和雜說自然也免不了有訛傳，挾恩怨，但看往事卻可以較分明，因為它究竟不像正史那樣地裝腔作勢。看宋事，《三朝北盟彙編》已經變成古董，太貴了，新排印的《宋人說部叢書》卻還便宜。明事呢，《野獲編》原也好，但也化為古董了，每部數十元；易於入手的是《明季南北略》，《明季稗史彙編》，以及新近集印的《痛史》。

史書本來是過去的陳帳簿，和急進的猛士不相干。但先前說過，倘若還不能忘情於咿唔，倒也可以翻翻，知道我們現在的情形，和那時的何其神似，而現在的昏妄舉動，胡塗思想，那時也早已有過，並且都鬧糟了。

試到中央公園去，大概總可以遇見祖母帶着她孫女兒在玩的。這位祖母的模樣，就預示着那娃兒的將來。所以倘有誰要預知令夫人後日的丰姿，也只要看丈母。不同是當然要有些不同的，但總歸相去不遠。我們查帳的用處就在此。

但我並不說古來如此，現在遂無可為，勸人們對於“過去”生敬畏心，以為它已經鑄定了我們的運命。Le Bon 先生說，死人之力比生人大，誠然也有一理的，然而人類究竟進化着。又據章士釗總長說，則美國的甚麼地方已在禁講進化論了，這實在是嚇死我也，然而禁只管禁，進卻總要進的。

總之：讀史，就愈可以覺悟中國改革之不可緩了。雖是國民性，要改革也得改革，否則，雜史雜說上所寫的就是前車。一改革，就無須怕孫女兒總要像點祖母那些事，譬如祖母的腳是三角形，步履維艱的，小姑娘的卻是天足，能飛跑；丈母老太太出過天花，臉上有些缺點的，令夫人卻種的是牛痘，所以細皮白肉：這也就大差其遠了。

十二月八日。

二　捧與挖

中國的人們，遇見帶有會使自己不安的朕兆的人物，向來就用兩樣法：將他壓下去，或者將他捧起來。

　　壓下去就用舊習慣和舊道德，或者憑官力，所以孤獨的精神的戰士，雖然為民眾戰鬥，卻往往反為這"所為"而滅亡。到這樣，他們這才安心了。壓不下時，則於是乎捧，以為抬之使高，餍之使足，便可以於己稍稍無害，得以安心。

　　伶俐的人們，自然也有謀利而捧的，如捧闊老，捧戲子，捧總長之類；但在一般粗人，──就是未嘗"讀經"的，則凡有捧的行為的"動機"，大概是不過想免害。即以所奉祀的神道而論，也大抵是兇惡的，火神瘟神不待言，連財神也是蛇呀刺蝟呀似的駭人的畜類；觀音菩薩倒還可愛，然而那是從印度輸入的，並非我們的"國粹"。要而言之：凡有被捧者，十之九不是好東西。

　　既然十之九不是好東西，則被捧而後，那結果便自然和捧者的希望適得其反了。不但能使不安，還能使他們很不安，因為人心本來不易餍足。然而人們終於至今沒有悟，還以捧為苟安之一道。

　　記得有一部講笑話的書，名目忘記了，也許是《笑林廣訊》罷，說，當一個知縣的壽辰，因為他是子年生，屬鼠的，屬員們便集資鑄了一個金老鼠去作賀禮。知縣收受之後，另尋了機會對大眾說道：明年又恰巧是賤內的整壽；她比我小一歲，是屬牛的。其實，如果大家先不送金老鼠，他決不敢想金牛。一送開手，可就難於收拾了，無論金牛無力致送，即使送了，怕他的姨太太也會屬象。象不在十二生肖之內，似乎不近情理罷，但這是我替他設想的法子罷了，知縣當然別有我們所莫測高深的妙法在。

　　民元革命時候，我在 S 城，來了一個都督。他雖然也出身綠林大學，未嘗"讀經"（？），但倒是還算顧大局，聽輿論的，可是自紳士以至於庶民，又用了祖傳的捧法群起而捧之了。這個拜會，那個恭維，今天送衣料，明天送翅席，捧得他連自己也忘其所以，結果是漸漸變成老官僚一樣，動手刮地皮。

　　最奇怪的是北幾省的河道，竟捧得河身比屋頂高得多了。當初自然是防其潰決，所以壅上一點土；殊不料愈壅愈高，一旦潰決，那禍害就更大。於是就“搶堤”咧，“護堤”咧，“嚴防決堤”咧，花色繁多，大家吃苦。如果當初見河水氾濫，不去增堤，卻去挖底，我以為決不至於這樣。

　　有貪圖金牛者，不但金老鼠，便是死老鼠也不給。那麼，此輩也就連生日都未必做了。單是省卻拜壽，已經是一件大快事。

　　中國人的自討苦吃的根苗在於捧，“自求多福”之道卻在於挖。其實，勞力之量是差不多的，但從惰性太多的人們看來，卻以為還是捧省力。

十二月十日。

三　最先與最後

　　《韓非子》說賽馬的妙法，在於“不為最先，不恥最後”。這雖是從我們這樣外行的人看起來，也覺得很有理。因為假若一開首便拚命奔馳，則馬力易竭。但那第一句是只適用於賽馬的，不幸中國人卻奉為人的處世金鍼了。

　　中國人不但“不為戎首”，“不為禍始”，甚至於“不為福先”。所以凡事都不容易有改革；前驅和闖將，大抵是誰也怕得做。然而人性豈真能如道家所說的那樣恬淡；欲得的卻多。既然不敢徑取，就只好用陰謀和手段。以此，人們也就日見其卑怯了，既是“不為最先”，自然也不敢“不恥最後”，所以雖是一大堆群眾，略見危機，便“紛紛作鳥獸散”了。如果偶有幾個不肯退轉，因而受害的，公論家便異口同聲，稱之曰傻子。對於"鍥而不捨"的人們也一樣。

我有時也偶爾去看看學校的運動會。這種競爭，本來不像兩敵國的開戰，挾有仇隙的，然而也會因了競爭而罵，或者竟打起來。但這些事又作別論。競走的時候，大抵是最快的三四個人一到決勝點，其餘的便鬆懈了，有幾個還至於失了跑完豫定的圈數的勇氣，中途擠入看客的群集中；或者佯為跌倒，使紅十字隊用擔架將他抬走。假若偶有雖然落後，卻盡跑，盡跑的人，大家就嗤笑他。大概是因為他太不聰明，"不恥最後"的緣故罷。

所以中國一向就少有失敗的英雄，少有韌性的反抗，少有敢單身鏖戰的武人，少有敢撫哭叛徒的弔客；見勝兆則紛紛聚集，見敗兆則紛紛逃亡。戰具比我們精利的歐美人，戰具未必比我們精利的匈奴蒙古滿洲人，都如入無人之境。"土崩瓦解"這四個字，真是形容得有自知之明。

多有"不恥最後"的人的民族，無論甚麼事，怕總不會一下子就"土崩瓦解"的，我每看運動會時，常常這樣想：優勝者固然可敬，但那雖然落後而仍非跑至終點不止的競技者，和見了這樣競技者而肅然不笑的看客，乃正是中國將來的脊樑。

四　流產與斷種

近來對於青年的創作，忽然降下一個"流產"的惡謚，哄然應和的就有一大群。我現在相信，發明這話的是沒有甚麼惡意的，不過偶爾說一說；應和的也是情有可原的，因為世事本來大概就這樣。

我獨不解中國人何以於舊狀況那麼心平氣和，於較新的機運就這麼疾首蹙額；於已成之局那麼委曲求全，於初興之事就這麼求全責備？

智識高超而眼光遠大的先生們開導我們：生下來的倘不是聖賢，豪傑，天才，就不要生；寫出來的倘不是不朽之作，就不要寫；改革的事倘不是一下子就變成極樂世界，或者，至少能給我（！）有更多的好處，就萬萬不要動！……

那麼，他是保守派麼？據說：並不然的。他正是革命家。惟獨他有公平，正當，穩健，圓滿，平和，毫無流弊的改革法；現下正在研究室裡研究着哩，——只是還沒有研究好。

甚麼時候研究好呢？答曰：沒有準兒。

孩子初學步的第一步，在成人看來，的確是幼稚，危險，不成樣子，或者簡直是可笑的。但無論怎樣的愚婦人，卻總以懇切的希望的心，看他跨出這第一步去，決不會因為他的走法幼稚，怕要阻礙闊人的路線而“逼死”他；也決不至於將他禁在床上，使他躺着研究到能夠飛跑時再下地。因為她知道：假如這麼辦，即使長到一百歲也還是不會走路的。

古來就這樣，所謂讀書人，對於後起者卻反而專用彰明較著的或改頭換面的禁錮。近來自然客氣些，有誰出來，大抵會遇見學士文人們擋駕：且住，請坐。接着是談道理了：調查，研究，推敲，修養，……結果是老死在原地方。否則，便得到“搗亂”的稱號。我也曾有如現在的青年一樣，向已死和未死的導師們問過應走的路。他們都說：不可向東，或西，或南，或北。但不說應該向東，或西，或南，或北。我終於發見他們心底裡的蘊蓄了：不過是一個“不走”而已。

坐着而等待平安，等待前進，倘能，那自然是很好的，但可慮的是老死而所等待的卻終於不至；不生育，不流產而等待一個英偉的寧馨兒，那自然也很可喜的，但可慮的是終於甚麼也沒有。

倘以為與其所得的不是出類拔萃的嬰兒，不如斷種，那就無話可說。但如果我們永遠要聽見人類的足音，則我以為流產究竟比不生產還有望，因為這已經明明白白地證明着能夠生產的了。

十二月二十日。

點 評

　　本文最初分三次發表於一九二五年十二月十日、十二日、二十二日的北京《國民新報副刊》，收入《華蓋集》。

　　作者隨意而談，不時拈來一個笑話、一個日常故事，在不經意中發掘出耐人尋味的歷史哲學、人生哲學。在讀經與讀史的衡量上，魯迅認為"倒不如去讀史，尤其是宋朝明朝史，而且尤須是野史；或者看雜說"，這是魯迅引申浙東學派而得到的新觀點。他進一步陳述這一見解的根據："野史和雜說自然也免不了有訛傳，挾恩怨，但看往事卻可以較分明，因為它究竟不像正史那樣地裝腔作勢。"讀史，尤其是野史，為的是以古鑑今，明白古今許多事何其神似，就如這個幽默的比喻："試到中央公園去，大概總可以遇見祖母帶着她孫女兒在玩的。這位祖母的模樣，就預示着那娃兒的將來。所以倘有誰要預知令夫人後日的丰姿，也只要看丈母。不同是當然要有些不同的，但總歸相去不遠。"雖然不能割斷傳統血脈，但魯迅是堅定人類會進化論者，主張打破老祖母或丈母娘的舊例，以使新一代漂漂亮亮，能夠飛跑。這是他的結論："總之：讀史，就愈可以覺悟中國改革之不可緩了。雖是國民性，要改革也得改革，否則，雜史雜說上所寫的就是前車。一改革，就無須怕孫女兒總要像點祖母那些事，譬如祖母的腳是三角形，步履維艱的，小姑娘的卻是天足，能飛跑；丈母老太太出過天花，臉上有些缺點的，令夫人卻種的是牛痘，所以細皮白肉：這也就大差其遠了。"

對於處世哲學的揭示，魯迅也有過人的深刻。他認為："凡有被捧者，十之九不是好東西。"捧，是不能填滿貪婪者的慾壑的，比如人們以金老鼠為縣太爺賀壽，他又示意賤內屬牛，明年是整壽。對於如此貪得無厭之輩，與其捧，不如給他來一個挖。談到競爭哲學，魯迅說："我每看運動會時，常常這樣想：優勝者固然可敬，但那雖然落後而仍非跑至終點不止的競技者，和見了這樣競技者而肅然不笑的看客，乃正是中國將來的脊樑。"他認為能夠堅持不懈、咬住不放，乃是競爭者非常難得的素質。對於新生事物，魯迅強調，重要的是給它創造良好的生長環境，他質疑當時瀰漫於人世間老氣橫秋的暮氣："我獨不解中國人何以於舊狀況那麼心平氣和，於較新的機運就這麼疾首蹙額；於已成之局那麼委曲求全，於初興之事就這麼求全責備？"因此他作了一個能夠撩撥人性人心的比喻："孩子初學步的第一步，在成人看來，的確是幼稚，危險，不成樣子，或者簡直是可笑的。但無論怎樣的愚婦人，卻總以懇切的希望的心，看他跨出這第一步去，決不會因為他的走法幼稚，怕要阻礙闊人的路線而'逼死'他；也決不至於將他禁在床上，使他躺着研究到能夠飛跑時再下地。因為她知道：假如這麼辦，即使長到一百歲也還是不會走路的。"

論 "費厄潑賴" 應該緩行

一　解題

《語絲》五七期上語堂先生曾經講起 "費厄潑賴"（fair play），以為此種精神在中國最不易得，我們只好努力鼓勵；又謂不 "打落水狗"，即足以補充 "費厄潑賴" 的意義。我不懂英文，因此也不明這字的函義究竟怎樣，如果不 "打落水狗" 也即這種精神之一體，則我卻很想有所議論。但題目上不直書 "打落水狗" 者，乃為迴避觸目起見，即並不一定要在頭上強裝 "義角" 之意。總而言之，不過說是 "落水狗" 未始不可打，或者簡直應該打而已。

二　論 "落水狗" 有三種，大都在可打之列

今之論者，常將 "打死老虎" 與 "打落水狗" 相提並論，以為都近於卑怯。我以為 "打死老虎" 者，裝怯作勇，頗含滑稽，雖然不免有卑怯之嫌，卻怯得令人可愛。至於 "打落水狗"，則並不如此簡單，當看狗之怎樣，以及如何落水而定。考落水原因，大概可有三種：（1）狗自己失足落水者，（2）別人打落者，（3）親自打落者。倘遇前二種，便即附和去打，自然過於無聊，或者竟近於卑怯；但若與狗奮戰，親手打其落水，則雖用竹竿又在水中從而痛打之，似乎也非已甚，不得與前二者同論。

聽說剛勇的拳師，決不再打那已經倒地的敵手，這實足使我們奉為楷模。但我以為尚須附加一事，即敵手也須是剛勇的鬥士，一敗之後，或自愧自悔而不再來，或尚須堂皇地來相報復，那當然都無不可。而於狗，卻不能引此為例，與對等的敵手齊觀，因為無論它怎樣狂嗥，其實並不解甚麼“道義”；況且狗是能浮水的，一定仍要爬到岸上，倘不注意，它先就聳身一搖，將水點灑得人們一身一臉，於是夾着尾巴逃走了。但後來性情還是如此。老實人將它的落水認作受洗，以為必已懺悔，不再出而咬人，實在是大錯而特錯的事。

總之，倘是咬人之狗，我覺得都在可打之列，無論它在岸上或在水中。

三　論叭兒狗尤非打落水裡，又從而打之不可

叭兒狗一名哈吧狗，南方卻稱為西洋狗了，但是，聽說倒是中國的特產，在萬國賽狗會裡常常得到金獎牌，《大不列顛百科全書》的狗照相上，就很有幾匹是咱們中國的叭兒狗。這也是一種國光。但是，狗和貓不是仇敵麼？它卻雖然是狗，又很像貓，折中，公允，調和，平正之狀可掬，悠悠然擺出別個無不偏激，惟獨自己得了“中庸之道”似的臉來。因此也就為闊人，太監，太太，小姐們所鍾愛，種子綿綿不絕。它的事業，只是以伶俐的皮毛獲得貴人豢養，或者中外的娘兒們上街的時候，脖子上拴了細鏈子跟在腳後跟。

這些就應該先行打它落水，又從而打之；如果它自墜入水，其實也不妨又從而打之，但若是自己過於要好，自然不打亦可，然而也不必為之嘆息。叭兒狗如可寬容，別的狗也大可不必打了，因為它們雖然非常勢利，但究竟還有些像狼，帶着野性，不至於如此騎牆。

以上是順便說及的話，似乎和本題沒有大關係。

四　論不"打落水狗"是誤人子弟的

總之，落水狗的是否該打，第一是在看它爬上岸了之後的態度。

狗性總不大會改變的，假使一萬年之後，或者也許要和現在不同，但我現在要說的是現在。如果以為落水之後，十分可憐，則害人的動物，可憐者正多，便是霍亂病菌，雖然生殖得快，那性格卻何等地老實。然而醫生是決不肯放過它的。

現在的官僚和土紳士或洋紳士，只要不合自意的，便說是赤化，是共產；民國元年以前稍不同，先是說康黨，後是說革黨，甚至於到官裡去告密，一面固然在保全自己的尊榮，但也未始沒有那時所謂"以人血染紅頂子"之意。可是革命終於起來了，一群臭架子的紳士們，便立刻皇皇然若喪家之狗，將小辮子盤在頭頂上。革命黨也一派新氣，——紳士們先前所深惡痛絕的新氣，"文明"得可以；說是"咸與維新"了，我們是不打落水狗的，聽憑它們爬上來罷。於是它們爬上來了，伏到民國二年下半年，二次革命的時候，就突出來幫着袁世凱咬死了許多革命人，中國又一天一天沉入黑暗裡，一直到現在，遺老不必說，連遺少也還是那麼多。這就因為先烈的好心，對於鬼蜮的慈悲，使它們繁殖起來，而此後的明白青年，為反抗黑暗計，也就要花費更多更多的氣力和生命。

秋瑾女士，就是死於告密的，革命後暫時稱為"女俠"，現在是不大聽見有人提起了。革命一起，她的故鄉就到了一個都督，——等於現在之所謂督軍，——也是她的同志：王金發。他捉住了殺害她的謀主，調集了告密的案卷，要為她報仇。然而終於將那謀主釋放了，據說是因為已經成了民國，大家不應該再修舊怨罷。但等到二次革命失敗後，王金發卻被袁世凱的走狗槍決了，與有力的是他所釋放的殺過秋瑾的謀主。

這人現在也已"壽終正寢"了，但在那裡繼續跋扈出沒着的也還是這一流人，所以秋瑾的故鄉也還是那樣的故鄉，年復一年，絲毫沒有長進。從這一點看起來，生長在可為中國模範的名城裡的楊蔭榆女士和陳西瀅先生，真是洪福齊天。

五　論塌台人物不當與"落水狗"相提並論

"犯而不校"是恕道，"以眼還眼以牙還牙"是直道。中國最多的卻是枉道：不打落水狗，反被狗咬了。但是，這其實是老實人自己討苦吃。

俗語說："忠厚是無用的別名"，也許太刻薄一點罷，但仔細想來，卻也覺得並非唆人作惡之談，乃是歸納了許多苦楚的經歷之後的警句。譬如不打落水狗說，其成因大概有二：一是無力打；二是比例錯。前者且勿論；後者的大錯就又有二：一是誤將塌台人物和落水狗齊觀，二是不辨塌台人物又有好有壞，於是視同一律，結果反成為縱惡。即以現在而論，因為政局的不安定，真是此起彼伏如轉輪，壞人靠着冰山，恣行無忌，一旦失足，忽而乞憐，而曾經親見，或親受其嚙嚙的老實人，乃忽以"落水狗"視之，不但不打，甚至於還有哀矜之意，自以為公理已伸，俠義這時正在我這裡。殊不知它何嘗真是落水，巢窟是早已造好的了，食料是早經儲足的了，並且都在租界裡。雖然有時似乎受傷，其實並不，至多不過是假裝跛腳，聊以引起人們的惻隱之心，可以從容避匿罷了。他日復來，仍舊先咬老實人開手，"投石下井"，無所不為，尋起原因來，一部分就正因為老實人不"打落水狗"之故。所以，要是說得苛刻一點，也就是自家掘坑自家埋，怨天尤人，全是錯誤的。

六　論現在還不能一味“費厄”

仁人們或者要問：那麼，我們竟不要“費厄潑賴”麼？我可以立刻回答：當然是要的，然而尚早。這就是“請君入甕”法。雖然仁人們未必肯用，但我還可以言之成理。土紳士或洋紳士們不是常常說，中國自有特別國情，外國的平等自由等等，不能適用麼？我以為這“費厄潑賴”也是其一。否則，他對你不“費厄”，你卻對他去“費厄”，結果總是自己吃虧，不但要“費厄”而不可得，並且連要不“費厄”而亦不可得。所以要“費厄”，最好是首先看清對手，倘是些不配承受“費厄”的，大可以老實不客氣；待到它也“費厄”了，然後再與它講“費厄”不遲。

這似乎很有主張二重道德之嫌，但是也出於不得已，因為倘不如此，中國將不能有較好的路。中國現在有許多二重道德，主與奴，男與女，都有不同的道德，還沒有劃一。要是對“落水狗”和“落水人”獨獨一視同仁，實在未免太偏，太早，正如紳士們之所謂自由平等並非不好，在中國卻微嫌太早一樣。所以倘有人要普遍施行“費厄潑賴”精神，我以為至少須俟所謂“落水狗”者帶有人氣之後。但現在自然也非絕不可行，就是，有如上文所説：要看清對手。而且還要有等差，即“費厄”必視對手之如何而施，無論其怎樣落水，為人也則幫之，為狗也則不管之，為壞狗也則打之。一言以蔽之：“黨同伐異”而已矣。

滿心“婆理”而滿口“公理”的紳士們的名言暫且置之不論不議之列，即使真心人所大叫的公理，在現今的中國，也還不能救助好人，甚至於反而保護壞人。因為當壞人得志，虐待好人的時候，即使有人大叫公理，他決不聽從，叫喊僅止於叫喊，好人仍然受苦。然而偶有一時，好人或稍稍蹶起，則壞人本該落水了，可是，真心的公理論者又“勿報復”呀，“仁恕”呀，“勿以惡抗惡”呀……的大嚷起來。

這一次卻發生實效，並非空嚷了：好人正以為然，而壞人於是得救。但他得救之後，無非以為佔了便宜，何嘗改悔；並且因為是早已營就三窟，又善於鑽謀的，所以不多時，也就依然聲勢赫奕，作惡又如先前一樣。這時候，公理論者自然又要大叫，但這回他卻不聽你了。

但是，"疾惡太嚴"，"操之過急"，漢的清流和明的東林，卻正以這一點傾敗，論者也常常這樣責備他們。殊不知那一面，何嘗不"疾善如仇"呢？人們卻不說一句話。假使此後光明和黑暗還不能作徹底的戰鬥，老實人誤將縱惡當作寬容，一味姑息下去，則現在似的混沌狀態，是可以無窮無盡的。

七　論"即以其人之道還治其人之身"

中國人或信中醫或信西醫，現在較大的城市中往往並有兩種醫，使他們各得其所。我以為這確是極好的事。倘能推而廣之，怨聲一定還要少得多，或者天下竟可以臻於郅治。例如民國的通禮是鞠躬，但若有人以為不對的，就獨使他磕頭。民國的法律是沒有笞刑的，倘有人以為肉刑好，則這人犯罪時就特別打屁股。碗筷飯菜，是為今人而設的，有願為燧人氏以前之民者，就請他吃生肉；再造幾千間茅屋，將在大宅子裡仰慕堯舜的高士都拉出來，給住在那裡面；反對物質文明的，自然更應該不使他銜冤坐汽車。這樣一辦，真所謂"求仁得仁又何怨"，我們的耳根也就可以清淨許多罷。

但可惜大家總不肯這樣辦，偏要以己律人，所以天下就多事。"費厄潑賴"尤其有流弊，甚至於可以變成弱點，反給惡勢力佔便宜。例如劉百昭毆曳女師大學生，《現代評論》上連屁也不放，一到女師大恢復，陳西瀅鼓動女大學生佔據校舍時，卻道"要是她們不肯走便怎樣呢？你們總不好意思用強力把她們的東西搬走了罷？"毆而且拉，而且搬，是有劉百昭的先例的，何以這一回獨獨"不好意思"？這就因為給他嗅到了女師大這一面有些"費厄"氣味之故。但這"費厄"卻又變成弱點，反而給人利用了來替章士釗的"遺澤"保鑣。

八　結末

或者要疑我上文所言，會激起新舊，或甚麼兩派之爭，使惡感更深，或相持更烈罷。但我敢斷言，反改革者對於改革者的毒害，向來就並未放鬆過，手段的厲害也已經無以復加了。只有改革者卻還在睡夢裡，總是吃虧，因而中國也總是沒有改革，自此以後，是應該改換些態度和方法的。

一九二五年十二月二十九日。

點 評

本文初載於一九二六年一月十日《莽原》半月刊第一期，收入《墳》。這是一篇針對當時的社會情境和思潮而發，是有的放矢，而且矢鋒銳利的文章。一九二五年十一月，周作人發表《答伏園論〈語絲的文體〉》，提出《語絲》文體"唯一的條件是大膽與誠意，或如洋紳士所高唱的所謂'費厄潑賴'（fair play）"。次月，林語堂作《插論語絲的文體——穩健，罵人，及費厄潑賴》加以響應，認為"此種'費厄潑賴'精神在中國最不易得，我們也只好努力鼓勵，中國'潑賴'的精神就很少，更談不到'費厄'，惟有時所謂不肯'下井投石'即帶有此意。……大概中國人的'忠厚'就略有費厄潑賴之意，惟費厄潑賴不能以'忠厚'二字了結他。此種健全的作戰精神，是'人'應有的與暗放冷箭的魑魅伎倆完全不同，大概是健全民族的一種天然現象，不可不積極提倡。"

魯迅是深知中國的專制主義歷史和辛亥革命以後的屠刀政治的，在一個民主和法制幾無健全可言之時，一個"豺狼當道，不問狐狸"之世，所謂"費厄潑賴"只能渙散新營壘的鬥志，給敵人以可乘之機，因而作此文以示警誡。時隔數月，一九二六年三月十八日發生了段祺瑞政府命令衛隊開槍射擊請願學生的慘案，使此文的警誡不幸而言中。《語絲》雜誌對慘案真相作了義正辭嚴的揭露。林語堂作《打狗釋疑》，承認"狗之該打，世人類皆同意。弟前說勿打落水狗的話，後來又畫魯迅先生打落水狗圖，致使我一位朋友很不願意。現在隔彼時已是兩三個月了，而事實之經過使我益發信仰先生'凡是狗必先打落水裡面而又從而打之'之話"。茲錄林繪《魯迅先生打叭兒狗圖》以資參考。

魯迅先生打叭兒狗圖

魯迅説："至於'打落水狗'，則並不如此簡單，當看狗之怎樣，以及如何落水而定。……若與狗奮戰，親手打其落水，則雖用竹竿又在水中從而痛打之，似乎也非已甚。"上圖所示就是這個意思。

打落水狗的理由，在於狗其實並不解甚麼"道義"，又能浮水，爬到岸上，聳身一搖，將水點灑得人們一身一臉，於是夾着尾巴逃走了。它落水並非受洗，不會懺悔，保不準還要咬人。這就是狗仗人勢，本性難移，"狗性總不大會改變"的意思，其中有辛亥志士由於對鬼蜮的慈悲而喋血的教訓為鑑。魯迅對狗的類型，也有分析，尤為討厭叭兒狗："它卻雖然是狗，又很像貓，折中，公允，調和，平正之狀可掬，悠悠然擺出別個無不偏激，惟獨自己得了'中庸之道'似的臉來。因此也就為閹人，太監，太太，小姐們所鍾愛，種子綿綿不絕。它的事業，只是以伶俐的皮毛獲得貴人豢養，或者中外的娘兒們上街的時候，脖子上拴了細鏈子跟在腳後跟。"對叭兒狗畫像，採取的是"論時事不留面子，砭錮弊常取類型"的方法，"這圖便是一切某瘡某疽的標本"，"我先前的論叭兒狗，原也泛無實指，都是自覺其有叭兒性的人們自來承認的"（《偽自由書·前記》）。

魯迅認為，要實行"費厄潑賴"有一個時機和對象的問題，需要進行切合實際的評估，不能糊裡糊塗地上當。他提醒，若要"費厄"，最好是首先看清對手，倘是些不配承受"費厄"的，大可以老實不客氣；待到它也"費厄"了，然後再與它講"費厄"不遲。倘有人要普遍施行"費厄潑賴"精神，我以為至少須俟所謂"落水狗"者帶有人氣之後。不然，一味"費厄"，反成為縱惡。"'犯而不校'是恕道，'以眼還眼以牙還牙'是直道。中國最多的卻是枉道：不打落水狗，反被狗咬了。但是，這其實是老實人自己討苦吃。俗語説：'忠厚是無用的別名'，也許太刻薄一點罷，但仔細想來，卻也覺得並非唆人作惡之談，乃是歸納了許多苦楚的經歷之後的警句。"一種文化精神的實施，是要認清實施的環境和對象的，尤其在社會黑暗、危機四伏的時候。因此魯迅主張打"落水狗"，體現了反抗黑暗時的憂患意識和危機意識。

學界的三魂

從《京報副刊》上知道有一種叫《國魂》的期刊，曾有一篇文章說章士釗固然不好，然而反對章士釗的"學匪"們也應該打倒。我不知道大意是否真如我所記得？但這也沒有甚麼關係，因為不過引起我想到一個題目，和那原文是不相干的。意思是，中國舊說，本以為人有三魂六魄，或云七魄；國魂也該這樣。而這三魂之中，似乎一是"官魂"，一是"匪魂"，還有一個是甚麼呢？也許是"民魂"罷，我不很能夠決定。又因為我的見聞很偏隘，所以未敢悉指中國全社會，只好縮而小之曰"學界"。

中國人的官癮實在深，漢重孝廉而有埋兒刻木，宋重理學而有高帽破靴，清重帖括而有"且夫""然則"。總而言之：那魂靈就在做官，——行官勢，擺官腔，打官話。頂着一個皇帝做傀儡，得罪了官就是得罪了皇帝，於是那些人就得了雅號曰"匪徒"。學界的打官話是始於去年，凡反對章士釗的都得了"土匪"，"學匪"，"學棍"的稱號，但仍然不知道從誰的口中說出，所以還不外乎一種"流言"。

但這也足見去年學界之糟了，竟破天荒的有了學匪。以大點的國事來比罷，太平盛世，是沒有匪的；待到群盜如毛時，看舊史，一定是外戚，宦官，奸臣，小人當國，即使大打一通官話，那結果也還是"嗚呼哀哉"。當這"嗚呼哀哉"之前，小民便大抵相率而為盜，所以我相信源增先生的話："表面上看只是些土匪與強盜，其實是農民革命軍。"（《國民新報副刊》四三）那麼，社會不是改進了麼？並不，我雖然也是被謚為"土匪"之一，卻並不想為老前輩們飾非掩過。農民是不來奪取政權的，源增先生又道："任三五熱心家將皇帝推倒，自己過皇帝癮去。"但這時候，匪便被稱為帝，除遺老外，文人學者卻都來恭維，又稱反對他的為匪了。

所以中國的國魂裡大概總有這兩種魂：官魂和匪魂。這也並非硬要將我輩的魂擠進國魂裡去，貪圖與教授名流的魂為伍，只因為事實仿佛是這樣。社會諸色人等，愛看《雙官誥》，也愛看《四傑村》，望偏安巴蜀的劉玄德成功，也願意打家劫舍的宋公明得法；至少，是受了官的恩惠時候則艷羨官僚，受了官的剝削時候便同情匪類。但這也是人情之常；倘使連這一點反抗心都沒有，豈不就成為萬劫不復的奴才了？

然而國情不同，國魂也就兩樣。記得在日本留學時候，有些同學問我在中國最有大利的買賣是甚麼，我答道："造反。"他們便大駭怪。在萬世一系的國度裡，那時聽到皇帝可以一腳踢落，就如我們聽説父母可以一棒打殺一般。為一部分士女所心悦誠服的李景林先生，可就深知此意了，要是報紙上所傳非虛。今天的《京報》即載着他對某外交官的談話道："予預計於舊曆正月間，當能與君在天津晤談；若天津攻擊竟至失敗，則擬俟三四月間捲土重來，若再失敗，則暫投土匪，徐養兵力，以待時機"云。但他所希望的不是做皇帝，那大概是因為中華民國之故罷。

所謂學界，是一種發生較新的階級，本該可以有將舊魂靈略加湔洗之望了，但聽到"學官"的官話，和"學匪"的新名，則似乎還走着舊道路。那末，當然也得打倒的。這來打倒他的是"民魂"，是國魂的第三種。先前不很發揚，所以一鬧之後，終不自取政權，而只"任三五熱心家將皇帝推倒，自己過皇帝癮去"了。

惟有民魂是值得寶貴的，惟有他發揚起來，中國才有真進步。但是，當此連學界也倒走舊路的時候，怎能輕易地發揮得出來呢？在烏煙瘴氣之中，有官之所謂“匪”和民之所謂匪；有官之所謂“民”和民之所謂民；有官以為“匪”而其實是真的國民，有官以為“民”而其實是衙役和馬弁。所以貌似“民魂”的，有時仍不免為“官魂”，這是鑑別魂靈者所應該十分注意的。

話又說遠了，回到本題去。去年，自從章士釗提了“整頓學風”的招牌，上了教育總長的大任之後，學界裡就官氣瀰漫，順我者“通”，逆我者“匪”，官腔官話的餘氣，至今還沒有完。但學界卻也幸而因此分清了顏色；只是代表官魂的還不是章士釗，因為上頭還有“減膳”執政在，他至多不過做了一個官魄；現在是在天津“徐養兵力，以待時機”了。我不看《甲寅》，不知道說些甚麼話：官話呢，匪話呢，民話呢，衙役馬弁話呢？……

一月二十四日。

點評

本文初載於一九二六年二月一日《語絲》週刊第六十四期，收入《華蓋集續編》。事情就是這樣弔詭：冠冕堂皇的官樣文章，反不及想象虛構的小說戲曲，更能揭示社會實情和民間心理。魯迅分析了小說、戲曲的描寫及其在社會的反應，指出：“中國的國魂裡大概總有這兩種魂：官魂和匪魂。”他又結合文化界顛三倒四、奉承造謠的種種現象，嘲諷“所謂學界，是一種發生較新的階級，本該可以有將舊魂靈略加淘洗之望了，但聽到‘學官’的官話，和‘學匪’的新名，則似乎還走着舊道路。那末，當然也得打倒的。這來打倒他的是‘民魂’，是國魂的第三種。"他開始寄希望於"民魂"，認為"惟有民魂是值得寶貴的，惟有他發揚起來，中國才有真進步"。國魂由二而三，反映了魯迅對民眾的是非判斷和改革潛力產生了可以帶來絕處逢生的期待。

一點比喻

　　在我的故鄉不大通行吃羊肉，闔城裡，每天大約不過殺幾匹山羊。北京真是人海，情形可大不相同了，單是羊肉舖就觸目皆是。雪白的群羊也常常滿街走，但都是胡羊，在我們那裡稱綿羊的。山羊很少見；聽說這在北京卻頗名貴了，因為比胡羊聰明，能夠率領羊群，悉依它的進止，所以畜牧家雖然偶而養幾匹，卻只用作胡羊們的領導，並不殺掉它。

　　這樣的山羊我只見過一回，確是走在一群胡羊的前面，脖子上還掛着一個小鈴鐸，作為智識階級的徽章。通常，領的趕的卻多是牧人，胡羊們便成了一長串，挨挨擠擠，浩浩蕩蕩，凝着柔順有餘的眼色，跟定他匆匆地競奔它們的前程。我看見這種認真的忙迫的情形時，心裡總想開口向它們發一句愚不可及的疑問——

　　"往那裡去？！"

　　人群中也很有這樣的山羊，能領了群眾穩妥平靜地走去，直到他們應該走到的所在。袁世凱明白一點這種事，可惜用得不大巧，大概因為他是不很讀書的，所以也就難於熟悉運用那些的奧妙。後來的武人可更蠢了，只會自己亂打亂割，亂得哀號之聲，洋洋盈耳，結果是除了殘虐百姓之外，還加上輕視學問，荒廢教育的惡名。然而"經一事，長一智"，二十世紀已過了四分之一，脖子上掛着小鈴鐸的聰明人是總要交到紅運的，雖然現在表面上還不免有些小挫折。

　　那時候，人們，尤其是青年，就都循規蹈矩，既不囂張，也不浮動，一心向着“正路”前進了，只要沒有人問 ——

“往那裡去？！”

君子若曰：“羊總是羊，不成了一長串順從地走，還有甚麼別的法子呢？君不見夫豬乎？拖延着，逃着，喊着，奔突着，終於也還是被捉到非去不可的地方去，那些暴動，不過是空費力氣而已矣。”

這是說：雖死也應該如羊，使天下太平，彼此省力。

這計劃當然是很妥帖，大可佩服的。然而，君不見夫野豬乎？它以兩個牙，使老獵人也不免於退避。這牙，只要豬脫出了牧豕奴所造的豬圈，走入山野，不久就會長出來。

Schopenhauer 先生曾將紳士們比作豪豬，我想，這實在有些失體統。但在他，自然是並沒有甚麼別的惡意的，不過拉扯來作一個比喻。《Parerga und Paralipomena》裡有着這樣意思的話：有一群豪豬，在冬天想用了大家的體溫來禦寒冷，緊靠起來了，但它們彼此即刻又覺得刺的疼痛，於是乎又離開。然而溫暖的必要，再使它們靠近時，卻又吃了照樣的苦。但它們在這兩種困難中，終於發見了彼此之間的適宜的間隔，以這距離，它們能夠過得最平安。人們因為社交的要求，聚在一處，又因為各有可厭的許多性質和難堪的缺陷，再使他們分離。他們最後所發見的距離，—— 使他們得以聚在一處的中庸的距離，就是“禮讓”和“上流的風習”。有不守這距離的，在英國就這樣叫，“Keep your distance！”

但即使這樣叫，恐怕也只能在豪豬和豪豬之間才有效力罷，因為它們彼此的守着距離，原因是在於痛而不在於叫的。假使豪豬們中夾着一個別的，並沒有刺，則無論怎麼叫，它們總還是擠過來。孔子說：禮不下庶人。照現在的情形看，該是並非庶人不得接近豪豬，卻是豪豬可以任意刺着庶人而取得溫暖。受傷是當然要受傷的，但這也只能怪你自己獨獨沒有刺，不足以讓他守定適當的距離。孔子又說：刑不上大夫。這就又難怪人們的要做紳士。

這些豪豬們，自然也可以用牙角或棍棒來抵禦的，但至少必須拚出背一條豪豬社會所制定的罪名：“下流”或“無禮”。

一月二十五日。

點　評

本文初載於一九二六年二月二十五日《莽原》半月刊第四期，收入《華蓋集續編》。文章從北京的風俗景觀寫起：這裡羊肉舖就觸目皆是，常見山羊脖子上掛着一個小鈴鐸，“作為智識階級的徽章”，帶領着一群胡羊，挨挨擠擠，浩浩蕩蕩，凝着柔順有餘的眼色，匆匆地競奔它們的前程。這不禁使人發問：“往那裡去？！”魯迅由此譏諷知識界也有這樣的山羊，能領了群眾穩妥平靜地走去，直走到主人認可的所在。

魯迅又引叔本華雜文集《副業和補遺》中的故事：有一群豪豬，在冬天想用了大家的體溫來禦寒冷，緊靠起來了，但它們彼此即刻又覺得刺的疼痛，於是乎又離開。然而溫暖的必要，再使它們靠近時，卻又吃了照樣的苦。但它們在這兩種困難中，終於發見了彼此之間的適宜的間隔，以這距離，它們能夠過得最平安。人們因為社交的要求，聚在一處，又因為各有可厭的許多性質和難堪的缺陷，再使他們分離。他們最後所發見的距離，——使他們得以聚在一處的中庸的距離，就是“禮讓”和“上流的風習”。有不守這距離的，在英國就這樣叫，“Keep your distance（保持你的距離）！”反抗者就要背上一條豪豬社會的罪名：“下流”或“無禮”。東方古都的街頭風景與西方哲人的寓言，遠哉遙遙的組合，隱喻着掛着鈴鐸的知識界領頭山羊，是引導浩蕩柔順的人群，維護現行制度和秩序的交紅運的聰明人。他們折斷了反抗者的利牙。魯迅當頭棒喝道：“然而，君不見夫野豬乎？它以兩個牙，使老獵人也不免於退避。這牙，只要豬脫出了牧豕奴所造的豬圈，走入山野，不久就會長出來。”走入山野，長出利牙，魯迅由此思考“往那裡去”的問題。

馬上支日記

前幾天會見小峰，談到自己要在半農所編的副刊上投點稿，那名目是《馬上日記》。小峰憮然曰，回憶歸在《舊事重提》中，目下的雜感就寫進這日記裡面去……。意思之間，似乎是說：你在《語絲》上做甚麼呢？—— 但這也許是我自己的疑心病。我那時可暗暗地想：生長在敢於吃河豚的地方的人，怎麼也會這樣拘泥？政黨會設支部，銀行會開支店，我就不會寫支日記的麼？因為《語絲》上須投稿，而這暗想馬上就實行了，於是乎作支日記。

六月二十九日

晴。

早晨被一個小蠅子在臉上爬來爬去爬醒，趕開，又來；趕開，又來；而且一定要在臉上的一定的地方爬。打了一回，打它不死，只得改變方針：自己起來。

記得前年夏天路過 S 州，那客店裡的蠅群卻着實使人驚心動魄。飯菜搬來時，它們先追逐着賞鑑；夜間就停得滿屋，我們就枕，必須慢慢地，小心地放下頭去，倘若猛然一躺，驚動了它們，便轟的一聲，飛得你頭昏眼花，一敗塗地。到黎明，青年們所希望的黎明，那自然就照例地到你臉上來爬來爬去了。但我經過街上，看見一個孩子睡着，五六個蠅子在他臉上爬，他卻睡得甜甜的，連皮膚也不牽動一下。在中國過活，這樣的訓練和涵養工夫是萬不可少的。與其鼓吹甚麼“捕蠅”，倒不如練習這一種本領來得切實。

甚麼事都不想做。不知道是胃病沒有全好呢，還是缺少了睡眠時間。仍舊懶懶地翻翻廢紙，又看見幾條《茶香室叢鈔》式的東西。已經團入字紙簍裡的了，又覺得“棄之不甘”，挑一點關於《水滸傳》的，移錄在這裡罷——

宋洪邁《夷堅甲誌》十四云：“紹興二十五年，吳傳朋說除守安豐軍，自番陽遣一卒往呼吏士，行至舒州境，見村民穰穰，十百相聚，因弛擔觀之。其人曰，吾村有婦人為虎銜去，其夫不勝憤，獨攜刀往探虎穴，移時不反，今謀往救也。久之，民負死妻歸，云，初尋跡至穴，虎牝牡皆不在，有二子戲岩竇下，即殺之，而隱其中以俟。少頃，望牝者銜一人至，倒身入穴，不知人藏其中也。吾急持尾，斷其一足。虎棄所銜人，跟蹌而竄；徐出視之，果吾妻也，死矣。虎曳足行數十步，墜澗中。吾復入竇伺，牡者俄咆躍而至，亦以尾先入，又如前法殺之。妻冤已報，無憾矣。乃邀鄰里往視，輿四虎以歸，分烹之。”案《水滸傳》敘李逵沂嶺殺四虎事，情狀極相類，疑即本此等傳說作之。《夷堅甲誌》成於乾道初（1165），此條題云《舒民殺四虎》。

宋莊季裕《雞肋編》中云：“浙人以鴨兒為大諱。北人但知鴨羹雖甚熱，亦無氣。後至南方，乃始知鴨若只一雄，則雖合而無卵，須二三始有子，其以為諱者，蓋為是耳，不在於無氣也。”案《水滸傳》敘鄆哥向武大索麥稃，“武大道：‘我屋裡又不養鵝鴨，那裡有這麥稃？’鄆哥道：‘你說沒麥稃，怎地棧得肥膵膵地，便顛倒提起你來也不妨，煮你在鍋裡也沒氣？’武大道：‘含鳥猢猻！倒罵得我好。我的老婆又不偷漢子，我如何是鴨？’……”鴨必多雄始孕，蓋宋時浙中俗說，今已不知。然由此可知《水滸傳》確為舊本，其著者則浙人；雖莊季裕，亦僅知鴨羹無氣而已。《雞肋編》有紹興三年（1133）序，去今已將八百年。

元陳泰《所安遺集》《江南曲序》云：“余童艸時，聞長老言宋江事，未究其詳。至治癸亥秋九月十六日，過梁山泊，舟遙見一峰，嵼巆雄跨，問之篙師，曰，此安山也，昔宋江事處，絕湖為池，闊九十里，皆藥荷菱芡，相傳以為宋妻所植。宋之為人，勇悍狂俠，其黨如宋者三十六人。至今山下有分臟台，置石座三十六所，俗所謂‘去時三十六，歸時十八雙’，意者其自誓之辭也。始予過此，荷花彌望，今無復存者，惟殘香相送耳。因記王荊公詩云：‘三十六陂春水，白頭想見江南。’味其詞，作《江南曲》以敘遊歷，且以慰宋妻種荷之意云。（原注：曲因蠹損無存。）”案宋江有妻在梁山濼中，且植芰荷，僅見於此；而謂江勇悍狂俠，亦與今所傳性格絕殊，知《水滸》故事，宋元來異說多矣。泰字志同，號所安，茶陵人，延祐甲寅（1314），以《天馬賦》中省試第十二名，會試賜乙卯科張起岩榜進士第，由翰林庶吉士改授龍南令，卒官。至曾孫樸，始集其遺文為一卷。成化丁未，來孫銓等又並補遺重刊之。《江南曲》即在補遺中，而失其詩。近《涵芬樓秘笈》第十集收金侃手寫本，則並序失之矣。“舟遙見一峰”及“昔宋江事處”二句，當有脫誤，未見別本，無以正之。

七月一日

晴。

上午，空六來談；全談些報紙上所載的事，真偽莫辨。許多工夫之後，他走了，他所談的我幾乎都忘記了，等於不談。只記得一件：據說吳佩孚大帥在一處宴會的席上發表，查得赤化的始祖乃是蚩尤，因為“蚩”“赤”同音，所以蚩尤即“赤尤”，“赤尤”者，就是“赤化之尤”的意思；說畢，合座為之“歡然”云。

太陽很烈，幾盆小草花的葉子有些垂下來了，澆了一點水。田媽忠告我：澆花的時候是每天必須一定的，不能亂；一亂，就有害。我覺得有理，便躊躇起來；但又想，沒有人在一定的時候來澆花，我又沒有一定的澆花的時候，如果遵照她的學說，那些小花可只好曬死罷了。即使亂澆，總勝於不澆；即使有害，總勝於曬死罷。便繼續澆下去，但心裡自然也不大踴躍。下午，葉子都直起來了，似乎不甚有害，這才放了心。

燈下太熱，夜間便在暗中呆坐着，涼風微動，不覺也有些“歡然”。人倘能夠“超然象外”，看看報章，倒也是一種清福。我對於報章，向來就不是博覽家，然而這半年來，已經很遇見了些銘心絕品。遠之，則如段祺瑞執政的《二感篇》，張之江督辦的《整頓學風電》，陳源教授的《閒話》；近之，則如丁文江督辦（？）的自稱“書呆子”演說，胡適之博士的英國庚款答問，牛榮聲先生的“開倒車”論（見《現代評論》七十八期），孫傳芳督軍的與劉海粟先生論美術書。但這些比起赤化源流考來，卻又相去不可以道里計。今年春天，張之江督辦明明有電報來贊成槍斃赤化嫌疑的學生，而弄到底自己還是逃不出赤化。這很使我莫明其妙；現在既知道蚩尤是赤化的祖師，那疑團可就冰釋了。蚩尤曾打炎帝，炎帝也是“赤魁”。炎者，火德也，火色赤；帝不就是首領麼？所以三一八慘案，即等於以赤討赤，無論那一面，都還是逃不脫赤化的名稱。

這樣巧妙的考證天地間委實不很多，只記得先前在日本東京時，看見《讀賣新聞》上逐日登載着一種大著作，其中有黃帝即亞伯拉罕的考據。大意是日本稱油為“阿蒲拉”（Abura），油的顏色大概是黃的，所以“亞伯拉”就是“黃”。至於“帝”，是與“罕”形近，還是與“可汗”

音近呢，我現在可記不真確了，總之：阿伯拉罕即油帝，油帝就是黃帝而已。篇名和作者，現在也都忘卻，只記得後來還印成一本書，而且還只是上卷。但這考據究竟還過於彎曲，不深究也好。

七月二日

晴。

午後，在前門外買藥後，繞到東單牌樓的東亞公司閒看。這雖然不過是帶便販賣一點日本書，可是關於研究中國的就已經很不少。因為或種限制，只買了一本安岡秀夫所作的《從小說看來的支那民族性》就走了，是薄薄的一本書，用大紅深黃做裝飾的，價一元二角。

傍晚坐在燈下，就看看那本書，他所引用的小說有三十四種，但其中也有其實並非小說和分一部為幾種的。蚊子來叮了好幾口，雖然似乎不過一兩個，但是坐不住了，點起蚊煙香來，這才總算漸漸太平下去。

安岡氏雖然很客氣，在緒言上說，"這樣的也不僅只支那人，便是在日本，怕也有難於漏網的。"但是，"一測那程度的高下和範圍的廣狹，則即使誇稱為支那的民族性，也毫無應該顧忌的處所，"所以從支那人的我看來，的確不免汗流浹背。只要看目錄就明白了：一，總說；二，過度置重於體面和儀容；三，安運命而肯罷休；四，能耐能忍；五，乏同情心多殘忍性；六，個人主義和事大主義；七，過度的儉省和不正的貪財；八，泥虛禮而尚虛文；九，迷信深；十，耽享樂而淫風熾盛。

他似乎很相信 Smith 的《Chinese Characteristies》，常常引為典據。這書在他們，二十年前就有譯本，叫作《支那人氣質》；但是支那人的我們卻不大有人留心它。第一章就是 Smith 說，以為支那人是頗有點做戲氣味的民族，精神略有亢奮，就成了戲子樣，一字一句，一舉手一投足，都裝模裝樣，出於本心的分量，倒還是撐場面的分量多。這就是因為太重體面了，總想將自己的體面弄得十足，所以敢於做出這樣的言語動作來。總而言之，支那人的重要的國民性所成的復合關鍵，便是這"體面"。

我們試來博觀和內省，便可以知道這話並不過於刻毒。相傳為戲台上的好對聯，是"戲場小天地，天地大戲場"。大家本來看得一切事不過是一齣戲，有誰認真的，就是蠢物。但這也並非專由積極的體面，心有不平而怯於報復，也便以萬事是戲的思想了之。萬事既然是戲，則不平也非真，而不報也非怯了。所以即使路見不平，不能拔刀相助，也還不失其為一個老牌的正人君子。

我所遇見的外國人，不知道可是受了 Smith 的影響，還是自己實驗出來的，就很有幾個留心研究着中國人之所謂"體面"或"面子"。但我覺得，他們實在是已經早有心得，而且應用了，倘若更加精深圓熟起來，則不但外交上一定勝利，還要取得上等"支那人"的好感情。這時須連"支那人"三個字也不說，代以"華人"，因為這也是關於"華人"的體面的。

我還記得民國初年到北京時，郵局門口的扁額是寫着"郵政局"的，後來外人不干涉中國內政的叫聲高起來，不知道是偶然還是甚麼，不幾天，都一律改了"郵務局"了。外國人管理一點郵"務"，實在和內"政"不相干，這一齣戲就一直唱到現在。

向來，我總不相信國粹家道德家之類的痛哭流涕是真心，即使眼角上確有珠淚橫流，也須檢查他手巾上可浸着辣椒水或生薑汁。甚麼保存國故，甚麼振興道德，甚麼維持公理，甚麼整頓學風……心裡可真是這樣想？一做戲，則前台的架子，總與在後台的面目不相同。但看客雖然明知是戲，只要做得像，也仍然能夠為它悲喜，於是這齣戲就做下去了；有誰來揭穿的，他們反以為掃興。

中國人先前聽到俄國的"虛無黨"三個字，便嚇得屁滾尿流，不下於現在之所謂"赤化"。其實是何嘗有這麼一個"黨"；只是"虛無主義者"或"虛無思想者"卻是有的，是都介涅夫（I. Turgeniev）給創立出來的名目，指不信神，不信宗教，否定一切傳統和權威，要復歸那出於自由意志的生活的人物而言。但是，這樣的人物，從中國人看來也就已經可惡了。然而看看中國的一些人，至少是上等人，他們的對於神，宗教，傳統的權威，是"信"和"從"呢，還是"怕"和"利用"？只要看他們的善於變化，毫無特操，是甚麼也不信從的，但總要擺出和內心兩樣的架子來。要尋虛無黨，在中國實在很不少；和俄國的不同的處所，只在他們這麼想，便這麼說，這麼做，我們的卻雖然這麼想，卻是那麼說，在後台這麼做，到前台又那麼做……。將這種特別人物，另稱為"做戲的虛無黨"或"體面的虛無黨"以示區別罷，雖然這個形容詞和下面的名詞萬萬聯不起來。

　　夜，寄品青信，託他向孔德學校去代借《閭邱辨囿》。

　　夜半，在決計睡覺之前，從日曆上將今天的一張撕去，下面這一張是紅印的。我想，明天還是星期六，怎麼便用紅字了呢？仔細看時，有兩行小字道："馬廠誓師再造共和紀念"。我又想，明天可掛國旗呢？……於是，不想甚麼，睡下了。

　　　　七月三日

晴。

熱極，上半天玩，下半天睡覺。

　　晚飯後在院子裡乘涼，忽而記起萬牲園，因此說：那地方在夏天倒也很可看，可惜現在進不去了。田媽就談到那管門的兩個長人，說最長的一個是她的鄰居，現在已經被美國人僱去，往美國了，薪水每月有一千元。

這話給了我一個很大的啓示。我先前看見《現代評論》上保舉十一種好著作，楊振聲先生的小說《玉君》即是其中的一種，理由之一是因為做得"長"。我於這理由一向總有些隔膜，到七月三日即"馬廠誓師再造共和紀念"的晚上這才明白了："長"，是確有價值的。《現代評論》的以"學理和事實"並重自許，確也說得出，做得到。

今天到我的睡覺時為止，似乎並沒有掛國旗，後半夜補掛與否，我不知道。

七月四日

晴。

早晨，仍然被一個蠅子在臉上爬來爬去爬醒，仍然趕不走，仍然只得自己起來。品青的回信來了，說孔德學校沒有《閭邱辨囿》。

也還是因為那一本《從小說看來的支那民族性》。因為那裡面講到中國的餚饌，所以也就想查一查中國的餚饌。我於此道向來不留心，所見過的舊記，只有《禮記》裡的所謂"八珍"，《酉陽雜俎》裡的一張御賜菜帳和袁枚名士的《隨園食單》。元朝有和斯輝的《飲饌正要》，只站在舊書店頭翻了一翻，大概是元版的，所以買不起。唐朝的呢，有楊煜的《膳夫經手錄》，就收在《閭邱辨囿》中。現在這書既然借不到，只好拉倒了。

近年嘗聽到本國人和外國人頌揚中國菜，說是怎樣可口，怎樣衛生，世界上第一，宇宙間第 n。但我實在不知道怎樣的是中國菜。我們有幾處是嚼蔥蒜和雜合麵餅，有幾處是用醋，辣椒，醃菜下飯；還有許多人是只能舐黑鹽，還有許多人是連黑鹽也沒得舐。中外人士以為可口，衛生，第一而第 n 的，當然不是這些；應該是闊人，上等人所吃的餚饌。但我總覺得不能因為他們這麼吃，便將中國菜考列一等，正如去年雖然出了兩三位"高等華人"，而別的人們也還是"下等"的一般。

安岡氏的論中國菜，所引據的是威廉士的《中國》（《Middle Kingdom by Williams》），在最末《耽享樂而淫風熾盛》這一篇中。其中有這麼一段——

> "這好色的國民，便在尋求食物的原料時，也大概以所想像的性慾底效能為目的。從國外輸入的特殊產物的最多數，就是認為含有這種效能的東西。……在大宴會中，許多菜單的最大部分，即是想像為含有或種特殊的強壯劑底性質的奇妙的原料所做。……"

我自己想，我對於外國人的指摘本國的缺失，是不很發生反感的，但看到這裡卻不能不失笑。筵席上的中國菜誠然大抵濃厚，然而並非國民的常食；中國的闊人誠然很多淫昏，但還不至於將餚饌和壯陽藥併合。"紂雖不善，不如是之甚也。"研究中國的外國人，想得太深，感得太敏，便常常得到這樣——比"支那人"更有性底敏感——的結果。

安岡氏又自己說——

> "筍和支那人的關係，也與蝦正相同。彼國人的嗜筍，可謂在日本人以上。雖然是可笑的話，也許是因為那挺然翹然的姿勢，引起想像來的罷。"

會稽至今多竹。竹，古人是很寶貴的，所以曾有"會稽竹箭"的話。然而寶貴它的原因是在可以做箭，用於戰鬥，並非因為它"挺然翹然"像男根。多竹，即多筍；因為多，那價錢就和北京的白菜差不多。我在故鄉，就吃了十多年筍，現在回想，自省，無論如何，總是絲毫也尋不出吃筍時，愛它"挺然翹然"的思想的影子來。因為姿勢而想像它的效能的東西是有一種的，就是肉蓯蓉，然而那是藥，不是菜。總之，筍雖然常見於南邊的竹林中和食桌上，正如街頭的電杆和屋裡的柱子一般，雖"挺然翹然"，和色慾的大小大概是沒有甚麼關係的。

然而洗刷了這一點，並不足證明中國人是正經的國民。要得結論，還很費周折罷。可是中國人偏不肯研究自己。安岡氏又説，"去今十餘年前，有……稱為《留東外史》這一種不知作者的小説，似乎是記事實，大概是以惡意地描寫日本人的性底不道德為目的的。然而通讀全篇，較之攻擊日本人，倒是不識不知地將支那留學生的不品行，特地費了力招供出來的地方更其多，是滑稽的事。"這是真的，要證明中國人的不正經，倒在自以為正經地禁止男女同學，禁止模特兒這些事件上。

我沒有恭逢過奉陪"大宴會"的光榮，只是經歷了幾回中宴會，吃些燕窩魚翅。現在回想，宴中宴後，倒也並不特別發生好色之心。但至今覺得奇怪的，是在燉，蒸，煨的爛熟的餚饌中間，夾着一盤活活的醉蝦。據安岡氏説，蝦也是與性慾有關係的；不但從他，我在中國也聽到過這類話。然而我所以為奇怪的，是在這兩極端的錯雜，宛如文明爛熟的社會裡，忽然分明現出茹毛飲血的蠻風來。而這蠻風，又並非將由蠻野進向文明，乃是已由文明落向蠻野，假如比前者為白紙，將由此開始寫字，則後者便是塗滿了字的黑紙罷。一面制禮作樂，尊孔讀經，"四千年聲明文物之邦"，真是火候恰到好處了，而一面又坦然地放火殺人，姦淫擄掠，做着雖蠻人對於同族也還不肯做的事……全個中國，就是這樣的一席大宴會！

我以為中國人的食物，應該去掉煮得爛熟，萎靡不振的；也去掉全生，或全活的。應該吃些雖然熟，然而還有些生的帶着鮮血的肉類……。

正午，照例要吃午飯了，討論中止。菜是：乾菜，已不"挺然翹然"的筍乾，粉絲，腌菜。對於紹興，陳源教授所憎惡的是"師爺"和"刀筆吏的筆尖"，我所憎惡的是飯菜。《嘉泰會稽誌》已在石印了，但還未出版，我將來很想查一查，究竟紹興遇着過多少回大饑饉，竟這樣地嚇怕了居民，仿佛明天便要到世界末日似的，專喜歡儲藏乾物品。有菜，就曬乾；有魚，也曬乾；有豆，又曬乾；有筍，又曬得它不像樣；菱角是以富於水分，肉嫩而脆為特色的，也還要將它風乾……。聽說探險北極的人，因為只吃罐頭食物，得不到新東西，常常要生壞血病；倘若紹興人肯帶了乾菜之類去探險，恐怕可以走得更遠一點罷。

晚，得喬峰信並叢蕪所譯的布寧的短篇《輕微的歇歇》稿，在上海的一個書店裡默默地躺了半年，這回總算設法討回來了。

中國人總不肯研究自己。從小說來看民族性，也就是一個好題目。此外，則道士思想（不是道教，是方士）與歷史上大事件的關係，在現今社會上的勢力；孔教徒怎樣使"聖道"變得和自己的無所不為相宜；戰國遊士說動人主的所謂"利""害"是怎樣的，和現今的政客有無不同；中國從古到今有多少文字獄；歷來"流言"的製造散佈法和效驗等等……可以研究的新方面實在多。

七月五日

晴。

晨，景宋將《小說舊聞鈔》的一部分理清送來。自己再看了一遍，到下午才畢，寄給小峰付印。天氣實在熱得可以。

覺得疲勞。晚上，眼睛怕見燈光，熄了燈躺着，仿佛在享福。聽得有人打門，連忙出去開，卻是誰也沒有，跨出門去根究，一個小孩子已在暗中逃遠了。

關了門，回來，又躺下，又仿佛在享福。一個行人唱着戲文走過去，餘音裊裊，道，"咿，咿，咿！"不知怎地忽然想起今天校過的《小說舊聞鈔》裡的強汝詢老先生的議論來。這位先生的書齋就叫作求有益齋，則在那齋中寫出來的文章的內容，也就可想而知。他自己說，誠不解一個人何以無聊到要做小說，看小說。但於古小說的判決卻從寬，因為他古，而且昔人已經著錄了。

憎惡小說的也不只是這位強先生，諸如此類的高論，隨在可以聞見。但我們國民的學問，大多數卻實在靠着小說，甚至於還靠着從小說編出來的戲文。雖是崇奉關岳的大人先生們，倘問他心目中的這兩位"武聖"的儀表，怕總不免是細着眼睛的紅臉大漢和五綹長鬚的白面書生，或者還穿着繡金的緞甲，脊樑上還插着四張尖角旗。

近來確是上下同心，提倡着忠孝節義了，新年到廟市上去看年畫，便可以看見許多新製的關於這類美德的圖。然而所畫的古人，卻沒有一個不是老生，小生，老旦，小旦，末，外，花旦……。

七月六日

晴。

午後，到前門外去買藥。配好之後，付過錢，就站在櫃台前喝了一回份。其理由有三：一，已經停了一天了，應該早喝；二，嘗嘗味道，是否不錯的；三，天氣太熱，實在有點口渴了。

不料有一個買客卻看得奇怪起來。我不解這有甚麼可以奇怪的；然而他竟奇怪起來了，悄悄地向店夥道：

"那是戒煙藥水罷？"

"不是的！"店夥替我維持名譽。

"這是戒大煙的罷？"他於是直接地問我了。

我覺得倘不將這藥認作"戒煙藥水"，他大概是死不瞑目的。人生幾何，何必固執，我便似點非點的將頭一動，同時請出我那"介乎兩可之間"的好回答來：

"唔唔……。"

這既不傷店夥的好意，又可以聊慰他熱烈的期望，該是一帖妙藥。果然，從此萬籟無聲，天下太平，我在安靜中塞好瓶塞，走到街上了。

到中央公園，徑向約定的一個僻靜處所，壽山已先到，略一休息，便開手對譯《小約翰》。這是一本好書，然而得來卻是偶然的事。大約二十年前，我在日本東京的舊書店頭買到幾十本舊的德文文學雜誌，內中有着這書的紹介和作者的評傳，因為那時剛譯成德文。覺得有趣，便託丸善書店去買來了；想譯，沒有這力。後來也常常想到，但總為別的事情岔開；直到去年，才決計在暑假中將它譯好，並且登出廣告去，而不料那一暑假過得比別的時候還艱難。今年又記得起來，翻檢一過，疑難之處很不少，還是沒有這力。問壽山可肯同譯，他答應了，於是開手；並且約定，必須在這暑假期中譯完。

晚上回家，吃了一點飯，就坐在院子裡乘涼。田媽告訴我，今天下午，斜對門的誰家的婆婆和兒媳大吵了一通嘴。據她看來，婆婆自然有些錯，但究竟是兒媳婦太不合道理了。問我的意思，以為何如。我先就沒有聽清吵嘴的是誰家，也不知道是怎樣的兩個婆媳，更沒有聽到她們的來言去語，明白她們的舊恨新仇。現在要我加以裁判，委實有點不敢自信，況且我又向來並不是批評家。我於是只得説：這事我無從斷定。

但是這句話的結果很壞。在昏暗中，雖然看不見臉色，耳朵中卻聽到：一切聲音都寂然了。靜，沉悶的靜；後來還有人站起，走開。

我也無聊地慢慢地站起，走進自己的屋子裡，點了燈，躺在床上看晚報；看了幾行，又無聊起來了，便碰到東壁下去寫日記，就是這《馬上支日記》。

　　院子裡又漸漸地有了談笑聲，讙論聲。

　　今天的運氣似乎很不佳：路人冤我喝"戒煙藥水"，田媽說我……。她怎麼說，我不知道。但願從明天起，不再這樣。

點　評

　　本文初載於一九二六年七月及八月《語絲》週刊第八十七、八十九、九十、九十二期，收入《華蓋集續編》。題目就起得很俏皮，自己本來有日記，既然答應給別的副刊寫《馬上日記》，也就不妨開個支店，為《語絲》寫《馬上支日記》。寫身邊瑣事，多用大詞，在小大映襯中逗出幽默。因而寫了六月二十九日到七月六日一整週的個人自記的"起居注"。事無大小，悉赴筆底，似乎是流水賬，但流水中有波瀾，有風景倒影，有魚蝦從容出游的深度，洵大手筆也。涉筆所致，出現蒼蠅爬臉，雜書珍聞，報刊笑談，洋人妄論，街頭尷尬，鄰居勃谿，公園譯書，諸如此類如刮下魚鱗，在水中翻滾。或記來客談報紙上的消息，據說吳佩孚大帥在一處宴會的席上發表，查得赤化的始祖乃是蚩尤，因為"蚩""赤"同音，所以蚩尤即"赤尤"，"赤尤"者，就是"赤化之尤"的意思，如此記述，令人窺見世相人心，忍俊不禁。

　　但畢竟是思想者、文學家的日常記事，處處閃爍着思想的探究、文學的追問，在流水中打出一個個迴旋，令人嘆為觀止。一是病中看宋人筆記，發現《水滸傳》故事以民間傳聞為本事。又以《水滸傳》對話混有宋時浙中俗説，證《水滸傳》作者為浙人。又讀元人別集，知《水滸傳》故事，宋元來異説多矣。《小説舊聞鈔》即行付印，其中記有古人憎惡小説。魯迅卻強調："我們國民的學問，大多數卻實在靠着小説，甚至於還靠着從小説編出來的戲文。雖是崇奉關岳的大人先生們，倘問他心目中的這兩位'武聖'的儀表，怕總不免是細着眼睛的紅臉大漢和五綹長鬚的白面書生，或者還穿着繡金的緞甲，脊樑上還插着四張尖角旗。"魯迅重野史筆記之類的雜學，有助於他在小説史研究中，透視歷代民間傳聞、風俗信仰、社會形象，對小説的戲曲改編和社會傳播接受，也能瞭然於心。

　　行文的另一個閃光點，是國民性的指認和分析。要解剖和改造國民性，首先應該認識國民性。在這個問題上，可以借鑑外國人的著述，但需要警惕，那是帶有殖民者的偏見和民族歧視的，深入的把握還需中國改革者找回自己的眼睛。魯迅寫道，在街上買了一本安岡秀夫的《從小説看來的支那民族性》。燈下披閱，知到它引述古小説三十四種，此時蚊子來咬，點了蚊香。安岡氏的觀點，"從支那人的我看來，的確不免汗流浹背"。只要看目錄就明白了："一，總説；二，過度置重於體面和儀容；三，安運命而肯罷休；四，能耐能忍；五，乏同情心多殘忍性；六，個人主義和事大主義；七，過度的儉省和不正的貪財；八，泥虛禮而尚虛文；九，迷信深；十，耽享樂而淫風熾盛。"安岡氏似乎很相信史密斯的 *Chinese Characteristics*，二十年前日譯的書名叫作《支那人氣質》，"但是支那人的我們卻不大有人留心它"。安岡之書的第一章就以為："支那人是頗有點做戲氣味的民族"，"支那人的重要的國民性所成的復合關鍵，便是這'體面'。"魯迅對此有同感："我們試來博觀和內省，便可以知道這話並不過於刻毒。相傳為戲台上的好對聯，是‘戲場小天地，天地大戲場’”，“也便以萬事是戲的思想了之”。但魯迅並非泛泛地談論中國人，不苟同於以偏概全，而專門指出某一人群：“向來，我總不相信國粹家道德家之類的痛哭流涕是真心，即使眼角上確有珠淚橫流，也須檢查他手巾上可浸着辣椒水或生薑汁。甚麼保存國故，甚麼振興道德，甚麼維持公理，甚麼整頓學風……心裡可真是這樣想？一做戲，則前台的架子，總與在後台的面目不相同。”魯迅進一步引申：“中國人先前聽到俄國的‘虛無黨’三個字，便嚇得屁滾尿流……然而看看中國的一些人，至少是上等人，他們的對於神，宗教，傳統的權威……只要看他們的善於變化，毫無特操，是什麼也不信從的，但總要擺出和內心兩樣的架子來。要尋虛無黨，在中國實在很不少；……在後台這麼做，到前台又那麼做……”因而不如將這種特別人物，另稱為“做戲的虛無黨”或“體面的虛無黨”以示區別。

為了考察中國菜餚，魯迅列舉了五種經籍雜錄中涉及菜餚的書，又請朋友代借清人叢書《閭邱辨囿》。他覺得中外人士以為可口、衛生，第一而第 n 的中國菜餚，應該是闊人，上等人所吃的餚饌。比如安岡氏論中國菜，所引據的是威廉士的《中國》，在最末《耽享樂而淫風熾盛》這一篇中說：“這好色的國民，便在尋求食物的原料時，也大概以所想像的性慾底效能為目的。從國外輸入的特殊產物的最多數，就是認為含有這種效能的東西。……在大宴會中，許多菜單的最大部分，即是想像為含有或種特殊的強壯劑底性質的奇妙的原料所做。”魯迅認為這種道聽途說的言論，乃是偏見和曲解。研究中國的外國人，想得太“深”，比“支那人”更有性的敏感，便常常得到這樣的結果。這與其說是中國人好色，不如說是外國人對性感過敏所致。安岡氏又說：“筍和支那人的關係，也與蝦正相同。彼國人的嗜筍，可謂在日本人以上。雖然是可笑的話，也許是因為那挺然翹然的姿勢，引起想像來的罷。"筍雖然常見於南部中國的竹林中和食桌上，正如街頭的電杆和屋裡的柱子一般，雖"挺然翹然"，人們並沒有想到這是"男根"的象徵，和色慾的大小無關。魯迅家鄉產竹，找《嘉泰會稽誌》來看，反而驚異於紹興人把肉、菜都曬乾、風乾。筍乾、粉絲、腌菜已不再"挺然翹然"了。

有學人認為，魯迅解剖和改造國民性，是深受殖民話語影響的緣故。平心而論，影響不能說無，但更本質的是魯迅連同這種影響，也以自己深厚的雜學根底和社會觀察，加以解剖和改造，從而站在新的立場給予國民性以中國人自己的說法。殖民話語和魯迅的解剖改造國民性的思想，是具有本質區別，不可同日而語的。魯迅無比感慨："中國人總不肯研究自己。從小說來看民族性，也就是一個好題目。此外，則道士思想（不是道教，是方士）與歷史上大事件的關係，在現今社會上的勢力；孔教徒怎樣使'聖道'變得和自己的無所不為相宜；戰國遊士說動人主的所謂'利''害'是怎樣的，和現今的政客有無不同；中國從古到今有多少文字獄；歷來'流言'的製造散佈法和效驗等等……可以研究的新方面實在多。"中國人要加強研究自己的自覺性，要從自身的歷史和現實提出命題，要培養給自己的文明和民性一個說法的能力。

在廈門、廣州

寫在《墳》後面

在聽到我的雜文已經印成一半的消息的時候，我曾經寫了幾行題記，寄往北京去。當時想到便寫，寫完便寄，到現在還不滿二十天，早已記不清說了些甚麼了。今夜周圍是這麼寂靜，屋後面的山腳下騰起野燒的微光；南普陀寺還在做牽絲傀儡戲，時時傳來鑼鼓聲，每一間隔中，就更加顯得寂靜。電燈自然是輝煌着，但不知怎地忽有淡淡的哀愁來襲擊我的心，我似乎有些後悔印行我的雜文了。我很奇怪我的後悔；這在我是不大遇到的，到如今，我還沒有深知道所謂悔者究竟是怎麼一回事。但這心情也隨即逝去，雜文當然仍在印行，只為想驅逐自己目下的哀愁，我還要說幾句話。

記得先已說過：這不過是我的生活中的一點陳跡。如果我的過往，也可以算作生活，那麼，也就可以說，我也曾工作過了。但我並無噴泉一般的思想，偉大華美的文章，既沒有主義要宣傳，也不想發起一種甚麼運動。不過我曾經嘗得，失望無論大小，是一種苦味，所以幾年以來，有人希望我動動筆的，只要意見不很相反，我的力量能夠支撐，就總要勉力寫幾句東西，給來者一些極微末的歡喜。人生多苦辛，而人們有時卻極容易得到安慰，又何必惜一點筆墨，給多嘗些孤獨的悲哀呢？於是除小說雜感之外，逐漸又有了長長短短的雜文十多篇。其間自然也有為賣錢而作的，這回就都混在一處。我的生命的一部分，就這樣地用去了，也就是做了這樣的工作。然而我至今終於不明白我一向是在做甚麼。比方做土工的罷，做着做着，而不明白是在築台呢還在掘坑。所知道的是即使是築台，也無非要將自己從那上面跌下來或者顯示老死；倘是掘坑，那就當然不過是埋掉自己。總之：逝去，逝去，一切一切，和光陰一同早逝去，在逝去，要逝去了。——不過如此，但也為我所十分甘願的。

然而這大約也不過是一句話。當呼吸還在時，只要是自己的，我有時卻也喜歡將陳跡收存起來，明知不值一文，總不能絕無眷戀，集雜文而名之曰《墳》，究竟還是一種取巧的掩飾。劉伶喝得酒氣熏天，使人荷鍤跟在後面，道：死便埋我。雖然自以為放達，其實是只能騙騙極端老實人的。

所以這書的印行，在自己就是這麼一回事。至於對別人，記得在先也已說過，還有願使偏愛我的文字的主顧得到一點喜歡；憎惡我的文字的東西得到一點嘔吐，——我自己知道，我並不大度，那些東西因我的文字而嘔吐，我也很高興的。別的就甚麼意思也沒有了。倘若硬要說出好處來，那麼，其中所介紹的幾個詩人的事，或者還不妨一看；最末的論"費厄潑賴"這一篇，也許可供參考罷，因為這雖然不是我的血所寫，卻是見了我的同輩和比我年幼的青年們的血而寫的。

偏愛我的作品的讀者，有時批評說，我的文字是說真話的。這其實是過譽，那原因就因為他偏愛。我自然不想太欺騙人，但也未嘗將心裡的話照樣說盡，大約只要看得可以交卷就算完。我的確時時解剖別人，然而更多的是更無情面地解剖我自己，發表一點，酷愛溫暖的人物已經覺得冷酷了，如果全露出我的血肉來，末路正不知要到怎樣。我有時也想就此驅除旁人，到那時還不唾棄我的，即使是梟蛇鬼怪，也是我的朋友，這才真是我的朋友。倘使並這個也沒有，則就是我一個人也行。但現在我並不。因為，我還沒有這樣勇敢，那原因就是我還想生活，在這社會裡。還有一種小緣故，先前也曾屢次聲明，就是偏要使所謂正人君子也者之流多不舒服幾天，所以自己便特地留幾片鐵甲在身上，站着，給他們的世界上多有一點缺陷，到我自己厭倦了，要脱掉了的時候為止。

倘説為別人引路，那就更不容易了，因為連我自己還不明白應當怎麼走。中國大概很有些青年的“前輩”和“導師”罷，但那不是我，我也不相信他們。我只很確切地知道一個終點，就是：墳。然而這是大家都知道的，無須誰指引。問題是在從此到那的道路。那當然不只一條，我可正不知那一條好，雖然至今有時也還在尋求。在尋求中，我就怕我未熟的果實偏偏毒死了偏愛我的果實的人，而憎恨我的東西如所謂正人君子也者偏偏都豐饒，所以我説話常不免含胡，中止，心裡想：對於偏愛我的讀者的贈獻，或者最好倒不如是一個“無所有”。我的譯著的印本，最初，印一次是一千，後來加五百，近時是二千至四千，每一增加，我自然是願意的，因為能賺錢，但也伴着哀愁，怕於讀者有害，因此作文就時常更謹慎，更躊躇。有人以為我信筆寫來，直抒胸臆，其實是不盡然的，我的顧忌並不少。我自己早知道畢竟不是甚麼戰士了，而且也不能算前驅，就有這麼多的顧忌和回憶。還記得三四年前，有一個學生來買我的書，從衣袋裡掏出錢來放在我手裡，那錢上還帶着體溫。這體溫便烙印了我的心，至今要寫文字時，還常使我怕毒害了這類的青年，遲疑不敢下筆。我毫無顧忌地説話的日子，恐怕要未必有了罷。但也偶爾想，其實倒還是毫無顧忌地説話，對得起這樣的青年。但至今也還沒有決心這樣做。

今天所要説的話也不過是這些，然而比較的卻可以算得真實。此外，還有一點餘文。

記得初提倡白話的時候，是得到各方面劇烈的攻擊的。後來白話漸漸通行了，勢不可遏，有些人便一轉而引為自己之功，美其名曰“新文化運動”。又有些人便主張白話不妨作通俗之用；又有些人卻道白話要做得好，仍須看古書。前一類早已二次轉舵，又反過來嘲罵“新文化”了；後二類是不得已的調和派，只希圖多留幾天僵屍，到現在還不少。我曾在雜感上掊擊過的。

新近看見一種上海出版的期刊，也說起要做好白話須讀好古文，而舉例為證的人名中，其一卻是我。這實在使我打了一個寒噤。別人我不論，若是自己，則曾經看過許多舊書，是的確的，為了教書，至今也還在看。因此耳濡目染，影響到所做的白話上，常不免流露出它的字句，體格來。但自己卻正苦於背了這些古老的鬼魂，擺脫不開，時常感到一種使人氣悶的沉重。就是思想上，也何嘗不中些莊周韓非的毒，時而很隨便，時而很峻急。孔孟的書我讀得最早，最熟，然而倒似乎和我不相干。大半也因為懶惰罷，往往自己寬解，以為一切事物，在轉變中，是總有多少中間物的。動植之間，無脊椎和脊椎動物之間，都有中間物；或者簡直可以說，在進化的鏈子上，一切都是中間物。當開首改革文章的時候，有幾個不三不四的作者，是當然的，只能這樣，也需要這樣。他的任務，是在有些警覺之後，喊出一種新聲；又因為從舊壘中來，情形看得較為分明，反戈一擊，易制強敵的死命。但仍應該和光陰偕逝，逐漸消亡，至多不過是橋樑中的一木一石，並非甚麼前途的目標，範本。跟着起來便該不同了，倘非天縱之聖，積習當然也不能頓然蕩除，但總得更有新氣象。以文字論，就不必更在舊書裡討生活，卻將活人的唇舌作為源泉，使文章更加接近語言，更加有生氣。至於對於現在人民的語言的窮乏欠缺，如何救濟，使他豐富起來，那也是一個很大的問題，或者也須在舊文中取得若干資料，以供使役，但這並不在我現在所要說的範圍以內，姑且不論。

我以為我倘十分努力，大概也還能夠博採口語，來改革我的文章。但因為懶而且忙，至今沒有做。我常疑心這和讀了古書很有些關係，因為我覺得古人寫在書上的可惡思想，我的心裡也常有，能否忽而奮勉，是毫無把握的。我常常詛咒我的這思想，也希望不再見於後來的青年。去年我主張青年少讀，或者簡直不讀中國書，乃是用許多苦痛換來的真話，決不是聊且快意，或甚麼玩笑，憤激之辭。古人說，不讀書便成愚人，那自然也不錯的。然而世界卻正由愚人造成，聰明人決不能支持世界，尤其是中國的聰明人。現在呢，思想上且不說，便是文辭，許多青年作者又在古文，詩詞中摘些好看而難懂的字面，作為變戲法的手巾，來裝潢自己的作品了。我不知這和勸讀古文說可有相關，但正在復古，也就是新文藝的試行自殺，是顯而易見的。

　　不幸我的古文和白話合成的雜集，又恰在此時出版了，也許又要給讀者若干毒害。只是在自己，卻還不能毅然決然將他毀滅，還想藉此暫時看看逝去的生活的餘痕。惟願偏愛我的作品的讀者也不過將這當作一種紀念，知道這小小的丘隴中，無非埋着曾經活過的軀殼。待再經若干歲月，又當化為煙埃，並紀念也從人間消去，而我的事也就完畢了。上午也正在看古文，記起了幾句陸士衡的弔曹孟德文，便拉來給我的這一篇作結——

　　　　既睠古以遺累，信簡禮而薄葬。
　　　　彼裘紱於何有，貽塵謗於後王。
　　　　嗟大戀之所存，故雖哲而不忘。
　　　　覽遺籍以慷慨，獻茲文而悽傷！

一九二六，一一，一一，夜。魯迅。

點 評

　　《墳》是一九二七年由北京未名社初版的，收一九〇七至一九二五年的論文二十三篇，《墳》的題記説："在我自己，還有一點小意義，就是這總算是生活的一部分的痕跡。所以雖然明知道過去已經過去，神魂是無法追蹤的，但總不能那麼決絕，還想將糟粕收斂起來，造成一座小小的新墳，一面是埋藏，一面也是留戀。"這篇後記作於廈門大學。在《墳》初版的同年，茅盾作《魯迅論》，認為"單讀了魯迅的創作小説，未必能夠完全明白他的用意，必須也讀了他的雜感集"；而且"還不可不看看《墳》的後記中的幾句話"。雜文隨意而談，一針見血，不須像小説那樣過分地把思想隱藏在形象系統深處，自然更易窺見作者的精神脈絡，與小説互為參證，當能相得益彰。況且如本篇所説，魯迅不以"青年導師"，而以尋路人自況，不須擺出何種功架，"的確時時解剖別人，然而更多的是更無情面地解剖我自己"，因而較易與讀者共享悲歡，心靈相通。比如他認為路"在尋求中"，從而把自己定位為"中間物"："自己卻正苦於背了這些古老的鬼魂，擺脱不開，時常感到一種使人氣悶的沉重。就是思想上，也何嘗不中些莊周韓非的毒，時而很隨便，時而很峻急。孔孟的書我讀得最早，最熟，然而倒似乎和我不相干。大半也因為懶惰罷，往往自己寬解，以為一切事物，在轉變中，是總有多少中間物的。動植之間，無脊椎和脊椎動物之間，都有中間物；或者簡直可以説，在進化的鏈子上，一切都是中間物。"中間物的概念把傳統與現代之間的轉型，看作一個持續的，而非截然中斷或突變的過程，把每個個體思想看成新舊參差交織而充滿蜕變痛苦的複雜境界，因為它在二十世紀中國思想史上具有獨特的深刻性。

這篇不能已於言的後記，以這樣的開頭進入自己的精神深處：
"今夜周圍是這麼寂靜，屋後面的山腳下騰起野燒的微光；南普陀
寺還在做牽絲傀儡戲，時時傳來鑼鼓聲，每一間隔中，就更加顯得
寂靜。電燈自然是輝煌着，但不知怎地忽有淡淡的哀愁來襲擊我的
心……"野火，佛寺，傀儡戲，鑼鼓聲，寂靜，輝煌的燈光，淡淡
的哀愁，魯迅正是在如此聲光喧寂中，捉拿着自己的情緒，咀嚼着
自己的靈魂，思考着陳跡和新路、過往的生和未來的死，"我只很
確切地知道一個終點，就是：墳。"以這種淡淡的哀愁，蒸餾着解
剖自己的刀鋒、作為"中間物"的必然和偶然，蒸餾着刻骨銘心的
生命哲學。

魯迅自稱，這是"我的古文和白話合成的雜集"，他把二十
年前用艱澀的文言寫的《人之歷史》、《科學史教篇》、《文化偏至
論》、《摩羅詩力說》四篇，選錄入集，意味着他在廈門寫完《朝花
夕拾》十篇的同時，編論文集時，也有意於"夕拾朝花"。實在是
"覽遺籍以慷慨，獻茲文而悽傷"！由於這個選集從魯迅之為魯迅，
即"五四"時期選起，不妨於此審視一下魯迅"夕拾朝花"。《文化
偏至論》倡導"神思新宗"，即十九世紀末的個人主義思潮。魯迅
已經看到"物質也，眾數也，十九世紀末葉文明之一面或在茲"，
而國人還在"抱枝拾葉，徒金鐵國會立憲"之為尚。因此他認為"文
明亦不能無偏至。誠若為今立計，所當稽求既往，相度方來，掊物
質而張靈明，任個人而排眾數。人既發揚踔厲矣，則邦國亦以興
起"。這是基於他的"根柢在人"的本原論：主張"將生存兩間，
角逐列國是務，其首在立人，人立而後凡事舉；若其道術，乃必尊
個性而張精神"。這一思想形成於魯迅棄醫從文後一二年間的閱讀
和思考，雖蕪雜卻極精辟，對於魯迅而言，在南京獲得《天演論》
的思想之弦後，又增加了一根張揚個性的思想之弦。對於近代思想

史而言，魯迅在晚清就思考了"五四"的個性解放和張揚的命題，除了前瞻性之外，還有他人難以比擬的深度。

對於《摩羅詩力說》，魯迅在《墳·題記》中說："如《摩羅詩力說》那樣，簡直是生湊。……其中所說的幾個詩人，至今沒有人再提起，也是使我不忍拋棄舊稿的一個小原因。他們的名，先前是怎樣地使我激昂呵，民國告成以後，我便將他們忘卻了，而不料現在他們竟又時時在我的眼前出現。"後記中又提到它："倘若硬要說出好處來，那麼，其中所介紹的幾個詩人的事，或者還不妨一看；最末的論'費厄潑賴'這一篇，也許可供參考罷，因為這雖然不是我的血所寫，卻是見了我的同輩和比我年幼的青年們的血而寫的。"這是他在二十三篇中唯獨推薦的兩篇之一。甚至再過數年，他還說：那是"時代的詩人，所鼓吹的是復仇，所希求的是解放，在二三十年前，是很足以招致中國青年的共鳴的。我曾在《摩羅詩力說》裡，講過他的生涯和著作，後來收在論文集《墳》中。"（《集外集·〈奔流〉編校後記》十一）《摩羅詩力說》推崇的是"摩羅詩宗"，以惡魔之力為美之極致。開頭引尼采的話："求古源盡者將求方來之泉，將求新源。嗟我昆弟，新生之作，新泉之湧於淵深，其非遠矣。"他在新生文學運動中，"別求新聲於異邦"，卻又以"新生"二字譯尼采。他說："新聲之別，不可究詳；至力足以振人，且語之較有深趣者，實莫如摩羅詩派。摩羅之言，假自天竺，此云天魔，歐人謂之撒但，人本以目裴倫（G. Byron，今譯拜倫）。今則舉一切詩人中，凡立意在反抗，指歸在動作，而為世所不甚愉悅者悉入之，為傳其言行思惟，流別影響，始宗主裴倫，終以摩迦（匈加利）文士。凡是群人，外狀至異，各稟自國之特色，發為光華；而要其大歸，則趣於一：大都不為順世和樂之音，動吭一呼，聞者興起，爭天拒俗，而精神復深感後世人心，綿延至於無已。雖未生以前，解脫而後，或以其聲為不足聽；若其生活兩間，居天然之掌握，輾轉而未得脫者，則使之聞之，固聲之最雄桀偉美者矣！"魯迅提倡的是反抗性的力之美學，認為這一詩派"無不剛健不撓，抱誠守真；不取媚於群，以隨順舊俗；發為雄聲，以起其國人之新生，而大其國於天下"。最後還反問："今索諸中國，為精神界之戰士者安在？有作至誠之聲，致吾人於善美剛健者乎？有作溫煦之聲，援吾人出於荒寒者乎？"他大聲疾呼"精神界之戰士"反而崛起，開創以文學改造國人魂靈的新天地。在《寫在〈墳〉後面》中又呼應這種呼喚，青春的熱血歸於冷峻，從而增加了思想的深度："他的任務，是在有些警覺之後，喊出一種新聲；又因為從舊壘中來，情形看得較為分明，反戈一擊，易制強敵的死命。"

無聲的中國

—— 二月十六日在香港青年會講

以我這樣沒有甚麼可聽的無聊的講演，又在這樣大雨的時候，竟還有這許多來聽的諸君，我首先應當聲明我的鄭重的感謝。

我現在所講的題目是：《無聲的中國》。

現在，浙江，陝西，都在打仗，那裡的人民哭着呢還是笑着呢，我們不知道。香港似乎很太平，住在這裡的中國人，舒服呢還是不很舒服呢，別人也不知道。

發表自己的思想，感情給大家知道的是要用文章的，然而拿文章來達意，現在一般的中國人還做不到。這也怪不得我們；因為那文字，先就是我們的祖先留傳給我們的可怕的遺產。人們費了多年的工夫，還是難於運用。因為難，許多人便不理它了，甚至於連自己的姓也寫不清是張還是章，或者簡直不會寫，或者說道：Chang。雖然能說話，而只有幾個人聽到，遠處的人們便不知道，結果也等於無聲。又因為難，有些人便當作寶貝，像玩把戲似的，之乎者也，只有幾個人懂，——其實是不知道可真懂，而大多數的人們卻不懂得，結果也等於無聲。

文明人和野蠻人的分別，其一，是文明人有文字，能夠把他們的思想，感情，藉此傳給大眾，傳給將來。中國雖然有文字，現在卻已經和大家不相干，用的是難懂的古文，講的是陳舊的古意思，所有的聲音，都是過去的，都就是只等於零的。所以，大家不能互相瞭解，正像一大盤散沙。

將文章當作古董，以不能使人認識，使人懂得為好，也許是有趣的事罷。但是，結果怎樣呢？是我們已經不能將我們想說的話說出來。我們受了損害，受了侮辱，總是不能說出些應說的話。拿最近的事情來說，如中日戰爭，拳匪事件，民元革命這些大事件，一直到現在，我們可有一部像樣的著作？民國以來，也還是誰也不作聲。反而在外國，倒常有說起中國的，但那都不是中國人自己的聲音，是別人的聲音。

　　這不能說話的毛病，在明朝是還沒有這樣厲害的；他們還比較地能夠說些要說的話。待到滿洲人以異族侵入中國，講歷史的，尤其是講宋末的事情的人被殺害了，講時事的自然也被殺害了。所以，到乾隆年間，人民大家便更不敢用文章來說話了。所謂讀書人，便只好躲起來讀經，校刊古書，做些古時的文章，和當時毫無關係的文章。有些新意，也還是不行的；不是學韓，便是學蘇。韓愈蘇軾他們，用他們自己的文章來說當時要說的話，那當然可以的。我們卻並非唐宋時人，怎麼做和我們毫無關係的時候的文章呢。即使做得像，也是唐宋時代的聲音，韓愈蘇軾的聲音，而不是我們現代的聲音。然而直到現在，中國人卻還耍着這樣的舊戲法。人是有的，沒有聲音，寂寞得很。──人會沒有聲音的麼？沒有，可以說：是死了。倘要說得客氣一點，那就是：已經啞了。

　　要恢復這多年無聲的中國，是不容易的，正如命令一個死掉的人道：“你活過來！” 我雖然並不懂得宗教，但我以為正如想出現一個宗教上之所謂 “奇跡” 一樣。

　　首先來嘗試這工作的是 “五四運動” 前一年，胡適之先生所提倡的 “文學革命”。“革命” 這兩個字，在這裡不知道可害怕，有些地方是一聽到就害怕的。但這和文學兩字連起來的 “革命”，卻沒有法國革命的 “革命” 那麼可怕，不過是革新，改換一個字，就很平和了，我們就稱為"文學革新"罷，中國文字上，這樣的花樣是很多的。那大意也並不可怕，不過說：我們不必再去費盡心機，學說古代的死人的話，要說現代的活人的話；不要將文章看作古董，要做容易懂得的白話的文章。然而，單是文學革新是不夠的，因為腐敗思想，能用古文做，也能用白話做。所以後來就有人提倡思想革新。思想革新的結果，是發生社會革新運動。這運動一發生，自然一面就發生反動，於是便釀成戰鬥……。

但是，在中國，剛剛提起文學革新，就有反動了。不過白話文卻漸漸風行起來，不大受阻礙。這是怎麼一回事呢？就因為當時又有錢玄同先生提倡廢止漢字，用羅馬字母來替代。這本也不過是一種文字革新，很平常的，但被不喜歡改革的中國人聽見，就大不得了了，於是便放過了比較的平和的文學革命，而竭力來罵錢玄同。白話乘了這一個機會，居然減去了許多敵人，反而沒有阻礙，能夠流行了。

中國人的性情是總喜歡調和，折中的。譬如你說，這屋子太暗，須在這裡開一個窗，大家一定不允許的。但如果你主張拆掉屋頂，他們就會來調和，願意開窗了。沒有更激烈的主張，他們總連平和的改革也不肯行。那時白話文之得以通行，就因為有廢掉中國字而用羅馬字母的議論的緣故。

其實，文言和白話的優劣的討論，本該早已過去了，但中國是總不肯早早解決的，到現在還有許多無謂的議論。例如，有的說：古文各省人都能懂，白話就各處不同，反而不能互相瞭解了。殊不知這只要教育普及和交通發達就好，那時就人人都能懂較為易解的白話文；至於古文，何嘗各省人都能懂，便是一省裡，也沒有許多人懂得的。有的說：如果都用白話文，人們便不能看古書，中國的文化就滅亡了。其實呢，現在的人們大可以不必看古書，即使古書裡真有好東西，也可以用白話來譯出的，用不着那麼心驚膽戰。他們又有人說，外國尚且譯中國書，足見其好，我們自己倒不看麼？殊不知埃及的古書，外國人也譯，非洲黑人的神話，外國人也譯，他們別有用意，即使譯出，也算不了怎樣光榮的事的。

近來還有一種說法，是思想革新緊要，文字改革倒在其次，所以不如用淺顯的文言來作新思想的文章，可以少招一重反對。這話似乎也有理。然而我們知道，連他長指甲都不肯剪去的人，是決不肯剪去他的辮子的。

因為我們說着古代的話，說着大家不明白，不聽見的話，已經弄得像一盤散沙，痛癢不相關了。我們要活過來，首先就須由青年們不再說孔子孟子和韓愈柳宗元們的話。時代不同，情形也兩樣，孔子時代的香港不這樣，孔子口調的“香港論”是無從做起的，“吁嗟闊哉香港也”，不過是笑話。

我們要說現代的，自己的話；用活着的白話，將自己的思想，感情直白地說出來。但是，這也要受前輩先生非笑的。他們說白話文卑鄙，沒有價值；他們說年青人作品幼稚，貽笑大方。我們中國能做文言的有多少呢，其餘的都只能說白話，難道這許多中國人，就都是卑鄙，沒有價值的麼？至於幼稚，尤其沒有甚麼可羞，正如孩子對於老人，毫沒有甚麼可羞一樣。幼稚是會生長，會成熟的，只不要衰老，腐敗，就好。倘說待到純熟了才可以動手，那是雖是村婦也不至於這樣蠢。她的孩子學走路，即使跌倒了，她決不至於叫孩子從此躺在床上，待到學會了走法再下地面來的。

青年們先可以將中國變成一個有聲的中國。大膽地說話，勇敢地進行，忘掉了一切利害，推開了古人，將自己的真心的話發表出來。——真，自然是不容易的。譬如態度，就不容易真，講演時候就不是我的真態度，因為我對朋友，孩子說話時候的態度是不這樣的。——但總可以說些較真的話，發些較真的聲音。只有真的聲音，才能感動中國的人和世界的人；必須有了真的聲音，才能和世界的人同在世界上生活。

我們試想現在沒有聲音的民族是那幾種民族。我們可聽到埃及人的聲音？可聽到安南，朝鮮的聲音？印度除了泰戈爾，別的聲音可還有？

我們此後實在只有兩條路：一是抱着古文而死掉，一是捨掉古文而生存。

點　評

魯迅這篇講演，在香港這個遠離新文化運動中心的殖民地都市，強調使用白話對於一個民族能夠發出聲音的重要性。使用白話的根本價值，在於“我們要說現代的，自己的話；用活着的白話，將自己的思想，感情直白地說出來”。由於是對青年會講演，所以說：“青年們先可以將中國變成一個有聲的中國。大膽地說話，勇敢地進行，忘掉了一切利害，推開了古人，將自己的真心的話發表出來。……只有真的聲音，才能感動中國的人和世界的人；必須有了真的聲音，才能和世界的人同在世界上生活”；“我們要活過來，首先就須由青年們不再說孔子孟子和韓愈柳宗元們的話。”對於白話文的推行，魯迅再三致意焉，而且提出了“真的聲音”、“真心的話”這些概念，真，才是存在着。

魯迅是以“五四”新文化運動的過來人講這些話的，他介紹了胡適提出文學革命，就是“要說現代的活人的話；不要將文章看作古董，要做容易懂得的白話的文章。然而，單是文學革新是不夠的，因為腐敗思想，能用古文做，也能用白話做。所以後來就有人提倡思想革新。思想革新的結果，是發生社會革新運動”。魯迅於此講了三個運動：語言革新，思想革新，社會革新。其中說，“有人提倡思想革新”，這“有人”，就是魯迅兄弟。魯迅又舉出錢玄同主張廢除漢字，造成巨大的思想震撼，為提倡白話文轉移了不少壓力。這裡蘊含着魯迅對國民性、對中國改革的艱難性的觀察：“中國人的性情是總喜歡調和，折中的。譬如你說，這屋子太暗，須在這裡開一個窗，大家一定不允許的。但如果你主張拆掉屋頂，他們就會來調和，願意開窗了。”一個民族能夠發聲，是其生命力的標誌。

老調子已經唱完

—— 二月十九日在香港青年會講

今天我所講的題目是 "老調子已經唱完"：初看似乎有些離奇，其實是並不奇怪的。

凡老的，舊的，都已經完了！這也應該如此。雖然這一句話實在對不起一般老前輩，可是我也沒有別的法子。

中國人有一種矛盾思想，即是：要子孫生存，而自己也想活得很長久，永遠不死；及至知道沒法可想，非死不可了，卻希望自己的屍身永遠不腐爛。但是，想一想罷，如果從有人類以來的人們都不死，地面上早已擠得密密的，現在的我們早已無地可容了；如果從有人類以來的人們的屍身都不爛，豈不是地面上的死屍早已堆得比魚店裡的魚還要多，連掘井，造房子的空地都沒有了麼？所以，我想，凡是老的，舊的，實在倒不如高高興興的死去的好。

在文學上，也一樣，凡是老的和舊的，都已經唱完，或將要唱完。舉一個最近的例來說，就是俄國。他們當俄皇專制的時代，有許多作家很同情於民眾，叫出許多慘痛的聲音，後來他們又看見民眾有缺點，便失望起來，不很能怎樣歌唱，待到革命以後，文學上便沒有甚麼大作品了。只有幾個舊文學家跑到外國去，作了幾篇作品，但也不見得出色，因為他們已經失掉了先前的環境了，不再能照先前似的開口。

在這時候，他們的本國是應該有新的聲音出現的，但是我們還沒有很聽到。我想，他們將來是一定要有聲音的。因為俄國是活的，雖然暫時沒有聲音，但他究竟有改造環境的能力，所以將來一定也會有新的聲音出現。

再說歐美的幾個國度罷。他們的文藝是早有些老舊了，待到世界大戰時候，才發生了一種戰爭文學。戰爭一完結，環境也改變了，老調子無從再唱，所以現在文學上也有些寂寞。將來的情形如何，我們實在不能豫測。但我相信，他們是一定也會有新的聲音的。

現在來想一想我們中國是怎樣。中國的文章是最沒有變化的，調子是最老的，裡面的思想是最舊的。但是，很奇怪，卻和別國不一樣。那些老調子，還是沒有唱完。

這是甚麼緣故呢？有人說，我們中國是有一種“特別國情”。——中國人是否真是這樣“特別”，我是不知道，不過我聽得有人說，中國人是這樣。——倘使這話是真的，那麼，據我看來，這所以特別的原因，大概有兩樣。

第一，是因為中國人沒記性，因為沒記性，所以昨天聽過的話，今天忘記了，明天再聽到，還是覺得很新鮮。做事也是如此，昨天做壞了的事，今天忘記了，明天做起來，也還是“仍舊貫”的老調子。

第二，是個人的老調子還未唱完，國家卻已經滅亡了好幾次了。何以呢？我想，凡有老舊的調子，一到有一個時候，是都應該唱完的，凡是有良心，有覺悟的人，到一個時候，自然知道老調子不該再唱，將它拋棄。但是，一般以自己為中心的人們，卻決不肯以民眾為主體，而專圖自己的便利，總是三翻四覆的唱不完。於是，自己的老調子固然唱不完，而國家卻已被唱完了。

宋朝的讀書人講道學，講理學，尊孔子，千篇一律。雖然有幾個革新的人們，如王安石等等，行過新法，但不得大家的贊同，失敗了。從此大家又唱老調子，和社會沒有關係的老調子，一直到宋朝的滅亡。

宋朝唱完了，進來做皇帝的是蒙古人 —— 元朝。那麼，宋朝的老調子也該隨着宋朝完結了罷，不，元朝人起初雖然看不起中國人，後來卻覺得我們的老調子，倒也新奇，漸漸生了羨慕，因此元人也跟着唱起我們的調子來了，一直到滅亡。

這個時候，起來的是明太祖。元朝的老調子，到此應該唱完了罷，可是也還沒有唱完。明太祖又覺得還有些意趣，就又教大家接着唱下去。甚麼八股咧，道學咧，和社會，百姓都不相干，就只向着那條過去的舊路走，一直到明亡。

清朝又是外國人。中國的老調子，在新來的外國主人的眼裡又見得新鮮了，於是又唱下去。還是八股，考試，做古文，看古書。但是清朝完結，已經有十六年了，這是大家都知道的。他們到後來，倒也略略有些覺悟，曾經想從外國學一點新法來補救，然而已經太遲，來不及了。

老調子將中國唱完，完了好幾次，而它卻仍然可以唱下去。因此就發生一點小議論。有人說："可見中國的老調子實在好，正不妨唱下去。試看元朝的蒙古人，清朝的滿洲人，不是都被我們同化了麼？照此看來，則將來無論何國，中國都會這樣地將他們同化的。"原來我們中國就如生着傳染病的病人一般，自己生了病，還會將病傳到別人身上去，這倒是一種特別的本領。

殊不知這種意見，在現在是非常錯誤的。我們為甚麼能夠同化蒙古人和滿洲人呢？是因為他們的文化比我們的低得多。倘使別人的文化和我們的相敵或更進步，那結果便要大不相同了。他們倘比我們更聰明，這時候，我們不但不能同化他們，反要被他們利用了我們的腐敗文化，來治理我們這腐敗民族。他們對於中國人，是毫不愛惜的，當然任憑你腐敗下去。現在聽說又很有別國人在尊重中國的舊文化了，那裡是真的在尊重呢，不過是利用！

從前西洋有一個國度，國名忘記了，要在非洲造一條鐵路。頑固的非洲土人很反對，他們便利用了他們的神話來哄騙他們道："你們古代有一個神仙，曾從地面造一道橋到天上。現在我們所造的鐵路，簡直就和你們的古聖人的用意一樣。"非洲人不勝佩服，高興，鐵路就造起來。——中國人是向來排斥外人的，然而現在卻漸漸有人跑到他那裡去唱老調子了，還說道："孔夫子也說過，'道不行，乘桴浮於海。'所以外人倒是好的。"外國人也說道："你家聖人的話實在不錯。"

　　倘照這樣下去，中國的前途怎樣呢？別的地方我不知道，只好用上海來類推。上海是：最有權勢的是一群外國人，接近他們的是一圈中國的商人和所謂讀書的人，圈子外面是許多中國的苦人，就是下等奴才。將來呢，倘使還要唱着老調子，那麼，上海的情狀會擴大到全國，苦人會多起來。因為現在是不像元朝清朝時候，我們可以靠着老調子將他們唱完，只好反而唱完自己了。這就因為，現在的外國人，不比蒙古人和滿洲人一樣，他們的文化並不在我們之下。

　　那麼，怎麼好呢？我想，唯一的方法，首先是拋棄了老調子。舊文章，舊思想，都已經和現社會毫無關係了，從前孔子周遊列國的時代，所坐的是牛車。現在我們還坐牛車麼？從前堯舜的時候，吃東西用泥碗，現在我們所用的是甚麼？所以，生在現今的時代，捧着古書是完全沒有用處的了。

　　但是，有些讀書人說，我們看這些古東西，倒並不覺得於中國怎樣有害，又何必這樣決絕地拋棄呢？是的。然而古老東西的可怕就正在這裡。倘使我們覺得有害，我們便能警戒了，正因為並不覺得怎樣有害，我們這才總是覺不出這致死的毛病來。因為這是"軟刀子"。這"軟刀子"的名目，也不是我發明的，明朝有一個讀書人，叫做賈鳧西的，鼓詞裡曾經說起紂王，道："幾年家軟刀子割頭不覺死，只等得太白旗懸才知道命有差。"我們的老調子，也就是一把軟刀子。

中國人倘被別人用鋼刀來割，是覺得痛的，還有法子想；倘是軟刀子，那可真是"割頭不覺死"，一定要完。

　　我們中國被別人用兵器來打，早有過好多次了。例如，蒙古人滿洲人用弓箭，還有別國人用槍炮。用槍炮來打的後幾次，我已經出了世了，但是年紀青。我仿佛記得那時大家倒還覺得一點苦痛的，也曾經想有些抵抗，有些改革。用槍炮來打我們的時候，聽說是因為我們野蠻；現在，倒不大遇見有槍炮來打我們了，大約是因為我們文明了罷。現在也的確常常有人說，中國的文化好得很，應該保存。那證據，是外國人也常在讚美。這就是軟刀子。用鋼刀，我們也許還會覺得的，於是就改用軟刀子。我想：叫我們用自己的老調子唱完我們自己的時候，是已經要到了。

　　中國的文化，我可是實在不知道在那裡。所謂文化之類，和現在的民眾有甚麼關係，甚麼益處呢？近來外國人也時常說，中國人禮儀好，中國人餚饌好。中國人也附和着。但這些事和民眾有甚麼關係？車夫先就沒有錢來做禮服，南北的大多數的農民最好的食物是雜糧。有甚麼關係？

　　中國的文化，都是侍奉主子的文化，是用很多的人的痛苦換來的。無論中國人，外國人，凡是稱讚中國文化的，都只是以主子自居的一部分。

　　以前，外國人所作的書籍，多是嘲罵中國的腐敗；到了現在，不大嘲罵了，或者反而稱讚中國的文化了。常聽到他們說："我在中國住得很舒服呵！"這就是中國人已經漸漸把自己的幸福送給外國人享受的證據。所以他們愈讚美，我們中國將來的苦痛要愈深的！

　　這就是說：保存舊文化，是要中國人永遠做侍奉主子的材料，苦下去，苦下去。雖是現在的闊人富翁，他們的子孫也不能逃。我曾經做過一篇雜感，大意是說："凡稱讚中國舊文化的，多是住在租界或安穩地方的富人，因為他們有錢，沒有受到國內戰爭的痛苦，所以發出這樣的讚賞來。殊不知將來他們的子孫，營業要比現在的苦人更其賤，去開的礦洞，也要比現在的苦人更其深。"這就是說，將來還是要窮的，不過遲一點。但是先窮的苦人，開了較淺的礦，他們的後人，卻須開更深的礦了。我的話並沒有人注意。他們還是唱着老調子，唱到租界去，唱到外國去。但從此以後，不能像元朝清朝一樣，唱完別人了，他們是要唱完了自己。

這怎麼辦呢？我想，第一，是先請他們從洋樓，臥室，書房裡踱出來，看一看身邊怎麼樣，再看一看社會怎麼樣，世界怎麼樣。然後自己想一想，想得了方法，就做一點。"跨出房門，是危險的。"自然，唱老調子的先生們又要說。然而，做人是總有些危險的，如果躲在房裡，就一定長壽，白鬍子的老先生應該非常多；但是我們所見的有多少呢？他們也還是常常早死，雖然不危險，他們也胡塗死了。

要不危險，我倒曾經發見了一個很合式的地方。這地方，就是：牢獄。人坐在監，牢裡便不至於再搗亂，犯罪了；救火機關也完全，不怕失火；也不怕盜劫，到牢獄裡去搶東西的強盜是從來沒有的。坐監是實在最安穩。

但是，坐監卻獨獨缺少一件事，這就是：自由。所以，貪安穩就沒有自由，要自由就總要歷些危險。只有這兩條路。那一條好，是明明白白的，不必待我來說了。

現在我還要謝諸位今天到來的盛意。

點評

據《魯迅日記》載，一九二七年二月十八日"夜九時演說，題為《無聲之中國》，（許）廣平翻譯"；十九日"下午演說，題為《老調子已經唱完》，廣平翻譯"。許廣平是廣東番禺縣人，能講粵語。魯迅第一次講演重點在語言革新，這第二次講演重點在思想革新.，魯迅是"五四"精神在香港的率先傳播者。他講了一部文章政治學的簡史，指出："中國的文章是最沒有變化的，調子是最老的，裡面的思想是最舊的。"導致陳舊衰老的原因，是文章寫作脫離民眾主體："一般以自己為中心的人們，卻決不肯以民眾為主體，而專圖自己的便利，總是三翻四覆的唱不完。於是，自己的老調子固然唱不完，而國家卻已被唱完了。"因此，解決的辦法，"我想，唯一的方法，首先是拋棄了老調子"。要拋棄老調子，首先要認識老調子的本質："明朝有一個讀書人，叫做賈鳧西的，鼓詞裡曾經說起紂王，道：'幾年家軟刀子割頭不覺死，只等得太白旗懸才知道命有差。'我們的老調子，也就是一把軟刀子。……中國的文化，都是侍奉主子的文化，是用很多的人的痛苦換來的。無論中國人，外國人，凡是稱讚中國文化的，都只是以主子自居的一部分。"這些話講得很峻急，旨在喚起人們痛下決心。他從不登大雅之堂的鼓詞中摘取"軟刀子"一詞，來比喻"老調子"，實在是入木三分。

略論中國人的臉

大約人們一遇到不大看慣的東西，總不免以為他古怪。我還記得初看見西洋人的時候，就覺得他臉太白，頭髮太黃，眼珠太淡，鼻樑太高。雖然不能明明白白地說出理由來，但總而言之：相貌不應該如此。至於對於中國人的臉，是毫無異議；即使有好醜之別，然而都不錯的。

我們的古人，倒似乎並不放鬆自己中國人的相貌。周的孟軻就用眸子來判胸中的正不正，漢朝還有《相人》二十四卷。後來鬧這玩藝兒的尤其多；分起來，可以說有兩派罷：一是從臉上看出他的智愚賢不肖；一是從臉上看出他過去，現在和將來的榮枯。於是天下紛紛，從此多事，許多人就都戰戰兢兢地研究自己的臉。我想，鏡子的發明，恐怕這些人和小姐們是大有功勞的。不過近來前一派已經不大有人講究，在北京上海這些地方搗鬼的都只是後一派了。

我一向只留心西洋人。留心的結果，又覺得他們的皮膚未免太粗；毫毛有白色的，也不好。皮上常有紅點，即因為顏色太白之故，倒不如我們之黃。尤其不好的是紅鼻子，有時簡直像是將要熔化的蠟燭油，仿佛就要滴下來，使人看得栗栗危懼，也不及黃色人種的較為隱晦，也見得較為安全。總而言之：相貌還是不應該如此的。

後來，我看見西洋人所畫的中國人，才知道他們對於我們的相貌也很不敬。那似乎是《天方夜談》或者《安兌生童話》中的插畫，現在不很記得清楚了。頭上戴着拖花翎的紅纓帽，一條辮子在空中飛揚，朝靴的粉底非常之厚。但這些都是滿洲人連累我們的。獨有兩眼歪斜，張嘴露齒，卻是我們自己本來的相貌。不過我那時想，其實並不盡然，外國人特地要奚落我們，所以格外形容得過度了。

但此後對於中國一部分人們的相貌，我也逐漸感到一種不滿，就是他們每看見不常見的事件或華麗的女人，聽到有些醉心的說話的時候，下巴總要慢慢掛下，將嘴張了開來。這實在不大雅觀；仿佛精神上缺少着一樣甚麼機件。據研究人體的學者們說，一頭附着在上顎骨上，那一頭附着在下顎骨上的＂咬筋＂，力量是非常之大的。我們幼小時候想吃核桃，必須放在門縫裡將它的殼夾碎。但在成人，只要牙齒好，那咬筋一收縮，便能咬碎一個核桃。有着這麼大的力量的筋，有時竟不能收住一個並不沉重的自己的下巴，雖然正在看得出神的時候，倒也情有可原，但我總以為究竟不是十分體面的事。

日本的長谷川如是閒是善於做諷刺文字的。去年我見過他的一本隨筆集，叫作《貓・狗・人》；其中有一篇就說到中國人的臉。大意是初見中國人，即令人感到較之日本人或西洋人，臉上總欠缺着一點甚麼。久而久之，看慣了，便覺得這樣已經盡夠，並不缺少東西；倒是看得西洋人之流的臉上，多餘着一點甚麼。這多餘着的東西，他就給它一個不大高妙的名目：獸性。中國人的臉上沒有這個，是人，則加上多餘的東西，即成了下列的算式：

人 ＋ 獸性 ＝ 西洋人

他藉了稱讚中國人，貶斥西洋人，來諷刺日本人的目的，這樣就達到了，自然不必再說這獸性的不見於中國人的臉上，是本來沒有的呢，還是現在已經消除。如果是後來消除的，那麼，是漸漸淨盡而只剩了人性的呢，還是不過漸漸成了馴順。野牛成為家牛，野豬成為豬，狼成為狗，野性是消失了，但只足使牧人喜歡，於本身並無好處。人不過是人，不再夾雜着別的東西，當然再好沒有了。倘不得已，我以為還不如帶些獸性，如果合於下列的算式倒是不很有趣的：

人 + 家畜性 = 某一種人

中國人的臉上真可有獸性的記號的疑案，暫且中止討論罷。我只要說近來卻在中國人所理想的古今人的臉上，看見了兩種多餘。一到廣州，我覺得比我所從來的廈門豐富得多的，是電影，而且大半是"國片"，有古裝的，有時裝的。因為電影是"藝術"，所以電影藝術家便將這兩種多餘加上去了。

古裝的電影也可以說是好看，那好看不下於看戲；至少，決不至於有大鑼大鼓將人的耳朵震聾。在"銀幕"上，則有身穿不知何時何代的衣服的人物，緩慢地動作；臉正如古人一般死，因為要顯得活，便只好加上些舊式戲子的昏庸。

時裝人物的臉，只要見過清朝光緒年間上海的吳友如的《畫報》的，便會覺得神態非常相像。《畫報》所畫的大抵不是流氓拆梢，便是妓女吃醋，所以臉相都狡猾。這精神似乎至今不變，國產影片中的人物，雖是作者以為善人傑士者，眉宇間也總帶些上海洋場式的狡猾。可見不如此，是連善人傑士也做不成的。

聽說，國產影片之所以多，是因為華僑歡迎，能夠獲利，每一新片到，老的便帶了孩子去指點給他們看道："看哪，我們的祖國的人們是這樣的。"在廣州似乎也受歡迎，日夜四場，我常見看客坐得滿滿。

廣州現在也如上海一樣，正在這樣地修養他們的趣味。可惜電影一開演，電燈一定熄滅，我不能看見人們的下巴。

四月六日。

點　評

　　本文初載於一九二七年十一月北京《莽原》半月刊，收入《而已集》。記得英國有人稱蕭伯納的諷刺為"乾燥的幽默"（dry humour），魯迅的諷刺或幽默並不"乾燥"，倒是滋潤而辛辣的。他憑藉臉相分析，援引古代的"相術"，以往對西洋人臉相的感受，日本學者談論東西方臉相差異的話，出入古今中外，從現實又談到電影、畫報，隨意而談，揭示出"人＋獸性＝西洋人"的臉相，及與之形成對比"人＋家畜性＝某一種人"的公式，透視了中國國民性中缺乏競爭性和進攻性的劣根性的一面，令人在苦笑之餘沉思如何改造之，其深刻處是令人心靈顫抖的。

　　行文還畫下了種種沒有生氣的，或滑稽的臉譜：在廣州看到古裝的電影"國片"中人物的臉正如古人一般死；清朝光緒年間上海的吳友如的《畫報》所畫的大抵不是流氓拆梢，便是妓女吃醋，所以臉相都狡獪。現實人物，則有些人每看見不常見的事件或華麗的女人，聽到有些醉心的說話的時候，下巴總要慢慢掛下，將嘴張了開來，仿佛精神上缺少着一樣甚麼機件。據研究人體的學者們說，一頭附着在上顎骨上，那一頭附着在下顎骨上的"咬筋"，力量是非常之大的。我們幼小時候想吃核桃，必須放在門縫裡將它的殼夾碎。但在成人，只要牙齒好，那咬筋一收縮，便能咬碎一個核桃。有着這麼大的力量的筋，有時竟不能收住一個並不沉重的自己的下巴，雖然正在看得出神的時候，倒也情有可原，但我總以為究竟不是十分體面的事。此類描繪和議論，令人啞然失笑之餘，趕緊收起下巴。

慶祝滬寧克復的那一邊

在廣州，我覺得紀念和慶祝的盛典似乎特別多。這是當革命的進行和勝利中，一定要有的現象。滬寧的克復，在看見電報的那天，我已經一個人私自高興過兩回了。這"別人出力我高興"的報應之一，是搜索枯腸，硬做文章的苦差使。其實，我於做這等事，是不大合宜的，因為動起筆來，總是離題有千里之遠。即如現在，何嘗不想寫得切題一些呢，然而還是胡思亂想，像樣點的好意思總像斷線風箏似的收不回來。忽然想到昨天在黃埔看見的幾個來投學生軍的青年，才知道在前線上拚命的原來是這樣的人；自己在講堂上胡說了幾句便騙得聽眾拍手，真是應該羞愧。忽而想到十六年前也曾克復過南京，還給捐軀的戰士立了一塊碑，民國二年後，便被張勳毀掉了，今年頃又可以重立。忽而又想到香港《循環日報》上所載李守常在北京被捕的消息，他的圓圓的臉和中國式的下垂的黑鬍子便浮在眼前，不知道他現在怎麼樣。

黑暗的區域裡，反革命者的工作也正在默默地進行，雖然留在後方的是呻吟，但也有一部分人們高興。後方的呻吟與高興固然大不相同，然而無裨於事是一樣的。最後的勝利，不在高興的人們的多少，而在永遠進擊的人們的多少，記得一種期刊上，曾經引有列寧的話：

> "第一要事是，不要因勝利而使腦筋昏亂，自高自滿；第二
> 要事是，要鞏固我們的勝利，使他長久是屬於我們的；第三要事

是，準備消滅敵人，因為現在敵人只是被征服了，而距消滅的程度還遠得很。"

俄國究竟是革命的世家，列寧究竟是革命的老手，不是深知道歷來革命成敗的原因，自己又積有許多經驗，是說不出來的。先前，中國革命者的屢屢挫折，我以為就因為忽略了這一點。小有勝利，便陶醉在凱歌中，肌肉鬆懈，忘卻進擊了，於是敵人便又乘隙而起。

前年，我作了一篇短文，主張"落水狗"還是非打不可，就有老實人以為苛酷，太欠大度和寬容；況且我以此施之人，人又以報諸我，報施將永無了結的時候。但是，外國我不知，在中國，歷來的勝利者，有誰不苛酷的呢。取近例，則如清初的幾個皇帝，民國二年後的袁世凱，對於異己者何嘗不趕盡殺絕。只是他嘴上卻說着甚麼大度和寬容，還有甚麼慈悲和仁厚；也並不像列寧似的簡單明瞭，列寧究竟是俄國人，怎麼想便怎麼説，比我們中國人直爽得多了。但便是中國，在事實上，到現在為止，凡有大度，寬容，慈悲，仁厚等等美名，也大抵是名實並用者失敗，只用其名者成功的。然而竟瞞過了一群大傻子，還會相信他。

慶祝和革命沒有甚麼相干，至多不過是一種點綴。慶祝，謳歌，陶醉着革命的人們多，好自然是好的，但有時也會使革命精神轉成浮滑。革命的勢力一擴大，革命的人們一定會多起來。統一以後，我恐怕研究系也要講革命。去年年底，《現代評論》，不就變了論調了麼？和"三一八慘案"時候的議論一比照，我真疑心他們都得了一種仙丹，忽然脱胎換骨。我對於佛教先有一種偏見，以為堅苦的小乘教倒是佛教，待到飲酒食肉的闊人富翁，只要吃一餐素，便可以稱為居士，算作信徒，雖然美其名曰大乘，流播也更廣遠，然而這教卻因為容易信奉，因而變為浮滑，或者竟等於零了。革命也如此的，堅苦的進擊者向前進行，遺下廣大的已經革命的地方，使我們可以放心歌呼，也顯出革命者的色彩，其實是和革命毫不相干。這樣的人們一多，革命的精神反而會從浮滑，稀薄，以至於消亡，再下去是復舊。

廣東是革命的策源地，因此也先成為革命的後方，因此也先有上面所說的危機。

當盛大的慶典的這一天，我敢以這些雜亂無章的話獻給在廣州的革命民眾，我深望不至於因這幾句出軌的話而掃興，因為將來可以補救的日子還很多。倘使因此掃興了，那就是革命精神已經浮滑的證據。

四月十日。

點　評

本文初載於一九二七年五月五日廣州《國民新聞》副刊《新出路》第十一號，一九七五年年初中山大學發現這篇佚文，後編入《集外集拾遺補編》。魯迅在北伐軍克復滬寧，革命策源地和後方的廣州舉行慶祝盛典的時日，卻浮起憂患意識。行文"忽而又想到香港《循環日報》上所載李守常在北京被捕的消息，他的圓圓的臉和中國式的下垂的黑鬍子便浮在眼前，不知道他現在怎麼樣"。"五四"時期《新青年》同人李大釗，於一九二七年四月六日被綠林出身的奉系軍閥張作霖派軍警三百餘人搜查蘇聯大使館而被捕，同時被捕六十餘人，搜繳文件檔案七卡車，後為張作霖找人譯編成《蘇聯陰謀文證匯編》。一九二七年四月二十八日，李大釗等二十名國民黨人被以"和蘇俄裡通外國"為罪名絞刑處決，時年三十八歲。魯迅記述這一筆，關聯着他與李大釗在《新青年》時期的友情。

行文又説："記得一種期刊上，曾經引有列寧的話：'第一要事是，不要因勝利而使腦筋昏亂，自高自滿；第二要事是，要鞏固我們的勝利，使他長久是屬於我們的；第三要事是，準備消滅敵人，因為現在敵人只是被征服了，而距消滅的程度還遠得很。'俄國究竟是革命的世家，列寧究竟是革命的老手，不是深知道歷來革命成敗的原因，自己又積有許多經驗，是説不出來的。先前，中國革命者的屢屢挫折，我以為就因為忽略了這一點。小有勝利，便陶醉在凱歌中，肌肉鬆懈，忘卻進擊了，於是敵人便又乘隙而起。"因此將之與兩年前自己提倡"打落水狗"的思想聯繫起來。在慶祝盛典繁多的日子裡，魯迅警告："慶祝，謳歌，陶醉着革命的人們多，好自然是好的，但有時也會使革命精神轉成浮滑。"但是有幾人聽取這種如貓頭鷹怪啼的聲音呢？致使此文沉沒了近半個世紀。

讀書雜談

—— 七月十六日在廣州知用中學講

因為知用中學的先生們希望我來演講一回，所以今天到這裡和諸君相見。不過我也沒有甚麼東西可講。忽而想到學校是讀書的所在，就隨便談談讀書。是我個人的意見，姑且供諸君的參考，其實也算不得甚麼演講。

說到讀書，似乎是很明白的事，只要拿書來讀就是了，但是並不這樣簡單。至少，就有兩種：一是職業的讀書，一是嗜好的讀書。所謂職業的讀書者，譬如學生因為升學，教員因為要講功課，不翻翻書，就有些危險的就是。我想在坐的諸君之中一定有些這樣的經驗，有的不喜歡算學，有的不喜歡博物，然而不得不學，否則，不能畢業，不能升學，和將來的生計便有妨礙了。我自己也這樣，因為做教員，有時即非看不喜歡看的書不可，要不這樣，怕不久便會於飯碗有妨。我們習慣了，一說起讀書，就覺得是高尚的事情，其實這樣的讀書，和木匠的磨斧頭，裁縫的理針線並沒有甚麼分別，並不見得高尚，有時還很苦痛，很可憐。你愛做的事，偏不給你做，你不愛做的，倒非做不可。這是由於職業和嗜好不能合一而來的。倘能夠大家去做愛做的事，而仍然各有飯吃，那是多麼幸福。但現在的社會上還做不到，所以讀書的人們的最大部分，大概是勉勉強強的，帶着苦痛的為職業的讀書。

現在再講嗜好的讀書罷。那是出於自願，全不勉強，離開了利害關係的。——我想，嗜好的讀書，該如愛打牌的一樣，天天打，夜夜打，連續的去打，有時被公安局捉去了，放出來之後還是打。諸君要知道真打牌的人的目的並不在贏錢，而在有趣。牌有怎樣的有趣呢，我是外行，不大明白。但聽得愛賭的人說，它妙在一張一張的摸起來，永遠變化無窮。我想，凡嗜好的讀書，能夠手不釋卷的原因也就是這樣。他在每一葉每一葉裡，都得着深厚的趣味。自然，也可以擴大精神，增加智識的，但這些倒都不計及，一計及，便等於意在贏錢的博徒了，這在博徒之中，也算是下品。

不過我的意思，並非說諸君應該都退了學，去看自己喜歡看的書去，這樣的時候還沒有到來；也許終於不會到，至多，將來可以設法使人們對於非做不可的事發生較多的興味罷了。我現在是說，愛看書的青年，大可以看看本分以外的書，即課外的書，不要只將課內的書抱住。但請不要誤解，我並非說，譬如在國文講堂上，應該在抽屜裡暗看《紅樓夢》之類；乃是說，應做的功課已完而有餘暇，大可以看看各樣的書，即使和本業毫不相干的，也要泛覽。譬如學理科的，偏看看文學書，學文學的，偏看看科學書，看看別個在那裡研究的，究竟是怎麼一回事。這樣子，對於別人，別事，可以有更深的瞭解。現在中國有一個大毛病，就是人們大概以為自己所學的一門是最好，最妙，最要緊的學問，而別的都無用，都不足道的，弄這些不足道的東西的人，將來該當餓死。其實是，世界還沒有如此簡單，學問都各有用處，要定甚麼是頭等還很難。也幸而有各式各樣的人，假如世界上全是文學家，到處所講的不是"文學的分類"便是"詩之構造"，那倒反而無聊得很了。

不過以上所說的，是附帶而得的效果，嗜好的讀書，本人自然並不計及那些，就如遊公園似的，隨隨便便去，因為隨隨便便，所以不吃力，因為不吃力，所以會覺得有趣。如果一本書拿到手，就滿心想道，"我在讀書了！""我在用功了！"那就容易疲勞，因而減掉興味，或者變成苦事了。

　　我看現在的青年，為興味的讀書的是有的，我也常常遇到各樣的詢問。此刻就將我所想到的說一點，但是只限於文學方面，因為我不明白其他的。

　　第一，是往往分不清文學和文章。甚至於已經來動手做批評文章的，也免不了這毛病。其實粗粗的說，這是容易分別的。研究文章的歷史或理論的，是文學家，是學者；做做詩，或戲曲小說的，是做文章的人，就是古時候所謂文人，此刻所謂創作家。創作家不妨毫不理會文學史或理論，文學家也不妨做不出一句詩。然而中國社會上還很誤解，你做幾篇小說，便以為你一定懂得小說概論，做幾句新詩，就要你講詩之原理。我也嘗見想做小說的青年，先買小說法程和文學史來看。據我看來，是即使將這些書看爛了，和創作也沒有甚麼關係的。

　　事實上，現在有幾個做文章的人，有時也確去做教授。但這是因為中國創作不值錢，養不活自己的緣故。聽說美國小名家的一篇中篇小說，時價是二千美金；中國呢，別人我不知道，我自己的短篇寄給大書舖，每篇賣過二十元。當然要尋別的事，例如教書，講文學。研究是要用理智，要冷靜的，而創作須情感，至少總得發點熱，於是忽冷忽熱，弄得頭昏，——這也是職業和嗜好不能合一的苦處。苦倒也罷了，結果還是甚麼都弄不好。那證據，是試翻世界文學史，那裡面的人，幾乎沒有兼做教授的。

　　還有一種壞處，是一做教員，未免有顧忌；教授有教授的架子，不能暢所欲言。這或者有人要反駁：那麼，你暢所欲言就是了，何必如此小心。然而這是事前的風涼話，一到有事，不知不覺地他也要從眾來攻擊的。而教授自身，縱使自以為怎樣放達，下意識裡總不免有架子在。所以在外國，稱為"教授小說"的東西倒並不少，但是不大有人說好，至少，是總難免有令大發煩的炫學的地方。

所以我想，研究文學是一件事，做文章又是一件事。

第二，我常被詢問：要弄文學，應該看甚麼書？這實在是一個極難回答的問題。先前也曾有幾位先生給青年開過一大篇書目。但從我看來，這是沒有甚麼用處的，因為我覺得那都是開書目的先生自己想要看或者未必想要看的書目。我以為倘要弄舊的呢，倒不如姑且靠着張之洞的《書目答問》去摸門徑去。倘是新的，研究文學，則自己先看看各種的小本子，如本間久雄的《新文學概論》，廚川白村的《苦悶的象徵》，瓦浪斯基們的《蘇俄的文藝論戰》之類，然後自己再想想，再博覽下去。因為文學的理論不像算學，二二一定得四，所以議論很紛歧。如第三種，便是俄國的兩派的爭論，── 我附帶說一句，近來聽說連俄國的小說也不大有人看了，似乎一看見 "俄" 字就吃驚，其實蘇俄的新創作何嘗有人紹介，此刻譯出的幾本，都是革命前的作品，作者在那邊都已經被看作反革命的了。倘要看看文藝作品呢，則先看幾種名家的選本，從中覺得誰的作品自己最愛看，然後再看這一個作者的專集，然後再從文學史上看看他在史上的位置；倘要知道得更詳細，就看一兩本這人的傳記，那便可以大略瞭解了。如果專是請教別人，則各人的嗜好不同，總是格不相入的。

第三，說幾句關於批評的事。現在因為出版物太多了，── 其實有甚麼呢，而讀者因為不勝其紛紜，便渴望批評，於是批評家也便應運而起。批評這東西，對於讀者，至少對於和這批評家趣旨相近的讀者，是有用的。但中國現在，似乎應該暫作別論。往往有人誤以為批評家對於創作是操生殺之權，佔文壇的最高位的，就忽而變成批評家；他的靈魂上掛了刀。但是怕自己的立論不周密，便主張主觀，有時怕自己的觀察別人不看重，又主張客觀；有時說自己的作文的根柢全是同情，有時將校對者罵得一文不值。凡中國的批評文字，我總是越看越胡塗，如果當真，就要無路可走。印度人是早知道的，有一個很普通的比喻。他們説：一個老翁和一個孩子用一匹驢子馱着貨物去出賣，貨賣去了，孩子騎驢回來，老翁跟着走。但路人責備他了，説是不曉事，叫老年人徒步。他們便換了一個地位，而旁人又説老人忍心；老人忙將孩子抱到鞍轎上，後來看見的人卻説他們殘酷；於是都下來，走了不久，可又有人笑他們了，説他們是呆子，空着現成的驢子卻不騎。於是老人對孩子嘆息道，我們只剩了一個辦法了，是我們兩人抬着驢子走。無論讀，無論做，倘若旁徵博訪，結果是往往會弄到抬驢子走的。

不過我並非要大家不看批評，不過説看了之後，仍要看看本書，自己思索，自己做主。看別的書也一樣，仍要自己思索，自己觀察。倘只看書，便變成書廚，即使自己覺得有趣，而那趣味其實是已在逐漸硬化，逐漸死去了。我先前反對青年躲進研究室，也就是這意思，至今有些學者，還將這話算作我的一條罪狀哩。

聽説英國的培那特蕭（Bernard Shaw），有過這樣意思的話：世間最不行的是讀書者。因為他只能看別人的思想藝術，不用自己。這也就是勖本華爾（Schopenhauer）之所謂腦子裡給別人跑馬。較好的是思索者。因為能用自己的生活力了，但還不免是空想，所以更好的是觀察者，他用自己的眼睛去讀世間這一部活書。

這是的確的，實地經驗總比看，聽，空想確鑿。我先前吃過乾荔支，罐頭荔支，陳年荔支，並且由這些推想過新鮮的好荔支。這回吃過了，和我所猜想的不同，非到廣東來吃就永不會知道。但我對於蕭的所説，還要加一點騎牆的議論。蕭是愛爾蘭人，立論也不免有些偏激的。我以為假如從廣東鄉下找一個沒有歷練的人，叫他從上海到北京或者甚麼地方，然後問他觀察所得，我恐怕是很有限的，因為他沒有練習過觀察力。所以要觀察，還是先要經過思索和讀書。

總之，我的意思是很簡單的：我們自動的讀書，即嗜好的讀書，請教別人是大抵無用，只好先行泛覽，然後決擇而入於自己所愛的較專的一門或幾門；但專讀書也有弊病，所以必須和實社會接觸，使所讀的書活起來。

點 評

　　本篇記錄稿經作者校閱後最初載於一九二七年八月十八日至二十二日廣州《民國日報》副刊《現代青年》第一七九、一八〇、一八一期；再刊於一九二七年九月十六日《北新》週刊第四十七、四十八期合刊，收入《而已集》。讀書是人類提升自身素質，與更廣、更高的文明接軌的行為。魯迅認為，讀書有兩種：一是職業的讀書，一是嗜好的讀書。青年"應做的功課已完而有餘暇，大可以看看各樣的書，即使和本業毫不相干的，也要泛覽。譬如學理科的，偏看看文學書，學文學的，偏看看科學書，看看別個在那裡研究的，究竟是怎麼一回事。這樣子，對於別人，別事，可以有更深的瞭解。現在中國有一個大毛病，就是人們大概以為自己所學的一門是最好，最妙，最要緊的學問，而別的都無用，都不足道的"。他又區分研究文學和做文章是兩回事："研究是要用理智，要冷靜的，而創作須情感，至少總得發點熱，於是忽冷忽熱，弄得頭昏"，這些都是魯迅的經驗談。

　　更深刻的是，魯迅認為讀書人應該是"思索者"，應該"看本書，自己思索，自己做主"，不要如叔本華所批評的"腦子裡給別人跑馬"，而要"使所讀的書活起來"。這裡涉及對批評家怎樣看的問題，魯迅雖不全然抹煞，但提醒"往往有人誤以為批評家對於創作是操生殺之權，佔文壇的最高位的，就忽而變成批評家；他的靈魂上掛了刀。⋯⋯凡中國的批評文字，我總是越看越胡塗，如果當真，就要無路可走"。他引述了一個有趣的故事：印度人是早知道的，有一個很普通的比喻。他們說：一個老翁和一個孩子用一匹驢子馱着貨物去出賣，貨賣去了，孩子騎驢回來，老翁跟着走。但路人責備他了，說是不曉事，叫老年人徒步。他們便換了一個地位，而旁人又說老人忍心；老人忙將孩子抱到鞍轎上，後來看見的人卻說他們殘酷；於是都下來，走了不久，可又有人笑他們了，說他們是呆子，空着現成的驢子卻不騎。於是老人對孩子嘆息道，我們只剩了一個辦法了，是我們兩人抬着驢子走。魯迅講了讀書人需思索之後，還補充說："更好的是觀察者，他用自己的眼睛去讀世間這一部活書"，不過"要觀察，還是先要經過思索和讀書"。

魏晉風度及文章與藥及酒之關係

—— 九月間在廣州夏期學術演講會講

我今天所講的，就是黑板上寫着的這樣一個題目。

中國文學史，研究起來，可真不容易，研究古的，恨材料太少，研究今的，材料又太多，所以到現在，中國較完全的文學史尚未出現。今天講的題目是文學史上的一部分，也是材料太少，研究起來很有困難的地方。因為我們想研究某一時代的文學，至少要知道作者的環境，經歷和著作。

漢末魏初這個時代是很重要的時代，在文學方面起一個重大的變化，因當時正在黃巾和董卓大亂之後，而且又是黨錮的糾紛之後，這時曹操出來了。——不過我們講到曹操，很容易就聯想起《三國誌演義》，更而想起戲台上那一位花面的奸臣，但這不是觀察曹操的真正方法。現在我們再看歷史，在歷史上的記載和論斷有時也是極靠不住的，不能相信的地方很多，因為通常我們曉得，某朝的年代長一點，其中必定好人多；某朝的年代短一點，其中差不多沒有好人。為甚麼呢？因為年代長了，做史的是本朝人，當然恭維本朝的人物，年代短了，做史的是別朝人，便很自由地貶斥其異朝的人物，所以在秦朝，差不多在史的記載上半個好人也沒有。曹操在史上年代也是頗短的，自然也逃不了被後一朝人說壞話的公例。其實，曹操是一個很有本事的人，至少是一個英雄，我雖不是曹操一黨，但無論如何，總是非常佩服他。

研究那時的文學，現在較為容易了，因為已經有人做過工作：在文集一方面有清嚴可均輯的《全上古三代秦漢三國晉南北朝文》。其中於此有用的，是《全漢文》，《全三國文》，《全晉文》。

在詩一方面有丁福保輯的《全漢三國晉南北朝詩》。——丁福保是做醫生的，現在還在。

輯錄關於這時代的文學評論有劉師培編的《中國中古文學史》。這本書是北大的講義，劉先生已死，此書由北大出版。

上面三種書對於我們的研究有很大的幫助。能使我們看出這時代的文學的確有點異彩。

我今天所講，倘若劉先生的書裡已詳的，我就略一點；反之，劉先生所略的，我就較詳一點。

董卓之後，曹操專權。在他的統治之下，第一個特色便是尚刑名。他的立法是很嚴的，因為當大亂之後，大家都想做皇帝，大家都想叛亂，故曹操不能不如此。曹操曾自己說過："倘無我，不知有多少人稱王稱帝！"這句話他倒並沒有說謊。因此之故，影響到文章方面，成了清峻的風格。——就是文章要簡約嚴明的意思。

此外還有一個特點，就是尚通脫。他為甚麼要尚通脫呢？自然也與當時的風氣有莫大的關係。因為在黨錮之禍以前，凡黨中人都自命清流，不過講"清"講得太過，便成固執，所以在漢末，清流的舉動有時便非常可笑了。

比方有一個有名的人，普通的人去拜訪他，先要說幾句話，倘這幾句話說得不對，往往會遭倨傲的待遇，叫他坐到屋外去，甚而至於拒絕不見。

又如有一個人，他和他的姊夫是不對的，有一回他到姊姊那裡去吃飯之後，便要將飯錢算回給姊姊。她不肯要，他就於出門之後，把那些錢扔在街上，算是付過了。

個人這樣鬧鬧脾氣還不要緊，若治國平天下也這樣鬧起執拗的脾氣來，那還成甚麼話？所以深知此弊的曹操要起來反對這種習氣，力倡通脫。通脫即隨便之意。此種提倡影響到文壇，便產生多量想說甚麼便說甚麼的文章。

更因思想通脫之後，廢除固執，遂能充分容納異端和外來的思想，故孔教以外的思想源源引入。

總括起來，我們可以説漢末魏初的文章是清峻，通脫。在曹操本身，也是一個改造文章的祖師，可惜他的文章傳的很少。他膽子很大，文章從通脫得力不少，做文章時又沒有顧忌，想寫的便寫出來。

所以曹操徵求人才時也是這樣說，不忠不孝不要緊，只要有才便可以。這又是別人所不敢說的。曹操做詩，竟說是“鄭康成行酒伏地氣絕”，他引出離當時不久的事實，這也是別人所不敢用的。還有一樣，比方人死時，常常寫點遺令，這是名人的一件極時髦的事。當時的遺令本有一定的格式，且多言身後當葬於何處何處，或葬於某某名人的墓旁；操獨不然，他的遺令不但沒有依着格式，內容竟講到遺下的衣服和伎女怎樣處置等問題。

陸機雖然評曰“貽塵謗於後王”，然而我想他無論如何是一個精明人，他自己能做文章，又有手段，把天下的方士文士統統搜羅起來，省得他們跑在外面給他搗亂。所以他帷幄裡面，方士文士就特別地多。

孝文帝曹丕，以長子而承父業，篡漢而即帝位。他也是喜歡文章的。其弟曹植，還有明帝曹叡，都是喜歡文章的。不過到那個時候，於通脫之外，更加上華麗。丕著有《典論》，現已失散無全本，那裡面說：“詩賦欲麗”，“文以氣為主”。《典論》的零零碎碎，在唐宋類書中；一篇整的《論文》，在《文選》中可以看見。

後來有一般人很不以他的見解為然。他說詩賦不必寓教訓，反對當時那些寓訓勉於詩賦的見解，用近代的文學眼光看來，曹丕的一個時代可說是“文學的自覺時代”，或如近代所說是為藝術而藝術（Art for Art's Sake）的一派。所以曹丕做的詩賦很好，更因他以"氣"為主，故於華麗以外，加上壯大。歸納起來，漢末，魏初的文章，可說是："清峻，通脱，華麗，壯大。"在文學的意見上，曹丕和曹植表面上似乎是不同的。曹丕説文章事可以留名聲於千載；但子建卻説文章小道，不足論的。據我的意見，子建大概是違心之論。這裡有兩個原因，第一，子建的文章做得好，一個人大概總是不滿意自己所做而羨慕他人所為的，他的文章已經做得好，於是他便敢説文章是小道；第二，子建活動的目標在於政治方面，政治方面不甚得志，遂説文章是無用了。

曹操曹丕以外，還有下面的七個人：孔融，陳琳，王粲，徐幹，阮瑀，應瑒，劉楨，都很能做文章，後來稱為"建安七子"。七人的文章很少流傳，現在我們很難判斷；但，大概都不外是"慷慨"，"華麗"罷。華麗即曹丕所主張，慷慨就因當天下大亂之際，親戚朋友死於亂者特多，於是為文就不免帶着悲涼，激昂和"慷慨"了。

七子之中，特別的是孔融，他專喜和曹操搗亂。曹丕《典論》裡有論孔融的，因此他也被拉進"建安七子"一塊兒去。其實不對，很兩樣的。不過在當時，他的名聲可非常之大。孔融作文，喜用譏嘲的筆調，曹丕很不滿意他。孔融的文章現在傳的也很少，就他所有的看起來，我們可以瞧出他並不大對別人譏諷，只對曹操。比方操破袁氏兄弟，曹丕把袁熙的妻甄氏拿來，歸了自己，孔融就寫信給曹操，説當初武王伐紂，將妲己給了周公了。操問他的出典，他説，以今例古，大概那時也是這樣的。又比方曹操要禁酒，説酒可以亡國，非禁不可，孔融又反對他，説也有以女人亡國的，何以不禁婚姻？

其實曹操也是喝酒的。我們看他的"何以解憂？惟有杜康"的詩句，就可以知道。為甚麼他的行為會和議論矛盾呢？此無他，因曹操是個辦事人，所以不得不這樣做；孔融是旁觀的人，所以容易説些自由話。曹操見他屢屢反對自己，後來藉故把他殺了。他殺孔融的罪狀大概是不孝。因為孔融有下列的兩個主張：

第一，孔融主張母親和兒子的關係是如瓶之盛物一樣，只要在瓶內把東西倒了出來，母親和兒子的關係便算完了。第二，假使有天下饑荒的一個時候，有點食物，給父親不給呢？孔融的答案是：倘若父親是不好的，寧可給別人。——曹操想殺他，便不惜以這種主張為他不忠不孝的根據，把他殺了。倘若曹操在世，我們可以問他，當初求才時就說不忠不孝也不要緊，為何又以不孝之名殺人呢？然而事實上縱使曹操再生，也沒人敢問他，我們倘若去問他，恐怕他把我們也殺了！

與孔融一同反對曹操的尚有一個禰衡，後來給黃祖殺掉的。禰衡的文章也不錯，而且他和孔融早是“以氣為主”來寫文章的了。故在此我們又可知道，漢文慢慢壯大起來，是時代使然，非專靠曹操父子之功的。但華麗好看，卻是曹丕提倡的功勞。

這樣下去一直到明帝的時候，文章上起了個重大的變化，因為出了一個何晏。

何晏的名聲很大，位置也很高，他喜歡研究《老子》和《易經》。至於他是怎樣的一個人呢？那真相現在可很難知道，很難調查。因為他是曹氏一派的人，司馬氏很討厭他，所以他們的記載對何晏大不滿。因此產生許多傳說，有人說何晏的臉上是搽粉的，又有人說他本來生得白，不是搽粉的。但究竟何晏搽粉不搽粉呢？我也不知道。

但何晏有兩件事我們是知道的。第一，他喜歡空談，是空談的祖師；第二，他喜歡吃藥，是吃藥的祖師。

此外，他也喜歡談名理。他身子不好，因此不能不服藥。他吃的不是尋常的藥，是一種名叫“五石散”的藥。

“五石散”是一種毒藥，是何晏吃開頭的。漢時，大家還不敢吃，何晏或者將藥方略加改變，便吃開頭了。五石散的基本，大概是五樣藥：石鐘乳，石硫黃，白石英，紫石英，赤石脂；另外怕還配點別樣的藥。但現在也不必細細研究它，我想各位都是不想吃它的。

從書上看起來，這種藥是很好的，人吃了能轉弱為強。因此之故，何晏有錢，他吃起來了；大家也跟着吃。那時五石散的流毒就同清末的鴉片的流毒差不多，看吃藥與否以分闊氣與否的。現在由隋巢元方做的《諸病源候論》的裡面可以看到一些。據此書，可知吃這藥是非常麻煩的，窮人不能吃，假使吃了之後，一不小心，就會毒死。先吃下去的時候，倒不怎樣的，後來藥的效驗既顯，名曰"散發"。倘若沒有"散發"，就有弊而無利。因此吃了之後不能休息，非走路不可，因走路才能"散發"，所以走路名曰"行散"。比方我們看六朝人的詩，有云："至城東行散"，就是此意。後來做詩的人不知其故，以為"行散"即步行之意，所以不服藥也以"行散"二字入詩，這是很笑話的。

走了之後，全身發燒，發燒之後又發冷。普通發冷宜多穿衣，吃熱的東西。但吃藥後的發冷剛剛要相反：衣少，冷食，以冷水澆身。倘穿衣多而食熱物，那就非死不可。因此五石散一名寒食散。只有一樣不必冷吃的，就是酒。

吃了散之後，衣服要脫掉，用冷水澆身；吃冷東西；飲熱酒。這樣看起來，五石散吃的人多，穿厚衣的人就少；比方在廣東提倡，一年以後，穿西裝的人就沒有了。因為皮肉發燒之故，不能穿窄衣。為豫防皮膚被衣服擦傷，就非穿寬大的衣服不可。現在有許多人以為晉人輕裘緩帶，寬衣，在當時是人們高逸的表現，其實不知他們是吃藥的緣故。一班名人都吃藥，穿的衣都寬大，於是不吃藥的也跟着名人，把衣服寬大起來了！

還有，吃藥之後，因皮膚易於磨破，穿鞋也不方便，故不穿鞋襪而穿屐。所以我們看晉人的畫像或那時的文章，見他衣服寬大，不鞋而屐，以為他一定是很舒服，很飄逸的了，其實他心裡都是很苦的。

更因皮膚易破，不能穿新的而宜於穿舊的，衣服便不能常洗。因不洗，便多虱。所以在文章上，虱子的地位很高，"捫虱而談"，當時竟傳為美事。比方我今天在這裡演講的時候，捫起虱來，那是不大好的。但在那時不要緊，因為習慣不同之故。這正如清朝是提倡抽大煙的，我們看見兩肩高聳的人，不覺得奇怪。現在就不行了，倘若多數學生，他的肩成為一字樣，我們就覺得很奇怪了。

此外可見服散的情形及其他種種的書，還有葛洪的《抱朴子》。

到東晉以後，作假的人就很多，在街旁睡倒，説是"散發"以示闊氣。就像清時尊讀書，就有人以墨塗唇，表示他是剛才寫了許多字的樣子。故我想，衣大，穿屐，散髮等等，後來效之，不吃也學起來，與理論的提倡實在是無關的。

又因"散發"之時，不能肚餓，所以吃冷物，而且要趕快吃，不論時候，一日數次也不可定。因此影響到晉時"居喪無禮"。——本來魏晉時，對於父母之禮是很繁多的。比方想去訪一個人，那麼，在未訪之前，必先打聽他父母及其祖父母的名字，以便避諱。否則，嘴上一説出這個字音，假如他的父母是死了的，主人便會大哭起來——他記得父母了——給你一個大大的沒趣。晉禮居喪之時，也要瘦，不多吃飯，不准喝酒。但在吃藥之後，為生命計，不能管得許多，只好大嚼，所以就變成"居喪無禮"了。

居喪之際，飲酒食肉，由闊人名流倡之，萬民皆從之，因為這個緣故，社會上遂尊稱這樣的人叫作名士派。

吃散發源於何晏，和他同志的，有王弼和夏侯玄兩個人，與晏同為服藥的祖師。有他三人提倡，有多人跟着走。他們三人多是會做文章，除了夏侯玄的作品流傳不多外，王何二人現在我們尚能看到他們的文章。他們都是生於正始的，所以又名曰"正始名士"。但這種習慣的末流，是只會吃藥，或竟假裝吃藥，而不會做文章。

東晉以後，不做文章而流為清談，由《世說新語》一書裡可以看到。此中空論多而文章少，比較他們三個差得遠了。三人中王弼二十餘歲便死了，夏侯何二人皆為司馬懿所殺。因為他二人同曹操有關係，非死不可，猶曹操之殺孔融，也是藉不孝做罪名的。

二人死後，論者多因其與魏有關而罵他，其實何晏值得罵的就是因為他是吃藥的發起人。這種服散的風氣，魏，晉，直到隋，唐，還存在着，因為唐時還有 "解散方"，即解五石散的藥方，可以證明還有人吃，不過少點罷了。唐以後就沒有人吃，其原因尚未詳，大概因其弊多利少，和鴉片一樣罷？

晉名人皇甫謐作一書曰《高士傳》，我們以為他很高超。但他是服散的，曾有一篇文章，自說吃散之苦。因為藥性一發，稍不留心，即會喪命，至少也會受非常的苦痛，或要發狂；本來聰明的人，因此也會變成痴呆。所以非深知藥性，會解救，而且家裡的人多深知藥性不可。晉朝人多是脾氣很壞，高傲，發狂，性暴如火的，大約便是服藥的緣故。比方有蒼蠅擾他，竟至拔劍追趕；就是說話，也要胡胡塗塗地才好，有時簡直是近於發瘋。但在晉朝更有以痴為好的，這大概也是服藥的緣故。

魏末，何晏他們以外，又有一個團體新起，叫做 "竹林名士"，也是七個，所以又稱 "竹林七賢"。正始名士服藥，竹林名士飲酒。竹林的代表是嵇康和阮籍。但究竟竹林名士不純粹是喝酒的，嵇康也兼服藥，而阮籍則是專喝酒的代表。但嵇康也飲酒，劉伶也是這裡面的一個。他們七人中差不多都是反抗舊禮教的。

這七人中，脾氣各有不同。嵇阮二人的脾氣都很大；阮籍老年時改得很好，嵇康就始終都是極壞的。

阮年青時，對於訪他的人有加以青眼和白眼的分別。白眼大概是全然看不見眸子的，恐怕要練習很久才能夠。青眼我會裝，白眼我卻裝不好。

後來阮籍竟做到"口不臧否人物"的地步，嵇康卻全不改變。結果阮得終其天年，而嵇竟喪於司馬氏之手，與孔融何晏等一樣，遭了不幸的殺害。這大概是因為吃藥和吃酒之分的緣故：吃藥可以成仙，仙是可以驕視俗人的；飲酒不會成仙，所以敷衍了事。

他們的態度，大抵是飲酒時衣服不穿，帽也不帶。若在平時，有這種狀態，我們就說無禮，但他們就不同。居喪時不一定按例哭泣；子之於父，是不能提父的名，但在竹林名士一流人中，子都會叫父的名號。舊傳下來的禮教，竹林名士是不承認的。即如劉伶 —— 他曾做過一篇《酒德頌》，誰都知道 —— 他是不承認世界上從前規定的道理的，曾經有這樣的事，有一次有客見他，他不穿衣服。人責問他；他答人說，天地是我的房屋，房屋就是我的衣服，你們為甚麼進我的褲子中來？至於阮籍，就更甚了，他連上下古今也不承認，在《大人先生傳》裡有說："天地解兮六合開，星辰隕兮日月頹，我騰而上將何懷？"他的意思是天地神仙，都是無意義，一切都不要，所以他覺得世上的道理不必爭，神仙也不足信，既然一切都是虛無，所以他便沉湎於酒了。然而他還有一個原因，就是他的飲酒不獨由於他的思想，大半倒在環境。其時司馬氏已想篡位，而阮籍名聲很大，所以他講話就極難，只好多飲酒，少講話，而且即使講話講錯了，也可以藉醉得到人的原諒。只要看有一次司馬懿求和阮籍結親，而阮籍一醉就是兩個月，沒有提出的機會，就可以知道了。

阮籍作文章和詩都很好，他的詩文雖然也慷慨激昂，但許多意思都是隱而不顯的。宋的顏延之已經說不大能懂，我們現在自然更很難看得懂他的詩了。他詩裡也說神仙，但他其實是不相信的。嵇康的論文，比阮籍更好，思想新穎，往往與古時舊說反對。孔子說："學而時習之，不亦說乎？"嵇康做的《難自然好學論》，卻道，人是並不好學的，假如一個人可以不做事而又有飯吃，就隨便閒遊不喜歡讀書了，所以現在人之好學，是由於習慣和不得已。還有管叔蔡叔，是疑心周公，率殷民叛，因而被誅，一向公認為壞人的。而嵇康做的《管蔡論》，就也反對歷代傳下來的意思，説這兩個人是忠臣，他們的懷疑周公，是因為地方相距太遠，消息不靈通。

但最引起許多人的注意，而且於生命有危險的，是《與山巨源絕交書》中的"非湯武而薄周孔"。司馬懿因這篇文章，就將嵇康殺了。非薄了湯武周孔，在現時代是不要緊的，但在當時卻關係非小。湯武是以武定天下的；周公是輔成王的；孔子是祖述堯舜，而堯舜是禪讓天下的。嵇康都説不好，那麼，教司馬懿篡位的時候，怎麼辦才是好呢？沒有辦法。在這一點上，嵇康於司馬氏的辦事上有了直接的影響，因此就非死不可了。嵇康的見殺，是因為他的朋友呂安不孝，連及嵇康，罪案和曹操的殺孔融差不多。魏晉，是以孝治天下的，不孝，故不能不殺。為甚麼要以孝治天下呢？因為天位從禪讓，即巧取豪奪而來，若主張以忠治天下，他們的立腳點便不穩，辦事便棘手，立論也難了，所以一定要以孝治天下。但倘只是實行不孝，其實那時倒不很要緊的，嵇康的害處是在發議論；阮籍不同，不大説關於倫理上的話，所以結局也不同。

但魏晉也不全是這樣的情形，寬袍大袖，大家飲酒。反對的也很多。在文章上我們還可以看見裴頠的《崇有論》，孫盛的《老子非大賢論》，這些都是反對王何們的。在史實上，則何曾勸司馬懿殺阮籍有好幾回，司馬懿不聽他的話，這是因為阮籍的飲酒，與時局的關係少些的緣故。

然而後人就將嵇康阮籍罵起來，人云亦云，一直到現在，一千六百多年。季札説："中國之君子，明於禮義而陋於知人心。"這是確的，大凡明於禮義，就一定要陋於知人心的，所以古代有許多人受了很大的冤枉。例如嵇阮的罪名，一向説他們毀壞禮教。但據我個人的意見，這判斷是錯的。魏晉時代，崇奉禮教的看來似乎很不錯，而實在是毀壞禮教，不信禮教的。表面上毀壞禮教者，實則倒是承認禮教，太相信禮教。因為魏晉時所謂崇奉禮教，是用以自利，那崇奉也不過偶然崇奉，如曹操殺孔融，司馬懿殺嵇康，都是因為他們和不孝有關，但實在曹操司馬懿何嘗是著名的孝子，不過將這個名義，加罪於反對自己的人罷了。於是老實人以為如此利用，褻瀆了禮教，不平之極，無計可施，激而變成不談禮教，不信禮教，甚至於反對禮教。——但其實不過是態度，至於他們的本心，恐怕倒是相信禮教，當作寶貝，比曹操司馬懿們要迂執得多。現在説一個容易明白的比喻罷，譬如有一個軍閥，在北方——在廣東的人所謂北方和我常説的北方的界限有些不同，我常稱山東山西直隸河南之類為北方——那軍閥從前是壓迫民黨的，後來北伐軍勢力一大，他便掛起了青天白日旗，説自己已經信仰三民主義了，是總理的信徒。這樣還不夠，他還要做總理的紀念週。這時候，真的三民主義的信徒，去呢，不去呢？不去，他那裡就可以説你反對三民主義，定罪，殺人。但既然在他的勢力之下，沒有別法，真的總理的信徒，倒會不談三民主義，或者聽人假惺惺的談起來就皺眉，好像反對三民主義模樣。所以我想，魏晉時所謂反對禮教的人，有許多大約也如此。他們倒是迂夫子，將禮教當作寶貝看待的。

　　還有一個實證，凡人們的言論，思想，行為，倘若自己以為不錯的，就願意天下的別人，自己的朋友都這樣做。但嵇康阮籍不這樣，不願意別人來模仿他。竹林七賢中有阮咸，是阮籍的姪子，一樣的飲酒。阮籍的兒子阮渾也願加入時，阮籍卻道不必加入，吾家已有阿咸在，夠了。假若阮籍自以為行為是對的，就不當拒絕他的兒子，而阮籍卻拒絕自己的兒子，可知阮籍並不以他自己的辦法為然。至於嵇康，一看他的《絕交書》，就知道他的態度很驕傲的；有一次，他在家打鐵——他的性情是很喜歡打鐵的——鍾會來看他了，他只打鐵，不理鍾會。鍾會沒有意味，只得走了。其時嵇康就問他："何所聞而來，何所見而去？"鍾會答道："聞所聞而來，見所見而去。"這也是嵇康殺身的一條禍根。但我看他做給他的兒子看的《家誡》——當嵇康被殺時，其子方十歲，算來當他做這篇文章的時候，他的兒子是未滿十歲的——就覺得宛然是兩個人。他在《家誡》中教他的兒子做人要小心，還有一條一條的教訓。有一條是說長官處不可常去，亦不可住宿；官長送人們出來時，你不要在後面，因為恐怕將來官長懲辦壞人時，你有暗中密告的嫌疑。又有一條是說宴飲時候有人爭論，你可立刻走開，免得在旁批評，因為兩者之間必有對與不對，不批評則不像樣，一批評就總要是甲非乙，不免受一方見怪。還有人要你飲酒，即使不願飲也不要堅決地推辭，必須和和氣氣的拿着杯子。我們就此看來，實在覺得很希奇：嵇康是那樣高傲的人，而他教子就要他這樣庸碌。因此我們知道，嵇康自己對於他自己的舉動也是不滿足的。所以批評一個人的言行實在難，社會上對於兒子不像父親，稱為"不肖"，以為是壞事，殊不知世上正有不願意他的兒子像自己的父親哩。試看阮籍嵇康，就是如此。這是，因為他們生於亂世，不得已，才有這樣的行為，並非他們的本態。但又於此可見魏晉的破壞禮教者，實在是相信禮教到固執之極的。

不過何晏王弼阮籍嵇康之流，因為他們的名位大，一般的人們就學起來，而所學的無非是表面，他們實在的內心，卻不知道。因為只學他們的皮毛，於是社會上便很多了沒意思的空談和飲酒。許多人只會無端的空談和飲酒，無力辦事，也就影響到政治上，弄得玩"空城計"，毫無實際了。在文學上也這樣，嵇康阮籍的縱酒，是也能做文章的，後來到東晉，空談和飲酒的遺風還在，而萬言的大文如嵇阮之作，卻沒有了。劉勰說："嵇康師心以遣論，阮籍使氣以命詩。"這"師心"和"使氣"，便是魏末晉初的文章的特色。正始名士和竹林名士的精神滅後，敢於師心使氣的作家也沒有了。

到東晉，風氣變了。社會思想平靜得多，各處都夾入了佛教的思想。再至晉末，亂也看慣了，篡也看慣了，文章便更和平。代表平和的文章的人有陶潛。他的態度是隨便飲酒，乞食，高興的時候就談論和作文章，無尤無怨。所以現在有人稱他為"田園詩人"，是個非常和平的田園詩人。他的態度是不容易學的，他非常之窮，而心裡很平靜。家常無米，就去向人家門口求乞。他窮到有客來見，連鞋也沒有，那客人給他從家丁取鞋給他，他便伸了足穿上了。雖然如此，他卻毫不為意，還是"採菊東籬下，悠然見南山"。這樣的自然狀態，實在不易模仿。他窮到衣服也破爛不堪，而還在東籬下採菊，偶然抬起頭來，悠然的見了南山，這是何等自然。現在有錢的人住在租界裡，僱花匠種數十盆菊花，便做詩，叫作"秋日賞菊效陶彭澤體"，自以為合於淵明的高致，我覺得不大像。

陶潛之在晉末，是和孔融於漢末與嵇康於魏末略同，又是將近易代的時候。但他沒有甚麼慷慨激昂的表示，於是便博得"田園詩人"的名稱。但《陶集》裡有《述酒》一篇，是說當時政治的。這樣看來，可見他於世事也並沒有遺忘和冷淡，不過他的態度比嵇康阮籍自然得多，不至於招人注意罷了。還有一個原因，先已說過，是習慣。因為當時飲酒的風氣相沿下來，人見了也不覺得奇怪，而且漢魏晉相沿，時代不遠，變遷極多，既經見慣，就沒有大感觸，陶潛之比孔融嵇康和平，是當然的。例如看北朝的墓誌，官位升進，往往詳細寫着，再仔細一看，他是已經經歷過兩三個朝代了，但當時似乎並不為奇。

據我的意思，即使是從前的人，那詩文完全超於政治的所謂"田園詩人"，"山林詩人"，是沒有的。完全超出於人間世的，也是沒有的。

既然是超出於世，則當然連詩文也沒有。詩文也是人事，既有詩，就可以知道於世事未能忘情。譬如墨子兼愛，楊子為我。墨子當然要著書；楊子就一定不著，這才是“為我”。因為若做出書來給別人看，便變成“為人”了。

由此可知陶潛總不能超於塵世，而且，於朝政還是留心，也不能忘掉“死”，這是他詩文中時時提起的。用別一種看法研究起來，恐怕也會成一個和舊說不同的人物罷。

自漢末至晉末文章的一部分的變化與藥及酒之關係，據我所知的大概是這樣。但我學識太少，沒有詳細的研究，在這樣的熱天和雨天費去了諸位這許多時光，是很抱歉的。現在這個題目總算是講完了。

點　評

本篇是魯迅一九二七年七月（副題上的“九月”有誤）在廣州市教育局主辦的夏期學術演講會上講演記錄的改定稿，收入《而已集》。它是講述中古文學史的一篇奇文，舉重若輕地勾勒出魏晉時期文學風氣由清峻、通脫、華麗、壯大→清談、慷慨→平淡的變遷過程，卻以藥、酒作為引子，從容地從社會情態、精神現象、文人風習的視角，透視文風之隱微，同時又能以深刻、敏銳的社會閱歷推測古人內心和行為的不得已之處，解開許多文學史之謎。中國自古談文學史之文字浩如煙海，卻未見有如此從容而深刻、灑脫而風趣的切實之作，誠然是大家風範，是深刻的思想家之所為。

講演開宗明義：“我們想研究某一時代的文學，至少要知道作者的環境，經歷和著作。”這就是“知人論世”。他主張研究文學史要從文獻學和資料長編入手，認為研究魏晉文學的材料，在文集方面有清嚴可均輯的《全上古三代秦漢三國晉南北朝文》，在詩方面有丁福保輯的《全漢三國晉南北朝詩》，在文學評論方面有劉師培編的《中國中古文學史》，可以提供不少方便。但他更注重“史識”，以設疑和解疑的方法認識環境與人物，因為歷史往往是勝利者書寫的。魯迅破解史料的觀念，其實早於新歷史主義幾十年。比如他說：“通常我們曉得，某朝的年代長一點，其中必定好人多；某朝的年代短一點，其中差不多沒有好人。為甚麼呢？因為年代長了，做史的是本朝人，當然恭維本朝的人物，年代短了，做史的是別朝人，便很自由地貶斥其異朝的人物，所以在秦朝，差不多在史的記載上半個好人也沒有。曹操在史上年代也是頗短的，自然也逃不了被後一朝人說壞話的公例。其實，曹操是一個很有本事的人，至少是一個英雄，我雖不是曹操一黨，但無論如何，總是非常佩服他。”

魯迅對文學史不拘於描頭畫角，往往能從大處着眼。他認為：“用近代的文學眼光看來，曹丕的一個時代可說是‘文學的自覺時代’。”為要做到大處着眼，魯迅不是靜態羅列材料，而是動態把握歷史的脈絡和過程，擅長於心理透視，穿透力極強。他對曹丕、曹植作了這樣的透視：“在文學的意見上，曹丕和曹植表面上似乎是不同的。曹丕說文章事可以留名聲於千載；但子建卻說文章小道，不足論的。據我的意見，子建大概是違心之論。這裡有兩個原因，第一，子建的文章做得好，一個人大概總是不滿意自己所做而羨慕他人所為的，他的文章已經做得好，於是他便敢說文章是小道；第二，子建活動的目標在於政治方面，政治方面不甚得志，遂說文章是無用了。”對於嵇康為何因文字招來殺身之禍，魯迅這樣透視魏晉易代之際的筆墨忌諱：“最引起許多人的注意，而且於生命有危險的，是《與山巨源絕交書》中的‘非湯武而薄周孔’。司馬懿（應是司馬昭）因這篇文章，就將嵇康殺了。非薄了湯武周孔，在現時代是不要緊的，但在當時卻關係非小。湯武是以武定天下的；周公是輔成王的；孔子是祖述堯舜，而堯舜是禪讓天下的。嵇康都說不好，那麼，教司馬懿（昭）篡位的時候，怎麼辦才是好呢？沒有辦法。在這一點上，嵇康於司馬氏的辦事上有了直接的影響，因此就非死不可了。"

對於人物和作品的考察，魯迅兼顧當時的政治態勢、社會思潮、文學政策、士人風習、作者個性。他往往以今例古，投入了社會批評、文明批評者的犀利眼光。比如曹操以不忠不孝的罪名殺掉孔融，"倘若曹操在世，我們可以問他，當初求才時就說不忠不孝也不要緊，為何又以不孝之名殺人呢？然而事實上縱使曹操再生，也沒人敢問他，我們倘若去問他，恐怕他把我們也殺了！"比如對從何晏開始的吃"五石散"的風氣，流風漸盛，魯迅分析道："那時五石散的流毒就同清末的鴉片的流毒差不多，看吃藥與否以分闊氣與否的。"魯迅懂醫，因此談吃"五石散"後在城外"行散"的生理心理反應，就得心應手："走了之後，全身發燒，發燒之後又發冷。普通發冷宜多穿衣，吃熱的東西。但吃藥後的發冷剛剛要相反：衣少，冷食，以冷水澆身。倘穿衣多而食熱物，那就非死不可。因此五石散一名寒食散。只有一樣不必冷吃的，就是酒。……更因皮膚易破，不能穿新的而宜於穿舊的，衣服便不能常洗。因不洗，便多虱。所以在文章上，虱子的地位很高，'捫虱而談'，當時竟傳為美事。"又說："晉朝人多是脾氣很壞，高傲，發狂，性暴如火的，大約便是服藥的緣故。比方有蒼蠅擾他，竟至拔劍追趕。"

我們聽一場講演，也要體驗和分析講演者主體，魯迅對於魏晉，懂藥就談藥，知酒就言酒。魯迅家鄉以酒馳名，所以談"正始名士"以藥，談"竹林七賢"以酒，既是魏晉風度的構成因素，又切合自己的知識結構。他認為："正始名士服藥，竹林名士飲酒。竹林的代表是嵇康和阮籍。但究竟竹林名士不純粹是喝酒的，嵇康也兼服藥，而阮籍則是專喝酒的代表。但嵇康也飲酒，劉伶也是這裡面的一個。他們七人中差不多都是反抗舊禮教的。"講演者思想立場、知識結構和學術興趣，對於他在文學史上看見了甚麼，忽略了甚麼，從而形成甚麼樣的著述形態，是至關重要的。

答有恒先生

有恒先生：

　　你的許多話，今天在《北新》上看見了。我感謝你對於我的希望和好意，這是我看得出來的。現在我想簡略地奉答幾句，並以寄和你意見相仿的諸位。

　　我很閒，決不至於連寫字工夫都沒有。但我的不發議論，是很久了，還是去年夏天決定的，我豫定的沉默期間是兩年。我看得時光不大重要，有時往往將它當作兒戲。

　　但現在沉默的原因，卻不是先前決定的原因，因為我離開廈門的時候，思想已經有些改變。這種變遷的徑路，説起來太煩，姑且略掉罷，我希望自己將來或者會發表。單就近時而言，則大原因之一，是：我恐怖了。而且這種恐怖，我覺得從來沒有經驗過。

　　我至今還沒有將這 "恐怖" 仔細分析。姑且説一兩種我自己已經診察明白的，則：

　　一，我的一種妄想破滅了。我至今為止，時時有一種樂觀，以為壓迫，殺戮青年的，大概是老人。這種老人漸漸死去，中國總可比較地有生氣。現在我知道不然了，殺戮青年的，似乎倒大概是青年，而且對於別個的不能再造的生命和青春，更無顧惜。如果對於動物，也要算 "暴殄天物"。我尤其怕看的是勝利者的得意之筆："用斧劈死" 呀，……"亂槍刺死" 呀……。我其實並不是急進的改革論者，我沒有反對過死刑。但對於凌遲和滅族，我曾表示過十分的憎惡和悲痛，我以為二十世紀的人群中是不應該有的。斧劈槍刺，自然不說是凌遲，但我們不能用一粒子彈打在他後腦上麼？結果是一樣的，對方的死亡。但事實是事實，血的遊戲已經開頭，而角色又是青年，並且有得意之色。我現在已經看不見這齣戲的收場。

二，我發見了我自己是一個……。是甚麼呢？我一時定不出名目來。我曾經說過：中國歷來是排着吃人的筵宴，有吃的，有被吃的。被吃的也曾吃人，正吃的也會被吃。但我現在發見了，我自己也幫助着排筵宴。先生，你是看我的作品的，我現在發一個問題：看了之後，使你麻木，還是使你清楚；使你昏沉，還是使你活潑？倘所覺的是後者，那我的自己裁判，便證實大半了。中國的筵席上有一種“醉蝦”，蝦越鮮活，吃的人便越高興，越暢快。我就是做這醉蝦的幫手，弄清了老實而不幸的青年的腦子和弄敏了他的感覺，使他萬一遭災時來嘗加倍的苦痛，同時給憎惡他的人們賞玩這較靈的苦痛，得到格外的享樂。我有一種設想，以為無論討赤軍，討革軍，倘捕到敵黨的有智識的如學生之類，一定特別加刑，甚於對工人或其他無智識者。為甚麼呢，因為他可以看見更銳敏微細的痛苦的表情，得到特別的愉快。倘我的假設是不錯的，那麼，我的自己裁判，便完全證實了。

所以，我終於覺得無話可說。

倘若再和陳源教授之流開玩笑罷，那是容易的，我昨天就寫了一點。然而無聊，我覺得他們不成甚麼問題。他們其實至多也不過吃半隻蝦或呷幾口醉蝦的醋。況且聽說他們已經別離了最佩服的“孤桐先生”，而到青天白日旗下來革命了。我想，只要青天白日旗插遠去，恐怕“孤桐先生”也會來革命的。不成問題了，都革命了，浩浩蕩蕩。

問題倒在我自己的落伍。還有一點小事情。就是，我先前的弄“刀筆”的罰，現在似乎降下來了。種牡丹者得花，種蒺藜者得刺，這是應該的，我毫無怨恨。但不平的是這罰仿佛太重一點，還有悲哀的是帶累了幾個同事和學生。

他們甚麼罪孽呢，就因為常常和我往來，並不說我壞。凡如此的，現在就要被稱為"魯迅黨"或"語絲派"，這是"研究系"和"現代派"宣傳的一個大成功。所以近一年來，魯迅已以被"投諸四裔"為原則了。不說不知道，我在廈門的時候，後來是被搬在一所四無鄰居的大洋樓上了，陪我的都是書，深夜還聽到樓下野獸"唔唔"地叫。但我是不怕冷靜的，況且還有學生來談談。然而來了第二下的打擊：三個椅子要搬去兩個，說是甚麼先生的少爺已到，要去用了。這時我實在很氣憤，便問他：倘若他的孫少爺也到，我就得坐在樓板上麼？不行！沒有搬去，然而來了第三下的打擊，一個教授微笑道：又發名士脾氣了。廈門的天條，似乎是名士才能有多於一個的椅子的。"又"者，所以形容我常發名士脾氣也，《春秋》筆法，先生，你大概明白的罷。還有第四下的打擊，那是我臨走的時候了，有人說我之所以走，一因為沒有酒喝，二因為看見別人的家眷來了，心裡不舒服。這還是根據那一次的"名士脾氣"的。

這不過隨便想到一件小事。但，即此一端，你也就可以原諒我嚇得不敢開口之情有可原了罷。我知道你是不希望我做醉蝦的。我再鬥下去，也許會"身心交病"。然而"身心交病"，又會被人嘲笑的。自然，這些都不要緊。但我何苦呢，做醉蝦？

不過我這回最僥倖的是終於沒有被做成為共產黨。曾經有一位青年，想以獨秀辦《新青年》，而我在那裡做過文章這一件事，來證成我是共產黨。但即被別一位青年推翻了，他知道那時連獨秀也還未講共產。退一步，"親共派"罷，終於也沒有弄成功。倘我一出中山大學即離廣州，我想，是要被排進去的；但我不走，所以報上"逃走了""到漢口去了"的鬧了一通之後，倒也沒有事了。天下究竟還有光明，沒有人說我有"分身法"。現在是，似乎沒有甚麼頭銜了，但據"現代派"

説，我是"語絲派的首領"。這和生命大約並無甚麼直接關係，或者倒不大要緊的，只要他們沒有第二下。倘如"主角"唐有壬似的又説甚麼"墨斯科的命令"，那可就又有些不妙了。

筆一滑，話説遠了，趕緊回到"落伍"問題去。我想，先生，你大約看見的，我曾經嘆息中國沒有敢"撫哭叛徒的弔客"，而今何如？你也看見，在這半年中，我何嘗説過一句話？雖然我曾在講堂上公表過我的意思，雖然我的文章那時也無處發表，雖然我是早已不説話，但這都不足以作我的辯解。總而言之，現在倘再發那些四平八穩的"救救孩子"似的議論，連我自己聽去，也覺得空空洞洞了。

還有，我先前的攻擊社會，其實也是無聊的。社會沒有知道我在攻擊，倘一知道，我早已死無身之所了。試一攻擊社會的一分子的陳源之類，看如何？而況四萬萬也哉？我之得以偷生者，因為他們大多數不識字，不知道，並且我的話也無效力，如一箭之入大海。否則，幾條雜感，就可以送命的。民眾的罰惡之心，並不下於學者和軍閥。近來我悟到凡帶一點改革性的主張，倘於社會無涉，才可以作為"廢話"而存留，萬一見效，提倡者即大概不免吃苦或殺身之禍。古今中外，其揆一也。即如目前的事，吳稚暉先生不也有一種主義的麼？而他不但不被普天同憤，且可以大呼"打倒……嚴辦"者，即因為赤黨要實行共產主義於二十年之後，而他的主義卻須數百年之後或者才行，由此觀之，近於廢話故也。人那有遙管十餘代以後的灰孫子時代的世界的閒情別致也哉？

話已經説得不少，我想收梢了。我感於先生的毫無冷笑和惡意的態度，所以也誠實的奉答，自然，一半也藉此發些牢騷。但我要聲明，上面的説話中，我並不含有謙虛，我知道我自己，我解剖自己並不比解剖別人留情面。好幾個滿肚子惡意的所謂批評家，竭力搜索，都尋不出我的真症候。所以我這回自己説一點，當然不過一部分，有許多還是隱藏着的。

我覺得我也許從此不再有甚麼話要說，恐怖一去，來的是甚麼呢，我還不得而知，恐怕不見得是好東西罷。但我也在救助我自己，還是老法子：一是麻痹，二是忘卻。一面掙扎着，還想從以後淡下去的"淡淡的血痕中"看見一點東西，謄在紙片上。

魯迅。九，四。

點 評

本篇初載於一九二七年十月一日上海《北新》週刊第四十九、五十期合刊，收入《而已集》。魯迅自信"我解剖自己並不比解剖別人留情面"，在這封信中則透露自己的思想變遷的消息："我離開廈門的時候，思想已經有些改變。"尊重魯迅，就要承認他的思想發生過變遷，而且變遷在"徑路"上，"單就近時而言，則大原因之一，是：我恐怖了。而且這種恐怖，我覺得從來沒有經驗過"。現實的"恐怖"教訓，是"當頭棒喝"的最好老師。變遷而涉及"徑路"，就是說他以往只信"進化論"的單一的直線的"路徑"，受到了挑戰："我的一種妄想破滅了。我至今為止，時時有一種樂觀，以為壓迫，殺戮青年的，大概是老人。這種老人漸漸死去，中國總可比較地有生氣。現在我知道不然了，殺戮青年的，似乎倒大概是青年，而且對於別個的不能再造的生命和青春，更無顧惜。"看到"青年"這個年齡概念被利益所撕裂，"老人—青年"就不能作為基本的思想維度了。因此，他感到有必要從"五四"的思想台階上繼續向前走，"總而言之，現在倘再發那些四平八穩的'救救孩子'似的議論，連我自己聽去，也覺得空空洞洞了"。

蜜蜂的刺，一用即喪失了它自己的生命；犬儒的刺，一用則苟延了他自己的生命。

他們就是如此不同。

約翰穆勒說：專制使人們變成冷嘲。

而他竟不知道共和使人們變成沉默。

要上戰場，莫如做軍醫；要革命，莫如走後方；要殺人，莫如做劊子手。既英雄，又穩當。

與名流學者談，對於他之所講，當裝作偶有不懂之處。太不懂被看輕，太懂了被厭惡。偶有不懂之處，彼此最為合宜。

世間大抵只知道指揮刀所以指揮武士，而不想到也可以指揮文人。

又是演講錄，又是演講錄。

但可惜都沒有講明他何以和先前大兩樣了；也沒有講明他演講時，自己是否真相信自己的話。

闊的聰明人種種譬如昨日死。

不鬧的傻子種種實在昨日死。

曾經闊氣的要復古，正在闊氣的要保持現狀，未曾闊氣的要革新。
大抵如是。大抵！

他們之所謂復古，是回到他們所記得的若干年前，並非虞夏商周。

女人的天性中有母性，有女兒性；無妻性。
妻性是逼成的，只是母性和女兒性的混合。

防被欺。
自稱盜賊的無須防，得其反倒是好人；自稱正人君子的必須防，
得其反則是盜賊。

樓下一個男人病得要死，那間壁的一家唱着留聲機；對面是弄孩
子。樓上有兩人狂笑；還有打牌聲。河中的船上有女人哭着她死去的
母親。
人類的悲歡並不相通，我只覺得他們吵鬧。

每一個破衣服人走過，叭兒狗就叫起來，其實並非都是狗主人的
意旨或使嗾。
叭兒狗往往比它的主人更嚴厲。

恐怕有一天總要不准穿破布衫，否則便是共產黨。

革命，反革命，不革命。

革命的被殺於反革命的。反革命的被殺於革命的。不革命的或當作革命的而被殺於反革命的，或當作反革命的而被殺於革命的，或並不當作甚麼而被殺於革命的或反革命的。

革命，革革命，革革革命，革革……。

人感到寂寞時，會創作；一感到乾淨時，即無創作，他已經一無所愛。

創作總根於愛。

楊朱無書。

創作雖說抒寫自己的心，但總願意有人看。

創作是有社會性的。

但有時只要有一個人看便滿足：好友，愛人。

人往往憎和尚，憎尼姑，憎回教徒，憎耶教徒，而不憎道士。

懂得此理者，懂得中國大半。

要自殺的人，也會怕大海的汪洋，怕夏天死屍的易爛。

但遇到澄靜的清池，涼爽的秋夜，他往往也自殺了。

凡為當局所“誅”者皆有“罪”。

劉邦除秦苛暴，“與父老約，法三章耳。”

而後來仍有族誅，仍禁挾書，還是秦法。

法三章者，話一句耳。

一見短袖子，立刻想到白臂膊，立刻想到全裸體，立刻想到生殖器，立刻想到性交，立刻想到雜交，立刻想到私生子。

中國人的想像惟在這一層能夠如此躍進。

九月二十四日。

點評

本文初載於一九二七年十二月十七日《語絲》週刊第四卷第一期，收入《而已集》。題為“小雜感”，實在是感得碎小而凌雜，似乎意識流般跳躍。行文引用英國哲學家、經濟學家約翰·穆勒的話：“專制使人們變成冷嘲”，由此而轉向現實，說：“他竟不知道共和使人們變成沉默。”如此“共和”只是裝飾，因為突然襲來的恐怖，使人沉默：“革命的被殺於反革命的。反革命的被殺於革命的。不革命的或當作革命的而被殺於反革命的，或當作反革命的而被殺於革命的，或並不當作甚麼而被殺於革命的或反革命的。”總之，揮起屠刀，總要給刀下鬼一個“罪名”，哪怕罪名叫作“莫須有”，即所謂“凡為當局所‘誅’者皆有‘罪’”。

這種動蕩不安、令人不寒而慄的小說，襲擊了魯迅的思想，使之破裂如碎金，在跳躍中閃爍。時而談處世：“與名流學者談，對於他之所講，當裝作偶有不懂之處。太不懂被看輕，太懂了被厭惡。偶有不懂之處，彼此最為合宜。”時而談政治：“曾經闊氣的要復古，正在闊氣的要保持現狀，未曾闊氣的要革新。大抵如是。大抵！”時而談人性，而且是女人性：“女人的天性中有母性，有女兒性；無妻性。妻性是逼成的，只是母性和女兒性的混合。”又跳躍到談創作：“創作總根於愛。……創作雖說抒寫自己的心，但總願意有人看。創作是有社會性的。"更突然談起世俗信仰心理：
"人往往憎和尚，憎尼姑，憎回教徒，憎耶教徒，而不憎道士。懂
得此理者，懂得中國大半。"還忘不了嘲諷國民心理的陰暗角落：
"一見短袖子，立刻想到白臂膊，立刻想到全裸體，立刻想到生殖
器，立刻想到性交，立刻想到雜交，立刻想到私生子。中國人的想
像惟在這一層能夠如此躍進。"如此瑣語雜談，誠如黑衣人舞莫邪
劍，寒光閃閃，郁達夫說："魯迅的雜文簡練得象一把匕首，能以
寸鐵殺人，一刀見血。重要之點抓住了之後，只消三言兩語就可以
把主題道破"（《中國新文學大系・散文二集導言》），此之謂乎！

在上海（上）

關於知識階級

—— 十月二十五日在上海勞動大學講

我到上海約二十多天，這回來上海並無甚麼意義，只是跑來跑去偶然到上海就是了。

我沒有甚麼學問和思想，可以貢獻給諸君。但這次易先生要我來講幾句話；因為我去年親見易先生在北京和軍閥官僚怎樣奮鬥，而且我也參與其間，所以他要我來，我是不得不來的。

我不會講演，也想不出甚麼可講的，講演近於做八股，是極難的，要有講演的天才才好，在我是不會的。終於想不出甚麼，只能隨便一談；剛才談起中國情形，說到"知識階級"四字，我想對於知識階級發表一點個人的意見，只是我並不是站在引導者的地位，要諸君都相信我的話，我自己走路都走不清楚，如何能引導諸君？

"知識階級"一辭是愛羅先珂（V. Eroshenko）七八年前講演"知識階級及其使命"時提出的，他罵俄國的知識階級，也罵中國的知識階級，中國人於是也罵起知識階級來了；後來便要打倒知識階級，再利害一點，甚至於要殺知識階級了。知識就仿佛是罪惡，但是一方面雖有人罵知識階級；一方面卻又有人以此自豪：這種情形是中國所特有的，所謂俄國的知識階級，其實與中國的不同，俄國當革命以前，社會上還歡迎知識階級。為甚麼要歡迎呢？因為他確能替平民抱不平，把平民的苦痛告訴大眾。他為甚麼能把平民的苦痛說出來？因為他與平民接近，或自身就是平民。幾年前有一位中國大學教授，他很奇怪，為甚麼有人要描寫一個車夫的事情，這就因為大學教授一向住在高大的洋房裡，不明白平民的生活。歐洲的著作家往往是平民出身，（歐洲人雖出身窮苦，而也做文章；這因為他們的文字容易寫，中國的文字卻不容易寫了。）所以也同樣的感受到平民的苦痛，當然能痛痛快快寫出來為平民說話，因此平民以為知識階級對於自身是有益的；於是贊成他，到處都歡迎他，但是他們既受此榮譽，地位就增高了，而同時卻把平民忘記了，變成一種特別的階級。那時他們自以為了不得，到闊人家裡去宴會，錢也多了，房子東西都要好的，終於與平民遠遠的離開了。他享受了高貴的生活，就記不起從前一切的貧苦生活了。——所以請諸位不要拍手，拍了手把我的地位一提高，我就要忘記了說話的。他不但不同情於平民或許還要壓迫平民，以致變成了平民的敵人，現在貴族階級不能存在；貴族的知識階級當然也不能站住了，這是知識階級缺點之一。

還有知識階級不可免避的運命，在革命時代是注重實行的，動的；思想還在其次，直白地說：或者倒有害。至少我個人的意見如此的。唐朝奸臣李林甫有一次看兵操練很勇敢，就有人對着他稱讚。他說："兵好是好，可是無思想，"這話很不差。因為兵之所以勇敢，就在沒有思想，要是有了思想，就會沒有勇氣了。現在倘叫我去當兵，要我去革命，我一定不去，因為明白了利害是非，就難於實行了。有知識的人，講講柏拉圖（Plato）講講蘇格拉底（Socrates）是不會有危險的。講柏拉圖可以講一年，講蘇格拉底可以講三年，他很可以安安穩穩地活下去，但要他去幹危險的事情，那就很費踟躕。譬如中國人，凡是做文章，總說"有利然而又有弊"，這最足以代表知識階級的思想。其實無論甚麼都是有弊的，就是吃飯也是有弊的，它能滋養我們這方面是有利的；但是一方面使我們消化器官疲乏，那就不好而有弊了。假使做事要面面顧到，那就甚麼事都不能做了。

還有，知識階級對於別人的行動，往往以為這樣也不好，那樣也不好。先前俄國皇帝殺革命黨，他們反對皇帝；後來革命黨殺皇族，他們也起來反對。問他怎麼才好呢？他們也沒辦法。所以在皇帝時代他們吃苦，在革命時代他們也吃苦，這實在是他們本身的缺點。

所以我想，知識階級能否存在還是個問題。知識和強有力是衝突的，不能並立的；強有力不許人民有自由思想，因為這能使能力分散，在動物界有很顯的例；猴子的社會是最專制的，猴王說一聲走，猴子都走了。在原始時代酋長的命令是不能反對的，無懷疑的，在那時酋長帶領着群眾併吞衰小的部落；於是部落漸漸的大了，團體也大了。一個人就不能支配了。因為各個人思想發達了，各人的思想不一，民族的思想就不能統一，於是命令不行，團體的力量減小，而漸趨滅亡。在古時野蠻民族常侵略文明很發達的民族，在歷史上常見的。現在知識階級在國內的弊病，正與古時一樣。

英國羅素（Russel）法國羅曼羅蘭（R. Rolland）反對歐戰，大家以為他們了不起，其實幸而他們的話沒有實行，否則，德國早已打進英國和法國了；因為德國如不能同時實行非戰，是沒有辦法的。俄國托爾斯泰（Tolstoi）的無抵抗主義之所以不能實行，也是這個原因。他不主張以惡報惡的，他的意思是皇帝叫我們去當兵，我們不去當兵。叫警察去捉，他不去；叫劊子手去殺，他不去殺，大家都不聽皇帝的命令，他也沒有興趣；那末做皇帝也無聊起來，天下也就太平了。然而如果一部分的人偏聽皇帝的話，那就不行。

我從前也很想做皇帝，後來在北京去看到宮殿的房子都是一個刻板的格式，覺得無聊極了。所以我皇帝也不想做了。做人的趣味在和許多朋友有趣的談天，熱烈的討論。做了皇帝，口出一聲，臣民都下跪，只有不絕聲的 Yes，Yes，那有甚麼趣味？但是還有人做皇帝，因為他和外界隔絕，不知外面還有世界！

總之，思想一自由，能力要減少，民族就站不住，他的自身也站不住了！現在思想自由和生存還有衝突，這是知識階級本身的缺點。

然而知識階級將怎麼樣呢？還是在指揮刀下聽令行動，還是發表傾向民眾的思想呢？要是發表意見，就要想到甚麼就說甚麼。真的知識階級是不顧利害的，如想到種種利害，就是假的，冒充的知識階級；只是假知識階級的壽命倒比較長一點。像今天發表這個主張，明天發表那個意見的人，思想似乎天天在進步；只是真的知識階級的進步，決不能如此快的。不過他們對於社會永不會滿意的，所感受的永遠是痛苦，所看到的永遠是缺點，他們預備着將來的犧牲，社會也因為有了他們而熱鬧，不過他的本身——心身方面總是苦痛的；因為這也是舊式社會傳下來的遺物。至於諸君，是與舊的不同，是二十世紀初葉青年，如在勞動大學一方讀書，一方做工，這是新的境遇；或許可以造成新的局面，但是環境是老樣子，着着逼人墮落，倘不與這老社會奮鬥，還是要回到老路上去的。

譬如從前我在學生時代不吸煙，不吃酒，不打牌，沒有一點嗜好；後來當了教員，有人發傳單說我抽鴉片。我很氣，但並不辯明，為要報復他們，前年我在陝西就真的抽一回鴉片，看他們怎樣？此次來上海有人在報紙上說我來開書店；又有人說我每年版稅有一萬多元。但是我也並不辯明；但曾經自己想，與其負空名，倒不如真的去賺這許多進款。

還有一層，最可怕的情形，就是比較新的思想運動起來時，如與社會無關，作為空談，那是不要緊的，這也是專制時代所以能容知識階級存在的原故。因為痛哭流淚與實際是沒有關係的，只是思想運動變成實際的社會運動時，那就危險了。往往反為舊勢力所撲滅。中國現在也是如此，這現象，革新的人稱之為 "反動"。我在文藝史上，卻找到一個好名辭，就是 Renaissance，在意大利文藝復興的意義，是把古時好的東西復活，將現存的壞的東西壓倒，因為那時候思想太專制腐敗了，在古時代確實有些比較好的；因此後來得到了社會上的信仰。現在中國頑固派的復古，把孔子禮教都拉出來了，但是他們拉出來的是好的麼？如果是不好的，就是反動，倒退，以後恐怕是倒退的時代了。

還有，中國人現在膽子格外小了，這是受了共產黨的影響。人一聽到俄羅斯，一看見紅色，就嚇得一跳；一聽到新思想，一看到俄國的小說，更其害怕，對於較特別的思想，較新思想尤其喪心發抖，總要仔仔細細底想，這有沒有變成共產黨思想的可能性？！這樣的害怕，一動也不敢動，怎樣能夠有進步呢？這實在是沒有力量的表示，比如我們吃東西，吃就吃，若是左思右想，吃牛肉怕不消化，喝茶時又要懷疑，那就不行了，——老年人才是如此；有力量，有自信力的人是不至於此的。雖是西洋文明罷，我們能吸收時，就是西洋文明也變成我們自己的了。好像吃牛肉一樣，決不會吃了牛肉自己也即變成牛肉的，要是如此膽小，那真是衰弱的知識階級了，不衰弱的知識階級，尚且對於將來的存在不能確定；而衰弱的知識階級是必定要滅亡的。從前或許有，將來一定不能存在的。

現在比較安全一點的，還有一條路，是不做時評而做藝術家。要為藝術而藝術。住在"象牙之塔"裡，目下自然要比別處平安。就我自己來說罷，——有人說我只會講自己，這是真的。我先前獨自住在廈門大學的一所靜寂的大洋房裡；到了晚上，我總是孤思默想，想到一切，想到世界怎樣，人類怎樣，我靜靜地思想時，自己以為很了不得的樣子；但是給蚊子一咬，跳了一跳，把世界人類的大問題全然忘了，離不開的還是我本身。

就我自己說起來，是早就有人勸我不要發議論，不要做雜感，你還是創作去吧！因為做了創作在世界史上有名字，做雜感是沒有名字的。其實就是我不做雜感，世界史上，還是沒有名字的，這得聲明一句，是：這些勸我做創作，不要寫雜感的人們之中，有幾個是別有用意，是被我罵過的。所以要我不再做雜感。但是我不聽他，因此在北京終於站不住了，不得不躲到廈門的圖書館上去了。

藝術家住在象牙塔中，固然比較地安全，但可惜還是安全不到底。秦始皇，漢武帝想成仙，終於沒有成功而死了。危險的臨頭雖然可怕，但別的運命說不定，"人生必死"的運命卻無法逃避，所以危險也仿佛用不着害怕似的。但我並不想勸青年得到危險，也不勸他人去做犧牲，說為社會死了名望好，高巍巍的鑄起銅像來。自己活着的人沒有勸別人去死的權利，假使你自己以為死是好的，那末請你自己先去死吧。諸君中恐有錢人不多罷。那末，我們窮人唯一的資本就是生命。以生命來投資，為社會做一點事，總得多賺一點利才好；以生命來做利息小的犧牲，是不值得的。所以我從來不叫人去犧牲，但也不要再爬進象牙之塔和知識階級裡去了，我以為是最穩當的一條路。

至於有一班從外國留學回來，自稱知識階級，以為中國沒有他們就要滅亡的，卻不在我所論之內，像這樣的知識階級，我還不知道是些甚麼東西？！

今天的說話很沒有倫次，望諸君原諒！

點 評

本篇是魯迅講演記錄稿，發表前經魯迅校閱，最初刊於一九二七年十一月上海勞動大學《勞大週刊》第五期，收入《集外集拾遺補編》。這裡探討思想自由、知識者的生存及社會革命之關係。魯迅指出："現在思想自由和生存還有衝突，這是知識階級本身的缺點。"面對這種衝突，魯迅提出真假知識階級的辨別："真的知識階級是不顧利害的，如想到種種利害，就是假的，冒充的知識階級；只是假知識階級的壽命倒比較長一點。"但他更看重文化自信和神經衰弱的問題，主張對人類文明採取開放、吸收、消化的態度，投入這股洪流，知識者可以壯大發展："雖是西洋文明罷，我們能吸收時，就是西洋文明也變成我們自己的了。好像吃牛肉一樣，決不會吃了牛肉自己也即變成牛肉的，要是如此膽小，那真是衰弱的知識階級了，不衰弱的知識階級，尚且對於將來的存在不能確定；而衰弱的知識階級是必定要滅亡的。"知識者的存在，在於參與人類文明的吸納和創造。

文藝與革命

來信

魯迅先生：

　　在《新聞報》的《學海》欄內，讀到你底一篇《文學和政治的歧途》的講演，解釋文學者和政治者之背離不合，其原因在政治者以得到目前的安寧為滿足，這滿足，在感覺銳敏的文學者看去，一樣是胡塗不徹底，表示失望，終於遭政治家之忌，潦倒一生，站不住腳。我覺得這是世界各國成為定例的事實。最近又在《語絲》上讀到《民眾主義和天才》和你底《“醉眼”中的朦朧》兩篇文字，確實提醒了此刻現在做着似是而非的平凡主義和革命文學的迷夢的人們之朦朧不少，至少在我是這樣。

　　我相信文藝思潮無論變到怎樣，而藝術本身有無限的價值等級存在，這是不得否認的。這是説，文藝之流，從最初的甚麼主義到現在的甚麼主義，所寫着的內容，如何不同，而要有精刻熟練的才技，造成一篇優美無媲的文藝作品，終是一樣。一條長江，上流和下流所呈現的形相，雖然不同，而長江還是一條長江。我們看它那下流的廣大深緩，足以灌田畝，駛巨舶，便忘記了給它形成這廣大深緩的來源，已覺糊塗到透頂。若再斷章取義，説：此刻現在，我們所要的是長江的下流，因為可以利用，增加我們的財富，上流的長江可以不要，有着簡直無用。這是完全以經濟價值去評斷長江本身整個的價值了。這種評斷，出於着眼在經濟價值的商人之口，不足為怪；出於着眼在藝術價值的文藝家之口，未免昏亂至於無可救藥了。因為拿藝術價值去評斷長江之上流，未始沒有意義，或竟比之下流較為自然奇偉，也未可知。

真與美是構成一件成功的藝術品的兩大要素。而構成這真與美至於最高等級，便是造成一件藝術品，使它含有最高級的藝術價值，那便非賴最高級的天才不可了。如果這個論斷可以否認，那末我們為甚麼稱頌荷馬，但丁，沙士比亞和歌德呢？我們為甚麼不能創造和他們同等的文藝作品呢，我們也有觀察現象的眼，有運用文思的腦，有握管伸紙的手？

在現在，離開人生說藝術，固然有躲在象牙塔裡忘記時代之嫌；而離開藝術說人生，那便是政治家和社會運動家的本相，他們無須談藝術了。由此說，熱心革命的人，盡可投入革命的群眾裡去，衝鋒也好，做後方的工作也好，何必拿文藝作那既穩當又革命的勾當？

我覺得許多提倡革命文學的所謂革命文藝家，也許是把表現人生這句話誤解了。他們也許以為十九世紀以來的文藝，所表現的都是現實的人生，在那裡面，含有顯著的時代精神。文藝家自驚醒了所謂“象牙之塔”的夢以後，都應該跟着時代環境奔走；離開時代而創造文藝，便是獨善主義或貴族主義的文藝了。他們看到易卜生之偉大，看到陀斯妥以夫斯基的深刻，尤其看到俄國革命時期內的作家葉遂寧和戈理基們的熱切動人；便以為現在此後的文藝家都須拿當時的生活現象來詛咒，刻劃，予社會以改造革命的機會，使文藝變為民眾的和革命的文藝。生在所謂“世紀末”的現代社會裡面的人，除非是神經麻木了的，未始不會感到苦悶和悲哀。文藝家終比一般人感覺銳敏一點。擺在他們眼前的既是這麼一個社會，蘊在他們心中的當有怎麼一種情緒呢！他們有表現或刻劃的才技，他們便要如實地寫了出來，便無意地成為這時代的社會的呼聲了。然而他們還是忠於自己，忠於自己的藝術，忠於自己的情知。易卜生被稱頌為改革社會的先驅，陀思妥以夫斯基被稱為人道主義的極致者，還須賴他們自己特有的精妙的才技，經幾個真知灼見的批評者為之闡揚而後可。然而，真能懂得他們的藝術的，究竟還是少數。至於葉遂寧是碰死在自己的希望碑上不必説了，戈理基呢，聽人説，已有點灰色了。這且不説。便是以藝術本身而論，他何常不崇尚真切精到的才技？我曾看到他的一首譏笑那不切實的詩人的詩。況且我們以藝術價值去衡量他的作品，是否他已是了不得的作家了，究竟還是疑問呵。

實在説，文藝家是不會拋棄社會的，他們是站在民眾裡面的。有一位否認有條件的文藝批評者，對於泰奴（Taine）的時間條件，認為不確，其理由是：文藝家是看前五十年。我想，看前五十年的文藝家，還是站在那時候，以那時候的生活環境做地盤而出發，所以他畢竟是那時候的民眾之一員，而能在朦朧平安中看出殘缺和破敗。他們便以熟練的才技，寫出這種殘缺和破敗，於藝術上達到高級的價值為止，在他們自己的能力範圍之內。在創造時，他們也許只顧到藝術的精細微妙，並沒想到如何激動民眾，予民眾以強烈的刺激，使他們血脈僨張，而從事於革命。

我們如果承認藝術有獨立的無限的價值，藝術家有完成藝術本身最終目的之必要，那末我們便不能而且不應該撇開藝術價值去指摘藝術家的態度，這和拿藝術家的現實行為去評斷他的藝術作品者一樣可笑。波特來耳的詩並不因他的狂放而稍減其價值。淺薄者許要咒他為人群的蛇蝎，卻不知道他底厭棄人生，正是他的渴慕人生之反一面的表白。我們平常譏刺一個人，還須觀察到他的深處，否則便見得浮薄可鄙。至於拿了自己的似是而非的標準，既沒有看到他的深處，又拋棄了衡量藝術價值的尺度，便無的放矢地攻刺一個忠於藝術的人，真的糊塗呢還是別有用意！這不過使我們覺到此刻現在的中國文藝界真不值一談，因為以批評成名而又是創造自許的所謂文藝家者，還是這樣地崇奉功利主義呵！

我——自然不是甚麼文藝家——喜歡讀些高級的文藝作品，頗多古舊的東西，很有人說這是迷舊的時代擯棄者。他們告訴我，現在是民眾文藝當世了，嶄新的專為第四階級玩味的文藝當世了。我為之愕然者久之，便問他們：民眾文藝怎樣寫法？文藝家用甚麼手段，使民眾都能玩味？現在民眾文藝已產生了若干部？革了命之後的民眾能夠賞識所謂民眾文藝者已有幾分之幾？莫非現在有許多新《三字經》，或新《神童詩》出版了麼？我真不知民眾化的文藝如何化法，化在內容呢，那我們本有表現民眾生活的文藝了的；化在技藝上吧，那末一首國民革命歌盡夠充數了，你聽："國民革命成功……齊歡唱……"多麼宏壯而明白呵！我們為甚麼還要別的文藝？他們不能明確地回答，而我也糊塗到而今。此刻現在，才從《民眾主義與天才》一文裡得了答案，是：

"無論民眾藝術如何地主張藝術的普遍性或平等性，但藝術作品無論如何自有無限的價值等差，這個事實是不可否認的。所謂普遍性啦，平等性啦這一類話，意思不外乎是說藝術的內容是關於廣眾的民間生活或關於人生的普遍事象，而有這種內容的藝術，始可以供給一般民眾的玩味。藝術備有像這種意味的普遍性和平等性不待說是不可以否認的，然而藝術作品既有無限的價值等級存在。以上，那些比較高級的藝術品，好，就可以說多少能夠供給一般民眾的玩味，若要說一切人都能夠一樣的精細，一樣的深刻，一樣的微妙——換句話說，絕對平等的來玩味它，那無論如何是不得有的事實。"

記得有人說過這樣的話：最先進的思想只有站在最高層的先進的少數人能夠瞭解，等到這種思想透入群眾裡去的時候，已經不是先進的思想了。這些話，是告訴我們芸芸眾生，到底有一大部分感覺不敏的。世界上有這樣的不平等，除了詛咒造物的不公，我們還能怨誰呢？這是事實。如果不是事實，人類的演進史，可以一筆抹殺，而革命也不能發生了。世界文化的推進，全賴少數先覺之衝鋒陷陣，如果各個人的聰明才智，都是相等，文化也早就發達到極致了，世界也就大同了，所謂“螺旋式進行”一句話，還不是等於廢話？藝術是文化的一部，文化有進退，藝術自不能除外。民眾化的藝術，以藝術本身有無限的價值等差來說，簡直不能成立。自然，藉文藝以革命這夢囈，也終究是一種夢囈罷了！

　　以上是我的意思，未知先生以為如何？

一九二八，三，二五，冬芬。

回信

冬芬先生：

　　我不是批評家，因此也不是藝術家，因為現在要做一個甚麼家，總非自己或熟人兼做批評不可，沒有一夥，是不行的，至少，在現在的上海灘上。因為並非藝術家，所以並不以為藝術特別崇高，正如自己不賣膏藥，便不來打拳讚藥一樣。我以為這不過是一種社會現象，是時代的人生記錄，人類如果進步，則無論他所寫的是外表，是內心，總要陳舊，以至滅亡的。不過近來的批評家，似乎很怕這兩個字，只想在文學上成仙。

　　各種主義的名稱的勃興，也是必然的現象。世界上時時有革命，自然會有革命文學。世界上的民眾很有些覺醒了，雖然有許多在受難，但也有多少佔權，那自然也會有民眾文學——說得徹底一點，則第四階級文學。

中國的批評界怎樣的趨勢，我卻不大瞭然，也不很注意。就耳目所及，只覺得各專家所用的尺度非常多，有英國美國尺，有德國尺，有俄國尺，有日本尺，自然又有中國尺，或者兼用各種尺。有的說要真正，有的說要鬥爭，有的說要超時代，有的躲在人背後說幾句短短的冷話。還有，是自己擺着文藝批評家的架子，而憎惡別人的鼓吹了創作。倘無創作，將批評甚麼呢，這是我最所不能懂得他的心腸的。

別的此刻不談。現在所號稱革命文學家者，是鬥爭和所謂超時代。超時代其實就是逃避，倘自己沒有正視現實的勇氣，又要掛革命的招牌，便自覺地或不自覺地必然地要走入那一條路的。身在現世，怎麼離去？這是和說自己用手提着耳朵，就可以離開地球者一樣地欺人。社會停滯着，文藝決不能獨自飛躍，若在這停滯的社會裡居然滋長了，那倒是為這社會所容，已經離開革命，其結果，不過多賣幾本刊物，或在大商店的刊物上掙得揭載稿子的機會罷了。

鬥爭呢，我倒以為是對的。人被壓迫了，為甚麼不鬥爭？正人君子者流深怕這一着，於是大罵“偏激”之可惡，以為人人應該相愛，現在被一班壞東西教壞了。他們飽人大約是愛餓人的，但餓人卻不愛飽人，黃巢時候，人相食，餓人尚且不愛餓人，這實在無須鬥爭文學作怪。我是不相信文藝的旋乾轉坤的力量的，但倘有人要在別方面應用他，我以為也可以。譬如“宣傳”就是。

美國的辛克來兒說：一切文藝是宣傳。我們的革命的文學者曾經當作寶貝，用大字印出過；而嚴肅的批評家又說他是“淺薄的社會主義者”。但我 —— 也淺薄 —— 相信辛克來兒的話。一切文藝，是宣傳，只要你一給人看。即使個人主義的作品，一寫出，就有宣傳的可能，除非你不作文，不開口。那麼，用於革命，作為工具的一種，自然也可以的。

但我以為當先求內容的充實和技巧的上達，不必忙於掛招牌。"稻香村""陸稿薦"，已經不能打動人心了，"皇太后鞋店"的顧客，我看見也並不比"皇后鞋店"裡的多。一說"技巧"，革命文學家是又要討厭的。但我以為一切文藝固是宣傳，而一切宣傳卻並非全是文藝，這正如一切花皆有色（我將白也算作色），而凡顏色未必都是花一樣。革命之所以於口號，標語，佈告，電報，教科書……之外，要用文藝者，就因為它是文藝。

　　但中國之所謂革命文學，似乎又作別論。招牌是掛了，卻只在吹噓同夥的文章，而對於目前的暴力和黑暗不敢正視。作品雖然也有些發表了，但往往是拙劣到連報章記事都不如；或則將劇本的動作辭句都推到演員的"昨日的文學家"身上去。那麼，剩下來的思想的內容一定是很革命底了罷？我給你看兩句馮乃超的劇本的結末的警句：

　　"野雉：我再不怕黑暗了。

　　偷兒：我們反抗去！"

四月四日。魯迅。

點　評

　　本篇初載於一九二八年四月十六日《語絲》第四卷第十六期，收入《三閒集》。魯迅的覆函對於來信推崇"藝術有獨立的無限的價值"，只說自己"並不以為藝術特別崇高"，"我以為這不過是一種社會現象，是時代的人生記錄"，不應"只想在文學上成仙"。他的注意力在於一些對魯迅等一批"五四"老作家展開猛烈批判的革命文學者。對他們認為"超越時代的這一點精神就是時代作家的唯一生命"，以此認為"阿Q時代死去了"，作出回答。魯迅指出："超時代其實就是逃避，倘自己沒有正視現實的勇氣，又要掛革命的招牌，便自覺地或不自覺地必然地要走入那一條路的。身在現世，怎麼離去？這是和說自己用手提着耳朵，就可以離開地球者一樣地欺人。"

對於革命文學者當作寶貝的美國辛克來兒所謂"一切文藝是宣傳"，也進行切中要害的糾正。他以退為進，退一步承認"一切文藝，是宣傳，只要你一給人看"，接着進一步指出："但我以為當先求內容的充實和技巧的上達，不必忙於掛招牌。……一說'技巧'，革命文學家是又要討厭的。但我以為一切文藝固是宣傳，而一切宣傳卻並非全是文藝，這正如一切花皆有色（我將白也算作色），而凡顏色未必都是花一樣。革命之所以於口號，標語，佈告，電報，教科書……之外，要用文藝者，就因為它是文藝。"魯迅認為文藝的本質不在招牌，"技巧"也關乎本質。他以自己的經驗之談，去應對當時文化領域的"左傾幼稚病"。

扁

中國文藝界上可怕的現象，是在盡先輸入名詞，而並不紹介這名詞的函義。

於是各各以意為之。看見作品上多講自己，便稱之為表現主義；多講別人，是寫實主義；見女郎小腿肚作詩，是浪漫主義；見女郎小腿肚不准作詩，是古典主義；天上掉下一顆頭，頭上站着一頭牛，愛呀，海中央的青霹靂呀……是未來主義……等等。

還要由此生出議論來。這個主義好，那個主義壞……等等。

鄉間一向有一個笑談：兩位近視眼要比眼力，無可質證，便約定到關帝廟去看這一天新掛的扁額。他們都先從漆匠探得字句。但因為探來的詳略不同，只知道大字的那一個便不服，爭執起來了，說看見小字的人是說謊的。又無可質證，只好一同探問一個過路的人。那人望了一望，回答道："甚麼也沒有。扁還沒有掛哩。"

我想，在文藝批評上要比眼力，也總得先有那塊扁額掛起來才行。空空洞洞的爭，實在只有兩面自己心裡明白。

四月十日。

點　評

　　本文初載於一九二八年四月二十三日《語絲》第四卷第十七期
"隨感錄"欄，收入《三閒集》。呼應着發表一週前《語絲》上一
期，在通信中批評革命文學"不必忙於掛招牌"而接着發言。它對
當時文壇輕率輸入外來名詞的膚淺做法痛加針砭，主張對外來文學
思潮要知其內涵，明其原委，進行消化式的吸收，而不能以追逐
時髦、搶佔旗號為務。行文短小精悍，借用曾載於清人崔述《考
信錄提要·釋例》中的一則笑話，點醒全文精神，讀來餘味無窮。

流氓的變遷

孔墨都不滿於現狀，要加以改革，但那第一步，是在說動人主，而那用以壓服人主的傢伙，則都是"天"。

孔子之徒為儒，墨子之徒為俠。"儒者，柔也"，當然不會危險的。惟俠老實，所以墨者的末流，至於以"死"為終極的目的。到後來，真老實的逐漸死完，止留下取巧的俠，漢的大俠，就已和公侯權貴相饋贈，以備危急時來作護符之用了。

司馬遷說："儒以文亂法，而俠以武犯禁"，"亂"之和"犯"，決不是"叛"，不過鬧點小亂子而已，而況有權貴如"五侯"者在。

"俠"字漸消，強盜起了，但也是俠之流，他們的旗幟是"替天行道"。他們所反對的是奸臣，不是天子，他們所打劫的是平民，不是將相。李逵劫法場時，掄起板斧來排頭砍去，而所砍的是看客。一部《水滸》，說得很分明：因為不反對天子，所以大軍一到，便受招安，替國家打別的強盜——不"替天行道"的強盜去了。終於是奴才。

滿洲入關，中國漸被壓服了，連有"俠氣"的人，也不敢再起盜心，不敢指斥奸臣，不敢直接為天子效力，於是跟一個好官員或欽差大臣，給他保鏢，替他捕盜，一部《施公案》，也說得很分明，還有《彭公案》，《七俠五義》之流，至今沒有窮盡。他們出身清白，連先前也並無壞處，雖在欽差之下，究居平民之上，對一方面固然必須聽命，對別方面還是大可逞雄，安全之度增多了，奴性也跟着加足。

然而為盜要被官兵所打，捕盜也要被強盜所打，要十分安全的俠客，是覺得都不妥當的，於是有流氓。和尚喝酒他來打，男女通姦他來捉，私娼私販他來凌辱，為的是維持風化；鄉下人不懂租界章程他來欺侮，為的是看不起無知；剪髮女人他來嘲罵，社會改革者他來憎惡，為的是寶愛秩序。但後面是傳統的靠山，對手又都非浩蕩的強敵，他就在其間橫行過去。現在的小說，還沒有寫出這一種典型的書，惟《九尾龜》中的章秋谷，以為他給妓女吃苦，是因為她要敲人們竹槓，所以給以懲罰之類的敍述，約略近之。

由現狀再降下去，大概這一流人將成為文藝書中的主角了，我在等候"革命文學家"張資平"氏"的近作。

點 評

本文初載於一九三〇年一月一日上海《萌芽月刊》第一卷第一期，收入《三閒集》。行文縱觀二千餘年間某種江湖遊民習氣，從墨子之徒"其言必信，其行必果，已諾必誠，不愛其軀"的俠義精神，蛻化為"替天行道"的強盜，再蛻化為某些權貴所豢養的保鏢，最終蛻化為欺負凌辱弱勢群體的流氓，勾勒其精神蛻化過程。這種精神蛻化是游離於民主和法制的軌道而大行其道的，實在是傳統中國社會的一種隱患。

文藝的大眾化

　　文藝本應該並非只有少數的優秀者才能夠鑑賞，而是只有少數的先天的低能者所不能鑑賞的東西。

　　倘若說，作品愈高，知音愈少。那麼，推論起來，誰也不懂的東西，就是世界上的絕作了。

　　但讀者也應該有相當的程度。首先是識字，其次是有普通的大體的知識，而思想和情感，也須大抵達到相當的水平線。否則，和文藝即不能發生關係。若文藝設法俯就，就很容易流為迎合大眾，媚悅大眾。迎合和媚悅，是不會於大眾有益的。——甚麼謂之"有益"，非在本問題範圍之內，這裡且不論。

　　所以在現下的教育不平等的社會裡，仍當有種種難易不同的文藝，以應各種程度的讀者之需。不過應該多有為大眾設想的作家，竭力來作淺顯易解的作品，使大家能懂，愛看，以擠掉一些陳腐的勞什子。但那文字的程度，恐怕也只能到唱本那樣。

　　因為現在是使大眾能鑑賞文藝的時代的準備，所以我想，只能如此。

　　倘若此刻就要全部大眾化，只是空談。大多數人不識字；目下通行的白話文，也非大家能懂的文章；言語又不統一，若用方言，許多字是寫不出的，即使用別字代出，也只為一處地方人所懂，閱讀的範圍反而收小了。

　　總之，多作或一程度的大眾化的文藝，也固然是現今的急務。若是大規模的設施，就必須政治之力的幫助，一條腿是走不成路的，許多動聽的話，不過文人的聊以自慰罷了。

點　評

　　本文初載於一九三〇年三月上海《大眾文藝》第二卷第三期，收入《集外集拾遺》。魯迅對文藝大眾化採取穩健的思路，他認為文藝大眾化是一個漸進的過程，多作或一程度的大眾化的文藝，固然是現今的急務。不過若文藝設法俯就，就很容易流為迎合大眾，媚悅大眾。迎合和媚悅，是不會於大眾有益的。若是大規模的設施，就必需政治之力的幫助，一條腿是走不成路的。

對於左翼作家聯盟的意見

—— 三月二日在左翼作家聯盟成立大會講

　　有許多事情，有人在先已經講得很詳細了，我不必再説。我以為在現在，"左翼"作家是很容易成為"右翼"作家的。為甚麼呢？第一，倘若不和實際的社會鬥爭接觸，單關在玻璃窗內做文章，研究問題，那是無論怎樣的激烈，"左"，都是容易辦到的；然而一碰到實際，便即刻要撞碎了。關在房子裡，最容易高談徹底的主義，然而也最容易"右傾"。西洋的叫做"Salon 的社會主義者"，便是指這而言。"Salon"是客廳的意思，坐在客廳裡談談社會主義，高雅得很，漂亮得很，然而並不想到實行的。這種社會主義者，毫不足靠。並且在現在，不帶點廣義的社會主義的思想的作家或藝術家，就是説工農大眾應該做奴隸，應該被虐殺，被剝削的這樣的作家或藝術家，是差不多沒有了，除非墨索里尼，但墨索里尼並沒有寫過文藝作品。（當然，這樣的作家，也還不能説完全沒有，例如中國的新月派諸文學家，以及所説的墨索里尼所寵愛的鄧南遮便是。）

　　第二，倘不明白革命的實際情形，也容易變成"右翼"。革命是痛苦，其中也必然混有污穢和血，決不是如詩人所想像的那般有趣，那般完美；革命尤其是現實的事，需要各種卑賤的，麻煩的工作，決不如詩人所想像的那般浪漫；革命當然有破壞，然而更需要建設，破壞是痛快的，但建設卻是麻煩的事。所以對於革命抱着浪漫諦克的幻想的人，一和革命接近，一到革命進行，便容易失望。聽説俄國的詩人葉遂寧，當初也非常歡迎十月革命，當時他叫道，"萬歲，天上和地上的革命！”又説“我是一個布爾塞維克了！”然而一到革命後，實際上的情形，完全不是他所想像的那麼一回事，終於失望，頹廢。葉遂寧後來是自殺了的，聽説這失望是他的自殺的原因之一。又如畢力涅克和愛倫堡，也都是例子。在我們辛亥革命時也有同樣的例，那時有許多文人，例如屬於“南社”的人們，開初大抵是很革命的，但他們抱着一種幻想，以為只要將滿洲人趕出去，便一切都恢復了“漢官威儀”，人們都穿大袖的衣服，峨冠博帶，大步地在街上走。誰知趕走滿清皇帝以後，民國成立，情形卻全不同，所以他們便失望，以後有些人甚至成為新的運動的反動者。但是，我們如果不明白革命的實際情形，也容易和他們一樣的。

還有，以為詩人或文學家高於一切人，他底工作比一切工作都高貴，也是不正確的觀念。舉例説，從前海涅以為詩人最高貴，而上帝最公平，詩人在死後，便到上帝那裡去，圍着上帝坐着，上帝請他吃糖果。在現在，上帝請吃糖果的事，是當然無人相信的了，但以為詩人或文學家，現在為勞動大眾革命，將來革命成功，勞動階級一定從豐報酬，特別優待，請他坐特等車，吃特等飯，或者勞動者捧着牛油麵包來獻他，説：“我們的詩人，請用吧！”這也是不正確的；因為實際上決不會有這種事，恐怕那時比現在還要苦，不但沒有牛油麵包，連黑麵包都沒有也説不定，俄國革命後一二年的情形便是例子。如果不明白這情形，也容易變成“右翼”。事實上，勞動者大眾，只要不是梁實秋所説“有出息”者，也決不會特別看重知識階級者的，如我所譯的《潰滅》中的美諦克（知識階級出身），反而常被礦工等所嘲笑。不待説，知識階級有知識階級的事要做，不應特別看輕，然而勞動階級決無特別例外地優待詩人或文學家的義務。

現在，我説一説我們今後應注意的幾點。

第一，對於舊社會和舊勢力的鬥爭，必須堅決，持久不斷，而且注重實力。舊社會的根柢原是非常堅固的，新運動非有更大的力不能動搖它甚麼。並且舊社會還有它使新勢力妥協的好辦法，但它自己是決不妥協的。在中國也有過許多新的運動了，卻每次都是新的敵不過舊的，那原因大抵是在新的一面沒有堅決的廣大的目的，要求很小，容易滿足。譬如白話文運動，當初舊社會是死力抵抗的，但不久便容許白話文底存在，給它一點可憐地位，在報紙的角頭等地方可以看見用白話寫的文章了，這是因為在舊社會看來，新的東西並沒有甚麼，並不可怕，所以就讓它存在，而新的一面也就滿足，以為白話文已得到存在權了。又如一二年來的無產文學運動，也差不多一樣，舊社會也容許無產文學，因為無產文學並不厲害，反而他們也來弄無產文學，拿去做裝飾，仿佛在客廳裡放着許多古董磁器以外，放一個工人用的粗碗，也很別致；而無產文學者呢，他已經在文壇上有個小地位，稿子已經賣得出去了，不必再鬥爭，批評家也唱着凱旋歌："無產文學勝利！"但除了個人的勝利，即以無產文學而論，究竟勝利了多少？況且無產文學，是無產階級解放鬥爭底一翼，它跟着無產階級的社會的勢力的成長而成長，在無產階級的社會地位很低的時候，無產文學的文壇地位反而很高，這只是證明無產文學者離開了無產階級，回到舊社會去罷了。

第二，我以為戰線應該擴大。在前年和去年，文學上的戰爭是有的，但那範圍實在太小，一切舊文學舊思想都不為新派的人所注意，反而弄成了在一角裡新文學者和新文學者的鬥爭，舊派的人倒能夠閒舒地在旁邊觀戰。

第三，我們應當造出大群的新的戰士。因為現在人手實在太少了，譬如我們有好幾種雜誌，單行本的書也出版得不少，但做文章的總同是這幾個人，所以內容就不能不單薄。一個人做事不專，這樣弄一點，那樣弄一點，既要翻譯，又要做小說，還要做批評，並且也要做詩，這怎麼弄得好呢？這都因為人太少的緣故，如果人多了，則翻譯的可以專翻譯，創作的可以專創作，批評的專批評；對敵人應戰，也軍勢雄厚，容易克服。關於這點，我可帶便地說一件事。前年創造社和太陽社向我進攻的時候，那力量實在單薄，到後來連我都覺得有點無聊，沒有意思反攻了，因為我後來看出了敵軍在演 "空城計"。那時候我的敵軍是專事於吹擂，不務於招兵練將的；攻擊我的文章當然很多，然而一看就知道都是化名，罵來罵去都是同樣的幾句話。我那時就等待有一個能操馬克斯主義批評的槍法的人來狙擊我的，然而他終於沒有出現。在我倒是一向就注意新的青年戰士底養成的，曾經弄過好幾個文學團體，不過效果也很小。但我們今後卻必須注意這點。

我們急於要造出大群的新的戰士，但同時，在文學戰線上的人還要 "韌"。所謂韌，就是不要像前清做八股文的 "敲門磚" 似的辦法。前清的八股文，原是 "進學" 做官的工具，只要能做 "起承轉合"，藉以進了 "秀才舉人"，便可丟掉八股文，一生中再也用不到它了，所以叫做 "敲門磚"，猶之用一塊磚敲門，門一敲進，磚就可拋棄了，不必再將它帶在身邊。這種辦法，直到現在，也還有許多人在使用，我們常常看見有些人出了一二本詩集或小說集以後，他們便永遠不見了，到那裡去了呢？是因為出了一本或二本書，有了一點小名或大名，得到了教授或別的甚麼位置，功成名遂，不必再寫詩寫小說了，所以永遠不見了。這樣，所以在中國無論文學或科學都沒有東西，然而在我們是要有東西的，因為這於我們有用。（盧那卡爾斯基是甚至主張保存俄國的農民美術，因為可以造出來賣給外國人，在經濟上有幫助。我以為如果我們文學或科學上有東西拿得出去給別人，則甚至於脫離帝國主義的壓迫的政治運動上也有幫助。）但要在文化上有成績，則非韌不可。

最後，我以為聯合戰線是以有共同目的為必要條件的。我記得好像曾聽到過這樣一句話："反動派且已經有聯合戰線了,而我們還沒有團結起來!" 其實他們也並未有有意的聯合戰線,只因為他們的目的相同,所以行動就一致,在我們看來就好像聯合戰線。而我們戰線不能統一,就證明我們的目的不能一致,或者只為了小團體,或者還其實只為了個人,如果目的都在工農大眾,那當然戰線也就統一了。

點 評

    中國左翼作家聯盟一九三〇年三月二日在上海中華藝術大學舉行成立大會,魯迅在會上做了具有綱領價值的發言,由馮雪峰記錄,整理補充為此文,最初發表於一九三〇年四月一日《萌芽月刊》第一卷第四期,收入《二心集》。魯迅是深知中國社會和中國文學運動的思想家,在"左聯"成立大會上便發出"左翼"容易變為"右翼"的警世之言,足見其眼光犀利,思想富有現實感與前瞻性。他是從自己的切身體驗,從對中外文學家的演變軌跡,從對歷史和現實的思考深處,發出自己的聲音的。其深刻的務實精神,一掃"左翼"文學界餘風未已的幼稚的浪漫蒂克情緒。他認為,"革命是痛苦,其中也必然混有污穢和血,決不是如詩人所想像的那般有趣,那般完美;革命尤其是現實的事,需要各種卑賤的,麻煩的工作,決不如詩人所想像的那般浪漫;革命當然有破壞,然而更需要建設,破壞是痛快的,但建設卻是麻煩的事。所以對於革命抱着浪漫諦克的幻想的人,一和革命接近,一到革命進行,便容易失望。"這就引導和教導人們一切從實際的社會鬥爭出發,準備接受革命過程中痛苦的、"混有污濁和血"的現實的考驗,不要滋長知識者的特權意識。

魯迅在發言中，提醒人們注意的幾點，均為有的放矢，是針對"左傾"冒進的急躁情緒、關門主義的宗派作風、聯合戰線內部不顧共同目標的內耗。尤其是他提出要造就大群的新人，而且新人要保持常進常新的"韌"的精神，是既立足於現在，又放眼於未來的。此文語重心長，深思遠見，沒有導師的架子，頗饒長者風範。尤其是魯迅批評"敲門磚哲學"："在文學戰線上的人還要'韌'。所謂韌，就是不要像前清做八股文的'敲門磚'似的辦法。前清的八股文，原是'進學'做官的工具，只要能做'起承轉合'，藉以進了'秀才舉人'，便可丟掉八股文，一生中再也用不到它了，所以叫做'敲門磚'，猶之用一塊磚敲門，門一敲進，磚就可拋棄了，不必再將它帶在身邊。這種辦法，直到現在，也還有許多人在使用，我們常常看見有些人出了一二本詩集或小說集以後，他們便永遠不見了，到那裡去了呢？是因為出了一本或二本書，有了一點小名或大名，得到了教授或別的甚麼位置，功成名遂，不必再寫詩寫小說了，所以永遠不見了。……要在文化上有成績，則非韌不可。"破除"敲門磚哲學"，提倡鍥而不捨的韌勁，這是文學上或思想學術文化上，能夠由"小成"達到"大成"的根本途徑。那種在文學或學術上爬坡時寫了幾篇像樣的文章之後，就熱衷過"官癮"，把"爬坡"換成"爬梯子"，是難以使文學和思想學術文化做得博大精深的。至於要求勞動者"請他坐特等車，吃特等飯，或者勞動者捧着牛油麵包來獻他"，甚至巧取豪奪，將百姓的麵包掠進自己貪得無厭的胃口，那就將商業心計用於政治事業，從"梯子"上跌到思想學術文化的底線以下了。

開給許世瑛的書單

計有功　宋人《唐詩紀事》四部叢刊本　又有單行本

辛文房　元人《唐才子傳》今有木活字單行本

嚴可均　　　《全上古……隋文》今有石印本，其中零碎不全之文甚多，可不看。

丁福保　　　《全上古……隋詩》排印本

吳榮光　　　《歷代名人年譜》可知名人一生中之社會大事，因其書為表格之式也。可惜的是作者所認為歷史上的大事者，未必真是"大事"，最好是參考日本三省堂出版之《模範最新世界年表》。

胡應麟　明人《少室山房筆叢》廣雅書局本　亦有石印本

《四庫全書簡明目錄》其實是現有的較好的書籍之批評，但須注意其批評是"欽定"的。

《世說新語》劉義慶　晉人清談之狀

《唐摭言》五代王定保《雅雨堂叢書》中有　唐文人取科名之狀態

《抱朴子外篇》葛洪　有單行本　內論及晉末社會狀態

《論衡》王充　內可見漢末之風俗迷信等

《今世說》王晫　明末清初之名士習氣

點 評

    魯迅對不區分對象而大開甚麼"青年必讀書單"不以為然，主張搞文學者應有文學根柢，搞史學者應有史學根柢，一般青年應有書本常識必備，不必硬性作一律的要求，他們應該有適合自己的更切實、更開闊的知識視野和活潑的生命。這個書單，是一個父執輩對鑽研文學的子姪輩的基本要求。據許壽裳《亡友魯迅印象記·和我的交誼》記載："（一九三〇年）世瑛考入國立清華大學——本來打算讀化學系，因為眼太近視，只得改讀中國文學系，請教魯迅應該看些甚麼書，他便開示一張書單。"因此本篇可以看作初學中國文學者的必讀書目。

    許世瑛乃許壽裳的長子，一九一〇年生，五歲時請魯迅為其開蒙先生，魯迅在他的《文字蒙求》書面上寫了"許世瑛"名字，教他認識兩個方塊字："天"與"人"。這兩個字有深意焉，"人"是認識自己及同類，"天"是把握自然和世界，這是人的生存空間，生命實現空間。如許壽裳說："吾鄉風俗，兒子上學，必定替他挑選一位品學兼優的做開蒙先生，給他認方塊字，把筆寫字，並在教本面上替他寫姓名，希望他能夠得到這位老師品學的熏陶和傳授。一九一四年，我的長兒世瑛五歲，我便替他買了《文字蒙求》，敦請魯迅做開蒙先生。魯迅只給他認識二個方塊字：一個是'天'字，一個是'人'字，和在書面上寫了'許世瑛'三個字。我們想一想，這天人兩字的含義實在廣大得很，舉凡一切現象（自然和人文），一切道德（天道和人道）都包括無遺了。"魯迅開列的書單，除了注重目錄、全文、編年、版本之外，特別標示出一些書籍關涉民間信仰、士人風習、制度與文學，可見魯迅在提示研究文學和文學史的關鍵點所在。

中國無產階級革命文學和前驅的血

中國的無產階級革命文學在今天和明天之交發生，在誣蔑和壓迫之中滋長，終於在最黑暗裡，用我們的同志的鮮血寫了第一篇文章。

我們的勞苦大眾歷來只被最劇烈的壓迫和榨取，連識字教育的佈施也得不到，惟有默默地身受着宰割和滅亡。繁難的象形字，又使他們不能有自修的機會。智識的青年們意識到自己的前驅的使命，便首先發出戰叫。這戰叫和勞苦大眾自己的反叛的叫聲一樣地使統治者恐怖，走狗的文人即群起進攻，或者製造謠言，或者親作偵探，然而都是暗做，都是匿名，不過證明了他們自己是黑暗的動物。

統治者也知道走狗的文人不能抵擋無產階級革命文學，於是一面禁止書報，封閉書店，頒佈惡出版法，通緝著作家，一面用最末的手段，將左翼作家逮捕，拘禁，秘密處以死刑，至今並未宣佈。這一面固然在證明他們是在滅亡中的黑暗的動物，一面也在證實中國無產階級革命文學陣營的力量，因為如傳略所羅列，我們的幾個遇害的同志的年齡，勇氣，尤其是平日的作品的成績，已足使全隊走狗不敢狂吠。然而我們的這幾個同志已被暗殺了，這自然是無產階級革命文學的若干的損失，我們的很大的悲痛。但無產階級革命文學卻仍然滋長，因為這是屬於革命的廣大勞苦群眾的，大眾存在一日，壯大一日，無產階級革命文學也就滋長一日。我們的同志的血，已經證明了無產階級革命文學和革命的勞苦大眾是在受一樣的壓迫，一樣的殘殺，作一樣的戰鬥，有一樣的運命，是革命的勞苦大眾的文學。

現在，軍閥的報告，已説雖是六十歲老婦，也為"邪説"所中，租界的巡捕，雖對於小學兒童，也時時加以檢查，他們除從帝國主義得來的槍炮和幾條走狗之外，已將一無所有了，所有的只是老老小小 —— 青年不必説 —— 的敵人。而他們的這些敵人，便都在我們的這一面。

我們現在以十分的哀悼和銘記，紀念我們的戰死者，也就是要牢記中國無產階級革命文學的歷史的第一頁，是同志的鮮血所記錄，永遠在顯示敵人的卑劣的兇暴和啓示我們的不斷的鬥爭。

點 評

本文初載於一九三一年四月二十五日"左聯"機關刊物《前哨》半月刊第一卷第一期"紀念戰死者專號"，為痛悼李偉森、柔石、胡也頻、馮鏗、殷夫"左聯五烈士"而作，收入《二心集》。這篇悼念詞用筆端莊沉痛，風格異於嬉笑怒罵的雜文。它要求世人牢記中國無產階級革命文學的歷史的第一頁，是同志的鮮血所記錄。

答北斗雜誌社問

編輯先生：

來信的問題，是要請美國作家和中國上海教授們做的，他們滿肚子是"小説法程"和"小説作法"。我雖然做過二十來篇短篇小説，但一向沒有"宿見"，正如我雖然會説中國話，卻不會寫"中國語法入門"一樣。不過高情難卻，所以只得將自己所經驗的瑣事寫一點在下面——

一，留心各樣的事情，多看看，不看到一點就寫。

二，寫不出的時候不硬寫。

三，模特兒不用一個一定的人，看得多了，湊合起來的。

四，寫完後至少看兩遍，竭力將可有可無的字，句，段刪去，毫不可惜。寧可將可作小説的材料縮成 Sketch，決不將 Sketch 材料拉成小説。

五，看外國的短篇小説，幾乎全是東歐及北歐作品，也看日本作品。

六，不生造除自己之外，誰也不懂的形容詞之類。

七，不相信"小説作法"之類的話。

八，不相信中國的所謂"批評家"之類的話，而看看可靠的外國批評家的評論。

現在所能説的，如此而已。此復，即請

編安！

十二月二十七日。

點 評

　　本篇初載於一九三二年一月二十日"左聯"的機關刊物之一《北斗》文藝月刊第二卷第一期,收入《二心集》。魯迅談文學創作方法,首先強調"留心各樣的事情,多看看,不看到一點就寫",這是注重發生學上的源泉;又以個人心得,談論人物典型的創造:"模特兒不用一個一定的人,看得多了,湊合起來的"。這些都表明他的創作方法是寫實的,為人生的,在"左聯"機關刊物上發表,對於糾正革命文學的"浪漫蒂克"風氣,釋放了正能量。

經　驗

　　古人所傳授下來的經驗，有些實在是極可寶貴的，因為它曾經費去許多犧牲，而留給後人很大的益處。

　　偶然翻翻《本草綱目》，不禁想起了這一點。這一部書，是很普通的書，但裡面卻含有豐富的寶藏。自然，捕風捉影的記載，也是在所不免的，然而大部分的藥品的功用，卻由歷久的經驗，這才能夠知道到這程度，而尤其驚人的是關於毒藥的敍述。我們一向喜歡恭維古聖人，以為藥物是由一個神農皇帝獨自嘗出來的，他曾經一天遇到過七十二毒，但都有解法，沒有毒死。這種傳說，現在不能主宰人心了。人們大抵已經知道一切文物，都是歷來的無名氏所逐漸的造成。建築，烹飪，漁獵，耕種，無不如此；醫藥也如此。這麼一想，這事情可就大起來了：大約古人一有病，最初只好這樣嘗一點，那樣嘗一點，吃了毒的就死，吃了不相干的就無效，有的竟吃到了對證的就好起來，於是知道這是對於某一種病痛的藥。這樣地累積下去，乃有草創的紀錄，後來漸成為龐大的書，如《本草綱目》就是。而且這書中的所記，又不獨是中國的，還有阿剌伯人的經驗，有印度人的經驗，則先前所用的犧牲之大，更可想而知了。

　　然而也有經過許多人經驗之後，倒給了後人壞影響的，如俗語說"各人自掃門前雪，莫管他家瓦上霜"的便是其一。救急扶傷，一不小心，向來就很容易被人所誣陷，而還有一種壞經驗的結果的歌訣，是"衙門八字開，有理無錢莫進來"，於是人們就只要事不干己，還是遠遠的站開乾淨。我想，人們在社會裡，當初是並不這樣彼此漠不相關的，但因豺狼當道，事實上因此出過許多犧牲，後來就自然的都走到這條道路上去了。所以，在中國，尤其是在都市裡，倘使路上有暴病倒地，或翻車摔傷的人，路人圍觀或甚至於高興的人盡有，肯伸手來扶助一下的人卻是極少的。這便是犧牲所換來的壞處。

總之，經驗的所得的結果無論好壞，都要很大的犧牲，雖是小事情，也免不掉要付驚人的代價。例如近來有些看報的人，對於甚麼宣言，通電，講演，談話之類，無論它怎樣駢四儷六，崇論宏議，也不去注意了，甚而還至於不但不注意，看了倒不過做做嘻笑的資料。這那裡有"始製文字，乃服衣裳"一樣重要呢，然而這一點點結果，卻是犧牲了一大片地面，和許多人的生命財產換來的。生命，那當然是別人的生命，倘是自己，就得不着這經驗了。所以一切經驗，是只有活人才能有的，我的決不上別人譏刺我怕死，就去自殺或拚命的當，而必須寫出這一點來，就為此。而且這也是小小的經驗的結果。

六月十二日。

點 評

本文初載於一九三三年七月十五日《申報月刊》第二卷第七號，收入《南腔北調集》。魯迅談論經驗之可貴，又分析經驗有正負兩種。以《本草綱目》談許多經驗是生命換來的，又以"然而"二字將筆鋒一轉："也有經過許多人經驗之後，倒給了後人壞影響的，如俗語說'各人自掃門前雪，莫管他家瓦上霜'的便是其一。……所以，在中國，尤其是在都市裡，倘使路上有暴病倒地，或翻車摔傷的人，路人圍觀或甚至於高興的人盡有，肯伸手來扶助一下的人卻是極少的。這便是犧牲所換來的壞處。"這種人類同情心、救助心、公德心的流失，是國民性和人際倫理的令人憂慮的創傷，應該引起緊急的療治。

諺　語

　　粗略的一想，諺語固然好像一時代一國民的意思的結晶，但其實，卻不過是一部分的人們的意思。現在就以"各人自掃門前雪，莫管他家瓦上霜"來做例子罷，這乃是被壓迫者們的格言，教人要奉公，納稅，輸捐，安分，不可怠慢，不可不平，尤其是不要管閒事；而壓迫者是不算在內的。

　　專制者的反面就是奴才，有權時無所不為，失勢時即奴性十足。孫皓是特等的暴君，但降晉之後，簡直像一個幫閒；宋徽宗在位時，不可一世，而被擄後偏會含垢忍辱。做主子時以一切別人為奴才，則有了主子，一定以奴才自命：這是天經地義，無可動搖的。

　　所以被壓制時，信奉着"各人自掃門前雪，莫管他家瓦上霜"的格言的人物，一旦得勢，足以凌人的時候，他的行為就截然不同，變為"各人不掃門前雪，卻管他家瓦上霜"了。

　　二十年來，我們常常看見：武將原是練兵打仗的，且不問他這兵是用以安內或攘外，總之他的"門前雪"是治軍，然而他偏來干涉教育，主持道德；教育家原是辦學的，無論他成績如何，總之他的"門前雪"是學務，然而他偏去膜拜"活佛"，紹介國醫。小百姓隨軍充，童子軍沿門募款。頭兒胡行於上，蟻民亂碰於下，結果是各人的門前都不成樣，各家的瓦上也一團糟。

　　女人露出了臂膊和小腿，好像竟打動了賢人們的心，我記得曾有許多人絮絮叨叨，主張禁止過，後來也確有明文禁止了。不料到得今年，卻又"衣服蔽體已足，何必前拖後曳，消耗布匹，……顧念時艱，後患何堪設想"起來，四川的營山縣長於是就令公安局派隊一一剪掉行人的長衣的下截。長衣原是累贅的東西，但以為不穿長衣，或剪去下截，即於"時艱"有補，卻是一種特別的經濟學。《漢書》上有一句云，"口含天憲"，此之謂也。

　　某一種人，一定只有這某一種人的思想和眼光，不能越出他本階級之外。說起來，好像又在提倡甚麼犯諱的階級了，然而事實是如此的。諺語並非全國民的意思，就為了這緣故。古之秀才，自以為無所不曉，於是有"秀才不出門，而知天下事"這自負的漫天大謊，小百姓信以為真，也就漸漸的成了諺語，流行開來。其實是"秀才雖出門，不知天下事"的。秀才只有秀才頭腦和秀才眼睛，對於天下事，那裡看得分明，想得清楚。清末，因為想"維新"，常派些"人才"出洋去考察，我們現在看看他們的筆記罷，他們最以為奇的是甚麼館裡的蠟人能夠和活人對面下棋。南海聖人康有為，佼佼者也，他周遊十一國，一直到得巴爾幹，這才悟出外國之所以常有"弒君"之故來了，曰：因為宮牆太矮的緣故。

六月十三日。

點　評

　　本文初載於一九三三年七月十五日《申報月刊》第二卷第七號，與前篇《經驗》同刊載出，屬於姊妹篇，一併收入《南腔北調集》。魯迅對於諺語是"一時代一國民的意思的結晶"進行分析，認為諺語其實"不過是一部分的人們的意思"。他以"各人自掃門前雪，莫管他家瓦上霜"這句諺語為例，覺得"這乃是被壓迫者們的格言，教人要奉公，納稅，輸捐，安分，不可怠慢，不可不平，尤其是不要管閒事；而壓迫者是不算在內的"。但是在專制社會中，"被壓制時，信奉着'各人自掃門前雪，莫管他家瓦上霜'的格言的人物，一旦得勢，足以凌人的時候，他的行為就截然不同，變為'各人不掃門前雪，卻管他家瓦上霜'了"。這就引發種種怪現象，軍閥干預政治、教育；教育官員膜拜"活佛"，紹介國醫；縣長下令警察剪掉行人的長衣下截，以補救"時艱"，卻是一種特別的經濟學；南海聖人康有為周遊十一國，悟出外國常發生"弒君"事件，是"因為宮牆太矮的緣故"。結果是各人的門前都不成樣，各家的瓦上也一團糟，社會治理到處都是亂象。

究其緣故，魯迅有一個透入人們靈魂的發現："專制者的反面就是奴才，有權時無所不為，失勢時即奴性十足。"這些人群只會在專制者和奴才兩個極端選邊站，卻不知一個現代國民應該如何維護人格尊嚴和他人的權益。

二丑藝術

豐之餘

浙東的有一處的戲班中，有一種腳色叫作"二花臉"，譯得雅一點，那麼，"二丑"就是。他和小丑的不同，是不扮橫行無忌的花花公子，也不扮一味仗勢的宰相家丁，他所扮演的是保護公子的拳師，或是趨奉公子的清客。總之：身份比小丑高，而性格卻比小丑壞。

義僕是老生扮的，先以諫淨，終以殉主；惡僕是小丑扮的，只會作惡，到底滅亡。而二丑的本領卻不同，他有點上等人模樣，也懂些琴棋書畫，也來得行令猜謎，但倚靠的是權門，凌蔑的是百姓，有誰被壓迫了，他就來冷笑幾聲，暢快一下，有誰被陷害了，他又去嚇唬一下，吆喝幾聲。不過他的態度又並不常常如此的，大抵一面又回過臉來，向台下的看客指出他公子的缺點，搖着頭裝起鬼臉道：你看這傢伙，這回可要倒楣哩！

這最末的一手，是二丑的特色。因為他沒有義僕的愚笨，也沒有惡僕的簡單，他是智識階級。他明知道自己所靠的是冰山，一定不能長久，他將來還要到別家幫閒，所以當受着豢養，分着餘炎的時候，也得裝着和這貴公子並非一夥。

二丑們編出來的戲本上，當然沒有這一種腳色的，他那裡肯；小丑，即花花公子們編出來的戲本，也不會有，因為他們只看見一面，想不到的。這二花臉，乃是小百姓看透了這一種人，提出精華來，制定了的腳色。

世間只要有權門，一定有惡勢力，有惡勢力，就一定有二花臉，而且有二花臉藝術。我們只要取一種刊物，看他一個星期，就會發見他忽而怨恨春天，忽而頌揚戰爭，忽而譯蕭伯納演說，忽而講婚姻問題；但其間一定有時要慷慨激昂的表示對於國事的不滿：這就是用出末一手來了。

這最末的一手，一面也在遮掩他並不是幫閒，然而小百姓是明白的，早已使他的類型在戲台上出現了。

六月十五日。

點 評

本文初載於一九三三年六月十八日《申報·自由談》，收入《准風月談》。魯迅從浙東地方戲班的角色中，專門挑出“二丑”來進行精神分析，使權門幫閒的嘴臉被勾畫得充滿喜劇味。“二丑”角色，“他有點上等人模樣，也懂些琴棋書畫，也來得行令猜謎，但倚靠的是權門，凌蔑的是百姓，有誰被壓迫了，他就來冷笑幾聲，暢快一下，有誰被陷害了，他又去嚇唬一下，吆喝幾聲。不過他的態度又並不常常如此的，大抵一面又回過臉來，向台下的看客指出他公子的缺點，搖着頭裝起鬼臉道：你看這傢伙，這回可要倒楣哩！”因為“他明知道自己所靠的是冰山，一定不能長久，他將來還要到別家幫閒，所以當受着豢養，分着餘炎的時候，也得裝着和這貴公子並非一夥”。魯迅擷取民間藝術中勾魂攝魄的創造，認為“這二花臉，乃是小百姓看透了這一種人，提出精華來，制定了的腳色”，並做了進一步的引申：“世間只要有權門，一定有惡勢力，有惡勢力，就一定有二花臉，而且有二花臉藝術。”這就是魯迅“論

224

時事不留面子，砭錮弊常取類型"的手法，使人們對某類冠冕堂皇、裝模作樣的幫閒人物，越看越像。

豪語的折扣

葦索

豪語的折扣其實也就是文學上的折扣，凡作者的自述，往往須打一個扣頭，連自白其可憐和無用也還是並非"不二價"的，更何況豪語。

仙才李太白的善作豪語，可以不必說了；連留長了指甲，骨瘦如柴的鬼才李長吉，也說"見買若耶溪水劍，明朝歸去事猿公"起來，簡直是毫不自量，想學刺客了。這應該折成零，證據是他到底並沒有去。南宋時候，國步艱難，陸放翁自然也是慷慨黨中的一個，他有一回說："老子猶堪絕大漠，諸君何至泣新亭。"他其實是去不得的，也應該折成零。——但我手頭無書，引詩或有錯誤，也先打一個折扣在這裡。

其實，這故作豪語的脾氣，正不獨文人為然，常人或市儈，也非常發達。市上甲乙打架，輸的大抵說："我認得你的！"這是說，他將如伍子胥一般，誓必復仇的意思。不過總是不來的居多，倘是智識分子呢，也許另用一些陰謀，但在粗人，往往這就是鬥爭的結局，說的是有口無心，聽的也不以為意，久成為打架收場的一種儀式了。

舊小說家也早已看穿了這局面，他寫暗娼和別人相爭，照例攻擊過別人的偷漢之後，就自序道："老娘是指頭上站得人，臂膊上跑得馬……"底下怎樣呢？他任別人去打折扣。他知道別人是決不那麼胡塗，會十足相信的，但仍得這麼說，恰如賣假藥的，包紙上一定印着"存心欺世，雷殛火焚"一樣，成為一種儀式了。

但因時勢的不同，也有立刻自打折扣的。例如在廣告上，我們有時會看見自說"我是坐不改名，行不改姓的人"，真要驀地發生一種好像見了《七俠五義》中人物一般的敬意，但接着就是"縱令有時用其他筆名，但所發表文章，均自負責"，卻身子一扭，土行孫似的不見了。予豈好"用其他筆名"哉？予不得已也。上海原是中國的一部分，當然受着孔子的教化的。便是商家，櫃內的"不二價"的金字招牌也時時和屋外"大廉價"的大旗互相輝映，不過他總有一個緣故：不是提倡國貨，就是紀念開張。

所以，自打折扣，也還是沒有打足的，凡"老上海"，必須再打它一下。

八月四日。

點 評

本文初載於一九三二年八月八日《申報・自由談》，收入《准風月談》。發表時用作筆名的"葦索"，是用來縛鬼的。東漢應劭《風俗通義》卷八引《黃帝書》云："上古之時，有神荼與鬱壘昆弟二人，性能執鬼。度朔山上有桃樹，二人於樹下簡閱百鬼，無道理妄為人禍害，神荼與鬱壘縛以葦索，執以食虎。"魯迅說："豪語的折扣其實也就是文學上的折扣，凡作者的自述，往往須打一個扣頭，連自白其可憐和無用也還是並非'不二價'的，更何況豪語。"這種懷疑態度，近乎新歷史主義。他引李白、李賀、陸游的詩句為例，又引市井打架、舊小說中的賭咒之類，以此揭穿一些道貌岸然的文人的花招，最後還補敘上海商家的"大廉價"廣告。運筆東騰西挪，亦莊亦諧，在天才的、流氓的、卑賤的、江湖的、虛偽的形形色色人物的頭上腰間揮舞着葦索，或擒或縱，煞是好看。

小品文的危機

　　仿佛記得一兩月之前，曾在一種日報上見到記載着一個人的死去的文章，説他是收集"小擺設"的名人，臨末還有依稀的感喟，以為此人一死，"小擺設"的收集者在中國怕要絕跡了。

　　但可惜我那時不很留心，竟忘記了那日報和那收集家的名字。

　　現在的新的青年恐怕也大抵不知道甚麼是"小擺設"了。但如果他出身舊家，先前曾有玩弄翰墨的人，則只要不很破落，未將覺得沒用的東西賣給舊貨擔，就也許還能在塵封的廢物之中，尋出一個小小的鏡屏，玲瓏剔透的石塊，竹根刻成的人像，古玉雕出的動物，鏽得發綠的銅鑄的三腳癩蝦蟆：這就是所謂"小擺設"。先前，它們陳列在書房裡的時候，是各有其雅號的，譬如那三腳癩蝦蟆，應該稱為"蟾蜍硯滴"之類，最末的收集家一定都知道，現在呢，可要和它的光榮一同消失了。

　　那些物品，自然決不是窮人的東西，但也不是達官富翁家的陳設，他們所要的，是珠玉縏成的盆景，五彩繪畫的磁瓶。那只是所謂士大夫的"清玩"。在外，至少必須有幾十畝膏腴的田地，在家，必須有幾間幽雅的書齋；就是流寓上海，也一定得生活較為安閒，在客棧裡有一間長包的房子，書桌一頂，煙榻一張，癮足心閒，摩挲賞鑑。然而這境地，現在卻已經被世界的險惡的潮流沖得七顛八倒，像狂濤中的小船似的了。

　　然而就是在所謂"太平盛世"罷，這"小擺設"原也不是甚麼重要的物品。在方寸的象牙版上刻一篇《蘭亭序》，至今還有“藝術品”之稱，但倘將這掛在萬里長城的牆頭，或供在雲岡的丈八佛像的足下，它就渺小得看不見了，即使熱心者竭力指點，也不過令觀者生一種滑稽之感。何況在風沙撲面，狼虎成群的時候，誰還有這許多閒工夫，來賞玩琥珀扇墜，翡翠戒指呢。他們即使要悅目，所要的也是聳立於風沙中的大建築，要堅固而偉大，不必怎樣精；即使要滿意，所要的也是匕首和投槍，要鋒利而切實，用不着甚麼雅。

美術上的“小擺設”的要求，這幻夢是已經破掉了，那日報上的文章的作者，就直覺的地知道。然而對於文學上的“小擺設”——“小品文”的要求，卻正在越加旺盛起來，要求者以為可以靠着低訴或微吟，將粗獷的人心，磨得漸漸的平滑。這就是想別人一心看着《六朝文》，而忘記了自己是抱在黃河決口之後，淹得僅僅露出水面的樹梢頭。

但這時卻只用得着掙扎和戰鬥。

而小品文的生存，也只仗着掙扎和戰鬥的。晉朝的清言，早和它的朝代一同消歇了。唐末詩風衰落，而小品放了光輝。但羅隱的《讒書》，幾乎全部是抗爭和憤激之談；皮日休和陸龜蒙自以為隱士，別人也稱之為隱士，而看他們在《皮子文藪》和《笠澤叢書》中的小品文，並沒有忘記天下，正是一榻胡塗的泥塘裡的光彩和鋒鋩。明末的小品雖然比較的頹放，卻並非全是吟風弄月，其中有不平，有諷刺，有攻擊，有破壞。這種作風，也觸着了滿洲君臣的心病，費去許多助虐的武將的刀鋒，幫閒的文臣的筆鋒，直到乾隆年間，這才壓制下去了。以後呢，就來了“小擺設”。

“小擺設”當然不會有大發展。到五四運動的時候，才又來了一個展開，散文小品的成功，幾乎在小說戲曲和詩歌之上。這之中，自然含着掙扎和戰鬥，但因為常常取法於英國的隨筆（Essay），所以也帶一點幽默和雍容；寫法也有漂亮和縝密的，這是為了對於舊文學的示威，在表示舊文學之自以為特長者，白話文學也並非做不到。以後的路，本來明明是更分明的掙扎和戰鬥，因為這原是萌芽於"文學革命"以至"思想革命"的。但現在的趨勢，卻在特別提倡那和舊文章相合之點，雍容，漂亮，縝密，就是要它成為"小擺設"，供雅人的摩挲，並且想青年摩挲了這"小擺設"，由粗暴而變為風雅了。

然而現在已經更沒有書桌；雅片雖然已經公賣，煙具是禁止的，吸起來還是十分不容易。想在戰地或災區裡的人們來鑑賞罷 —— 誰都知道是更奇怪的幻夢。這種小品，上海雖正在盛行，茶話酒談，遍滿小報的攤子上，但其實是正如煙花女子，已經不能在弄堂裡拉扯她的生意，只好塗脂抹粉，在夜裡覓到馬路上來了。

小品文就這樣的走到了危機。但我所謂危機，也如醫學上的所謂"極期"（Krisis）一般，是生死的分歧，能一直得到死亡，也能由此至於恢復。麻醉性的作品，是將與麻醉者和被麻醉者同歸於盡的。生存的小品文，必須是匕首，是投槍，能和讀者一同殺出一條生存的血路的東西；但自然，它也能給人愉快和休息，然而這並不是"小擺設"，更不是撫慰和麻痺，它給人的愉快和休息是休養，是勞作和戰鬥之前的準備。

八月二十七日。

點 評

本文初載於一九三三年十月一日《現代》第三卷第六期，收入《南腔北調集》。文中包含有魯迅基本的文藝觀，但它不是首先拉開作論的架子，而是從報紙話題（"小擺設"）隨意談來，顯得委婉自然，文化味濃郁。在魯迅看來，所謂文藝觀和文學風氣是帶有時代性的，並非哪本"文藝概論"規定下來就一成不變。"小擺設"一類的士大夫"清玩"的境界，已被世界的險惡的潮流沖得七顛八倒了。魯迅如此談論文藝與時代趣味的關係："在方寸的象牙版上刻一篇《蘭亭序》，至今還有'藝術品'之稱，但倘將這掛在萬里長城的牆頭，或供在雲岡的丈八佛像的足下，它就渺小得看不見了，即使熱心者竭力指點，也不過令觀者生一種滑稽之感。何況在風沙撲面，狼虎成群的時候，誰還有這許多閒工夫，來賞玩琥珀扇墜，翡翠戒指呢。他們即使要悅目，所要的也是聳立於風沙中的大建築，要堅固而偉大，不必怎樣精；即使要滿意，所要的也是匕首和投槍，要鋒利而切實，用不着甚麼雅。"他嘲諷那些迷戀於"小擺設"式的文藝境界的人們，"這就是想別人一心看着《六朝文絜》，而忘記了自己是抱在黃河決口之後，淹得僅僅露出水面的樹梢頭"。在現在風沙撲面，狼虎成群的時候，所要的是聳立於風沙中的大建築，要堅固偉大而不是精巧，"只用得着掙扎和戰鬥"。

他為這種文藝觀的歷史性尋找根據，也為雜文的文體形式探溯源流，列舉了唐末、明末，也就是季世小品文，認為其中頗有"抗爭和憤激之談"，"正是一榻胡塗的泥塘裡的光彩和鋒鋩"。又對於"五四"以來散文小品的成就和風格流派進行歷史性的分析，則肯定"散文小品的成功，幾乎在小說戲曲和詩歌之上。這之中，自然含着掙扎和戰鬥，但因為常常取法於英國的隨筆（Essay），所以也帶一點幽默和雍容；寫法也有漂亮和縝密的，這是為了對於舊文學的示威，在表示舊文學之自以為特長者，白話文學也並非做不到。以後的路，本來明明是更分明的掙扎和戰鬥，因為這原是萌芽於'文學革命'以至'思想革命'的"。魯迅因此對小品文的藝術生命進行了與時代發展相適應的把握，並且為它的多樣性探索留下餘地，這就是本文著名的結論：“生存的小品文，必須是匕首，是投槍，能和讀者一同殺出一條生存的血路的東西；但自然，它也能給人愉快和休息，然而這並不是‘小擺設’，更不是撫慰和麻痹，它給人的愉快和休息是休養，是勞作和戰鬥之前的準備。”這是時代的代言，也吻合歷史辯證法。

由聾而啞

洛文

醫生告訴我們：有許多啞子，是並非喉舌不能說話的，只因為從小就耳朵聾，聽不見大人的言語，無可師法，就以為誰也不過張着口嗚嗚啞啞，他自然也只好嗚嗚啞啞了。所以勃蘭兌斯嘆丹麥文學的衰微時，曾經說：文學的創作，幾乎完全死滅了。人間的或社會的無論怎樣的問題，都不能提起感興，或則除在新聞和雜誌之外，絕不能惹起一點論爭。我們看不見強烈的獨創的創作。加以對於獲得外國的精神生活的事，現在幾乎絕對的不加顧及。於是精神上的"聾"，那結果，就也招致了"啞"來。（《十九世紀文學的主潮》第一卷自序）

這幾句話，也可以移來批評中國的文藝界，這現象，並不能全歸罪於壓迫者的壓迫，五四運動時代的啓蒙運動者和以後的反對者，都應該分負責任的。前者急於事功，竟沒有譯出甚麼有價值的書籍來，後者則故意遷怒，至罵翻譯者為媒婆，有些青年更推波助瀾，有一時期，還至於連人地名下注一原文，以便讀者參考時，也就詆之曰"衒學"。

今竟何如？三開間店面的書舖，四馬路上還不算少，但那裡面滿架是薄薄的小本子，倘要尋一部巨冊，真如披沙揀金之難。自然，生得又高又胖並不就是偉人，做得多而且繁也決不就是名著，而況還有"剪貼"。但是，小小的一本"甚麼 ABC"裡，卻也決不能包羅一切學術文藝的。一道濁流，固然不如一杯清水的乾淨而澄明，但蒸溜了濁流的一部分，卻就有許多杯淨水在。

因為多年買空賣空的結果，文界就荒涼了，文章的形式雖然比較的整齊起來，但戰鬥的精神卻較前有退無進。文人雖因捐班或互捧，很快的成名，但為了出力的吹，殼子大了，裡面反顯得更加空洞。於是誤認這空虛為寂寞，像煞有介事的說給讀者們；其甚者還至於擺出他心的腐爛來，算是一種內面的寶貝。散文，在文苑中算是成功的，但試看今年的選本，便是前三名，也即令人有"貂不足，狗尾續"之感。用秕穀來養青年，是決不會壯大的，將來的成就，且要更渺小，那模樣，可看尼采所描寫的"末人"。

但紹介國外思潮，翻譯世界名作，凡是運輸精神的糧食的航路，現在幾乎都被聾啞的製造者們堵塞了，連洋人走狗，富戶贅郎，也會來哼哼的冷笑一下。他們要掩住青年的耳朵，使之由聾而啞，枯涸渺小，成為"末人"，非弄到大家只能看富家兒和小癟三所賣的春宮，不肯罷手。甘為泥土的作者和譯者的奮鬥，是已經到了萬不可緩的時候了，這就是竭力運輸些切實的精神的糧食，放在青年們的周圍，一面將那些聾啞的製造者送回黑洞和朱門裡面去。

八月二十九日。

點　評

本文初載於一九三三年九月八日《申報·自由談》，收入《准風月談》。本篇要點，在於提倡腳踏實地的開放接納姿態，擴大翻譯、引進的規模，以增厚文學創作可資借鑑的土層。魯迅認為，無論翻譯或寫作，體量也是不可忽視的："一道濁流，固然不如一杯清水的乾淨而澄明，但蒸溜了濁流的一部分，卻就有許多杯淨水在。"他嘲笑文人無文，那麼"文人雖因捐班或互捧，很快的成名，但為了出力的吹，殼子大了，裡面反顯得更加空洞"。他因而作出這樣的警示："用秕穀來養青年，是決不會壯大的。"針對中國文壇的生態，他主張，要緊的是不要堵塞輸入的渠道，製造"由聾致啞"的悲劇："甘為泥土的作者和譯者的奮鬥，是已經到了萬不可緩的時候了，這就是竭力運輸些切實的精神的糧食，放在青年們的周圍，一面將那些聾啞的製造者送回黑洞和朱門裡面去。"

《北平箋譜》序

　　鏤像於木，印之素紙，以行遠而及眾，蓋實始於中國。法人伯希和氏從敦煌千佛洞所得佛像印本，論者謂當刊於五代之末，而宋初施以採色，其先於日耳曼最初木刻者，尚幾四百年。宋人刻本，則由今所見醫書佛典，時有圖形；或以辨物，或以起信，圖史之體具矣。降至明代，為用愈宏，小說傳奇，每作出相，或拙如畫沙，或細於擘髮，亦有畫譜，累次套印，文彩絢爛，奪人目睛，是為木刻之盛世。清尚樸學，兼斥紛華，而此道於是凌替。光緒初，吳友如據點石齋，為小說作繡像，以西法印行，全像之書，頗復騰踔，然繡梓遂愈少，僅在新年花紙與日用信箋中，保其殘喘而已。及近年，則印繪花紙，且並為西法與俗工所奪，老鼠嫁女與靜女拈花之圖，皆渺不復見；信箋亦漸失舊型，復無新意，惟日趨於鄙倍。北京夙為文人所聚，頗珍楮墨，遺範未墮，尚存名箋。顧迫於時會，苓落將始，吾儕好事，亦多杞憂。於是搜索市廛，拔其尤異，各就原版，印造成書，名之曰《北平箋譜》。於中可見清光緒時紙舖，尚止取明季畫譜，或前人小品之相宜者，鏤以製箋，聊圖悅目；間亦有畫工所作，而乏韻致，固無足觀。宣統末，林琴南先生山水箋出，似為當代文人特作畫箋之始，然未詳。及中華民國立，義寧陳君師曾入北京，初為鐫銅者作墨合，鎮紙畫稿，俾其雕鏤；既成拓墨，雅趣盎然。不久復廓其技於箋紙，才華蓬勃，筆簡意饒，且又顧及刻工省其奏刀之困，而詩箋乃開一新境。蓋至是而畫師梓人，神志暗會，同力合作，遂越前修矣。稍後有齊白石，吳待秋，陳半丁，王夢白諸君，皆畫箋高手，而刻工亦足以副之。辛未以後，始見數人，分畫一題，聚以成帙，格新神渙，異乎嘉祥。意者文翰之術將更，則箋素之道隨盡；後有作者，必將別闢途徑，力求新生；其臨睨夫舊鄉，當遠俟於暇日也。則此雖短書，所識者小，而一時一地，繪畫刻鏤盛衰之事，頗寓於中；縱非中國木刻史之豐碑，庶幾小品藝術之舊苑；亦將為後之覽古者所偶涉歟。

千九百三十三年十月三十日魯迅記。

點 評

　　本序言最初印入一九三三年十二月魯迅、西諦（鄭振鐸）合編印行的《北平箋譜》。這部詩箋圖譜選集共六冊，收錄人物、山水、花鳥箋三百三十二幅，木版彩色水印，自費梓行。從中可以窺見戰鬥者魯迅的心靈，存在着另一個充滿人文趣味的側面。序言追述人類雕版印刷，始於中國，有敦煌遺卷為證。到明代繡像畫譜，"文彩絢爛，奪人目睛，是為木刻之盛世"。近世雖有吳友如的小説繡像，但年畫、箋譜轉衰。入民國之後，詩箋乃開一新境。因而搜集箋譜，以為繪畫刻鏤盛衰之事的見證，期待未來有別闢途徑，力求新生的美術出現。魯迅在二十世紀三十年代，對"東方美的力量"充滿關注和期待。

火

　　普洛美修斯偷火給人類，總算是犯了天條，貶入地獄。但是，鑽木取火的燧人氏卻似乎沒有犯竊盜罪，沒有破壞神聖的私有財產 —— 那時候，樹木還是無主的公物。然而燧人氏也被忘卻了，到如今只見中國人供火神菩薩，不見供燧人氏的。

　　火神菩薩只管放火，不管點燈。凡是火着就有他的份。因此，大家把他供養起來，希望他少作惡。然而如果他不作惡，他還受得着供養麼，你想？

　　點燈太平凡了。從古至今，沒有聽到過點燈出名的名人，雖然人類從燧人氏那裡學會了點火已經有五六千年的時間。放火就不然。秦始皇放了一把火 —— 燒了書沒有燒人；項羽入關又放了一把火 —— 燒的是阿房宮不是民房（？ —— 待考）。……羅馬的一個甚麼皇帝卻放火燒百姓了；中世紀正教的僧侶就會把異教徒當柴火燒，間或還灌上油。這些都是一世之雄。現代的希特拉就是活證人。如何能不供養起來。何況現今是進化時代，火神菩薩也代代跨灶的。

　　譬如說罷，沒有電燈的地方，小百姓不顧甚麼國貨年，人人都要買點洋貨的煤油，晚上就點起來：那麼幽黯的黃澄澄的光線映在紙窗上，多不大方！不准，不准這麼點燈！你們如果要光明的話，非得禁止這樣 "浪費" 煤油不可。煤油應當扛到田地裡去，灌進噴筒，呼啦呼啦的噴起來…… 一場大火，幾十里路的延燒過去，稻禾，樹木，房舍 —— 尤其是草棚 —— 一會兒都變成飛灰了。還不夠，就有燃燒彈，硫磺彈，從飛機上面扔下來，像上海一二八的大火似的，夠燒幾天幾晚。那才是偉大的光明呵。

火神菩薩的威風是這樣的。可是說起來，他又不承認：火神菩薩據說原是保祐小民的，至於火災，卻要怪小民自不小心，或是為非作歹，縱火搶掠。

誰知道呢？歷代放火的名人總是這樣說，卻未必總有人信。

我們只看見點燈是平凡的，放火是雄壯的，所以點燈就被禁止，放火就受供養。你不見海京伯馬戲團麼：宰了耕牛餵老虎，原是這年頭的"時代精神"。

十一月二日。

點 評

本文初載於一九三三年十二月十五日《申報月刊》第二卷第十二號，收入《南腔北調集》。鑽木取火的燧人氏被人遺忘，如今只見中國人供火神菩薩。火神菩薩只管放火，不管點燈。因此，大家把他供養起來，希望他少作惡。然而如果他不作惡，他還受得着供養麼？以此針砭和抨擊殺人放火者得勢橫行，而無人關心百姓點燈一類日常生命。

搗鬼心傳

中國人又很有些喜歡奇形怪狀，鬼鬼祟祟的脾氣，愛看古樹發光比大麥開花的多，其實大麥開花他向來也沒有看見過。於是怪胎畸形，就成為報章的好資料，替代了生物學的常識的位置了。最近在廣告上所見的，有像所謂兩頭蛇似的兩頭四手的胎兒，還有從小肚上生出一隻腳來的三腳漢子。固然，人有怪胎，也有畸形，然而造化的本領是有限的，他無論怎麼怪，怎麼畸，總有一個限制：孿兒可以連背，連腹，連臀，連脅，或竟駢頭，卻不會將頭生在屁股上；形可以駢拇，枝指，缺肢，多乳，卻不會兩腳之外添出一隻腳來，好像"買兩送一"的買賣。天實在不及人之能搗鬼。

但是，人的搗鬼，雖勝於天，而實際上本領也有限。因為搗鬼精義，在切忌發揮，亦即必須含蓄。蓋一加發揮，能使所搗之鬼分明，同時也生限制，故不如含蓄之深遠，而影響卻又因而模胡了。"有一利必有一弊"，我之所謂 "有限" 者以此。

清朝人的筆記裡，常說羅兩峰的《鬼趣圖》，真寫得鬼氣拂拂；後來那圖由文明書局印出來了，卻不過一個奇瘦，一個矮胖，一個臃腫的模樣，並不見得怎樣的出奇，還不如只看筆記有趣。小說上的描摹鬼相，雖然竭力，也都不足以驚人，我覺得最可怕的還是晉人所記的臉無五官，渾淪如雞蛋的山中厲鬼。因為五官不過是五官，縱使苦心經營，要它兇惡，總也逃不出五官的範圍，現在使它渾淪得莫名其妙，讀者也就怕得莫名其妙了。然而其 "弊" 也，是印象的模胡。不過較之寫些"青面獠牙","口鼻流血"的笨伯，自然聰明得遠。

中華民國人的宣佈罪狀大抵是十條，然而結果大抵是無效。古來盡多壞人，十條不過如此，想引人的注意以至活動是決不會的。駱賓王作《討武曌檄》，那"入宮見嫉，蛾眉不肯讓人，掩袖工讒，狐媚偏能惑主"這幾句，恐怕是很費點心機的了，但相傳武后看到這裡，不過微微一笑。是的，如此而已，又怎麼樣呢？聲罪致討的明文，那力量往往遠不如交頭接耳的密語，因為一是分明，一是莫測的。我想假使當時駱賓王站在大眾之前，只是攢眉搖頭，連稱"壞極壞極"，卻不說出其所謂壞的實例，恐怕那效力會在文章之上的罷。"狂飆文豪"高長虹攻擊我時，說道劣跡多端，倘一發表，便即身敗名裂，而終於並不發表，是深得搗鬼正脈的；但也竟無大效者，則與廣泛俱來的"模胡"之弊為之也。

明白了這兩例，便知道治國平天下之法，在告訴大家以有法，而不可明白切實的說出何法來。因為一說出，即有言，一有言，便可與行相對照，所以不如示之以不測。不測的威稜使人萎傷，不測的妙法使人希望——饑荒時生病，打仗時做詩，雖若與治國平天下不相干，但在莫明其妙中，卻能令人疑為跟着自有治國平天下的妙法在——然而其"弊"也，卻還是照例的也能在模胡中疑心到所謂妙法，其實不過是毫無方法而已。

搗鬼有術，也有效，然而有限，所以以此成大事者，古來無有。

十一月二十二日。

242

點 評

本文初載於一九三四年一月十五日《申報月刊》第三卷第一號，收入《南腔北調集》。文章從分析中國人獨特的好奇心理開始，推導出這容易上搗鬼術的當："中國人又很有些喜歡奇形怪狀，鬼鬼祟祟的脾氣，愛看古樹發光比大麥開花的多，其實大麥開花他向來也沒有看見過。於是怪胎畸形，就成為報章的好資料，替代了生物學的常識的位置了。"不在植物學、生物學上發揮好奇心，而把好奇心用在歪門邪道，這是生命的浪費。又從清朝人的筆記記述羅兩峰的《鬼趣圖》和圖畫本身相比，再談到駱賓王的《討武曌檄》在武則天心理上引起的反應，以及高長虹放冷箭的伎倆，戳穿搗鬼術的威力在於模模糊糊，交頭接耳，神秘莫測。進而戳穿統治國家也有搗鬼術："治國平天下之法，在告訴大家以有法，而不可明白切實的說出何法來。因為一說出，即有言，一有言，便可與行相對照，所以不如示之以不測。不測的威稜使人萎傷，不測的妙法使人希望……然而其'弊'也，卻還是照例的也能在模胡中疑心到所謂妙法，其實不過是毫無方法而已。"這就針砭了當時治國乏術，模糊了事。

家庭為中國之基本

中國的自己能釀酒，比自己來種鴉片早，但我們現在只聽說許多人躺着吞雲吐霧，卻很少見有人像外國水兵似的滿街發酒瘋。唐宋的踢球，久已失傳，一般的娛樂是躲在家裡徹夜叉麻雀。從這兩點看起來，我們在從露天下漸漸的躲進家裡去，是無疑的。古之上海文人，已嘗慨乎言之，曾出一聯，索人屬對，道："三鳥害人鴉雀鴿"，"鴿"是彩票，雅號獎券，那時卻稱為"白鴿票"的。但我不知道後來有人對出了沒有。

不過我們也並非滿足於現狀，是身處斗室之中，神馳宇宙之外，抽鴉片者享樂着幻境，叉麻雀者心儀於好牌。檐下放起爆竹，是在將月亮從天狗嘴裡救出；劍仙坐在書齋裡，哼的一聲，一道白光，千萬里外的敵人可被殺掉了，不過飛劍還是回家，鑽進原先的鼻孔去，因為下次還要用。這叫做千變萬化，不離其宗。所以學校是從家庭裡拉出子弟來，教成社會人才的地方，而一鬧到不可開交的時候，還是"交家長嚴加管束"云。

"骨肉歸於土，命也；若夫魂氣，則無不之也，無不之也！"一個人變了鬼，該可以隨便一點了罷，而活人仍要燒一所紙房子，請他住進去，闊氣的還有打牌桌，鴉片盤。成仙，這變化是很大的，但是劉太太偏捨不得老家，定要運動到"拔宅飛升"，連雞犬都帶了上去而後已，好依然的管家務，飼狗，餵雞。

我們的古今人，對於現狀，實在也願意有變化，承認其變化的。

變鬼無法，成仙更佳，然而對於老家，卻總是死也不肯放。我想，火藥只做爆竹，指南針只看墳山，恐怕那原因就在此。

現在是火藥蛻化為轟炸彈，燒夷彈，裝在飛機上面了，我們卻只能坐在家裡等他落下來。自然，坐飛機的人是頗有了的，但他那裡是遠征呢，他為的是可以快點回到家裡去。

家是我們的生處，也是我們的死所。

十二月十六日。

點 評

本文初載於一九三四年一月十五日《申報月刊》第三卷第一號，收入《南腔北調集》。東周秦漢之際中國人探尋基本的社會模式的時候，出現了種種"本論"。《管子》説："天下者，國之本也；國者，鄉之本也；鄉者，家之本也；家者，人之本也；人者，身之本也；身者，治之本也。"《荀子》説："土之與人也，道之與法也者，國家之本作也。"西漢《淮南子》根據先秦材料，認為："食者，民之本也；民者，國之本也；國者，君之本也。"又説："心者，身之本也；身者，國之本也。……故為治之本，務在寧民。寧民之本，在於足用。"民、身、道、法，都有作為"國之本"的擬議。但影響最深的，是《孟子‧離婁上》所説："人有恆言，皆曰天下國家。天下之本在國，國之本在家，家之本在身。"孟子的説法，與《論語》有子曰相通，"君子務本，本立而道生。孝弟也者，其為仁之本與"，都是以家族倫理作為邏輯出發點。

這種源自宗法社會的國家模式，深刻地衍生於中國社會。魯迅以深刻的思想家和觀察者的眼光，直探其間的奧秘和弊端："中國的自己能釀酒，比自己來種鴉片早，但我們現在只聽說許多人躺着吞雲吐霧，卻很少見有人像外國水兵似的滿街發酒瘋。唐宋的踢球，久已失傳，一般的娛樂是躲在家裡徹夜叉麻雀。從這兩點看起來，我們在從露天下漸漸的躲進家裡去，是無疑的。"這種行為模式還滲入本土宗教和民間宗教："一個人變了鬼，該可以隨便一點了罷，而活人仍要燒一所紙房子，請他住進去，闊氣的還有打牌桌，鴉片盤。成仙，這變化是很大的，但是劉（安）太太偏捨不得老家，定要運動到'拔宅飛升'，連雞犬都帶了上去而後已，好依然的管家務，飼狗，餵雞。"由此規制着發明創造的使用方向，影響了民族的盛衰："變鬼無法，成仙更佳，然而對於老家，卻總是死也不肯放。我想，火藥只做爆竹，指南針只看墳山，恐怕那原因就在此。"魯迅也就不能不感慨萬端了："家是我們的生處，也是我們的死所。"走出老宅子，放眼全世界，這是魯迅對"家庭為中國之基本"進行考察和反省，從而得出的啟示。

選　本

　　今年秋天，在上海的日報上有一點可以算是關於文學的小小的辯論，就是為了一般的青年，應否去看《莊子》與《文選》以作文學上的修養之助。不過這類的辯論，照例是不會有結果的，往復幾回之後，有一面一定拉出“動機論”來，不是說反對者“別有用心”，便是“嘩眾取寵”；客氣一點，也就“彼亦一是非，此亦一是非”，而問題於是嗚呼哀哉了。

　　但我因此又想到“選本”的勢力。孔子究竟刪過《詩》沒有，我不能確說，但看它先“風”後“雅”而末“頌”，排得這麼整齊，恐怕至少總也費過樂師的手腳，是中國現存的最古的詩選。由周至漢，社會情形太不同了，中間又受了《楚辭》的打擊，晉宋文人如二陸束皙陶潛之流，雖然也做四言詩以支持場面，其實都不過是每句省去一字的五言詩，“王者之跡熄而《詩》亡”了。不過選者總是層出不窮的，至今尚存，影響也最廣大者，我以為一部是《世說新語》，一部就是《文選》。

　　《世說新語》並沒有說明是選的，好像劉義慶或他的門客所搜集，但檢唐宋類書中所存裴啓《語林》的遺文，往往和《世說新語》相同，可見它也是一部鈔撮故書之作，正和《幽明錄》一樣。它的被清代學者所寶重，自然因為注中多有現今的逸書，但在一般讀者，卻還是為了本文，自唐迄今，擬作者不絕，甚至於自己兼加注解。袁宏道在野時要做官，做了官又大叫苦，便是中了這書的毒，誤明為晉的緣故。有些清朝人卻較為聰明，雖然辮髮胡服，厚祿高官，他也一聲不響，只在倩人寫照的時候，在紙上改作斜領方巾，或芒鞋竹笠，聊過"世說"式癮罷了。

《文選》的影響卻更大。從曹憲至李善加五臣，音訓注釋書類之多，遠非擬《世說新語》可比。那些煩難字面，如草頭諸字，水旁山旁諸字，不斷的被摘進歷代的文章裡面去，五四運動時雖受奚落，得"妖孽"之稱，現在卻又很有復辟的趨勢了。而《古文觀止》也一同漸漸的露了臉。

以《古文觀止》和《文選》並稱，初看好像是可笑的，但是，在文學上的影響，兩者卻一樣的不可輕視。凡選本，往往能比所選各家的全集或選家自己的文集更流行，更有作用。冊數不多，而包羅諸作，固然也是一種原因，但還在近則由選者的名位，遠則憑古人之威靈，讀者想從一個有名的選家，窺見許多有名作家的作品。所以自漢至梁的作家的文集，並殘本也僅存十餘家，《昭明太子集》只剩一點輯本了，而《文選》卻在的。讀《古文辭類纂》者多，讀《惜抱軒全集》的卻少。凡是對於文術，自有主張的作家，他所賴以發表和流佈自己的主張的手段，倒並不在作文心，文則，詩品，詩話，而在出選本。

選本可以藉古人的文章，寓自己的意見。博覽群籍，採其合於自己意見的為一集，一法也，如《文選》是。擇取一書，刪其不合於自己意見的為一新書，又一法也，如《唐人萬首絕句選》是。如此，則讀者雖讀古人書，卻得了選者之意，意見也就逐漸和選者接近，終於"就範"了。

讀者的讀選本，自以為是由此得了古人文筆的精華的，殊不知卻被選者縮小了眼界，即以《文選》為例罷，沒有嵇康《家誡》，使讀者只覺得他是一個憤世嫉俗，好像無端活得不快活的怪人；不收陶潛《閒情賦》，掩去了他也是一個既取民間《子夜歌》意，而又拒以聖道的迂士。選本既經選者所濾過，就總只能吃他所給與的糟或醨。況且有時還加以批評，提醒了他之以為然，而默殺了他之以為不然處。縱使選者非常胡塗，如《儒林外史》所寫的馬二先生，遊西湖漫無準備，須問路人，吃點心又不知選擇，要每樣都買一點，由此可見其衡文之毫無把握罷，然而他是處州人，一定要吃“處片”，又可見雖是馬二先生，也自有其“處片”式的標準了。

評選的本子，影響於後來的文章的力量是不小的，恐怕還遠在名家的專集之上，我想，這許是研究中國文學史的人們也該留意的罷。

十一月二十四日記。

點　評

本文初載於一九三四年一月北平《文學季刊》創刊號，收入《集外集》。文章從上海的日報上關於一般青年應否看《莊子》、《文選》作為文學修養之助的辯論，引出話題。指出編纂選本是古人著述的一種方式：“凡是對於文術，自有主張的作家，他所賴以發表和流佈自己的主張的手段，倒並不在作文心，文則，詩品，詩話，而在出選本。”讀者想從一個“選本”窺見許多名家名作，而忽視了選家取捨各有標準所造成的弊端：“讀者的讀選本，自以為是由此得了古人文筆的精華的，殊不知卻被選者縮小了眼界，即以《文選》為例罷，沒有嵇康《家誡》，使讀者只覺得他是一個憤世嫉俗，好像無端活得不快活的怪人；不收陶潛《閒情賦》，掩去了他也是一個既取民間《子夜歌》意，而又拒以聖道的迂士。選本既經選者所濾過，就總只能吃他所給與的糟或醨。”然而文學史是不應迴避選本的，因為它折射了各時代的風氣和接受心理，如魯迅所説：“評選的本子，影響於後來的文章的力量是不小的，恐怕還遠在名家的專集之上，我想，這許是研究中國文學史的人們也該留意的罷。”

北人與南人

欒廷石

這是看了"京派"與"海派"的議論之後，牽連想到的——

北人的卑視南人，已經是一種傳統。這也並非因為風俗習慣的不同，我想，那大原因，是在歷來的侵入者多從北方來，先征服中國之北部，又攜了北人南征，所以南人在北人的眼中，也是被征服者。

二陸入晉，北方人士在歡欣之中，分明帶着輕薄，舉證太煩，姑且不談罷。容易看的是，羊衒之的《洛陽伽藍記》中，就常詆南人，並不視為同類。至於元，則人民截然分為四等，一蒙古人，二色目人，三漢人即北人，第四等才是南人，因為他是最後投降的一夥。最後投降，從這邊說，是矢盡援絕，這才罷戰的南方之強，從那邊說，卻是不識順逆，久梗王師的賊。子遺自然還是投降的，然而為奴隸的資格因此就最淺，因為淺，所以班次就最下，誰都不妨加以卑視了。到清朝，又重理了這一篇賬，至今還流衍着餘波；如果此後的歷史是不再迴旋的，那真不獨是南人的如天之福。

當然，南人是有缺點的。權貴南遷，就帶了腐敗頹廢的風氣來，北方倒反而乾淨。性情也不同，有缺點，也有特長，正如北人的兼具二者一樣。據我所見，北人的優點是厚重，南人的優點是機靈。但厚重之弊也愚，機靈之弊也狡，所以某先生曾經指出缺點道：北方人是"飽食終日，無所用心"；南方人是"群居終日，言不及義"。就有閒階級而言，我以為大體是的確的。

缺點可以改正，優點可以相師。相書上有一條說，北人南相，南人北相者貴。我看這並不是妄語。北人南相者，是厚重而又機靈，南人北相者，不消說是機靈而又能厚重。昔人之所謂“貴”，不過是當時的成功，在現在，那就是做成有益的事業了。這是中國人的一種小小的自新之路。

　　不過做文章的是南人多，北方卻受了影響。北京的報紙上，油嘴滑舌，吞吞吐吐，顧影自憐的文字不是比六七年前多了嗎？這倘和北方固有的“貧嘴”一結婚，產生出來的一定是一種不祥的新劣種！

一月三十日。

點　評

　　本文初載於一九三四年二月四日《申報·自由談》，收入《花邊文學》。話題是從看了當時“京派”與“海派”的爭論引出的。文章從文學地理學的角度，考察了歷代的征服和家族遷移，得出自己的南北民性不同論：“據我所見，北人的優點是厚重，南人的優點是機靈。但厚重之弊也愚，機靈之弊也狡，所以某先生（按：顧炎武）曾經指出缺點道：北方人是‘飽食終日，無所用心’；南方人是‘群居終日，言不及義’。就有閒階級而言，我以為大體是的確的。”魯迅認為這種南北民性的改造，應該取長補短，南北融合：“缺點可以改正，優點可以相師。相書上有一條說，北人南相，南人北相者貴。我看這並不是妄語。北人南相者，是厚重而又機靈，南人北相者，不消說是機靈而又能厚重。昔人之所謂‘貴’，不過是當時的成功，在現在，那就是做成有益的事業了。這是中國人的一種小小的自新之路。”自新之路而稱“小小”，意味着魯迅有更重要的社會改造的關懷。

在上海（下）

關於中國的兩三件事

一　關於中國的火

　　希臘人所用的火，聽説是在一直先前，普洛美修斯從天上偷來的，但中國的卻和它不同，是燧人氏自家所發見 —— 或者該説是發明罷。因為並非偷兒，所以拴在山上，給老雕去啄的災難是免掉了，然而也沒有普洛美修斯那樣的被傳揚，被崇拜。

　　中國也有火神的。但那可不是燧人氏，而是隨意放火的莫名其妙的東西。

　　自從燧人氏發見，或者發明了火以來，能夠很有味的吃火鍋，點起燈來，夜裡也可以工作了，但是，真如先哲之所謂“有一利必有一弊”罷，同時也開始了火災，故意點上火，燒掉那有巢氏所發明的巢的了不起的人物也出現了。

　　和善的燧人氏是該被忘卻的。即使傷了食，這回是屬於神農氏的領域了，所以那神農氏，至今還被人們所記得。至於火災，雖然不知道那發明家究竟是甚麼人，但祖師總歸是有的，於是沒有法，只好漫稱之曰火神，而獻以敬畏。看他的畫像，是紅面孔，紅鬍鬚，不過祭祀的時候，卻須避去一切紅色的東西，而代之以綠色。他大約像西班牙的牛一樣，一看見紅色，便會亢奮起來，做出一種可怕的行動的。

　　他因此受着崇祀。在中國，這樣的惡神還很多。

　　然而，在人世間，倒似乎因了他們而熱鬧。賽會也只有火神的，燧人氏的卻沒有。倘有火災，則被災的和鄰近的沒有被災的人們，都要祭火神，以表感謝之意。被了災還要來表感謝之意，雖然未免有些出於意外，但若不祭，據説是第二回還會燒，所以還是感謝了的安全。而且也不但對於火神，就是對於人，有時也一樣的這麼辦，我想，大約也是禮儀的一種罷。

其實，放火，是很可怕的，然而比起燒飯來，卻也許更有趣。外國的事情我不知道，若在中國，則無論查檢怎樣的歷史，總尋不出燒飯和點燈的人們的列傳來。在社會上，即使怎樣的善於燒飯，善於點燈，也毫沒有成為名人的希望。然而秦始皇一燒書，至今還儼然做着名人，至於引為希特拉燒書事件的先例。假使希特拉太太善於開電燈，烤麵包罷，那麼，要在歷史上尋一點先例，恐怕可就難了。但是，幸而那樣的事，是不會哄動一世的。

燒掉房子的事，據宋人的筆記説，是開始於蒙古人的。因為他們住着帳篷，不知道住房子，所以就一路的放火。然而，這是誑話。蒙古人中，懂得漢文的很少，所以不來更正的。其實，秦的末年就有着放火的名人項羽在，一燒阿房宮，便天下聞名，至今還會在戲台上出現，連在日本也很有名。然而，在未燒以前的阿房宮裡每天點燈的人們，又有誰知道他們的名姓呢？

現在是爆裂彈呀，燒夷彈呀之類的東西已經做出，加以飛機也很進步，如果要做名人，就更加容易了。而且如果放火比先前放得大，那麼，那人就也更加受尊敬，從遠處看去，恰如救世主一樣，而那火光，便令人以為是光明。

二　關於中國的王道

在前年，曾經拜讀過中里介山氏的大作《給支那及支那國民的信》。只記得那裡面説，周漢都有着侵略者的資質。而支那人都謳歌他，歡迎他了。連對於朔北的元和清，也加以謳歌了。只要那侵略，有着安定國家之力，保護民生之實，那便是支那人民所渴望的王道，於是對於支那人的執迷不悟之點，憤慨得非常。

那 "信"，在滿洲出版的雜誌上，是被譯載了的，但因為未曾輸入中國，所以像是回信的東西，至今一篇也沒有見。只在去年的上海報上所載的胡適博士的談話裡，有的説，"只有一個方法可以征服中國，即徹底停止侵略，反過來征服中國民族的心。" 不消説，那不過是偶然的，但也有些令人覺得好像是對於那信的答覆。

征服中國民族的心，這是胡適博士給中國之所謂王道所下的定義，然而我想，他自己恐怕也未必相信自己的話的罷。在中國，其實是徹底的未曾有過王道，"有歷史癖和考據癖" 的胡博士，該是不至於不知道的。

不錯，中國也有過謳歌了元和清的人們，但那是感謝火神之類，並非連心也全被征服了的證據。如果給與一個暗示，説是倘不謳歌，便將更加虐待，那麼，即使加以或一程度的虐待，也還可以使人們來謳歌。四五年前，我曾經加盟於一個要求自由的團體，而那時的上海教育局長陳德徵氏勃然大怒道，在三民主義的統治之下，還覺得不滿麼？那可連現在所給與着的一點自由也要收起了。而且，真的是收起了的。每當感到比先前更不自由的時候，我一面佩服着陳氏的精通王道的學識，一面有時也不免想，真該是謳歌三民主義的。然而，現在是已經太晚了。

在中國的王道，看去雖然好像是和霸道對立的東西，其實卻是兄弟，這之前和之後，一定要有霸道跑來的。人民之所謳歌，就為了希望霸道的減輕，或者不更加重的緣故。

漢的高祖，據歷史家説，是龍種，但其實是無賴出身，説是侵略者，恐怕有些不對的。至於周的武王，則以征伐之名入中國，加以和殷似乎連民族也不同，用現代的話來說，那可是侵略者。然而那時的民眾的聲音，現在已經沒有留存了。孔子和孟子確曾大大的宣傳過那王道，但先生們不但是周朝的臣民而已，並且周遊歷國，有所活動，所以恐怕是為了想做官也難說。說得好看一點，就是因為要"行道"，倘做了官，於行道就較為便當，而要做官，則不如稱讚周朝之為便當的。然而，看起別的記載來，卻雖是那王道的祖師而且專家的周朝，當討伐之初，也有伯夷和叔齊扣馬而諫，非拖開不可；紂的軍隊也加反抗，非使他們的血流到漂杵不可。接着是殷民又造了反，雖然特別稱之曰"頑民"，從王道天下的人民中除開，但總之，似乎究竟有了一種甚麼破綻似的。好個王道，只消一個頑民，便將它弄得毫無根據了。

儒士和方士，是中國特產的名物。方士的最高理想是仙道，儒士的便是王道。但可惜的是這兩件在中國終於都沒有。據長久的歷史上的事實所證明，則倘說先前曾有真的王道者，是妄言，說現在還有者，是新藥。孟子生於周季，所以以談霸道為羞，倘使生於今日，則跟着人類的智識範圍的展開，怕要羞談王道的罷。

三　關於中國的監獄

我想，人們是的確由事實而從新省悟，而事情又由此發生變化的。從宋朝到清朝的末年，許多年間，專以代聖賢立言的"制藝"這一種煩難的文章取士，到得和法國打了敗仗，這才省悟了這方法的錯誤。於是派留學生到西洋，開設兵器製造局，作為那改正的手段。省悟到這還不夠，是在和日本打了敗仗之後，這回是竭力開起學校來。於是學生們年年大鬧了。從清朝倒掉，國民黨掌握政權的時候起，才又省悟了這錯誤，作為那改正的手段的，是除了大造監獄之外，甚麼也沒有了。

在中國，國粹式的監獄，是早已各處都有的，到清末，就也造了一點西洋式，即所謂文明式的監獄。那是為了示給旅行到此的外國人而建造，應該與為了和外國人好互相應酬，特地派出去，學些文明人的禮節的留學生，屬於同一種類的。託了這福，犯人的待遇也還好，給洗澡，也給一定分量的飯吃，所以倒是頗為幸福的地方。但是，就在兩三禮拜前，政府因為要行仁政了，還發過一個不准克扣囚糧的命令。從此以後，可更加幸福了。

至於舊式的監獄，則因為好像是取法於佛教的地獄的，所以不但禁錮犯人，此外還有給他吃苦的職掌。擠取金錢，使犯人的家屬窮到透頂的職掌，有時也會兼帶的。但大家都以為應該。如果有誰反對罷，那就等於替犯人說話，便要受惡黨的嫌疑。然而文明是出奇的進步了，所以去年也有了提倡每年該放犯人回家一趟，給以解決性慾的機會的，頗是人道主義氣味之說的官吏。其實，他也並非對於犯人的性慾，特別表着同情，不過因為總不愁竟會實行的，所以也就高聲嚷一下，以見自己的作為官吏的存在。然而輿論頗為沸騰了。有一位批評家，還以為這麼一來，大家便要不怕牢監，高高興興的進去了，很為世道人心憤慨了一下。受了所謂聖賢之教那麼久，竟還沒有那位官吏的圓滑，固然也令人覺得誠實可靠，然而他的意見，是以為對於犯人，非加虐待不可，卻也因此可見了。

從別一條路想，監獄確也並非沒有不像以 "安全第一" 為標語的人們的理想鄉的地方。火災極少，偷兒不來，土匪也一定不來搶。即使打仗，也決沒有以監獄為目標，施行轟炸的傻子；即使革命，有釋放囚犯的例，而加以屠戮的是沒有的。當福建獨立之初，雖有說是釋放犯人，而一到外面，和他們自己意見不同的人們倒反而失蹤了的謠言，然而這樣的例子，以前是未曾有過的。總而言之，似乎也並非很壞的處所。只要准帶家眷，則即使不是現在似的大水，饑荒，戰爭，恐怖的時候，請求搬進去住的人們，也未必一定沒有的。於是虐待就成為必不可少了。

牛蘭夫婦，作為赤化宣傳者而關在南京的監獄裡，也絕食了三四回了，可是甚麼效力也沒有。這是因為他不知道中國的監獄的精神的緣故。有一位官員詫異的說過：他自己不吃，和別人有甚麼關係呢？豈但和仁政並無關係而已呢，省些食料，倒是於監獄有益的。甘地的把戲，倘不挑選興行場，就毫無成效了。

然而，在這樣的近於完美的監獄裡，卻還剩着一種缺點。至今為止，對於思想上的事，都沒有很留心。為要彌補這缺點，是在近來新發明的叫作“反省院”的特種監獄裡，施着教育。我還沒有到那裡面去反省過，所以並不知道詳情，但要而言之，好像是將三民主義時時講給犯人聽，使他反省着自己的錯誤。聽人說，此外還得做排擊共產主義的論文。如果不肯做，或者不能做，那自然，非終身反省不可了，而做得不夠格，也還是非反省到死則不可。現在是進去的也有，出來的也有，因為聽說還得添造反省院，可見還是進去的多了。考完放出的良民，偶爾也可以遇見，但仿佛大抵是萎靡不振，恐怕是在反省和畢業論文上，將力氣使盡了罷。那前途，是在沒有希望這一面的。

點　評

本篇以日文發表於一九三四年三月號日本《改造》月刊，題為《火，王道，監獄》，收入《且介亭雜文》。所謂“且介”乃“租界”二字各取其半，即在上海半租界地區寫的雜文，魯迅以反諷趣味介入文字學，所用書名上意義所能指，尤為深刻。本篇融合了文化人類學、歷史學和社會學的多重視角，曲折道來，深刻入骨。先是對西方的普羅米修斯盜火和中國的燧人氏發明火，作比較神話學的議論，由此把握民族精神原型，透視中國人敬畏、崇祀火神，乃是對火災的恐懼，以謝惡神的方法祈求減災。魯迅對火神作了如此的調侃："看他的畫像，是紅面孔，紅鬍鬚，不過祭祀的時候，卻須避去一切紅色的東西，而代之以綠色。他大約像西班牙的牛一樣，一看見紅色，便會亢奮起來，做出一種可怕的行動的。他因此受着崇祀。"在中國有許多放火者的本紀列傳，反而無論查檢怎樣的歷史，總尋不出燒飯和點燈的人們的列傳來。由此進而切入歷史與現實，對放火者和侵略者因燒殺劫掠而揚名痛加嘲諷。

另一個話題是談論"王道"，由於它已被日本作家和中國文化名人看成"精神征服"的代名詞，以現實感受重新解讀歷史，從史籍的字裡行間讀出血與火的實情。魯迅認為："在中國的王道，看去雖然好像是和霸道對立的東西，其實卻是兄弟，這之前和之後，一定要有霸道跑來的。"由此悟出方士的最高理想"仙道"和儒士的最高理想"王道"，均為烏托邦，即魯迅所謂："儒士和方士，是中國特產的名物。方士的最高理想是仙道，儒士的便是王道。但可惜的是這兩件在中國終於都沒有。據長久的歷史上的事實所證明，則倘說先前曾有真的王道者，是妄言，説現在還有者，是新藥。"如此剖析，表現了魯迅以史學通識，作深刻的文明批評，於談古論今中剝除了"精神征服"論者的歷史依據。

最後談論監獄，指出中國舊式監獄之慘酷，猶如佛教的地獄，新式監獄似乎要行仁政，每年放犯人回家一趟，解決性慾，使監獄似乎成了在大水、饑荒、戰爭中並不很壞的處所。而且近來新發明瞭"反省院"的特種監獄，反省不夠格，非反省到死則不可，反省畢業成為良民，多是萎靡不振。這種分析，實際上是以裝飾地獄的那點微光，來嘲諷社會現實的黑暗，揭示中國社會如同地獄，卻以監獄中的“仁政”掩飾社會上的民不聊生。魯迅雜文有匕首、投槍之利，卻是以廣博的學養和獨到的通識淬火而成，犀利而能深厚，真知灼見處別有一番滋味。

答國際文學社問

原問——

一、蘇聯的存在與成功，對於你怎樣（蘇維埃建設的十月革命，對於你的思想的路徑和創作的性質，有甚麼改變）？

二、你對於蘇維埃文學的意見怎樣？

三、在資本主義的各國，甚麼事件和種種文化上的進行，特別引起你的注意？

一，先前，舊社會的腐敗，我是覺到了的，我希望着新的社會的起來，但不知道這"新的"該是甚麼；而且也不知道"新的"起來以後，是否一定就好。待到十月革命後，我才知道這"新的"社會的創造者是無產階級，但因為資本主義各國的反宣傳，對於十月革命還有些冷淡，並且懷疑。現在蘇聯的存在和成功，使我確切的相信無階級社會一定要出現，不但完全掃除了懷疑，而且增加許多勇氣了。但在創作上，則因為我不在革命的旋渦中心，而且久不能到各處去考察，所以我大約仍然只能暴露舊社會的壞處。

二，我只能看別國——德國，日本——的譯本。我覺得現在的講建設的，還是先前的講戰鬥的——如《鐵甲列車》，《毀滅》，《鐵流》等——於我有興趣，並且有益。我看蘇維埃文學，是大半因為想紹介給中國，而對於中國，現在也還是戰鬥的作品更為緊要。

三，我在中國，看不見資本主義各國之所謂"文化"；我單知道他們和他們的奴才們，在中國正在用力學和化學的方法，還有電氣機械，以拷問革命者，並且用飛機和炸彈以屠殺革命群眾。

點　評

————

　　本篇最初發表於《國際文學》一九三四年第三、四期合刊，原題《中國與十月》，同年七月五日為蘇聯《真理報》轉載，收入《且介亭雜文》。魯迅自稱俄國十月革命改變了他對世界未來的認識，"但在創作上，則因為我不在革命的旋渦中心，而且久不能到各處去考察，所以我大約仍然只能暴露舊社會的壞處"。這意味着他的政治看法和文學思想不無裂痕。

論 "舊形式的採用"

　　"舊形式的採用" 的問題，如果平心靜氣的討論起來，在現在，我想是很有意義的，但開首便遭到了耳耶先生的筆伐。"類乎投降"，"機會主義"，這是近十年來 "新形式的探求" 的結果，是克敵的咒文，至少先使你惹一身不乾不淨。但耳耶先生是正直的，因為他同時也在譯《藝術底內容和形式》，一經登完，便會洗淨他激烈的責罰；而且有幾句話也正確的，是他說新形式的探求不能和舊形式的採用機械的地分開。

　　不過這幾句話已經可以說是常識；就是說內容和形式不能機械的地分開，也已經是常識；還有，知道作品和大眾不能機械的地分開，也當然是常識。舊形式為甚麼只是 "採用"——但耳耶先生卻指為 "為整個（！）舊藝術捧場"——就是為了新形式的探求。採取若干，和 "整個" 捧來是不同的，前進的藝術家不能有這思想（內容）。然而他會想到採取舊藝術，因為他明白了作品和大眾不能機械的地分開。以為藝術是藝術家的 "靈感" 的爆發，像鼻子發癢的人，只要打出噴嚏來就渾身舒服，一了百了的時候已經過去了，現在想到，而且關心了大眾。這是一個新思想（內容），由此而在探求新形式，首先提出的是舊形式的採取，這採取的主張，正是新形式的發端，也就是舊形式的蛻變，在我看來，是既沒有將內容和形式機械的地分開，更沒有看得《姊妹花》叫座，於是也來學一套的投機主義的罪案的。

　　自然，舊形式的採取，或者必須說新形式的探求，都必須藝術學徒的努力的實踐，但理論家或批評家是同有指導，評論，商量的責任的，不能只斥他交代未清之後，便可逍遙事外。我們有藝術史，而且生在中國，即必須翻開中國的藝術史來。採取甚麼呢？我想，唐以前的真跡，我們無從目睹了，但還能知道大抵以故事為題材，這是可以取法的；在唐，可取佛畫的燦爛，線畫的空實和明快，宋的院畫，萎靡柔媚之處當捨，周密不苟之處是可取的，米點山水，則毫無用處。後來的寫意畫（文人畫）有無用處，我此刻不敢確說，恐怕也許還有可用之點的罷。這些採取，並非斷片的古董的雜陳，必須溶化於新作品中，那是不必贅說的事，恰如吃用牛羊，棄去蹄毛，留其精粹，以滋養及發達新的生體，決不因此就會"類乎"牛羊的。

只是上文所舉的，亦即我們現在所能看見的，都是消費的藝術。它一向獨得有力者的寵愛，所以還有許多存留。但既有消費者，必有生產者，所以一面有消費者的藝術，一面也有生產者的藝術。古代的東西，因為無人保護，除小說的插畫以外，我們幾乎甚麼也看不見了。至於現在，卻還有市上新年的花紙，和猛克先生所指出的連環圖畫。這些雖未必是真正的生產者的藝術，但和高等有閒者的藝術對立，是無疑的。但雖然如此，它還是大受着消費者藝術的影響，例如在文學上，則民歌大抵脫不開七言的範圍，在圖畫上，則題材多是士大夫的部事，然而已經加以提煉，成為明快，簡捷的東西了。這也就是蛻變，一向則謂之"俗"。注意於大眾的藝術家，來注意於這些東西，大約也未必錯，至於仍要加以提煉，那也是無須贅說的。

但中國的兩者的藝術，也有形似而實不同的地方，例如佛畫的滿幅雲煙，是豪華的裝璜，花紙也有一種硬填到幾乎不見白紙的，卻是惜紙的節儉；唐伯虎畫的細腰纖手的美人，是他一類人們的欲得之物，花紙上也有這一種，在賞玩者卻只以為世間有這一類人物，聊資博識，或滿足好奇心而已。為大眾的畫家，都無須避忌。

至於謂連環圖畫不過圖畫的種類之一，與文學中之有詩歌，戲曲，小說相同，那自然是不錯的。但這種類之別，也仍然與社會條件相關聯，則我們只要看有時盛行詩歌，有時大出小說，有時獨多短篇的史實便可以知道。因此，也可以知道即與內容相關聯。現在社會上的流行連環圖畫，即因為它有流行的可能，且有流行的必要，着眼於此，因而加以導引，正是前進的藝術家的正確的任務；為了大眾，力求易懂，也正是前進的藝術家正確的努力。舊形式是採取，必有所刪除，既有刪除，必有所增益，這結果是新形式的出現，也就是變革。而且，這工作是決不如旁觀者所想的容易的。

但就是立有了新形式罷，當然不會就是很高的藝術。藝術的前進，還要別的文化工作的協助，某一文化部門，要某一專家唱獨腳戲來提得特別高，是不妨空談，卻難做到的事，所以專責個人，那立論的偏頗和偏重環境的是一樣的。

五月二日。

點 評

本文初載於一九三四年五月四日上海《中華日報‧動向》，筆名署用"常庚"，收入《且介亭雜文》。《詩經‧小雅‧大東》云："睆彼牽牛，不以服箱。東有啓明，西有長庚。"啓明與長庚均是太陽系九大行星中的金星的別名。清人王引之《經義述聞》卷六說："東有啓明，西有長庚。"《毛傳》曰："日旦出，謂明星為啓明；日既入，謂明星為長庚。"魯迅與周作人關係破裂後，據許欽文的四妹許羡蘇回憶，魯迅母親曾對她說：長慶寺龍師父給魯迅取了個法名

"長庚"，原是星名，紹興叫"黃昏肖"；周作人叫啓明，啓明也是星名，叫"五更肖"，兩星永遠不相見。魯迅在《北斗》、《太白》用過"長庚"做筆名；《每週評論》用"庚言"做筆名，也是由"長庚"衍變來的。

在討論"舊形式的採用"時，魯迅認為："我們有藝術史，而且生在中國，即必須翻開中國的藝術史來。採取甚麼呢？我想，唐以前的真跡，我們無從目睹了，但還能知道大抵以故事為題材，這是可以取法的；在唐，可取佛畫的燦爛，線畫的空實和明快，宋的院畫，萎靡柔媚之處當捨，周密不苟之處是可取的，米點山水，則毫無用處。後來的寫意畫（文人畫）有無用處，我此刻不敢確說，恐怕也許還有可用之點的罷。"可知魯迅在藝術形式的探討上，是非常重視本土經驗的，但對本土經驗不是拘於一隅，而是綜合取捨，融會貫通，導向超越創新，他認為："這些採取，並非斷片的古董的雜陳，必須溶化於新作品中，那是不必贅說的事，恰如吃用牛羊，棄去蹄毛，留其精粹，以滋養及發達新的生體，決不因此就會'類乎'牛羊的。"魯迅對採舊創新，提出了這樣的原則："舊形式是採取，必有所刪除，既有刪除，必有所增益，這結果是新形式的出現，也就是變革。"

拿來主義

中國一向是所謂"閉關主義"，自己不去，別人也不許來。自從給槍炮打破了大門之後，又碰了一串釘子，到現在，成了甚麼都是"送去主義"了。別的且不説罷，單是學藝上的東西，近來就先送一批古董到巴黎去展覽，但終"不知後事如何"；還有幾位"大師"們捧着幾張古畫和新畫，在歐洲各國一路的掛過去，叫作"發揚國光"。聽説不遠還要送梅蘭芳博士到蘇聯去，以催進"象徵主義"，此後是順便到歐洲傳道。我在這裡不想討論梅博士演藝和象徵主義的關係，總之，活人替代了古董，我敢説，也可以算得顯出一點進步了。

但我們沒有人根據了"禮尚往來"的儀節，説道：拿來！

當然，能夠只是送出去，也不算壞事情，一者見得豐富，二者見得大度。尼采就自詡過他是太陽，光熱無窮，只是給與，不想取得。然而尼采究竟不是太陽·，他發了瘋。中國也不是，雖然有人説，掘起地下的煤來，就足夠全世界幾百年之用，但是，幾百年之後呢？幾百年之後，我們當然是化為魂靈，或上天堂，或落了地獄，但我們的子孫是在的，所以還應該給他們留下一點禮品。要不然，則當佳節大典之際，他們拿不出東西來，只好磕頭賀喜，討一點殘羹冷炙做獎賞。

這種獎賞，不要誤解為"拋來"的東西，這是"拋給"的，説得冠冕些，可以稱之為"送來"，我在這裡不想舉出實例。

我在這裡也並不想對於"送去"再説甚麼，否則太不"摩登"了。

我只想鼓吹我們再吝嗇一點，"送去" 之外，還得 "拿來"，是為 "拿來主義"。

但我們被 "送來" 的東西嚇怕了。先有英國的鴉片，德國的廢槍炮，後有法國的香粉，美國的電影，日本的印着 "完全國貨" 的各種小東西。於是連清醒的青年們，也對於洋貨發生了恐怖。其實，這正是因為那是 "送來" 的，而不是 "拿來" 的緣故。

所以我們要運用腦髓，放出眼光，自己來拿！

譬如罷，我們之中的一個窮青年，因為祖上的陰功（姑且讓我這麼説説罷），得了一所大宅子，且不問他是騙來的，搶來的，或合法繼承的，或是做了女婿換來的。那麼，怎麼辦呢？我想，首先是不管三七二十一，"拿來"！但是，如果反對這宅子的舊主人，怕給他的東西染污了，徘徊不敢走進門，是孱頭；勃然大怒，放一把火燒光，算是保存自己的清白，則是昏蛋。不過因為原是羨慕這宅子的舊主人的，而這回接受一切，欣欣然的蹩進臥室，大吸剩下的鴉片，那當然更是廢物。"拿來主義" 者是全不這樣的。

他佔有，挑選。看見魚翅，並不就拋在路上以顯其 "平民化"，只要有養料，也和朋友們像蘿蔔白菜一樣的吃掉，只不用它來宴大賓；看見鴉片，也不當眾摔在毛廁裡，以見其徹底革命，只送到藥房裡去，以供治病之用，卻不弄 "出售存膏，售完即止" 的玄虛。只有煙槍和煙燈，雖然形式和印度，波斯，阿剌伯的煙具都不同，確可以算是一種國粹，倘使背着周遊世界，一定會有人看，但我想，除了送一點進博物館之外，其餘的是大可以毀掉的了。還有一群姨太太，也大以請她們各自走散為是，要不然，"拿來主義" 怕未免有些危機。

總之，我們要拿來。我們要或使用，或存放，或毀滅。那麼，主人是新主人，宅子也就會成為新宅子。然而首先要這人沉着，勇猛，有辨別，不自私。沒有拿來的，人不能自成為新人，沒有拿來的，文藝不能自成為新文藝。

六月四日。

點 評

本文初載於一九三四年六月七日《中華日報·動向》，收入《且介亭雜文》。所謂"拿來主義"，乃是借鑑外來和繼承遺產中的開放精神和理性姿態，並在開放中貫注一種歷史主動性，"運用腦髓，放出眼光，自己來拿"。這種態度是開放性、自主性相結合的，是充滿歷史理性和分析精神的。

魯迅以對於一所大宅子裡的遺產的處置，比喻"拿來主義"，是非常有趣味的："他佔有，挑選。看見魚翅，並不就拋在路上以顯其'平民化'，只要有養料，也和朋友們像蘿蔔白菜一樣的吃掉，只不用它來宴大賓；看見鴉片，也不當眾摔在毛廁裡，以見其徹底革命，只送到藥房裡去，以供治病之用，卻不弄'出售存膏，售完即止'的玄虛。只有煙槍和煙燈，雖然形式和印度，波斯，阿剌伯的煙具都不同，確可以算是一種國粹，倘使背着周遊世界，一定會有人看，但我想，除了送一點進博物館之外，其餘的是大可以毀掉的了。還有一群姨太太，也大以請她們各自走散為是，要不然，'拿來主義'怕未免有些危機。"這裡強調的是對魚翅、鴉片、煙具、成群的姨太太的分別對待，採取不同方式進行處理，在感性的敘述中，蘊含着深刻的歷史理性。有意思的是，這所大宅子不是達官顯宦的府邸，沒有更多的珠光寶氣，也不是平民百姓的茅屋，沒有犁耙畚箕之類。考究起來，它是清末民初一個破落的士大夫的家宅，包含着魯迅對紹興東昌坊口周氏新台門的童年回憶。可見作家寫文章，童年記憶往往會潛入筆底。魯迅由此呼籲："總之，我們要拿來。我們要或使用，或存放，或毀滅。那麼，主人是新主人，宅子也就會成為新宅子。然而首先要這人沉着，勇猛，有辨別，不自私。沒有拿來的，人不能自成為新人，沒有拿來的，文藝不能自成為新文藝。"他對傳統文化、外來文化的"拿來主義"的基本要求，盡在其中了。

《木刻紀程》小引

　　中國木刻圖畫，從唐到明，曾經有過很體面的歷史。但現在的新的木刻，卻和這歷史不相干。新的木刻，是受了歐洲的創作木刻的影響的。創作木刻的紹介，始於朝花社，那出版的《藝苑朝華》四本，雖然選擇印造，並不精工，且為藝術名家所不齒，卻頗引起了青年學徒的注意。到一九三一年夏，在上海遂有了中國最初的木刻講習會。又由是蔓衍而有木鈴社，曾印《木鈴木刻集》兩本。又有野穗社，曾印《木刻畫》一輯。有無名木刻社，曾印《木刻集》。但木鈴社早被毀滅，後兩社也未有繼續或發展的消息。前些時在上海還剩有Ｍ・Ｋ・木刻研究社，是一個歷史較長的小團體，曾經屢次展覽作品，並且將出《木刻畫選集》的，可惜今夏又被私怨者告密。社員多遭捕逐，木版也為工部局所沒收了。

　　據我們所知道，現在似乎已經沒有一個研究木刻的團體了。但尚有研究木刻的個人。如羅清楨，已出《清楨木刻集》二輯；如又村，最近已印有《廖坤玉故事》的連環圖。這是都值得特記的。

　　而且仗着作者歷來的努力和作品的日見其優良，現在不但已得中國讀者的同情，並且也漸漸的到了跨出世界上去的第一步。雖然還未堅實，但總之，是要跨出去了。不過，同時也到了停頓的危機。因為倘沒有鼓勵和切磋，恐怕也很容易陷於自足。本集即願做一個木刻的路程碑，將自去年以來，認為應該流佈的作品，陸續輯印，以為讀者的綜觀，作者的借鏡之助。但自然，只以收集所及者為限，中國的優秀之作,是決非盡在於此的。

別的出版者,一方面還正在紹介歐美的新作,一方面則在複印中國的古刻,這也都是中國的新木刻的羽翼。採用外國的良規,加以發揮,使我們的作品更加豐滿是一條路;擇取中國的遺產,融合新機,使將來的作品別開生面也是一條路。如果作者都不斷的奮發,使本集能一程一程的向前走,那就會知道上文所説,實在不僅是一種奢望的了。

一九三四年六月中,鐵木藝術社記。

點 評

魯迅編輯的《木刻紀程》,以鐵木藝術社名義於一九三四年夏印行,收錄何白濤、李霧城(陳煙橋)、陳鐵耕、一工(黃新波)、陳普之、張致平(張望)、劉峴、羅清楨等人的木刻作品二十四幅。這篇小引置於卷首。小引對新近興起的青年木刻,予以豐沛的熱情,勾勒了其艱難成長的軌跡,並出版這部《木刻紀程》,"願做一個木刻的路程碑,將自去年以來,認為應該流佈的作品,陸續輯印,以為讀者的綜觀,作者的借鏡之助"。魯迅並指示藝術發展之路,在於"採用外國的良規,加以發揮,使我們的作品更加豐滿是一條路;擇取中國的遺產,融合新機,使將來的作品別開生面也是一條路"。

看書瑣記

馮於

高爾基很驚服巴爾札克小說裡寫對話的巧妙，以為並不描寫人物的模樣，卻能使讀者看了對話，便好像目睹了說話的那些人。（八月份《文學》內《我的文學修養》）

中國還沒有那樣好手段的小說家，但《水滸》和《紅樓夢》的有些地方，是能使讀者由說話看出人來的。其實，這也並非甚麼奇特的事情，在上海的弄堂裡，租一間小房子住着的人，就時時可以體驗到。他和周圍的住戶，是不一定見過面的，但只隔一層薄板壁，所以有些人家的眷屬和客人的談話，尤其是高聲的談話，都大略可以聽到，久而久之，就知道那裡有那些人，而且仿佛覺得那些人是怎樣的人了。

如果刪除了不必要之點，只摘出各人的有特色的談話來，我想，就可以使別人從談話裡推見每個說話的人物。但我並不是說，這就成了中國的巴爾札克。

作者用對話表現人物的時候，恐怕在他自己的心目中，是存在着這人物的模樣的，於是傳給讀者，使讀者的心目中也形成了這人物的模樣。但讀者所推見的人物，卻並不一定和作者所設想的相同，巴爾札克的小鬍鬚的清瘦老人，到了高爾基的頭裡，也許變了粗蠻壯大的絡腮鬍子。不過那性格，言動，一定有些類似，大致不差，恰如將法文翻成了俄文一樣。要不然，文學這東西便沒有普遍性了。

文學雖然有普遍性，但因讀者的體驗的不同而有變化，讀者倘沒有類似的體驗，它也就失去了效力。譬如我們看《紅樓夢》，從文字上推見了林黛玉這一個人，但須排除了梅博士的"黛玉葬花"照相的先入之見，另外想一個，那麼，恐怕會想到剪頭髮，穿印度綢衫，清瘦，寂寞的摩登女郎；或者別的甚麼模樣，我不能斷定。但試去和三四十年前出版的《紅樓夢圖詠》之類裡面的畫像比一比罷，一定是截然兩樣的，那上面所畫的，是那時的讀者的心目中的林黛玉。

文學有普遍性，但有界限；也有較為永久的，但因讀者的社會體驗而生變化。北極的遏斯吉摩人和菲洲腹地的黑人，我以為是不會懂得"林黛玉型"的；健全而合理的好社會中人，也將不能懂得，他們大約要比我們的聽講始皇焚書，黃巢殺人更其隔膜。一有變化，即非永久，說文學獨有仙骨，是做夢的人們的夢話。

八月六日。

點　評

────────

本文初載於一九三四年八月八日《申報·自由談》，收入《花邊文學》。魯迅說得很精彩："文學雖然有普遍性，但因讀者的體驗的不同而有變化，讀者倘沒有類似的體驗，它也就失去了效力。譬如我們看《紅樓夢》，從文字上推見了林黛玉這一個人，但須排除了梅博士的'黛玉葬花'照相的先入之見，另外想一個，那麼，恐怕會想到剪頭髮，穿印度綢衫，清瘦，寂寞的摩登女郎；或者別的甚麼模樣，我不能斷定。但試去和三四十年前出版的《紅樓夢圖詠》之類裡面的畫像比一比罷，一定是截然兩樣的，那上面所畫的，是那時的讀者的心目中的林黛玉。"這些說法，與多少年後出現的讀者接受理論，存在着不謀而合之處。可見魯迅從閱讀體驗中引導出來的見解，具有鮮活的生命力。

從孩子的照相說起

　　因為長久沒有小孩子，曾有人說，這是我做人不好的報應，要絕種的。房東太太討厭我的時候，就不准她的孩子們到我這裡玩，叫作"給他冷清冷清，冷清得他要死！"但是，現在卻有了一個孩子，雖然能不能養大也很難說，然而目下總算已經頗能說些話，發表他自己的意見了。不過不會說還好，一會說，就使我覺得他仿佛也是我的敵人。

　　他有時對於我很不滿，有一回，當面對我說："我做起爸爸來，還要好……"甚而至於頗近於"反動"，曾經給我一個嚴厲的批評道："這種爸爸，甚麼爸爸！？"

　　我不相信他的話。做兒子時，以將來的好父親自命，待到自己有了兒子的時候，先前的宣言早已忘得一乾二淨了。況且我自以為也不算怎麼壞的父親，雖然有時也要罵，甚至於打，其實是愛他的。所以他健康，活潑，頑皮，毫沒有被壓迫得瘟頭瘟腦。如果真的是一個"甚麼爸爸"，他還敢當面發這樣反動的宣言麼？

　　但那健康和活潑，有時卻也使他吃虧，九一八事件後，就被同胞誤認為日本孩子，罵了好幾回，還捱過一次打——自然是並不重的。這裡還要加一句說的聽的，都不十分舒服的話：近一年多以來，這樣的事情可是一次也沒有了。

　　中國和日本的小孩子，穿的如果都是洋服，普通實在是很難分辨的。但我們這裡的有些人，卻有一種錯誤的速斷法：溫文爾雅，不大言笑，不大動彈的，是中國孩子；健壯活潑，不怕生人，大叫大跳的，是日本孩子。

然而奇怪，我曾在日本的照相館裡給他照過一張相，滿臉頑皮，也真像日本孩子；後來又在中國的照相館裡照了一張相，相類的衣服，然而面貌很拘謹，馴良，是一個道地的中國孩子了。

為了這事，我曾經想了一想。

這不同的大原因，是在照相師的。他所指示的站或坐的姿勢，兩國的照相師先就不相同，站定之後，他就瞪了眼睛，覷機攝取他以為最好的一刹那的相貌。孩子被擺在照相機的鏡頭之下，表情是總在變化的，時而活潑，時而頑皮，時而馴良，時而拘謹，時而煩厭，時而疑懼，時而無畏，時而疲勞……。照住了馴良和拘謹的一刹那的，是中國孩子相；照住了活潑或頑皮的一刹那的，就好像日本孩子相。

馴良之類並不是惡德。但發展開去，對一切事無不馴良，卻決不是美德，也許簡直倒是沒出息。"爸爸"和前輩的話，固然也要聽的，但也須說得有道理。假使有一個孩子，自以為事事都不如人，鞠躬倒退；或者滿臉笑容，實際上卻總是陰謀暗箭，我實在寧可聽到當面罵我"甚麼東西"的爽快，而且希望他自己是一個東西。

但中國一般的趨勢，卻只在向馴良之類 ——"靜"的一方面發展，低眉順眼，唯唯諾諾，才算一個好孩子，名之曰"有趣"。活潑，健康，頑強，挺胸仰面……凡是屬於"動"的，那就未免有人搖頭了，甚至於稱之為"洋氣"。又因為多年受着侵略，就和這"洋氣"為仇；更進一步，則故意和這"洋氣"反一調：他們活動，我偏靜坐；他們講科學，我偏扶乩；他們穿短衣，我偏着長衫；他們重衛生，我偏吃蒼蠅；他們壯健，我偏生病……這才是保存中國固有文化，這才是愛國，這才不是奴隸性。

其實，由我看來，所謂"洋氣"之中，有不少是優點，也是中國人性質中所本有的，但因了歷朝的壓抑，已經萎縮了下去，現在就連自己也莫名其妙，統統送給洋人了。這是必須拿它回來 —— 恢復過來的 —— 自然還得加一番慎重的選擇。

即使並非中國所固有的罷，只要是優點，我們也應該學習。即使那老師是我們的仇敵罷，我們也應該向他學習。我在這裡要提出現在大家所不高興說的日本來，他的會摹仿，少創造，是為中國的許多論者所鄙薄的，但是，只要看看他們的出版物和工業品，早非中國所及，就知道"會摹仿"決不是劣點，我們正應該學習這"會摹仿"的。"會摹仿"又加以有創造，不是更好麼？否則，只不過是一個"恨恨而死"而已。

我在這裡還要附加一句像是多餘的聲明：我相信自己的主張，決不是"受了帝國主義者的指使"，要誘中國人做奴才；而滿口愛國，滿身國粹，也於實際上的做奴才並無妨礙。

八月七日。

點 評

本文初載於一九三四年八月二十日《新語林》半月刊第四期，收入《且介亭雜文》。魯迅的眼光實在是厲害，從不起眼的孩子照相，發現了令人感慨繫之的國民性的嚴峻問題。事情就怕對比："我曾在日本的照相館裡給他（小孩）照過一張相，滿臉頑皮，也真像日本孩子；後來又在中國的照相館裡照了一張相，相類的衣服，然而面貌很拘謹，馴良，是一個道地的中國孩子了。"原因是照相師要求孩子擺的姿勢，以及在孩子面相變化中抓拍的瞬間選擇。這不可避免地牽連着照相師，對好孩子應是怎麼樣的認定。社會規矩對人，尤其是小孩具有模塑功能："中國一般的趨勢，卻只在向馴良之類——'靜'的一方面發展，低眉順眼，唯唯諾諾，才算一個好孩子，名之曰'有趣'。活潑，健康，頑強，挺胸仰面……凡是屬於'動'的，那就未免有人搖頭了，甚至於稱之為'洋氣'。"這種模塑功能受狹隘的民族心理影響而逐漸強化："又因為多年受着侵略，就和這'洋氣'為仇；更進一步，則故意和這'洋氣'反一調：他們活動，我偏靜坐；他們講科學，我偏扶乩；他們穿短衣，我偏着長衫；他們重衛生，我偏吃蒼蠅；他們壯健，我偏生病……這才是保存中國固有文化，這才是愛國，這才不是奴隸性。"這就不能不令人驚悚於一種莫名的國民性，甚至民族宿命的危機："馴良之類並不是惡德。但發展開去，對一切事無不馴良，卻決不是美德，也許簡直倒是沒出息。'爸爸'和前輩的話，固然也要聽的，但也須說得有道理。假使有一個孩子，自以為事事都不如人，鞠躬倒退；或者滿臉笑容，實際上卻總是陰謀暗箭，我實在寧可聽到當面罵我'甚麼東西'的爽快，而且希望他自己是一個東西。"這實在是魯迅出自憂患意識的沉痛之言。魯迅於此使用的是社會人類學的視角。

趨時和復古

康伯度

　　半農先生一去世，也如朱湘廬隱兩位作家一樣，很使有些刊物熱鬧了一番。這情形，會延得多麼長久呢，現在也無從推測。但這一死，作用卻好像比那兩位大得多：他已經快要被封為復古的先賢，可用他的神主來打"趨時"的人們了。

　　這一打是有力的，因為他既是作古的名人，又是先前的新黨，以新打新，就如以毒攻毒，勝於搬出生鏽的古董來。然而笑話也就埋伏在這裡面。為甚麼呢？就為了半農先生先就是一位以"趨時"而出名的人。

　　古之青年，心目中有了劉半農三個字，原因並不在他擅長音韻學，或是常做打油詩，是在他跳出鴛蝴派，罵倒王敬軒，為一個"文學革命"陣中的戰鬥者。然而那時有一部分人，卻毀之為"趨時"。時代到底好像有些前進，光陰流過去，漸漸將這謚號洗掉了，自己爬上了一點，也就隨和一些，於是終於成為乾乾淨淨的名人。但是，"人怕出名豬怕壯"，他這時也要成為包起來作為醫治新的"趨時"病的藥料了。

　　這並不是半農先生獨個的苦境，舊例着實有。廣東舉人多得很，為甚麼康有為獨獨那麼有名呢，因為他是公車上書的頭兒，戊戌政變的主角，趨時；留英學生也不希罕，嚴復的姓名還沒有消失，就在他先前認真的譯過好幾部鬼子書，趨時；清末，治樸學的不止太炎先生一個人，而他的聲名，遠在孫詒讓之上者，其實是為了他提倡種族革命，趨時，而且還 "造反"。後來 "時" 也 "趨" 了過來，他們就成為活的純正的先賢。但是，晦氣也夾屁股跟到，康有為永定為復辟的祖師，袁皇帝要嚴復勸進，孫傳芳大帥也來請太炎先生投壺了。原是拉車前進的好身手，腿肚大，臂膊也粗，這回還是請他拉，拉還是拉，然而是拉車屁股向後，這裡只好用古文，"嗚呼哀哉，尚饗" 了。

我並不在譏刺半農先生曾經 "趨時"，我這裡所用的是普通所謂 "趨時" 中的一部分："前驅" 的意思。他雖然自認 "沒落"，其實是戰鬥過來的，只要敬愛他的人，多發揮這一點，不要七手八腳，專門把他拖進自己所喜歡的油或泥裡去做金字招牌就好了。

八月十三日。

點 評

本文初載於一九三四年八月十五日《申報·自由談》，收入《花邊文學》。劉半農去世後，報刊紀念文章頗將他包裝成 "復古的先賢"，用他的神主來打擊 "趨時" 的時潮。魯迅感嘆："古之青年，心目中有了劉半農三個字，原因並不在他擅長音韻學，或是常做打油詩，是在他跳出鴛蝴派，罵倒王敬軒，為一個 '文學革命' 陣中的戰鬥者。然而那時有一部分人，卻毀之為 '趨時'。時代到底好像有些前進，光陰流過去，漸漸將這謚號洗掉了，自己爬上了一點，也就隨和一些，於是終於成為乾乾淨淨的名人。但是，'人怕出名豬怕壯'，他這時也要成為包起來作為醫治新的 '趨時' 病的藥料了。"

魯迅將劉半農當作典型，思考近代知識者的思想曲線："這並不是半農先生獨個的苦境，舊例着實有。廣東舉人多得很，為甚麼康有為獨獨那麼有名呢，因為他是公車上書的頭兒，戊戌政變的主角，趨時；留英學生也不希罕，嚴復的姓名還沒有消失，就在他先前認真的譯過好幾部鬼子書，趨時；清末，治樸學的不止太炎先生一個人，而他的聲名，遠在孫詒讓之上者，其實是為了他提倡種族革命，趨時，而且還'造反'。後來'時'也'趨'了過來，他們就成為活的純正的先賢。但是，晦氣也夾屁股跟到，康有為永定為復辟的祖師，袁皇帝要嚴復勸進，孫傳芳大帥也來請太炎先生投壺了。"在這種知識者曲線的悖謬中，魯迅看到了一條潛在的宿命性的通則："原是拉車前進的好身手，腿肚大，臂膊也粗，這回還是請他拉，拉還是拉，然而是拉車屁股向後。"因而魯迅將他們的靈魂呼上祭台，祭詞曰："這裡只好用古文，'嗚呼哀哉，尚饗'了。"魯迅以康有為、嚴復、章太炎、劉半農四位知名知識者作為典型，進行精神解剖，在褒貶之間，是站在激進的趨時者或戰鬥者的立場的。

門外文談

一　開頭

聽說今年上海的熱，是六十年來所未有的。白天出去混飯，晚上低頭回家，屋子裡還是熱，並且加上蚊子。這時候，只有門外是天堂。因為海邊的緣故罷，總有些風，用不着揮扇。雖然彼此有些認識，卻不常見面的寓在四近的亭子間或擱樓裡的鄰人也都坐出來了，他們有的是店員，有的是書局裡的校對員，有的是製圖工人的好手。大家都已經做得筋疲力盡，嘆着苦，但這時總還算有閒的，所以也談閒天。

閒天的範圍也並不小：談旱災，談求雨，談吊膀子，談三寸怪人乾，談洋米，談裸腿，也談古文，談白話，談大眾語。因為我寫過幾篇白話文，所以關於古文之類他們特別要聽我的話，我也只好特別說的多。這樣的過了兩三夜，才給別的話岔開，也總算談完了。不料過了幾天之後，有幾個還要我寫出來。

他們裡面，有的是因為我看過幾本古書，所以相信我的，有的是因為我看過一點洋書，有的又因為我看古書也看洋書；但有幾位卻因此反不相信我，說我是蝙蝠。我說到古文，他就笑道，你不是唐宋八大家，能信麼？我談到大眾語，他又笑道：你又不是勞苦大眾，講甚麼海話呢？

這也是真的。我們講旱災的時候，就講到一位老爺下鄉查災，說有些地方是本可以不成災的，現在成災，是因為農民懶，不戽水。但一種報上，卻記着一個六十老翁，因兒子戽水乏力而死，災象如故，無路可走，自殺了。老爺和鄉下人，意見是真有這麼的不同的。那麼，我的夜談，恐怕也終不過是一個門外閒人的空話罷了。

颶風過後，天氣也涼爽了一些，但我終於照着希望我寫的幾個人的希望，寫出來了，比口語簡單得多，大致卻無異，算是抄給我們一流人看的。當時只憑記憶，亂引古書，說話是耳邊風，錯點不打緊，寫在紙上，卻使我很躊躇，但自己又苦於沒有原書可對，這只好請讀者隨時指正了。

一九三四年，八月十六夜，寫完並記。

二　字是什麼人造的？

字是甚麼人造的？

我們聽慣了一件東西，總是古時候一位聖賢所造的故事，對於文字，也當然要有這質問。但立刻就有忘記了來源的答話：字是倉頡造的。

這是一般的學者的主張，他自然有他的出典。我還見過一幅這位倉頡的畫像，是生着四隻眼睛的老頭陀。可見要造文字，相貌先得出奇，我們這種只有兩隻眼睛的人，是不但本領不夠，連相貌也不配的。

然而做《易經》的人（我不知道是誰），卻比較的聰明，他說："上古結繩而治，後世聖人易之以書契。"他不說倉頡，只說"後世聖人"，不說創造，只說掉換，真是謹慎得很；也許他無意中就不相信古代會有一個獨自造出許多文字來的人的了，所以就只是這麼含含胡胡的來一句。

但是，用書契來代結繩的人，又是甚麼腳色呢？文學家？不錯，從現在的所謂文學家的最要賣弄文字，奪掉筆桿便一無所能的事實看起來，的確首先就要想到他；他也的確應該給自己的吃飯傢伙出點力。然而並不是的。有史以前的人們，雖然勞動也唱歌，求愛也唱歌，他卻並不起草，或者留稿子，因為他做夢也想不到賣詩稿，編全集，而且那時的社會裡，也沒有報館和書舖子，文字毫無用處。據有些學者告訴我們的話來看，這在文字上用了一番工夫的，想來該是史官了。

原始社會裡，大約先前只有巫，待到漸次進化，事情繁複了，有些事情，如祭祀，狩獵，戰爭……之類，漸有記住的必要，巫就只好在他那本職的“降神”之外，一面也想法子來記事，這就是“史”的開頭。況且“升中於天”，他在本職上，也得將記載酋長和他的治下的大事的冊子，燒給上帝看，因此一樣的要做文章——雖然這大約是後起的事。再後來，職掌分得更清楚了，於是就有專門記事的史官。文字就是史官必要的工具，古人說：“倉頡，黃帝史。”第一句未可信，但指出了史和文字的關係，卻是很有意思的。至於後來的“文學家”用它來寫“阿呀呀，我的愛喲，我要死了！”那些佳句，那不過是享享現成的罷了，“何足道哉”！

三　字是怎麼來的？

照《易經》說，書契之前明明是結繩；我們那裡的鄉下人，碰到明天要做一件緊要事，怕得忘記時，也常常說：“褲帶上打一個結！”那麼，我們的古聖人，是否也用一條長繩，有一件事就打一個結呢？恐怕是不行的。只有幾個結還記得，一多可就糟了。或者那正是伏羲皇上的“八卦”之流，三條繩一組，都不打結是“乾”，中間各打一結是“坤”罷？恐怕也不對。八組尚可，六十四組就難記，何況還會有五百十二組呢。只有在秘魯還有存留的"打結字"（Quippus），用一條橫繩，掛上許多直繩，拉來拉去的結起來，網不像網，倒似乎還可以表現較多的意思。我們上古的結繩，恐怕也是如此的罷。但它既然被書契掉換，又不是書契的祖宗，我們也不妨暫且不去管它了。

夏禹的"岣嶁碑"是道士們假造的；現在我們能在實物上看見的最古的文字，只有商朝的甲骨和鐘鼎文。但這些，都已經很進步了，幾乎找不出一個原始形態。只在銅器上，有時還可以看見一點寫實的圖形，如鹿，如象，而從這圖形上，又能發見和文字相關的線索：中國文字的基礎是"象形"。

畫在西班牙的亞勒泰米拉（Altamira）洞裡的野牛，是有名的原始人的遺跡，許多藝術史家說，這正是"為藝術的藝術"，原始人畫着玩玩的。但這解釋未免過於"摩登"，因為原始人沒有十九世紀的文藝家那麼有閒，他的畫一隻牛，是有緣故的，為的是關於野牛，或者是獵取野牛，禁咒野牛的事。現在上海牆壁上的香煙和電影的廣告畫，尚且常有人張着嘴巴看，在少見多怪的原始社會裡，有了這麼一個奇跡，那轟動一時，就可想而知了。他們一面看，知道了野牛這東西，原來可以用線條移在別的平面上，同時仿佛也認識了一個"牛"字，一面也佩服這作者的才能，但沒有人請他作自傳賺錢，所以姓氏也就湮沒了。但在社會裡，倉頡也不止一個，有的在刀柄上刻一點圖，有的在門戶上畫一些畫，心心相印，口口相傳，文字就多起來，史官一採集，便可以敷衍記事了。中國文字的由來，恐怕也逃不出這例子的。

自然，後來還該有不斷的增補，這是史官自己可以辦到的，新字夾在熟字中，又是象形，別人也容易推測到那字的意義。直到現在，中國還在生出新字來。但是，硬做新倉頡，卻要失敗的，吳的朱育，唐的武則天，都曾經造過古怪字，也都白費力。現在最會造字的是中國化學家，許多原質和化合物的名目，很不容易認得，連音也難以讀出來了。老實說，我是一看見就頭痛的，覺得遠不如就用萬國通用的拉丁名來得爽快，如果二十來個字母都認不得，請恕我直說：那麼，化學也大抵學不好的。

四　寫字就是畫畫

《周禮》和《說文解字》上都說文字的構成法有六種，這裡且不談罷，只說些和"象形"有關的東西。

象形，"近取諸身，遠取諸物"，就是畫一隻眼睛是"目"，畫一個圓圈，放幾條毫光是"日"，那自然很明白，便當的。但有時要碰壁，譬如要畫刀口，怎麼辦呢？不畫刀背，也顯不出刀口來，這時就只好別出心裁，在刀口上加一條短棍，算是指明"這個地方"的意思，造了"刃"。這已經頗有些辦事棘手的模樣了，何況還有無形可象的事件，於是只得來"象意"，也叫作"會意"。一隻手放在樹上是"採"，一顆心放在屋子和飯碗之間是"寍"，有吃有住，安寍了。但要寫"寧可"的寧，卻又得在碗下面放一條線，表明這不過是用了"寍"的聲音的意思。"會意"比"象形"更麻煩，它至少要畫兩樣。如"寶"字，則要畫一個屋頂，一串玉，一個缶，一個貝，計四樣；我看"缶"字還是杵臼兩形合成的，那麼一共有五樣。單單為了寶這一個字，就很要破費些工夫。

不過還是走不通，因為有些事物是畫不出，有些事物是畫不來，譬如松柏，葉樣不同，原是可以分出來的，但寫字究竟是寫字，不能像繪畫那樣精工，到底還是硬挺不下去。來打開這僵局的是"諧聲"，意義和形象離開了關係。這已經是"記音"了，所以有人說，這是中國文字的進步。不錯，也可以說是進步，然而那基礎也還是畫畫兒。例如"菜，從草，采聲"，畫一窠草，一個爪，一株樹：三樣；"海，從水，每聲"，畫一條河，一位戴帽（？）的太太，也三樣。總之：如果要寫字，就非永遠畫畫不成。

但古人是並不愚蠢的，他們早就將形象改得簡單，遠離了寫實。篆字圓折，還有圖畫的餘痕，從隸書到現在的楷書，和形象就天差地遠。不過那基礎並未改變，天差地遠之後，就成為不象形的象形字，寫起來雖然比較的簡單，認起來卻非常困難了，要憑空一個一個的記住。而且有些字，也至今並不簡單，例如"鸞"或"鑿"，去叫孩子寫，非練習半年六月，是很難寫在半寸見方的格子裡面的。

還有一層，是"諧聲"字也因為古今字音的變遷，很有些和"聲"不大"諧"的了。現在還有誰讀"滑"為"骨"，讀"海"為"每"呢？

古人傳文字給我們，原是一份重大的遺產，應該感謝的。但在成了不象形的象形字，不十分諧聲的諧聲字的現在，這感謝卻只好躊躇一下了。

五　古時候言文一致麼？

到這裡，我想來猜一下古時候言文是否一致的問題。

對於這問題，現在的學者們雖然並沒有分明的結論，但聽他口氣，好像大概是以為一致的；越古，就越一致。不過我卻很有些懷疑，因為文字愈容易寫，就愈容易寫得和口語一致，但中國卻是那麼難畫的象形字，也許我們的古人，向來就將不關重要的詞摘去了的。

《書經》有那麼難讀，似乎正可作照寫口語的證據，但商周人的的確的口語，現在還沒有研究出，還要繁也說不定的。至於周秦古書，雖然作者也用一點他本地的方言，而文字大致相類，即使和口語還相近罷，用的也是周秦白話，並非周秦大眾語。漢朝更不必說了，雖是肯將《書經》裡難懂的字眼，翻成今字的司馬遷，也不過在特別情況之下，採用一點俗語，例如陳涉的老朋友看見他為王，驚異道："夥頤，涉之為王沉沉者"，而其中的 "涉之為王" 四個字，我還疑心太史公加過修剪的。

那麼，古書裡採錄的童謠，諺語，民歌，該是那時的老牌俗語罷。我看也很難說。中國的文學家，是頗有愛改別人文章的脾氣的。最明顯的例子是漢民間的《淮南王歌》，同一地方的同一首歌，《漢書》和《前漢紀》記的就兩樣。

一面是 ——

> 一尺布，尚可縫；
> 一斗粟，尚可舂。
> 兄弟二人，不能相容。

一面卻是 ——

> 一尺布，暖童童；
> 一斗粟，飽蓬蓬。
> 兄弟二人不相容。

比較起來，好像後者是本來面目，但已經刪掉了一些也說不定的：只是一個提要。後來宋人的語錄，話本，元人的雜劇和傳奇裡的科白，也都是提要，只是它用字較為平常，刪去的文字較少，就令人覺得 "明白如話" 了。

我的臆測，是以為中國的言文，一向就並不一致的，大原因便是字難寫，只好節省些。當時的口語的摘要，是古人的文；古代的口語的摘要，是後人的古文。所以我們的做古文，是在用了已經並不象形的象形字，未必一定諧聲的諧聲字，在紙上描出今人誰也不説，懂的也不多的，古人的口語的摘要來。你想，這難不難呢？

六　於是文章成為奇貨了

　　文字在人民間萌芽，後來卻一定為特權者所收攬。據《易經》的作者所推測，"上古結繩而治"，則連結繩就已是治人者的東西。待到落在巫史的手裡的時候，更不必説了，他們都是酋長之下，萬民之上的人。社會改變下去，學習文字的人們的範圍也擴大起來，但大抵限於特權者。至於平民，那是不識字的，並非缺少學費，只因為限於資格，他不配。而且連書籍也看不見。中國在刻版還未發達的時候，有一部好書，往往是"藏之秘閣，副在三館"，連做了士子，也還是不知道寫着甚麼的。

　　因為文字是特權者的東西，所以它就有了尊嚴性，並且有了神秘性。中國的字，到現在還很尊嚴，我們在牆壁上，就常常看見掛着寫上"敬惜字紙"的簍子；至於符的驅邪治病，那就靠了它的神秘性的。文字既然含着尊嚴性，那麼，知道文字，這人也就連帶的尊嚴起來了。新的尊嚴者日出不窮，對於舊的尊嚴者就不利，而且知道文字的人們一多，也會損傷神秘性的。符的威力，就因為這好像是字的東西，除道士以外，誰也不認識的緣故。所以，對於文字，他們一定要把持。

　　歐洲中世，文章學問，都在道院裡；克羅蒂亞（Kroatia），是到了十九世紀，識字的還只有教士的，人民的口語，退步到對於舊生活剛夠用。他們革新的時候，就只好從外國借進許多新語來。

　　我們中國的文字，對於大眾，除了身份，經濟這些限制之外，卻還要加上一條高門檻：難。單是這條門檻，倘不費他十來年工夫，就不容易跨過。跨過了的，就是士大夫，而這些士大夫，又竭力的要使文字更加難起來，因為這可以使他特別的尊嚴，超出別的一切平常的士大夫之上。漢朝的楊雄的喜歡奇字，就有這毛病的，劉歆想借他的《方言》稿子，他幾乎要跳黃浦。唐朝呢，樊宗師的文章做到別人點不斷，李賀的詩做到別人看不懂，也都為了這緣故。還有一種方法是將字寫得別人不認識，下焉者，是從《康熙字典》上查出幾個古字來，夾進文章裡面去；上焉者是錢坫的用篆字來寫劉熙的《釋名》，最近還有錢玄同先生的照《說文》字樣給太炎先生抄《小學答問》。

文字難，文章難，這還都是原來的；這些上面，又加以士大夫故意特製的難，卻還想它和大眾有緣，怎麼辦得到。但士大夫們也正願其如此，如果文字易識，大家都會，文字就不尊嚴，他也跟着不尊嚴了。說白話不如文言的人，就從這裡出發的；現在論大眾語，說大眾只要教給"千字課"就夠的人，那意思的根柢也還是在這裡。

七　不識字的作家

用那麼艱難的文字寫出來的古語摘要，我們先前也叫"文"，現在新派一點的叫"文學"，這不是從"文學子游子夏"上割下來的，是從日本輸入，他們的對於英文 Literature 的譯名。會寫寫這樣的"文"的，現在是寫白話也可以了，就叫作"文學家"，或者叫"作家"。

文學的存在條件首先要會寫字，那麼，不識字的文盲群裡，當然不會有文學家的了。然而作家卻有的。你們不要太早的笑我，我還有話說。我想，人類是在未有文字之前，就有了創作的，可惜沒有人記下，也沒有法子記下。我們的祖先的原始人，原是連話也不會說的，為了共同勞作，必需發表意見，才漸漸的練出複雜的聲音來，假如那時大家抬木頭，都覺得吃力了，卻想不到發表，其中有一個叫道"杭育杭育"，那麼，這就是創作；大家也要佩服，應用的，這就等於出版；倘若用甚麼記號留存了下來，這就是文學；他當然就是作家，也是文學家，是"杭育杭育派"。不要笑，這作品確也幼稚得很，但古人不及今人的地方是很多的，這正是其一。就是周朝的甚麼"關關雎鳩，在河之洲，窈窕淑女，君子好逑"罷，它是《詩經》裡的頭一篇，所以嚇得我們只好磕頭佩服，假如先前未曾有過這樣的一篇詩，現在的新詩人用這意思做一首白話詩，到無論甚麼副刊上去投稿試試罷，我看十分之九是要被編輯者塞進字紙簍去的。"漂亮的好小姐呀，是少爺的好一對兒！"甚麼話呢？

就是《詩經》的《國風》裡的東西，好許多也是不識字的無名氏作品，因為比較的優秀，大家口口相傳的。王官們檢出它可作行政上參考的記錄了下來，此外消滅的正不知有多少。希臘人荷馬——我們姑且當作有這樣一個人——的兩大史詩，也原是口吟，現存的是別人的記錄。東晉到齊陳的《子夜歌》和《讀曲歌》之類，唐朝的《竹枝詞》和《柳枝詞》之類，原都是無名氏的創作，經文人的採錄和潤色之後，留傳下來的。這一潤色，留傳固然留傳了，但可惜的是一定失去了許多本來面目。到現在，到處還有民謠，山歌，漁歌等，這就是不識字的詩人的作品；也傳述着童話和故事，這就是不識字的小説家的作品；他們，就都是不識字的作家。

但是，因為沒有記錄作品的東西，又很容易消滅，流佈的範圍也不能很廣大，知道的人們也就很少了。偶有一點為文人所見，往往倒吃驚，吸入自己的作品中，作為新的養料。舊文學衰頹時，因為攝取民間文學或外國文學而起一個新的轉變，這例子是常見於文學史上的。不識字的作家雖然不及文人的細膩，但他卻剛健，清新。

要這樣的作品為大家所共有，首先也就是要這作家能寫字，同時也還要讀者們能識字以至能寫字，一句話：將文字交給一切人。

八　怎麼交代？

將文字交給大眾的事實，從清朝末年就已經有了的。

"莫打鼓，莫打鑼，聽我唱個太平歌……"是欽頒的教育大眾的俗歌；此外，士大夫也辦過一些白話報，但那主意，是只要大家聽得懂，不必一定寫得出。《平民千字課》就帶了一點寫得出的可能，但也只夠記賬，寫信。倘要寫出心裡所想的東西，它那限定的字數是不夠的。譬如牢監，的確是給了人一塊地，不過它有限制，只能在這圈子裡行立坐臥，斷不能跑出設定了的鐵柵外面去。

勞乃宣和王照他兩位都有簡字，進步得很，可以照音寫字了。民國初年，教育部要製字母，他們倆都是會員，勞先生派了一位代表，王先生是親到的，為了入聲存廢問題，曾和吳稚暉先生大戰，戰得吳先生肚子一凹，棉褲也落了下來。但結果總算幾經斟酌，製成了一種東西，叫作"注音字母"。那時很有些人，以為可以替代漢字了，但實際上還是不行，因為它究竟不過簡單的方塊字，恰如日本的"假名"一樣，夾上幾個，或者注在漢字的旁邊還可以，要它拜帥，能力就不夠了。寫起來會混雜，看起來要眼花。那時的會員們稱它為"注音字母"，是深知道它的能力範圍的。再看日本，他們有主張減少漢字的，有主張拉丁拼音的，但主張只用"假名"的卻沒有。

再好一點的是用羅馬字拼法，研究得最精的是趙元任先生罷，我不大明白。用世界通用的羅馬字拼起來 —— 現在是連土耳其也採用了 —— 一詞一串，非常清晰，是好的。但教我似的門外漢來說，好像那拼法還太繁。要精密，當然不得不繁，但繁得很，就又變了"難"，有些妨礙普及了。最好是另有一種簡而不陋的東西。

這裡我們可以研究一下新的"拉丁化"法，《每日國際文選》裡有一小本《中國語書法之拉丁化》，《世界》第二年第六七號合刊附錄的一份《言語科學》，就都是紹介這東西的。價錢便宜，有心的人可以買來看。它只有二千八個字母，拼法也容易學。"人" 就是 Rhen，"房子" 就是 Fangz，"我吃果子" 是 Wo ch goz，"他是工人" 是 Ta sh gungrhen。現在在華僑裡實驗，見了成績的，還只是北方話。但我想，中國究竟還是講北方話 —— 不是北京話 —— 的人們多，將來如果真有一種到處通行的大眾語，那主力也恐怕還是北方話罷。為今之計，只要酌量增減一點，使它合於各該地方所特有的音，也就可以用到無論甚麼窮鄉僻壤去了。

那么，只要認識二十八個字母，學一點拼法和寫法，除懶蟲和低能外，就誰都能夠寫得出，看得懂了。況且它還有一個好處，是寫得快。美國人說，時間就是金錢；但我想：時間就是性命。無端的空耗別人的時間，其實是無異於謀財害命的。不過像我們這樣坐着乘風涼，談閒天的人們，可又是例外。

九　專化呢，普遍化呢？

到了這裡，就又碰着了一個大問題：中國的言語，各處很不同，單給一個粗枝大葉的區別，就有北方話，江浙話，兩湖川貴話，福建話，廣東話這五種，而這五種中，還有小區別。現在用拉丁字來寫，寫普通話，還是寫土話呢？要寫普通話，人們不會；倘寫土話，別處的人們就看不懂，反而隔閡起來，不及全國通行的漢字了。這是一個大弊病！

我的意思是：在開首的啓蒙時期，各地方各寫它的土話，用不着顧到和別地方意思不相通。當未用拉丁寫法之前，我們的不識字的人們，原沒有用漢字互通着聲氣，所以新添的壞處是一點也沒有的，倒有新的益處，至少是在同一語言的區域裡，可以彼此交換意見，吸收

智識了 —— 那當然，一面也得有人寫些有益的書。問題倒在這各處的大眾語文，將來究竟要它專化呢，還是普通化？

方言土語裡，很有些意味深長的話，我們那裡叫 "煉話"，用起來是很有意思的，恰如文言的用古典，聽者也覺得趣味津津。各就各處的方言，將語法和詞彙，更加提煉，使他發達上去的，就是專化。這於文學，是很有益處的，它可以做得比僅用泛泛的話頭的文章更加有意思。但專化又有專化的危險。言語學我不知道，看生物，是一到專化，往往要滅亡的。未有人類以前的許多動植物，就因為太專化了，失其可變性，環境一改，無法應付，只好滅亡。—— 幸而我們人類還不算專化的動物，請你們不要愁。大眾，是有文學，要文學的，但決不該為文學做犧牲，要不然，他的荒謬和為了保存漢字，要十分之八的中國人做文盲來殉難的活聖賢就並不兩樣。所以，我想，啓蒙時候用方言，但一面又要漸漸的加入普通的語法和詞彙去。先用固有的，是一地方的語文的大眾化，加入新的去，是全國的語文的大眾化。

幾個讀書人在書房裡商量出來的方案，固然大抵行不通，但一切都聽其自然，卻也不是好辦法。現在在碼頭上，公共機關中，大學校裡，確已有着一種好像普通話模樣的東西，大家說話，既非 "國語"，又不是京話，各各帶着鄉音，鄉調，卻又不是方言，即使說的吃力，聽的也吃力，然而總歸說得出，聽得懂。如果加以整理，幫它發達，也是大眾語中的一支，說不定將來還簡直是主力。我說要在方言裡 "加入新的去"，那 "新的" 的來源就在這地方。待到這一種出於自然，又加人工的話一普遍，我們的大眾語文就算大致統一了。

此後當然還要做。年深月久之後，語文更加一致，和 "煉話" 一樣好，比 "古典" 還要活的東西，也漸漸的形成，文學就更加精采了。馬上是辦不到的。你們想，國粹家當作寶貝的漢字，不是化了三四千年工夫，這才有這麼一堆古怪成績麼？

至於開手要誰來做的問題，那不消説：是覺悟的讀書人。有人說：「大眾的事情，要大眾自己來做！」那當然不錯的，不過得看看說的是甚麼腳色。如果説的是大眾，那有一點是對的，對的是要自己來，錯的是推開了幫手。倘使説的是讀書人呢，那可全不同了：他在用漂亮話把持文字，保護自己的尊榮。

十　不必恐慌

但是，這還不必實做，只要一說，就又使另一些人發生恐慌了。

首先是説提倡大眾語文的，乃是「文藝的政治宣傳員如宋陽之流」，本意在於造反。給帶上一頂有色帽，是極簡單的反對法。不過一面也就是説，為了自己的太平，寧可中國有百分之八十的文盲。那麼，倘使口頭宣傳呢，就應該使中國有百分之八十的聾子了。但這不屬於「談文」的範圍，這裡也無須多説。

專為着文學發愁的，我現在看見有兩種。一種是怕大眾如果都會讀，寫，就大家都變成文學家了。這真是怕天掉下來的好人。上次説過，在不識字的大眾裡，是一向就有作家的。我久不到鄉下去了，先前是，農民們還有一點餘閒，譬如乘涼，就有人講故事。不過這講手，大抵是特定的人，他比較的見識多，説話巧，能夠使人聽下去，懂明白，並且覺得有趣。這就是作家，抄出他的話來，也就是作品。倘有語言無味，偏愛多嘴的人，大家是不要聽的，還要送給他許多冷話——譏刺。我們弄了幾千年文言，十來年白話，凡是能寫的人，何嘗個個是文學家呢？即使都變成文學家，又不是軍閥或土匪，於大眾也並無害處的，不過彼此互看作品而已。

還有一種是怕文學的低落。大眾並無舊文學的修養，比起士大夫文學的細緻來，或者會顯得所謂 "低落" 的，但也未染舊文學的痼疾，所以它又剛健，清新。無名氏文學如《子夜歌》之流，會給舊文學一種新力量，我先前已經説過了；現在也有人紹介了許多民歌和故事。還有戲劇，例如《朝花夕拾》所引《目連救母》裡的無常鬼的自傳，説是因為同情一個鬼魂，暫放還陽半日，不料被閻羅責罰，從此不再寬縱了——

> "那怕你銅牆鐵壁！
> 那怕你皇親國戚！……"

何等有人情，又何等知過，何等守法，又何等果決，我們的文學家做得出來麼？

這是真的農民和手業工人的作品，由他們閒中扮演。藉目連的巡行來貫串許多故事，除《小尼姑下山》外，和刻本的《目連救母記》是完全不同的。其中有一段《武松打虎》，是甲乙兩人，一強一弱，扮着戲玩。先是甲扮武松，乙扮老虎，被甲打得要命，乙埋怨他了，甲道："你是老虎，不打，不是給你咬死了？" 乙只得要求互換，卻又被甲咬得要命，一説怨話，甲便道："你是武松，不咬，不是給你打死了？" 我想：比起希臘的伊索，俄國的梭羅古勃的寓言來，這是毫無遜色的。

如果到全國的各處去收集，這一類的作品恐怕還很多。但自然，缺點是有的。是一向受着難文字，難文章的封鎖，和現代思潮隔絕。所以，倘要中國的文化一同向上，就必須提倡大眾語，大眾文，而且書法更必須拉丁化。

十一　大眾並不如讀書人所想像的愚蠢

　　但是，這一回，大眾語文剛一提出，就有些猛將趁勢出現了，來路是並不一樣的，可是都向白話，翻譯，歐化語法，新字眼進攻。他們都打着“大眾”的旗，說這些東西，都為大眾所不懂，所以要不得。其中有的是原是文言餘孽，藉此先來打擊當面的白話和翻譯的，就是祖傳的“遠交近攻”的老法術；有的是本是懶惰分子，未嘗用功，要大眾語未成，白話先倒，讓他在這空場上誇海口的，其實也還是文言文的好朋友，我都不想在這裡多談。現在要說的只是那些好意的，然而錯誤的人，因為他們不是看輕了大眾，就是看輕了自己，仍舊犯着古之讀書人的老毛病。

　　讀書人常常看輕別人，以為較新，較難的字句，自己能懂，大眾卻不能懂，所以為大眾計，是必須徹底掃蕩的；說話作文，越俗，就越好。這意見發展開來，他就要不自覺的成為新國粹派。或則希圖大眾語文在大眾中推行得快，主張甚麼都要配大眾的胃口，甚至於說要“迎合大眾”，故意多罵幾句，以博大眾的歡心。這當然自有他的苦心孤詣，但這樣下去，可要成為大眾的新幫閒的。

　　說起大眾來，界限寬泛得很，其中包括着各式各樣的人，但即使“目不識丁”的文盲，由我看來，其實也並不如讀書人所推想的那麼愚蠢。他們是要智識，要新的智識，要學習，能攝取的。當然，如果滿口新語法，新名詞，他們是甚麼也不懂；但逐漸的檢必要的灌輸進去，他們卻會接受；那消化的力量，也許還賽過成見更多的讀書人。初生的孩子，都是文盲，但到兩歲，就懂許多話，能說許多話了，這在他，全部是新名詞，新語法。他那裡是從《馬氏文通》或《辭源》裡查來的呢，也沒有教師給他解釋，他是聽過幾回之後，從比較而明白了意義的。大眾的會攝取新詞彙和語法，也就是這樣子，他們會這樣的前進。所以，新國粹派的主張，雖然好像為大眾設想，實際上倒盡了拖住的任務。不過也不能聽大眾的自然，因為有些見識，他們究竟還在覺悟的讀書人之下，如果不給他們隨時揀選，也許會誤拿了無益的，甚而至於有害的東西。所以，"迎合大眾"的新幫閒，是絕對的要不得的。

由歷史所指示，凡有改革，最初，總是覺悟的智識者的任務。但這些智識者，卻必須有研究，能思索，有決斷，而且有毅力。他也用權，卻不是騙人，他利導，卻並非迎合。他不看輕自己，以為是大家的戲子，也不看輕別人，當作自己的嘍羅。他只是大眾中的一個人，我想，這才可以做大眾的事業。

十二　煞尾

話已經説得不少了。總之，單是話不行，要緊的是做。要許多人做：大眾和先驅；要各式的人做：教育家，文學家，言語學家……。這已經迫於必要了，即使目下還有點逆水行舟，也只好拉縴；順水固然好得很，然而還是少不得把舵的。

這拉縴或把舵的好方法，雖然也可以口談，但大抵得益於實驗，無論怎麼看風看水，目的只是一個：向前。

各人大概都有些自己的意見，現在還是給我聽聽你們諸位的高論罷。

點　評

此文初載於一九三四年八月至九月《申報·自由談》，收入《且介亭雜文》。作者以唯物史觀談論文字和文學的發生學，又以民眾本位考察語文改革，旁徵博引。此文與《魏晉風度及文章與藥及酒之關係》堪稱魯迅學術漫談的雙璧，均為不可多得的奇文。

魯迅作文，善於放低自己的架子，夏夜消暑談文，先對自己來了一個解構："他們裡面，有的是因為我看過幾本古書，所以相信我的，有的是因為我看過一點洋書，有的又因為我看古書也看洋書；但有幾位卻因此反不相信我，說我是蝙蝠。我說到古文，他就笑道，你不是唐宋八大家，能信麼？我談到大眾語，他又笑道：你又不是勞苦大眾，講甚麼海話呢？……那麼，我的夜談，恐怕也終不過是一個門外閒人的空話罷了。"

經過輕輕鬆鬆的自我調侃之後，魯迅談文學，就不遵循枯燥無味的教科書出牌，而採取自己獨特的思路，先從文字的發生講起，談文字注意到巫史的作用，這就非常到位地將文學史安頓在發生學的根本上。接着談畫圖和造字法，談古代言文是否一致，準情度理，覺得古人作文，是"口語的摘要"；後世的古文，是"古代的口語的摘要"；"我們的做古文，是在用了已經並不象形的象形字，未必一定諧聲的諧聲字，在紙上描出今人誰也不說，懂的也不多的，古人的口語的摘要來"。這種言文悖謬，使文章奇貨可居，導致"文字是特權者的東西，所以它就有了尊嚴性，並且有了神秘性"。

魯迅的宗旨在於解放文學，將文學還給口語，還給民眾。至於文學的發生，魯迅認為與民眾、與勞動有關："我們的祖先的原始人，原是連話也不會說的，為了共同勞作，必需發表意見，才漸漸的練出複雜的聲音來，假如那時大家抬木頭，都覺得吃力了，卻想不到發表，其中有一個叫道'杭育杭育'，那麼，這就是創作；大家也要佩服，應用的，這就等於出版；倘若用甚麼記號留存了下來，這就是文學；他當然就是作家，也是文學家，是‘杭育杭育派’。”魯迅在這裡將文學創始的權利，還給勞動者和他們的勞動需求。他以詩歌發展史為例，指出：“就是《詩經》的《國風》裡的東西，好許多也是不識字的無名氏作品，因為比較的優秀，大家口口相傳的。……東晉到齊陳的《子夜歌》和《讀曲歌》之類，唐朝的《竹枝詞》和《柳枝詞》之類，原都是無名氏的創作，經文人的採錄和潤色之後，留傳下來的。這一潤色，留傳固然留傳了，但可惜的是一定失去了許多本來面目。到現在，到處還有民謠，山歌，漁歌等，這就是不識字的詩人的作品；也傳述着童話和故事，這就是不識字的小說家的作品；他們，就都是不識字的作家。”詩歌發生於民間的無名氏，這是魯迅的平民文學觀。民間歌謠，成了詩人騷客的老師：“偶有一點為文人所見，往往倒吃驚，吸入自己的作品中，作為新的養料。舊文學衰頹時，因為攝取民間文學或外國文學而起一個新的轉變，這例子是常見於文學史上的。不識字的作家雖然不及文人的細膩，但他卻剛健，清新。”假如要文學史不陷入攝取爾後衰頹的週期律，只需實行“一句話：將文字交給一切人”；“倘要中國的文化一同向上，就必須提倡大眾語，大眾文，而且書法更必須拉丁化”。這就是魯迅在大眾語運動中的文學平民路線。

　　魯迅得天獨厚的，是擁有異常珍貴的童年經驗作為證據：“例如《朝花夕拾》所引《目連救母》裡的無常鬼的自傳，說是因為同情一個鬼魂，暫放還陽半日，不料被閻羅責罰，從此不再寬縱了——‘那怕你銅牆鐵壁！那怕你皇親國戚！……’何等有人情，又何等知過，何等守法，又何等果決，我們的文學家做得出來麼？這是真的農民和手業工人的作品，由他們閒中扮演。藉目連的巡行來貫串許多故事，除《小尼姑下山》外，和刻本的《目連救母記》

是完全不同的。其中有一段《武松打虎》，是甲乙兩人，一強一弱，扮着戲玩。先是甲扮武松，乙扮老虎，被甲打得要命，乙埋怨他了，甲道：'你是老虎，不打，不是給你咬死了？'乙只得要求互換，卻又被甲咬得要命，一說怨話，甲便道：'你是武松，不咬，不是給你打死了？'我想：比起希臘的伊索，俄國的梭羅古勃的寓言來，這是毫無遜色的。"魯迅於此以人類學的眼光看文學，或者說，他的開拓指向文學人類學。

中國人失掉自信力了嗎

從公開的文字上看起來：兩年以前，我們總自誇着 "地大物博"，是事實；不久就不再自誇了，只希望着國聯，也是事實；現在是既不誇自己，也不信國聯，改為一味求神拜佛，懷古傷今了——卻也是事實。

於是有人慨嘆曰：中國人失掉自信力了。

如果單據這一點現象而論，自信其實是早就失掉了的。先前信 "地"，信 "物"，後來信 "國聯"，都沒有相信過 "自己"。假使這也算一種 "信"，那也只能説中國人曾經有過 "他信力"，自從對國聯失望之後，便把這他信力都失掉了。

失掉了他信力，就會疑，一個轉身，也許能夠只相信了自己，倒是一條新生路，但不幸的是逐漸玄虛起來了。信 "地" 和 "物"，還是切實的東西，國聯就渺茫，不過這還可以令人不久就省悟到依賴它的不可靠。一到求神拜佛，可就玄虛之至了，有益或是有害，一時就找不出分明的結果來，它可以令人更長久的麻醉着自己。

中國人現在是在發展着 "自欺力"。

"自欺" 也並非現在的新東西，現在只不過日見其明顯，籠罩了一切罷了。然而，在這籠罩之下，我們有並不失掉自信力的中國人在。

我們從古以來，就有埋頭苦幹的人，有拚命硬幹的人，有為民請命的人，有捨身求法的人，……雖是等於為帝王將相作家譜的所謂 "正史"，也往往掩不住他們的光耀，這就是中國的脊樑。

這一類的人們，就是現在也何嘗少呢？他們有確信，不自欺；他們在前仆後繼的戰鬥，不過一面總在被摧殘，被抹殺，消滅於黑暗中，不能為大家所知道罷了。說中國人失掉了自信力，用以指一部分人則可，倘若加於全體，那簡直是誣蔑。

要論中國人，必須不被搽在表面的自欺欺人的脂粉所誑騙，卻看看他的筋骨和脊樑。自信力的有無，狀元宰相的文章是不足為據的，要自己去看地底下。

九月二十五日。

點 評

本文初載於一九三四年十月二十日《太白》半月刊第一卷第三期，收入《且介亭雜文》。魯迅剖析了某部分中國人"信他"、"信物"、"信國聯"，到求神拜佛及自欺的精神狀態，他們發展着的是"自欺力"而非"自信力"。但魯迅嚴正地指出，我們有並不失掉自信力的中國人在："我們從古以來，就有埋頭苦幹的人，有拚命硬幹的人，有為民請命的人，有捨身求法的人，……雖是等於為帝王將相作家譜的所謂'正史'，也往往掩不住他們的光耀，這就是中國的脊樑。"至今作為中國的筋骨和脊樑的人們依然有確信，不自欺，在前仆後繼的戰鬥。自信力的有無，狀元宰相的文章是不足為據的，要自己去看地底下。當魯迅腳踏着大地的時候，心靈是迎接着陽光而驅散陰霾的。

說 “面子”

　　“面子”，是我們在談話裡常常聽到的，因為好像一聽就懂，所以細想的人大約不很多。

　　但近來從外國人的嘴裡，有時也聽到這兩個音，他們似乎在研究。他們以為這一件事情，很不容易懂，然而是中國精神的綱領，只要抓住這個，就像二十四年前的拔住了辮子一樣，全身都跟着走動了。相傳前清時候，洋人到總理衙門去要求利益，一通威嚇，嚇得大官們滿口答應，但臨走時，卻被從邊門送出去。不給他走正門，就是他沒有面子；他既然沒有了面子，自然就是中國有了面子，也就是佔了上風了。這是不是事實，我斷不定，但這故事，“中外人士”中是頗有些人知道的。

　　因此，我頗疑心他們想專將“面子”給我們。

　　但“面子”究竟是怎麼一回事呢？不想還好，一想可就覺得胡塗。它像是很有好幾種的，每一種身份，就有一種“面子”，也就是所謂“臉”。這“臉”有一條界線，如果落到這線的下面去了，即失了面子，也叫作“丟臉”。不怕“丟臉”，便是“不要臉”。但倘使做了超出這線以上的事，就“有面子”，或曰“露臉”。而“丟臉”之道，則因人而不同，例如車夫坐在路邊赤膊捉虱子，並不算甚麼，富家姑爺坐在路邊赤膊捉虱子，才成為“丟臉”。但車夫也並非沒有“臉”，不過這時不算“丟”，要給老婆踢了一腳，就躺倒哭起來，這才成為他的“丟臉”。這一條“丟臉”律，是也適用於上等人的。這樣看來，“丟臉”

的機會，似乎上等人比較的多，但也不一定，例如車夫偷一個錢袋，被人發見，是失了面子的，而上等人大撈一批金珠珍玩，卻彷彿也不見得怎樣 "丟臉"，況且還有 "出洋考察"，是改頭換面的良方。

誰都要 "面子"，當然也可以説是好事情，但 "面子" 這東西，卻實在有些怪。九月三十日的《申報》就告訴我們一條新聞：滬西有業木匠大包作頭之羅立鴻，為其母出殯，邀開 "賃器店之王樹寶夫婦幫忙，因來賓眾多，所備白衣，不敷分配，其時適有名王道才，綽號三喜子，亦到來送殯，爭穿白衣不遂，以為有失體面，心中懷恨，……邀集徒黨數十人，各執鐵棍，據説尚有持手槍者多人，將王樹寶家人亂打，一時雙方有劇烈之戰爭，頭破血流，多人受有重傷。……" 白衣是親族有服者所穿的，現在必須 "爭穿" 而又 "不遂"，足見並非親族，但竟以為 "有失體面"，演成這樣的大戰了。這時候，好像只要和普通有些不同便是 "有面子"，而自己成了甚麼，卻可以完全不管。這類脾氣，是 "紳商" 也不免發露的：袁世凱將要稱帝的時候，有人以列名於勸進表中為 "有面子"；有一國從青島撤兵的時候，有人以列名於萬民傘上為 "有面子"。

所以，要 "面子" 也可以説並不一定是好事情 —— 但我並非説，人應該 "不要臉"。現在説話難，如果主張 "非孝"，就有人會説你在煽動打父母，主張男女平等，就有人會説你在提倡亂交 —— 這聲明是萬不可少的。

況且，"要面子" 和 "不要臉" 實在也可以有很難分辨的時候。不是有一個笑話麼？一個紳士有錢有勢，我假定他叫四大人罷，人們都以能夠和他扳談為榮。有一個專愛誇耀的小癟三，一天高興的告訴別人道："四大人和我講過話了！" 人問他 "説甚麼呢？" 答道："我站在他門口，四大人出來了，對我説：滾開去！" 當然，這是笑話，是形容這人的 "不要臉"，但在他本人，是以為 "有面子" 的，如此的人一多，也就真成為"有面子"了。別的許多人，不是四大人連"滾開去"也不對他説麼？

在上海，"吃外國火腿"雖然還不是"有面子"，卻也不算怎麼"丟臉"了，然而比起被一個本國的下等人所踢來，又仿佛近於"有面子"。

中國人要"面子"，是好的，可惜的是這"面子"是"圓機活法"，善於變化，於是就和"不要臉"混起來了。長谷川如是閒説"盜泉"云："古之君子，惡其名而不飲，今之君子，改其名而飲之。"也説穿了"今之君子"的"面子"的秘密。

十月四日。

點 評

本文初載於一九三四年十月上海《漫畫生活》月刊第二期，收入《且介亭雜文》。有些洋人把"面子"看作"中國精神的綱領"。承接着這個所謂國民性的命題，魯迅到了後期，並沒有順勢推衍，而是換了一個方向，增加了階級階層的分析。他先分析甚麼叫"面子"、"有面子"、"丟面子"："每一種身份，就有一種'面子'，也就是所謂'臉'。這'臉'有一條界線，如果落到這線的下面去了，即失了面子，也叫作'丟臉'。不怕'丟臉'，便是'不要臉'。但倘使做了超出這線以上的事，就'有面子'，或曰'露臉'。"然後轉向更深一層：""'丟臉'之道，則因人而不同，例如車夫坐在路邊赤膊捉虱子，並不算甚麼，富家姑爺坐在路邊赤膊捉虱子，才成為'丟臉'。但車夫也並非沒有'臉'，不過這時不算'丟'，要給老婆踢了一腳，就躺倒哭起來，這才成為他的'丟臉'。這一條'丟臉’律，是也適用於上等人的。這樣看來，‘丟臉’的機會，似乎上等人比較的多，但也不一定，例如車夫偷一個錢袋，被人發見，是失了面子的，而上等人大撈一批金珠珍玩，卻彷彿也不見得怎樣‘丟臉’，況且還有‘出洋考察’，是改頭換面的良方。”這就是“‘面子’是‘圓機活法’，善於變化，於是就和‘不要臉’混起來了”。在面子問題上，貧富分離的社會也是是非顛倒的。

運 命

有一天，我坐在內山書店裡閒談 —— 我是常到內山書店去閒談的，我的可憐的敵對的 "文學家"，還曾經藉此竭力給我一個 "漢奸" 的稱號，可惜現在他們又不堅持了 —— 才知道日本的丙午年生，今年二十九歲的女性，是一群十分不幸的人。大家相信丙午年生的女人要克夫，即使再嫁，也還要克，而且可以多至五六個，所以想結婚是很困難的。這自然是一種迷信，但日本社會上的迷信也還是真不少。

我問：可有方法解除這夙命呢？回答是：沒有。

接着我就想到了中國。

許多外國的中國研究家，都説中國人是定命論者，命中注定，無可奈何；就是中國的論者，現在也有些人這樣説。但據我所知道，中國女性就沒有這樣無法解除的命運。"命凶" 或 "命硬"，是有的，但總有法子想，就是所謂 "禳解"；或者和不怕相克的命的男子結婚，制住她的 "凶" 或 "硬"。假如有一種命，説是要連克五六個丈夫的罷，那就早有道士之類出場，自稱知道妙法，用桃木刻成五六個男人，畫上符咒，和這命的女人一同行 "結儷之禮" 後，燒掉或埋掉，於是真來訂婚的丈夫，就算是第七個，毫無危險了。

中國人的確相信運命，但這運命是有方法轉移的。所謂 "沒有法子"，有時也就是一種另想道路 —— 轉移運命的方法。等到確信這是 "運命"，真真 "沒有法子" 的時候，那是在事實上已經十足碰壁，或者恰要滅亡之際了。運命並不是中國人的事前的指導，乃是事後的一種不費心思的解釋。

中國人自然有迷信，也有“信”，但好像很少“堅信”。我們先前最尊皇帝，但一面想玩弄他，也尊后妃，但一面又有些想吊她的膀子；畏神明，而又燒紙錢作賄賂，佩服豪傑，卻不肯為他作犧牲。崇孔的名儒，一面拜佛，信甲的戰士，明天信丁。宗教戰爭是向來沒有的，從北魏到唐末的佛道二教的此仆彼起，是只靠幾個人在皇帝耳朵邊的甘言蜜語。風水，符咒，拜禱……偌大的“運命”，只要化一批錢或磕幾個頭，就改換得和注定的一筆大不相同了——就是並不注定。

我們的先哲，也有知道“定命”有這麼的不定，是不足以定人心的，於是他說，這用種種方法之後所得的結果，就是真的“定命”，而且連必須用種種方法，也是命中注定的。但看起一般的人們來，卻似乎並不這樣想。

人而沒有“堅信”，狐狐疑疑，也許並不是好事情，因為這也就是所謂“無特操”。但我以為信運命的中國人而又相信運命可以轉移，卻是值得樂觀的。不過現在為止，是在用迷信來轉移別的迷信，所以歸根結蒂，並無不同，以後倘能用正當的道理和實行——科學來替換了這迷信，那麼，定命論的思想，也就和中國人離開了。

假如真有這一日，則和尚，道士，巫師，星相家，風水先生……的寶座，就都讓給了科學家，我們也不必整年的見神見鬼了。

十月二十三日。

點 評

本文初載於一九三四年十一月二十日《太白》半月刊第一卷第

五期，收入《且介亭雜文》。魯迅主張以科學破除迷信。他從日本人和中國人的命運觀之不同談起，指出："運命並不是中國人的事前的指導，乃是事後的一種不費心思的解釋。中國人自然有迷信，也有'信'，但好像很少'堅信'。我們先前最尊皇帝，但一面想玩弄他，也尊后妃，但一面又有些想吊她的膀子；畏神明，而又燒紙錢作賄賂，佩服豪傑，卻不肯為他作犧牲。崇孔的名儒，一面拜佛，信甲的戰士，明天信丁。宗教戰爭是向來沒有的，從北魏到唐末的佛道二教的此仆彼起，是只靠幾個人在皇帝耳朵邊的甘言蜜語。風水，符咒，拜禱……偌大的'運命'，只要化一批錢或磕幾個頭，就改換得和注定的一筆大不相同了——就是並不注定。"這是一種民俗心理分析，揭示了宗教"無特操"的特點，以宗教折射政治，既反諷了宗教的世俗化，也反諷了政治文化的失範和腐化。魯迅又回到迷信與科學的論題："不過現在為止，是在用迷信來轉移別的迷信，所以歸根結蒂，並無不同"，如此玩弄命運，陷入了不能自拔的惡性循環。而跳出循環，打破命定論的方法，是以"科學來替換了這迷信，那麼，定命論的思想，也就和中國人離開了"；"假如真有這一日，則和尚，道士，巫師，星相家，風水先生……的寶座，就都讓給了科學家，我們也不必整年的見神見鬼了。"在這種分析中，文化人類學與政治學、宗教學的角度是相互交叉論證的，深刻地剖析了信仰模糊化、投機化的世俗心理，提倡正義感和骨氣，追求對社會文化進行深入靈魂的現代性改造。

臉譜臆測

對於戲劇，我完全是外行。但遇到研究中國戲劇的文章，有時也看一看。近來的中國戲是否象徵主義，或中國戲裡有無象徵手法的問題，我是覺得很有趣味的。

伯鴻先生在《戲》週刊十一期（《中華日報》副刊）上，說起臉譜，承認了中國戲有時用象徵的手法，"比如白表'奸詐'，紅表'忠勇'，黑表'威猛'，藍表'妖異'，金表'神靈'之類，實與西洋的白表'純潔清淨'，黑表'悲哀'，紅表'熱烈'，黃金色表'光榮'和'努力'"並無不同，這就是"色的象徵"，雖然比較的單純，低級。

這似乎也很不錯，但再一想，卻又生了疑問，因為白表奸詐，紅表忠勇之類，是只以在臉上為限，一到別的地方，白就並不象徵奸詐，紅也不表示忠勇了。

對於中國戲劇史，我又是完全的外行。我只知道古時候（南北朝）的扮演故事，是帶假面的，這假面上，大約一定得表示出這角色的特徵，一面也是這角色的臉相的規定。古代的假面和現在的打臉的關係，好像還沒有人研究過，假使有些關係，那麼，"白表奸詐"之類，就恐怕只是人物的分類，卻並非象徵手法了。

中國古來就喜歡講"相人術"，但自然和現在的"相面"不同，並非從氣色上看出禍福來，而是所謂"誠於中，必形於外"，要從臉相上辨別這人的好壞的方法。一般的人們，也有這一種意見的，我們在現在，還常聽到"看他樣子就不是好人"這一類話。這"樣子"的具體的表現，就是戲劇上的“臉譜”。富貴人全無心肝，只知道自私自利，吃得白白胖胖，甚麼都做得出，於是白就表了奸詐。紅表忠勇，是從關雲長的“面如重棗”來的。“重棗”是怎樣的棗子，我不知道，要之，總是紅色的罷。在實際上，忠勇的人思想較為簡單，不會神經衰弱，面皮也容易發紅，倘使他要永遠中立，自稱“第三種人”，精神上就不免時時痛苦，臉上一塊青，一塊白，終於顯出白鼻子來了。黑表威猛，更是極平常的事，整年在戰場上馳驅，臉孔怎會不黑，擦着雪花膏的公子，是一定不肯自己出面去戰鬥的。

士君子常在一門一門的將人們分類，平民也在分類，我想，這“臉譜”，便是優伶和看客公同逐漸議定的分類圖。不過平民的辨別，感受的力量，是沒有士君子那麼細膩的。況且我們古時候戲台的搭法，又和羅馬不同，使看客非常散漫，表現倘不加重，他們就覺不到，看不清。這麼一來，各類人物的臉譜，就不能不誇大化，漫畫化，甚而至於到得後來，弄得希奇古怪，和實際離得很遠，好像象徵手法了。

臉譜，當然自有它本身的意義的，但我總覺得並非象徵手法，而且在舞台的構造和看客的程度和古代不同的時候，它更不過是一種贅疣，無須扶持它的存在了。然而用在別一種有意義的玩藝上，在現在，我卻以為還是很有興趣的。

十月三十一日。

點 評

本文收入《且介亭雜文》，魯迅在該書“附記”中說：“《臉譜臆測》是寫給《生生月刊》的，奉官諭：不准發表。我當初很覺得奇怪，待到領回原稿，看見用紅鉛筆打着槓子的處所，才明白原來是因為得罪了‘第三種人’老爺們了。現仍加上黑槓子，以代紅槓子，且以警戒新作家。”文章的話題是由《中華日報》副刊《戲》週刊的一篇文章談論戲曲臉譜“色的象徵”引起的，那篇文章説：“比如白表‘奸詐’，紅表‘忠勇’，黑表‘威猛’，藍表‘妖異’，金表‘神靈’之類，實與西洋的白表‘純潔清淨’，黑表‘悲哀’，紅表‘熱烈’，黃金色表‘光榮’和‘努力’並無不同。”魯迅將之引到古代“相人術”，要從臉相上辨別人的好壞，又筆鋒一轉，借題發揮，做起社會批評來：“富貴人全無心肝，只知道自私自利，吃得白白胖胖，甚麼都做得出，於是白就表了奸詐。紅表忠勇，是從關雲長的‘面如重棗’來的。‘重棗’是怎樣的棗子，我不知道，要之，總是紅色的罷。在實際上，忠勇的人思想較為簡單，不會神經衰弱，面皮也容易發紅，倘使他要永遠中立，自稱‘第三種人’，精神上就不免時時痛苦，臉上一塊青，一塊白，終於顯出白鼻子來了。黑表威猛，更是極平常的事，整年在戰場上馳驅，臉孔怎會不黑，擦着雪花膏的公子，是一定不肯自己出面去戰鬥的。”這其中的話刺痛了“第三種人”檢查官，遂使文章被“槍斃”了。至於這種“臉譜”分類是如何形成的，魯迅説它“便是優伶和看客公同逐漸議定的分類圖”，是一種社會公論。魯迅的思維方式，出入於戲曲學和社會學，眼光犀利，遊戲筆墨，嬉笑怒罵皆成文章。

拿破侖與隋那

　　我認識一個醫生，忙的，但也常受病家的攻擊，有一回，自解自嘆道：要得稱讚，最好是殺人，你把拿破侖和隋那（Edward Jenner, 1749-1823）去比比看……

　　我想，這是真的。拿破侖的戰績，和我們甚麼相干呢，我們卻總敬服他的英雄。甚而至於自己的祖宗做了蒙古人的奴隸，我們卻還恭維成吉思；從現在的卍字眼睛看來，黃人已經是劣種了，我們卻還誇耀希特拉。

　　因為他們三個，都是殺人不眨眼的大災星。

　　但我們看看自己的臂膊，大抵總有幾個疤，這就是種過牛痘的痕跡，是使我們脫離了天花的危症的。自從有這種牛痘法以來，在世界上真不知救活了多少孩子，——雖然有些人大起來也還是去給英雄們做炮灰，但我們有誰記得這發明者隋那的名字呢？

　　殺人者在毀壞世界，救人者在修補它，而炮灰資格的諸公，卻總在恭維殺人者。

　　這看法倘不改變，我想，世界是還要毀壞，人們也還要吃苦的。

十一月六日。

點 評

　　本文原載上海生活書店一九三五年編輯出版的《文藝日記》，收入《且介亭雜文》。隋那（Edward Jenner，通譯琴納，一七四九至一八二三），英國醫學家，牛痘接種的創始者。魯迅認為，自從有這種牛痘法以來，真不知救活了世界上多少孩子，但有誰記得這發明者隋那的名字呢？將他與拿破侖、成吉思汗、希特勒相比較，魯迅道破了某種歷史的悖謬："殺人者在毀壞世界，救人者在修補它，而炮灰資格的諸公，卻總在恭維殺人者。這看法倘不改變，我想，世界是還要毀壞，人們也還要吃苦的。"這裡採取的思維方式，與魯迅一再比較的世人尊奉放火的火神，遺忘鑽木取火的燧人氏，是異曲同工的。

病後雜談

一

生一點病，的確也是一種福氣。不過這裡有兩個必要條件：一要病是小病，並非甚麼霍亂吐瀉，黑死病，或腦膜炎之類；二要至少手頭有一點現款，不至於躺一天，就餓一天。這二者缺一，便是俗人，不足與言生病之雅趣的。

我曾經愛管閒事，知道過許多人，這些人物，都懷着一個大願。大願，原是每個人都有的，不過有些人卻模模胡胡，自己抓不住，說不出。他們中最特別的有兩位：一位是願天下的人都死掉，只剩下他自己和一個好看的姑娘，還有一個賣大餅的；另一位是願秋天薄暮，吐半口血，兩個侍兒扶着，懨懨的到階前去看秋海棠。這種志向，一看好像離奇，其實卻照顧得很周到。第一位姑且不談他罷，第二位的"吐半口血"，就有很大的道理。才子本來多病，但要"多"，就不能重，假使一吐就是一碗或幾升，一個人的血，能有幾回好吐呢？過不幾天，就雅不下去了。

我一向很少生病，上月卻生了一點點。開初是每晚發熱，沒有力，不想吃東西，一禮拜不肯好，只得看醫生。醫生說是流行性感冒。好罷，就是流行性感冒。但過了流行性感冒一定退熱的時期，我的熱卻還不退。醫生從他那大皮包裡取出玻璃管來，要取我的血液，我知道他在疑心我生傷寒病了，自己也有些發愁。然而他第二天對我

在上海（下）／ 317

説，血裡沒有一粒傷寒菌；於是注意的聽肺，平常；聽心，上等。這似乎很使他為難。我説，也許是疲勞罷；他也不甚反對，只是沉吟着説，但是疲勞的發熱，還應該低一點。……

好幾回檢查了全體，沒有死症，不至於嗚呼哀哉是明明白白的，不過是每晚發熱，沒有力，不想吃東西而已，這真無異於"吐半口血"，大可享生病之福了。因為既不必寫遺囑，又沒有大痛苦，然而可以不看正經書，不管柴米賬，玩他幾天，名稱又好聽，叫作"養病"。從這一天起，我就自己覺得好像有點兒"雅"了；那一位願吐半口血的才子，也就是那時躺着無事，忽然記了起來的。

光是胡思亂想也不是事，不如看點不勞精神的書，要不然，也不成其為"養病"。像這樣的時候，我贊成中國紙的線裝書，這也就是有點兒"雅"起來了的證據。洋裝書便於插架，便於保存，現在不但有洋裝二十五六史，連《四部備要》也硬領而皮靴了，——原是不為無見的。但看洋裝書要年富力強，正襟危坐，有嚴肅的態度。假使你躺着看，那就好像兩隻手捧着一塊大磚頭，不多工夫，就兩臂酸麻，只好嘆一口氣，將它放下。所以，我在嘆氣之後，就去尋線裝書。

一尋，尋到了久不見面的《世說新語》之類一大堆，躺着來看，輕飄飄的毫不費力了，魏晉人的豪放瀟灑的風姿，也仿佛在眼前浮動。由此想到阮嗣宗的聽到步兵廚善於釀酒，就求為步兵校尉；陶淵明的做了彭澤令，就教官田都種秫，以便做酒，因了太太的抗議，這才種了一點秔。這真是天趣盎然，決非現在的"站在雲端裡吶喊"者們所能望其項背。但是，"雅"要想到適可而止，再想便不行。例如阮嗣宗可以求做步兵校尉，陶淵明補了彭澤令，他們的地位，就不是一個平常人，要"雅"，也還是要地位。"採菊東籬下，悠然見南山"是淵明的好句，但我們在上海學起來可就難了。沒有南山，我們還可以改作"悠然見洋房"或"悠然見煙囪"的，然而要租一所院子裡有點竹籬，可以種菊的房子，租錢就每月總得一百兩，水電在外；巡捕捐按房租百分之十四，每月十四兩。單是這兩項，每月就是一百十四兩，每兩作一元四角算，等於一百五十九元六。近來的文稿又不值錢，每千字最低的只有四五角，因為是學陶淵明的雅人的稿子，現在算他每千字三大元罷，但標點，洋文，空白除外。那麼，單單為了採菊，他就得每月譯作淨五萬三千二百字。吃飯呢？要另外想法子生發，否則，他只好"飢來驅我去，不知竟何之"了。

"雅"要地位，也要錢，古今並不兩樣的，但古代的買雅，自然比現在便宜；辦法也並不兩樣，書要擺在書架上，或者拋幾本在地板上，酒杯要擺在桌子上，但算盤卻要收在抽屜裡，或者最好是在肚子裡。

此之謂"空靈"。

二

為了"雅"，本來不想說這些話的。後來一想，這於"雅"並無傷，不過是在證明我自己的"俗"。王夷甫口不言錢，還是一個不乾不淨人物，雅人打算盤，當然也無損其為雅人。不過他應該有時收起算盤，或者最妙是暫時忘卻算盤，那麼，那時的一言一笑，就都是靈機天成的一言一笑，如果念念不忘世間的利害，那可就成為"杭育杭育派"了。這關鍵，只在一者能夠忽而放開，一者卻是永遠執着，因此也就大有了雅俗和高下之分。我想，這和時而"敦倫"者不失為聖賢，連白天也在想女人的就要被稱為"登徒子"的道理，大概是一樣的。

所以我恐怕只好自己承認"俗"，因為隨手翻了一通《世說新語》，看過"姁隅躍清池"的時候，千不該萬不該的竟從"養病"想到"養病費"上去了，於是一骨碌爬起來，寫信討版稅，催稿費。寫完之後，覺得和魏晉人有點隔膜，自己想，假使此刻有阮嗣宗或陶淵明在面前出現，我們也一定談不來的。於是另換了幾本書，大抵是明末清初的野史，時代較近，看起來也許較有趣味。第一本拿在手裡的是《蜀碧》。

這是蜀賓從成都帶來送我的，還有一部《蜀龜鑑》，都是講張獻忠禍蜀的書，其實是不但四川人，而是凡有中國人都該翻一下的著作，可惜刻的太壞，錯字頗不少。翻了一遍，在卷三裡看見了這樣的一條——

"又，剝皮者，從頭至尻，一縷裂之，張於前，如鳥展翅，率逾日始絕。有即斃者，行刑之人坐死。"

也還是為了自己生病的緣故罷，這時就想到了人體解剖。醫術和虐刑，是都要生理學和解剖學智識的。中國卻怪得很，固有的醫書上的人身五臟圖，真是草率錯誤到見不得人，但虐刑的方法，則往往好像古人早懂得了現代的科學。例如罷，誰都知道從周到漢，有一種施於男子的"宮刑"，也叫"腐刑"，次於"大辟"一等。對於女性就叫"幽閉"，向來不大有人提起那方法，但總之，是決非將她關起來，或者將它縫起來。近時好像被我查出一點大概來了，那辦法的兇惡，妥當，而又合乎解剖學，真使我不得不吃驚。但婦科的醫書呢？幾乎都不明白女性下半身的解剖學的構造，他們只將肚子看作一個大口袋，裡面裝着莫名其妙的東西。

單說剝皮法，中國就有種種。上面所抄的是張獻忠式；還有孫可望式，見於屈大均的《安龍逸史》，也是這回在病中翻到的。其時是永曆六年，即清順治九年，永曆帝已經躲在安隆（那時改為安龍），秦王孫可望殺了陳邦傳父子，御史李如月就彈劾他"擅殺勳將，無人臣禮"，皇帝反打了如月四十板。可是事情還不能完，又給孫黨張應科知道了，就去報告了孫可望。

"可望得應科報，即令應科殺如月，剝皮示眾。俄縛如月至
朝門，有負石灰一筐，稻草一捆，置於其前。如月問，'如何用
此？'其人曰，'是揎你的草！'如月叱曰，'瞎奴！此株株是文
章，節節是忠腸也！'既而應科立右角門階，捧可望令旨，喝如
月跪。如月叱曰，'我是朝廷命官，豈跪賊令！？'乃步至中門，
向闕再拜。……應科促令仆地，剖脊，及臀，如月大呼曰：'死
得快活，渾身清涼！'又呼可望名，大罵不絕。及斷至手足，轉
前胸，猶微聲恨罵；至頸絕而死。隨以灰漬之，紉以線，後乃入
草，移北城門通衢閣上，懸之。……"

張獻忠的自然是"流賊"式；孫可望雖然也是流賊出身，但這
時已是保明拒清的柱石，封為秦王，後來降了滿洲，還是封為義王，
所以他所用的其實是官式。明初，永樂皇帝剝那忠於建文帝的景清的
皮，也就是用這方法的。大明一朝，以剝皮始，以剝皮終，可謂始終
不變；至今在紹興戲文裡和鄉下人的嘴上，還偶然可以聽到"剝皮揎
草"的話，那皇澤之長也就可想而知了。

真也無怪有些慈悲心腸人不願意看野史，聽故事；有些事情，真
也不像人世，要令人毛骨悚然，心裡受傷，永不全癒的。殘酷的事實
盡有，最好莫如不聞，這才可以保全性靈，也是"是以君子遠庖廚也"
的意思。比滅亡略早的晚明名家的瀟灑小品在現在的盛行，實在也
不能說是無緣無故。不過這一種心地晶瑩的雅致，又必須有一種好境
遇，李如月仆地"剖脊"，臉孔向下，原是一個看書的好姿勢，但如果
這時給他看袁中郎的《廣莊》，我想他是一定不要看的。這時他的性靈
有些兒不對，不懂得真文藝了。

然而，中國的士大夫是到底有點雅氣的，例如李如月說的“株株是文章，節節是忠腸”，就很富於詩趣。臨死做詩的，古今來也不知道有多少。直到近代，譚嗣同在臨刑之前就做一絕“閉門投轄思張儉”，秋瑾女士也有一句“秋雨秋風愁殺人”，然而還雅得不夠格，所以各種詩選裡都不載，也不能賣錢。

三

清朝有滅族，有凌遲，卻沒有剝皮之刑，這是漢人應該慚愧的，但後來膾炙人口的虐政是文字獄。雖說文字獄，其實還含着許多複雜的原因，在這裡不能細說；我們現在還直接受到流毒的，是他刪改了許多古人的著作的字句，禁了許多明清人的書。

《安龍逸史》大約也是一種禁書，我所得的是吳興劉氏嘉業堂的新刻本。他刻的前清禁書還不止這一種，屈大均的又有《翁山文外》；還有蔡顯的《閒漁閒閒錄》，是作者因此“斬立決”，還累及門生的，但我細看了一遍，卻又尋不出甚麼忌諱。對於這種刻書家，我是很感激的，因為他傳授給我許多知識 —— 雖然從雅人看來，只是些庸俗不堪的知識。但是到嘉業堂去買書，可真難。我還記得，今年春天的一個下午，好容易在愛文義路找着了，兩扇大鐵門，叩了幾下，門上開了一個小方洞，裡面有中國門房，中國巡捕，白俄鏢師各一位。巡捕問我來幹甚麼的。我說買書。他說賬房出去了，沒有人管，明天再來罷。我告訴他我住得遠，可能給我等一會呢？他說，不成！同時也堵住了那個小方洞。過了兩天，我又去了，改作上午，以為此時賬房也許不至於出去。但這回所得回答卻更其絕望，巡捕曰：“書都沒有了！賣完了！不賣了！”

我就沒有第三次再去買，因為實在回覆的斬釘截鐵。現在所有的幾種，是託朋友去輾轉買來的，好像必須是熟人或走熟的書店，這才買得到。

每種書的末尾，都有嘉業堂主人劉承幹先生的跋文，他對於明季的遺老很有同情，對於清初的文禍也頗不滿。但奇怪的是他自己的文章卻滿是前清遺老的口風；書是民國刻的，"儀"字還缺着末筆。我想，試看明朝遺老的著作，反抗清朝的主旨，是在異族的入主中夏的，改換朝代，倒還在其次。所以要頂禮明末的遺民，必須接受他的民族思想，這才可以心心相印。現在以明遺老之仇的滿清的遺老自居，卻又引明遺老為同調，只着重在"遺老"兩個字，而毫不問遺於何族，遺在何時，這真可以說是"為遺老而遺老"，和現在文壇上的"為藝術而藝術"，成為一副絕好的對子了。

倘以為這是因為"食古不化"的緣故，那可也並不然。中國的士大夫，該化的時候，就未必決不化。就如上面說過的《蜀龜鑑》，原是一部筆法都仿《春秋》的書，但寫到"聖祖仁皇帝康熙元年春正月"，就有"贊"道："……明季之亂甚矣！風終幽，雅終《召》，託亂極思治之隱憂而無其實事，孰若臣祖親見之，臣身親被之乎？是編以元年正月終者，非徒謂體元表正，蔑以加茲；生逢　盛世，蕩蕩難名，一以寄沒世不忘之恩，一以見太平之業所由始耳！"

《春秋》上是沒有這種筆法的。滿洲的肅王的一箭，不但射死了張獻忠，也感化了許多讀書人，而且改變了"春秋筆法"了。

四

病中來看這些書，歸根結蒂，也還是令人氣悶。但又開始知道了有些聰明的士大夫，依然會從血泊裡尋出閒適來。例如《蜀碧》，總可以說是夠慘的書了，然而序文後面卻刻着一位樂齋先生的批語道："古穆有魏晉間人筆意。"

這真是天大的本領！那死似的鎮靜，又將我的氣悶打破了。

我放下書，合了眼睛，躺着想想學這本領的方法，以為這和"君子遠庖廚也"的法子是大兩樣的，因為這時是君子自己也親到了庖廚裡。瞑想的結果，擬定了兩手太極拳。一，是對於世事要"浮光掠影"，隨時忘卻，不甚瞭然，仿佛有些關心，卻又並不懇切；二，是對於現實要"蔽聰塞明"，麻木冷靜，不受感觸，先由努力，後成自然。第一種的名稱不大好聽，第二種卻也是卻病延年的要訣，連古之儒者也並不諱言的。這都是大道。還有一種輕捷的小道，是：彼此說謊，自欺欺人。

有些事情，換一句話說就不大合式，所以君子憎惡俗人的"道破"。其實，"君子遠庖廚也"就是自欺欺人的辦法：君子非吃牛肉不可，然而他慈悲，不忍見牛的臨死的觳觫，於是走開，等到燒成牛排，然後慢慢的來咀嚼。牛排是決不會"觳觫"的了，也就和慈悲不再有衝突，於是他心安理得，天趣盎然，剔剔牙齒，摸摸肚子，"萬物皆備於我矣"了。彼此說謊也決不是傷雅的事情，東坡先生在黃州，有客來，就要客談鬼，客說沒有，東坡道："姑妄言之！"至今還算是一件韻事。

撒一點小謊，可以解無聊，也可以消悶氣；到後來，忘卻了真，相信了謊。也就心安理得，天趣盎然了起來。永樂的硬做皇帝，一部分士大夫是頗以為不大好的。尤其是對於他的慘殺建文的忠臣。和景清一同被殺的還有鐵鉉，景清剝皮，鐵鉉油炸，他的兩個女兒則發付了教坊，叫她們做婊子。這更使士大夫不舒服，但有人說，後來二女獻詩於原問官，被永樂所知，赦出，嫁給士人了。

這真是"曲終奏雅"，令人如釋重負，覺得天皇畢竟聖明，好人也終於得救。她雖然做過官妓，然而究竟是一位能詩的才女，她父親又是大忠臣，為夫的士人，當然也不算辱沒。但是，必須"浮光掠影"到這裡為止，想不得下去。一想，就要想到永樂的上諭，有些是兇殘猥褻，將張獻忠祭梓潼神的"咱老子姓張，你也姓張，咱老子和你聯了宗罷。尚饗！"的名文，和他的比起來，真是高華典雅，配登西洋的上等雜誌，那就會覺得永樂皇帝決不像一位愛才憐弱的明君。況且那時的教坊是怎樣的處所？罪人的妻女在那裡是並非靜候嫖客的，據永樂定法，還要她們"轉營"，這就是每座兵營裡都去幾天，目的是在使她們為多數男性所凌辱，生出"小龜子"和"淫賤材兒"來！所以，現在成了問題的"守節"，在那時，其實是只准"良民"專利的特典。在這樣的治下，這樣的地獄裡，做一首詩就能超生的麼？

我這回從杭世駿的《訂訛類編》（續補卷上）裡，這才確切的知道了這佳話的欺騙。他說：

> "……考鐵長女詩，乃吳人范昌期《題老妓卷》作也。詩云：'教坊落籍洗鉛華，一片春心對落花。舊曲聽來空有恨，故園歸去卻無家。雲鬟半嚲臨青鏡，雨淚頻彈濕絳紗。安得江州司馬在，尊前重為賦琵琶。'昌期，字鳴鳳；詩見張士瀹《國朝文纂》。同時杜瓊用嘉亦有次韻詩，題曰《無題》，則其非鐵氏作明矣。次女詩所謂'春來雨露深如海，嫁得劉郎勝阮郎'，其論尤為不倫。宗正睦𣚣論革除事，謂建文流落西南諸詩，皆好事偽作，則鐵女之詩可知。……"

《國朝文纂》我沒有見過，鐵氏次女的詩，杭世駿也並未尋出根底，但我以為他的話是可信的，——雖然他敗壞了口口相傳的韻事。況且一則他也是一個認真的考證學者，二則我覺得凡是得到大殺風景的結果的考證，往往比表面說得好聽，玩得有趣的東西近真。

首先將范昌期的詩嫁給鐵氏長女，聊以自欺欺人的是誰呢？我也不知道。但"浮光掠影"的一看，倒也罷了，一經杭世駿道破，再去看時，就很明白的知道了確是詠老妓之作，那第一句就不像現任官妓的口吻。不過中國的有一些士大夫，總愛無中生有，移花接木的造出故事來，他們不但歌頌升平，還粉飾黑暗。關於鐵氏二女的撒謊，尚其小焉者耳，大至胡元殺掠，滿清焚屠之際，也還會有人單單捧出甚麼烈女絕命，難婦題壁的詩詞來，這個艷傳，那個步韻，比對於華屋丘墟，生民塗炭之慘的大事情還起勁。到底是刻了一本集，連自己們都附進去，而韻事也就完結了。

我在寫着這些的時候，病是要算已經好了的了，用不着寫遺書。但我想在這裡趁便拜託我的相識的朋友，將來我死掉之後，即使在中國還有追悼的可能，也千萬不要給我開追悼會或者出甚麼記念冊。因為這不過是活人的講演或輓聯的鬥法場，為了造語驚人，對仗工穩起見，有些文豪們是簡直不恤於胡說八道的。結果至多也不過印成一本書，即使有誰看了，於我死人，於讀者活人，都無益處，就是對於作者，其實也並無益處，輓聯做得好，也不過輓聯做得好而已。

現在的意見，我以為倘有購買那些紙墨白布的閒錢，還不如選幾部明人，清人或今人的野史或筆記來印印，倒是於大家很有益處的。但是要認真，用點工夫，標點不要錯。

十二月十一日。

點 評

這篇《病後雜談》第一節最初發表於一九三五年二月《文學》

月刊第四卷第二號，其他三節都被國民黨檢查官刪去。收入《且介亭雜文》時魯迅作《附記》說："《病後雜談》是向《文學》的投稿，共五段（按：今僅存四段）；待到四卷二號上登了出來時，只剩下第一段了。後有一位作家，根據了這一段評論我道：魯迅是贊成生病的。他竟毫不想到檢查官的刪削。可見文藝上的暗殺政策，有時也還有一些效力的。"

文章評古說今，拉雜寫來，似乎渾然不考究文章作法。先說生病，再說病中看雜書，檢閱甚為常見的《世說新語》，卻看到白紙黑字的背後去了，由魏、晉風度，陶、阮趣味，看出要"雅"，也還是要有地位，有金錢，才能"空靈"起來。

病中讀野史雜著，文筆陡然變得沉重。諸如"大明一朝，以剝皮始，以剝皮終"之類，皇帝、武將、流寇都施行剝皮酷刑，"真也不像人世，要令人毛骨悚然"。而士大夫文人到底有點雅氣，偏要從中尋出詩趣，給接受"剝皮揎草"酷刑的受刑者，編造出"株株是文章，節節是忠腸"的即興詩句。再談及清朝的"文字獄"，吳興劉氏嘉業堂的新刻清朝禁書，卻莫名其妙地為清朝皇帝的名字缺筆避諱，簡直是"為遺老而遺老"了。明朝永樂皇帝慘殺建文的忠臣，景清剝皮，鐵鉉油炸，他的兩個女兒則發付了教坊，叫她們做婊子。這更使士大夫不舒服，於是有人編造二女獻詩於原問官，被永樂所知，赦出嫁給士人的逸聞。二女所獻的詩，被考證出是無中生有，移花接木，可見有一些士大夫，總愛編造故事，不但歌頌升平，還粉飾黑暗。

總之，魯迅曲曲折折地寫來，他所看到的血，已經不是雅士"願秋天薄暮，吐半口血"的血，他的趣味也不是"兩個侍兒扶着，懨懨的到階前去看秋海棠"的趣味，而是扶病振筆，揭穿了某些"聰明的士大夫從血泊中尋出閒適"的欺騙性。病餘雜談到底也未能忘懷歷史的真相和現實的批判，它在辨析雅俗真偽中，解剖了某種從暴政酷刑中尋找詩趣的劣性文化心理，藉以影射現實裡"將屠夫的兇殘，使大家化為一笑"的文學思潮。這種遊刃有餘的深刻，深刻到令人震撼，顯示了魯迅洞察幽微的非凡智慧。

論俗人應避雅人

這是看了些雜誌，偶然想到的 ——

濁世少見"雅人"，少有"韻事"。但是，沒有濁到徹底的時候，雅人卻也並非全沒有，不過因為"傷雅"的人們多，也累得他們"雅"不徹底了。

道學先生是躬行"仁恕"的，但遇見不仁不恕的人們，他就也不能仁恕。所以朱子是大賢，而做官的時候，不能不給無告的官妓吃板子。新月社的作家們是最憎惡罵人的，但遇見罵人的人，就害得他們不能不罵。林語堂先生是佩服"費厄潑賴"的，但在杭州賞菊，遇見"口裡含一枝蘇俄香煙，手裡夾一本甚麼斯基的譯本"的青年，他就不能不"假作無精打彩，愁眉不展，憂國憂家"（詳見《論語》五十五期）的樣子，面目全非了。

優良的人物，有時候是要靠別種人來比較，襯托的，例如上等與下等，好與壞，雅與俗，小器與大度之類。沒有別人，即無以顯出這一面之優，所謂"相反而實相成"者，就是這。但又須別人湊趣，至少是知趣，即使不能幫閒，也至少不可說破，逼得好人們再也好不下去。例如曹孟德是"尚通侻"的，但禰正平天天上門來罵他，他也只好生起氣來，送給黃祖去"借刀殺人"了。禰正平真是"咎由自取"。

所謂"雅人"，原不是一天雅到晚的，即使睡的是珠羅帳，吃的是香稻米，但那根本的睡覺和吃飯，和俗人究竟也沒有甚麼大不同；就是肚子裡盤算些掙錢固位之法，自然也不能絕無其事。但他的出眾之處，是在有時又忽然能夠"雅"。倘使揭穿了這謎底，便是所謂"殺風景"，也就是俗人，而且帶累了雅人，使他雅不下去，"未能免俗"了。若無此輩，何至於此呢？所以錯處總歸在俗人這方面。

譬如罷，有兩位知縣在這裡，他們自然都是整天的辦公事，審案子的，但如果其中之一，能夠偶然的去看梅花，那就要算是一位雅官，應該加以恭維，天地之間這才會有雅人，會有韻事。如果你不恭維，還可以；一皺眉，就俗；敢開玩笑，那就把好事情都攪壞了。然而世間也偏有狂夫俗子；記得在一部中國的甚麼古"幽默"書裡，有一首"輕薄子"詠知縣老爺公餘探梅的七絕──

　　紅帽哼兮黑帽呵，風流太守看梅花。
　　梅花低首開言道：小底梅花接老爺。

這真是惡作劇，將韻事鬧得一塌胡塗。而且他替梅花所說的話，也不合式，它這時應該一聲不響的，一說，就"傷雅"，會累得"老爺"不便再雅，只好立刻還俗，賞吃板子，至少是給一種甚麼罪案的。為甚麼呢？就因為你俗，再不能以雅道相處了。

小心謹慎的人，偶然遇見仁人君子或雅人學者時，倘不會幫閒湊趣，就須遠遠避開，愈遠愈妙。假如不然，即不免要碰着和他們口頭大不相同的臉孔和手段。晦氣的時候，還會弄到盧布學說的老套，大吃其虧。只給你"口裡含一枝蘇俄香煙，手裡夾一本甚麼斯基的譯本"，倒還不打緊，──然而險矣。

大家都知道"賢者避世"，我以為現在的俗人卻要避雅，這也是一種"明哲保身"。

十二月二十六日。

點 評

　　本文最初發表於一九三五年三月二十日《太白》半月刊第二卷第一期，收入《且介亭雜文》。文章嘲諷"濁世雅人"，説雅士又須別人湊趣，至少是知趣，即使不能幫閒，也至少不可説破。不然那頂"口裡含一枝蘇俄香煙，手裡夾一本甚麼斯基的譯本"的帽子，可能要戴到你的頭上。魯迅即便嘲諷，也要尋出趣味，這種曲筆嘲諷，最令對手尷尬而無從還手。比如他隨手從清代倪鴻的《桐陰清話》中，拈來一個笑話："記得在一部中國的甚麼古'幽默'書裡，有一首'輕薄子'詠知縣老爺公餘探梅的七絕 —— 紅帽哼兮黑帽呵，風流太守看梅花。梅花低首開言道：小底梅花接老爺。"隨之進行評點："這真是惡作劇，將韻事鬧得一塌胡塗。而且他替梅花所説的話，也不合式，它這時應該一聲不響的，一説，就'傷雅'，會累得'老爺'不便再雅，只好立刻還俗，賞吃板子，至少是給一種甚麼罪案的。"雅人還俗，面孔是非常難看的。於這種涉筆成趣之處，可見魯迅的雜文得力於他的雜學許多。

隱　士

　　隱士，歷來算是一個美名，但有時也當作一個笑柄。最顯著的，則有刺陳眉公的"翩然一隻雲中鶴，飛去飛來宰相衙"的詩，至今也還有人提及。我以為這是一種誤解。因為一方面，是"自視太高"，於是別方面也就"求之太高"，彼此"忘其所以"，不能"心照"，而又不能"不宣"，從此口舌也多起來了。

　　非隱士的心目中的隱士，是聲聞不彰，息影山林的人物。但這種人物，世間是不會知道的。一到掛上隱士的招牌，則即使他並不"飛去飛來"，也一定難免有些表白，張揚；或是他的幫閒們的開鑼喝道——隱士家裡也會有幫閒，說起來似乎不近情理，但一到招牌可以換飯的時候，那是立刻就有幫閒的，這叫作"啃招牌邊"。這一點，也頗為非隱士的人們所詬病，以為隱士身上而有油可指，則隱士之闊綽可想了。其實這也是一種"求之太高"的誤解，和硬要有名的隱士，老死山林中者相同。凡是有名的隱士，他總是已經有了"悠哉遊哉，聊以卒歲"的幸福的。倘不然，朝砍柴，晝耕田，晚澆菜，夜織屨，又那有吸煙品茗，吟詩作文的閒暇？陶淵明先生是我們中國赫赫有名的大隱，一名"田園詩人"，自然，他並不辦期刊，也趕不上吃"庚款"，然而他有奴子。漢晉時候的奴子，是不但侍候主人，並且給主人種地，營商的，正是生財器具。所以雖是淵明先生，也還略略有些生財之道在，要不然，他老人家不但沒有酒喝，而且沒有飯吃，早已在東籬旁邊餓死了。

所以我們倘要看看隱君子風，實際上也只能看看這樣的隱君子，真的 "隱君子" 是沒法看到的。古今著作，足以汗牛而充棟，但我們可能找出樵夫漁父的著作來？他們的著作是砍柴和打魚。至於那些文士詩翁，自稱甚麼釣徒樵子的，倒大抵是悠遊自得的封翁或公子，何嘗捏過釣竿或斧頭柄。要在他們身上賞鑑隱逸氣，我敢説，這只能怪自己胡塗。

　　登仕，是噉飯之道，歸隱，也是噉飯之道。假使無法噉飯，那就連 "隱" 也隱不成了。"飛去飛來"，正是因為要 "隱"，也就是因為要噉飯；肩出 "隱士" 的招牌來，掛在 "城市山林" 裡，這就正是所謂 "隱"，也就是噉飯之道。幫閒們或開鑼，或喝道，那是因為自己還不配 "隱"，所以只好揩一點 "隱" 油，其實也還不外乎噉飯之道。漢唐以來，實際上是入仕並不算鄙，隱居也不算高，而且也不算窮，必須欲 "隱" 而不得，這才看作士人的末路。唐末有一位詩人左偃，自述他悲慘的境遇道："謀隱謀官兩無成"，是用七個字道破了所謂 "隱" 的秘密的。

　　"謀隱" 無成，才是淪落，可見 "隱" 總和享福有些相關，至少是不必十分掙扎謀生，頗有悠閒的餘裕。但讚頌悠閒，鼓吹煙茗，卻又是掙扎之一種，不過掙扎得隱藏一些。雖 "隱"，也仍然要噉飯，所以招牌還是要油漆，要保護的。泰山崩，黃河溢，隱士們目無見，耳無聞，但苟有議及自己們或他的一夥的，則雖千里之外，半句之微，他便耳聰目明，奮袂而起，好像事件之大，遠勝於宇宙之滅亡者，也就為了這緣故。其實連和蒼蠅也何嘗有甚麼相關。

　　明白這一點，對於所謂 "隱士" 也就毫不詫異了，心照不宣，彼此都省事。

一月二十五日。

點　評

　　本文最初發表於一九三五年二月二十日上海《太白》半月刊第一卷第十一期，署名長庚，收入《且介亭雜文二集》。文章嘲諷生在現今混濁世道中冒充隱士的一類人："隱士，歷來算是一個美名，但有時也當作一個笑柄。最顯著的，則有刺陳眉公的'翩然一隻雲中鶴，飛去飛來宰相衙'的詩，至今也還有人提及。"隱士是不能息影山林的，"一到掛上隱士的招牌，則即使他並不'飛去飛來'，也一定難免有些表白，張揚；或是他的幫閒們的開鑼喝道——隱士家裡也會有幫閒，說起來似乎不近情理，但一到招牌可以換飯的時候，那是立刻就有幫閒的，這叫作'啃招牌邊'。"魯迅透過招牌和招牌邊，非要翻過一面，看看招牌的背後，從而點破了"登仕，是噉飯之道，歸隱，也是噉飯之道"的秘密。

"招貼即扯"

　　工愁的人物，真是層出不窮。開年正月，就有人怕罵倒了一切古今人，只留下自己的沒意思。要是古今中外真的有過這等事，這才叫作希奇，但實際上並沒有，將來大約也不會有。豈但一切古今人，連一個人也沒有罵倒過。凡是倒掉的，決不是因為罵，卻只為揭穿了假面。揭穿假面，就是指出了實際來，這不能混謂之罵。

　　然而世間往往混為一談。就以現在最流行的袁中郎為例罷，既然肩出來當作招牌，看客就不免議論這招牌，怎樣撕破了衣裳，怎樣畫歪了臉孔。這其實和中郎本身是無關的，所指的是他的自以為徒子徒孫們的手筆。然而徒子徒孫們就以為罵了他的中郎爺，憤慨和狼狽之狀可掬，覺得現在的世界是比五四時代更狂妄了。但是，現在的袁中郎臉孔究竟畫得怎樣呢？時代很近，文證具存，除了變成一個小品文的老師，"方巾氣"的死敵而外，還有些甚麼？

　　和袁中郎同時活在中國的，無錫有一個顧憲成，他的著作，開口"聖人"，閉口"吾儒"，真是滿紙"方巾氣"。而且疾惡如仇，對小人決不假借。他說："吾聞之：凡論人，當觀其趨向之大體。趨向苟正，即小節出入，不失為君子；趨向苟差，即小節可觀，終歸於小人。又聞：為國家者，莫要於扶陽抑陰，君子即不幸有詿誤，當保護愛惜成就之；小人即小過乎，當早排絕，無令為後患。……"（《自反錄》）推而廣之，也就是倘要論袁中郎，當看他趨向之大體，趨向苟正，不妨恕其偶講空話，作小品文，因為他還有更重要的一方面在。正如李白會做詩，就可以不責其喝酒，如果只會喝酒，便以半個李白，或李白的徒子徒孫自命，那可是應該趕緊將他"排絕"的。

中郎還有更重要的一方面麼？有的。萬曆三十七年，顧憲成辭官，時中郎"主陝西鄉試，發策，有'過劣巢由'之語。監臨者問'意云何？'袁曰：'今吳中大賢亦不出，將令世道何所倚賴，故發此感爾。'"（《顧端文公年譜》下）中郎正是一個關心世道，佩服"方巾氣"人物的人，讚《金瓶梅》，作小品文，並不是他的全部。

中郎之不能被罵倒，正如他之不能被畫歪。但因此也就不能作他的蛆蟲們的永久的巢穴了。

一月二十六日。

點 評

本文最初發表於一九三五年二月二十日《太白》半月刊第一卷第十一期，收入《且介亭雜文二集》。文中提出一個價值標準，認為一切古今人"凡是倒掉的，決不是因為罵，卻只為揭穿了假面"。對人物的評價，"當看他趨向之大體"，正如李白會做詩，就可以不責其喝酒，如果只會喝酒，便以半個李白，或李白的徒子徒孫自命，那可是應該趕緊將他"排絕"的。那麼在當時提倡性靈，高揚幽默的風氣中，袁中郎臉孔究竟被畫成甚麼樣呢？畫得"除了變成一個小品文的老師，'方巾氣'的死敵而外"，就不計其他了。然而無錫顧憲成的著作，開口"聖人"，閉口"吾儒"，真是滿紙"方巾氣"，而且疾惡如仇，對小人絕不假借，可是袁中郎對顧憲成辭官，表達了惋惜和佩服。可見"中郎正是一個關心世道，佩服'方巾氣'人物的人，讚《金瓶梅》，作小品文，並不是他的全部"。
魯迅是主張對於歷史人物，要顧及全人，不能離開他的真實面貌而
任意包裝，以此充當自己提倡的文學風氣的祖師或偶像。

漫談“漫畫”

孩子們吵架，有一個用木炭 —— 上海是大抵用鉛筆了 —— 在牆壁上寫道：“小三子可乎之及及也，同同三千三百刀！”這和政治之類是毫不相干的，然而不能算小品文。畫也一樣，住家的恨路人到對門來小解，就在牆上畫一個烏龜，題幾句話，也不能叫它作“漫畫”。為甚麼呢？就因為這和被畫者的形體或精神，是絕無關係的。

漫畫的第一件緊要事是誠實，要確切的顯示了事件或人物的姿態，也就是精神。

漫畫是 Karikatur 的譯名，那“漫”，並不是中國舊日的文人學士之所謂“漫題”“漫書”的“漫”。當然也可以不假思索，一揮而就的，但因為發芽於誠實的心，所以那結果也不會僅是嬉皮笑臉。這一種畫，在中國的過去的繪畫裡很少見，《百丑圖》或《三十六聲粉鐸圖》庶幾近之，可惜的是不過戲文裡的丑腳的摹寫；羅兩峰的《鬼趣圖》，當不得已時，或者也就算進去罷，但它又太離開了人間。

漫畫要使人一目瞭然，所以那最普通的方法是“誇張”，但又不是胡鬧。無緣無故的將所攻擊或暴露的對象畫作一頭驢，恰如拍馬家將所拍的對象做成一個神一樣，是毫沒有效果的，假如那對象其實並無驢氣息或神氣息。然而如果真有些驢氣息，那就糟了，從此之後，越看想像，比讀一本做得很厚的傳記還明白。關於事件的漫畫，也一樣的。所以漫畫雖然有誇張，卻還是要誠實。“燕山雪花大如席”，是誇張，但燕山究竟有雪花，就含着一點誠實在裡面，使我們立刻知道燕山原來有這麼冷。如果說"廣州雪花大如席"，那可就變成笑話了。

"誇張"這兩個字也許有些語病，那麼，說是"廓大"也可以的。廓大一個事件或人物的特點固然使漫畫容易顯出效果來，但廓大了並非特點之處卻更容易顯出效果。矮而胖的，瘦而長的，他本身就有漫畫相了，再給他禿頭，近視眼，畫得再矮而胖些，瘦而長些，總可以使讀者發笑。但一位白淨苗條的美人，就很不容易設法，有些漫畫家畫作一個髑髏或狐狸之類，卻不過是在報告自己的低能。有些漫畫家卻不用這呆法子，他用廓大鏡照了她露出的搽粉的臂膊，看出她皮膚的褶皺，看見了這些褶皺中間的粉和泥的黑白畫。這麼一來，漫畫稿子就成功了，然而這是真實，倘不信，大家或自己也用廓大鏡去照照去。於是她也只好承認這真實，倘要好，就用肥皂和毛刷去洗一通。

因為真實，所以也有力。但這種漫畫，在中國是很難生存的。我記得去年就有一位文學家說過，他最討厭論人用顯微鏡。

歐洲先前，也並不兩樣。漫畫雖然是暴露，譏刺，甚而至於是攻擊的，但因為讀者多是上等的雅人，所以漫畫家的筆鋒的所向，往往只在那些無拳無勇的無告者，用他們的可笑，襯出雅人們的完全和高尚來，以分得一枝雪茄的生意。像西班牙的戈雅（Francisco de Goya）和法國的陀密埃（Honoré Daumier）那樣的漫畫家，到底還是不可多得的。

二月二十八日。

點　評

本文原刊於上海生活書店一九三五年三月出版的《太白》半月

刊一卷紀念的特輯《小品文和漫畫》，收入《且介亭雜文二集》。有趣的是，魯迅從上海街頭的浮世繪寫起："孩子們吵架，有一個用木炭——上海是大抵用鉛筆了——在牆壁上寫道：'小三子可乎之及及也，同同三千三百刀！'這和政治之類是毫不相干的，然而不能算小品文。畫也一樣，住家的恨路人到對門來小解，就在牆上畫一個烏龜，題幾句話，也不能叫它作'漫畫'。為甚麼呢？就因為這和被畫者的形體或精神，是絕無關係的。"行文如此落筆，既親切，又有趣，足以刺激閱讀者的好奇心。經過這種排除法之後，才作出判斷："漫畫的第一件緊要事是誠實，要確切的顯示了事件或人物的姿態，也就是精神"；"但因為發芽於誠實的心，所以那結果也不會僅是嬉皮笑臉。"以誠實心攝取對象的形體和精神，其藝術效果與嬉皮笑臉決然不同："無緣無故的將所攻擊或暴露的對象畫作一頭驢，恰如拍馬家將所拍的對象做成一個神一樣，是毫沒有效果的，假如那對象其實並無驢氣息或神氣息。然而如果真有些驢氣息，那就糟了，從此之後，越看想像，比讀一本做得很厚的傳記還明白。"魯迅的藝術觀立足於真實，"因為真實，所以也有力"，漫畫雖然用筆誇張手法，或對事物的特點進行"廓大"，但也應以真實作為立足点。

在現代中國的孔夫子

　　新近的上海的報紙，報告着因為日本的湯島，孔子的聖廟落成了，湖南省主席何鍵將軍就寄贈了一幅向來珍藏的孔子的畫像。老實說，中國的一般的人民，關於孔子是怎樣的相貌，倒幾乎是毫無所知的。自古以來，雖然每一縣一定有聖廟，即文廟，但那裡面大抵並沒有聖像。凡是繪畫，或者雕塑應該崇敬的人物時，一般是以大於常人為原則的，但一到最應崇敬的人物，例如孔夫子那樣的聖人，卻好像連形象也成為褻瀆，反不如沒有的好。這也不是沒有道理的。孔夫子沒有留下照相來，自然不能明白真正的相貌，文獻中雖然偶有記載，但是胡說白道也說不定。若是從新雕塑的話，則除了任憑雕塑者的空想而外，毫無辦法，更加放心不下。於是儒者們也終於只好採取"全部，或全無"的勃蘭特式的態度了。

　　然而倘是畫像，卻也會間或遇見的。我曾經見過三次：一次是《孔子家語》裡的插畫；一次是梁啓超氏亡命日本時，作為橫濱出版的《清議報》上的卷頭畫，從日本倒輸入中國來的；還有一次是刻在漢朝墓石上的孔子見老子的畫像。說起從這些圖畫上所得的孔夫子的模樣的印象來，則這位先生是一位很瘦的老頭子，身穿大袖口的長袍子，腰帶上插着一把劍，或者腋下挾着一枝杖，然而從來不笑，非常威風凜凜的。假使在他的旁邊侍坐，那就一定得把腰骨挺的筆直，經過兩三點鐘，就骨節酸痛，倘是平常人，大約總不免急於逃走的了。

　　後來我曾到山東旅行。在為道路的不平所苦的時候，忽然想到了我們的孔夫子。一想起那具有儼然道貌的聖人，先前便是坐着簡陋的車子，顛顛簸簸，在這些地方奔忙的事來，頗有滑稽之感。這種感想，自然是不好的，要而言之，頗近於不敬，倘是孔子之徒，恐怕是決不應該發生的。但在那時候，懷着我似的不規矩的心情的青年，可是多得很。

我出世的時候是清朝的末年，孔夫子已經有了"大成至聖文宣王"這一個闊得可怕的頭銜，不消説，正是聖道支配了全國的時代。政府對於讀書的人們，使讀一定的書，即四書和五經；使遵守一定的注釋；使寫一定的文章，即所謂"八股文"；並且使發一定的議論。然而這些千篇一律的儒者們，倘是四方的大地，那是很知道的，但一到圓形的地球，卻甚麼也不知道，於是和四書上並無記載的法蘭西和英吉利打仗而失敗了。不知道為了覺得與其拜着孔夫子而死，倒不如保存自己們之為得計呢，還是為了甚麼，總而言之，這回是拚命尊孔的政府和官僚先就動搖起來，用官帑大翻起洋鬼子的書籍來了。屬於科學上的古典之作的，則有侯失勒的《談天》，雷俠兒的《地學淺釋》，代那的《金石識別》，到現在也還作為那時的遺物，間或躺在舊書舖子裡。

然而一定有反動。清末之所謂儒者的結晶，也是代表的大學士徐桐氏出現了。他不但連算學也斥為洋鬼子的學問；他雖然承認世界上有法蘭西和英吉利這些國度，但西班牙和葡萄牙的存在，是決不相信的，他主張這是法國和英國常常來討利益，連自己也不好意思了，所以隨便胡謅出來的國名。他又是一九〇〇年的有名的義和團的幕後的發動者，也是指揮者。但是義和團完全失敗，徐桐氏也自殺了。政府就又以為外國的政治法律和學問技術頗有可取之處了。我的渴望到日本去留學，也就在那時候。達了目的，入學的地方，是嘉納先生所設立的東京的弘文學院；在這裡，三澤力太郎先生教我水是養氣和輕氣所合成，山內繁雄先生教我貝殼裡的甚麼地方其名為"外套"。這是有一天的事情。學監大久保先生集合起大家來，說：因為你們都是孔子之徒，今天到御茶之水的孔廟裡去行禮罷！我大吃了一驚。現在還記得那時心裡想，正因為絕望於孔夫子和他的之徒，所以到日本來的，然而又是拜麼？一時覺得很奇怪。而且發生這樣感覺的，我想決不止我一個人。

但是，孔夫子在本國的不遇，也並不是始於二十世紀的。孟子批評他為"聖之時者也"，倘翻成現代語，除了"摩登聖人"實在也沒有別的法。為他自己計，這固然是沒有危險的尊號，但也不是十分值得歡迎的頭銜。不過在實際上，卻也許並不這樣子。孔夫子的做定了"摩登聖人"是死了以後的事，活着的時候卻是頗吃苦頭的。跑來跑去，雖然曾經貴為魯國的警視總監，而又立刻下野，失業了；並且為權臣所輕蔑，為野人所嘲弄，甚至於為暴民所包圍，餓扁了肚子。弟子雖然收了三千名，中用的卻只有七十二，然而真可以相信的又只有一個人。有一天，孔夫子憤慨道："道不行，乘桴浮於海，從我者，其由與？"從這消極的打算上，就可以窺見那消息。然而連這一位由，後來也因為和敵人戰鬥，被擊斷了冠纓，但真不愧為由呀，到這時候也還不忘記從夫子聽來的教訓，說道"君子死，冠不免"，一面繫着冠纓，一面被人砍成肉醬了。連唯一可信的弟子也已經失掉，孔子自然是非常悲痛的，據說他一聽到這信息，就吩咐去倒掉廚房裡的肉醬云。

孔夫子到死了以後，我以為可以說是運氣比較的好一點。因為他不會嚕蘇了，種種的權勢者便用種種的白粉給他來化妝，一直抬到嚇人的高度。但比起後來輸入的釋迦牟尼來，卻實在可憐得很。誠然，每一縣固然都有聖廟即文廟，可是一副寂寞的冷落的樣子，一般的庶民，是決不去參拜的，要去，則是佛寺，或者是神廟。若向老百姓們問孔夫子是甚麼人，他們自然回答是聖人，然而這不過是權勢者的留聲機。他們也敬惜字紙，然而這是因為倘不敬惜字紙，會遭雷殛的迷信的緣故；南京的夫子廟固然是熱鬧的地方，然而這是因為另有各種玩耍和茶店的緣故。雖說孔子作《春秋》而亂臣賊子懼，然而現在的人們，卻幾乎誰也不知道一個筆伐了的亂臣賊子的名字。說到亂臣賊子，大概以為是曹操，但那並非聖人所教，卻是寫了小說和劇本的無名作家所教的。

總而言之，孔夫子之在中國，是權勢者們捧起來的，是那些權勢者或想做權勢者們的聖人，和一般的民眾並無甚麼關係。然而對於聖廟，那些權勢者也不過一時的熱心。因為尊孔的時候已經懷着別樣的目的，所以目的一達，這器具就無用，如果不達呢，那可更加無用了。在三四十年以前，凡有企圖獲得權勢的人，就是希望做官的人，都是讀“四書”和“五經”，做“八股”，別一些人就將這些書籍和文章，統名之為“敲門磚”。這就是說，文官考試一及第，這些東西也就同時被忘卻，恰如敲門時所用的磚頭一樣，門一開，這磚頭也就被拋掉了。孔子這人，其實是自從死了以後，也總是當着“敲門磚”的差使的。

一看最近的例子，就更加明白。從二十世紀的開始以來，孔夫子的運氣是很壞的，但到袁世凱時代，卻又被從新記得，不但恢復了祭典，還新做了古怪的祭服，使奉祀的人們穿起來。跟着這事而出現的便是帝制。然而那一道門終於沒有敲開，袁氏在門外死掉了。餘剩的是北洋軍閥，當覺得漸近末路時，也用它來敲過另外的幸福之門。盤據着江蘇和浙江，在路上隨便砍殺百姓的孫傳芳將軍，一面復興了投壺之禮；鑽進山東，連自己也數不清金錢和兵丁和姨太太的數目了的張宗昌將軍，則重刻了《十三經》，而且把聖道看作可以由肉體關係來傳染的花柳病一樣的東西，拿一個孔子後裔的誰來做了自己的女婿。然而幸福之門，卻仍然對誰也沒有開。

這三個人，都把孔夫子當作磚頭用，但是時代不同了，所以都明明白白的失敗了。豈但自己失敗而已呢，還帶累孔子也更加陷入了悲境。他們都是連字也不大認識的人物，然而偏要大談甚麼《十三經》之類，所以使人們覺得滑稽；言行也太不一致了，就更加令人討厭。既已厭惡和尚，恨及袈裟，而孔夫子之被利用為或一目的的器具，也從新看得格外清楚起來，於是要打倒他的慾望，也就越加旺盛。所以把孔子裝飾得十分尊嚴時，就一定有找他缺點的論文和作品出現。即使是孔夫子，缺點總也有的，在平時誰也不理會，因為聖人也是人，本是可以原諒的。然而如果聖人之徒出來胡說一通，以為聖人是這樣，是那樣，所以你也非這樣不可的話，人們可就禁不住要笑起來了。五六年前，曾經因為公演了《子見南子》這劇本，引起過問題，在那個劇本裡，有孔夫子登場，以聖人而論，固然不免略有欠穩重和呆頭呆腦的地方，然而作為一個人，倒是可愛的好人物。但是聖裔們非常憤慨，把問題一直鬧到官廳裡去了。因為公演的地點，恰巧是孔夫子的故鄉，在那地方，聖裔們繁殖得非常多，成着使釋迦牟尼和蘇格拉第都自愧弗如的特權階級。然而，那也許又正是使那裡的非聖裔的青年們，不禁特地要演《子見南子》的原因罷。

中國的一般的民眾，尤其是所謂愚民，雖稱孔子為聖人，卻不覺得他是聖人；對於他，是恭謹的，卻不親密。但我想，能像中國的愚民那樣，懂得孔夫子的，恐怕世界上是再也沒有的了。不錯，孔夫子曾經計劃過出色的治國的方法，但那都是為了治民眾者，即權勢者設想的方法，為民眾本身的，卻一點也沒有。這就是“禮不下庶人”。成為權勢者們的聖人，終於變了“敲門磚”，實在也叫不得冤枉。和民眾並無關係，是不能說的，但倘說毫無親密之處，我以為怕要算是非常客氣的說法了。不去親近那毫不親密的聖人，正是當然的事，甚麼時候都可以，試去穿了破衣，赤着腳，走上大成殿去看看罷，恐怕會像誤進上海的上等影戲院或者頭等電車一樣，立刻要受斥逐的。誰都知道這是大人老爺們的物事，雖是“愚民”，卻還沒有愚到這步田地的。

四月二十九日。

點　評

　　本篇原為日文，初載於一九三五年六月號日本《改造》月刊，後經《雜文》月刊譯載，編入《且介亭雜文二集》。編定後魯迅寫《後記》說：“《在現代中國的孔夫子》是在六月號的《改造》雜誌上發表的，這時我們的‘聖裔’，正在東京拜他們的祖宗，興高采烈。”文章寫的主要是“在現代中國”的孔夫子的遭遇和命運，而不是歷史上的孔夫子本人。魯迅以自己的童年經驗作證：“我出世的時候是清朝的末年，孔夫子已經有了‘大成至聖文宣王’這一個闊得可怕的頭銜，不消說，正是聖道支配了全國的時代。政府對於讀書的人們，使讀一定的書，即四書和五經；使遵守一定的注釋；使寫一定的文章，即所謂‘八股文’；並且使發一定的議論。然而這些千篇一律的儒者們，倘是四方的大地，那是很知道的，但一到圓形的地球，卻甚麼也不知道，於是和四書上並無記載的法蘭西和英吉利打仗而失敗了。”統治者以兩千年前的聖人的是非為是非，知識為知識的標準，就會使人失去了當代人類的思想文化成果的能力，導致民族發展的停滯。魯迅反對的就是這麼一種專制的、封閉的思想文化框架。

　　魯迅從這裡發現了一種“聖人工具目的論”，他指出：“總而言之，孔夫子之在中國，是權勢者們捧起來的，是那些權勢者或想做權勢者們的聖人，和一般的民眾並無甚麼關係。然而對於聖廟，那些權勢者也不過一時的熱心。因為尊孔的時候已經懷着別樣的目的，所以目的一達，這器具就無用，如果不達呢，那可更加無用了。在三四十年以前，凡有企圖獲得權勢的人，就是希望做官的人，都是讀‘四書’和‘五經’，做‘八股’，別一些人就將這些書籍和文章，統名之為‘敲門磚’。這就是說，文官考試一及第，這些東西也就同時被忘卻，恰如敲門時所用的磚頭一樣，門一開，這磚頭也就被拋掉了。孔子這人，其實是自從死了以後，也總是當着‘敲門磚’的差使的。”這裡講的是孔子死後的文化制度，而非孔子本人。還在十幾年前，一九二一年十月，《吳虞文錄》經胡適牽線由上海東亞出版社出版。胡適在《吳虞文錄・序》中寫道：“吳先生和我的朋友陳獨秀是近年來攻擊孔教最有力的兩位健將，他們兩人，一個在上海，一個在成都，相隔那麼遠，但精神上很有相同之點”；“我給各位中國少年介紹這位‘四川省隻手打孔家店’的老英雄——吳又陵先生！”這是“五四”以來的思潮，打倒的是聖人之徒建起來的以孔子為神主的老店面。至於被奉為神主的這位孔子，當時的評價存在着正反高下的諸多不同。

民國以後，孔學衰落，但在軍閥政府和復古文人的操弄中，出現過“以孔教為國教”的聲浪，如魯迅所說：“從二十世紀的開始以來，孔夫子的運氣是很壞的，但到袁世凱時代，卻又被從新記得，不但恢復了祭典，還新做了古怪的祭服，使奉祀的人們穿起來。跟着這事而出現的便是帝制。然而那一道門終於沒有敲開，袁氏在門外死掉了。餘剩的是北洋軍閥，當覺得漸近末路時，也用它來敲過另外的幸福之門。盤據着江蘇和浙江，在路上隨便砍殺百姓的孫傳芳將軍，一面復興了投壺之禮；鑽進山東，連自己也數不清金錢和兵丁和姨太太的數目了的張宗昌將軍，則重刻了《十三經》，而且把聖道看作可以由肉體關係來傳染的花柳病一樣的東西，拿一個孔子後裔的誰來做了自己的女婿。然而幸福之門，卻仍然對誰也沒有開。……豈但自己失敗而已呢，還帶累孔子也更加陷入了悲境。"實際上專制、復古的逆流把孔子當成了工具，這在魯迅看來，是對孔子的"帶累"，使人們無法平心靜氣地評議一個歷史人物。"五四"前驅者在反對專制、復古時，不能不繳獲他們的工具。正如魯迅所形容："即使是孔夫子，缺點總也有的，在平時誰也不理會，因為聖人也是人，本是可以原諒的。然而如果聖人之徒出來胡說一通，以為聖人是這樣，是那樣，所以你也非這樣不可的話，人們可就禁不住要笑起來了。"

魯迅作為"五四"人物，對孔子本人不甚敬畏，進行理性分析，對其某些說法有所嘲諷，但在反傳統中，對於孔子和孔子學說還是留有分寸的，這有魯迅批評傳統的一系列文字為證，只有讀書不細心的人，才會按照自己比魯迅更過激的想法隨意發揮。當然魯迅也看到孔子的局限，主要存在於與民眾的關係之中："中國的一般的民眾，尤其是所謂愚民，雖稱孔子為聖人，卻不覺得他是聖人；對於他，是恭謹的，卻不親密。但我想，能像中國的愚民那樣，懂得孔夫子的，恐怕世界上是再也沒有的了。不錯，孔夫子曾經計劃過出色的治國的方法，但那都是為了治民眾者，即權勢者設想的方法，為民眾本身的，卻一點也沒有。"還應看到，這篇文章不是歷史論文，而是有感而發的雜文，嘲諷當時的軍閥以孔夫子為"敲門磚"想敲開倒行逆施的政治大門，批判那種背離民心、逆歷史潮流而動的復古主義思潮，因而並沒有，也無意對孔子作出全面的評論。

孔子與魯迅，是中國文化的重大命題。二十多年前，筆者曾經提出"魯迅與孔子溝通說"，是在曲阜參加"魯迅學術研討會"的時候。有些魯迅專家感到意外，覺得這可能"溝通"嗎？當一個國家處於閉關鎖國、積弱捱打、拯救猶恐不及的時代，溝通很難獲得共識，這不足為怪。但當自己崛起為現代大國的時候，一個有五千年文明、有九百六十萬平方公里土地的大國，應該有足夠的氣量，既容納魯迅，又容納孔子。海納百川，豈能要求一百條大小川流都是一樣的流向、一樣的流速、一樣的激流飛濺，沒有寧靜如鏡的深潭？

甚麼是"諷刺"？

—— 答文學社問

　　我想：一個作者，用了精煉的，或者簡直有些誇張的筆墨 —— 但自然也必須是藝術的地 —— 寫出或一群人的或一面的真實來，這被寫的一群人，就稱這作品為"諷刺"。

　　"諷刺"的生命是真實；不必是曾有的實事，但必須是會有的實情。所以它不是"捏造"，也不是"誣衊"；既不是"揭發陰私"，又不是專記駭人聽聞的所謂"奇聞"或"怪現狀"。它所寫的事情是公然的，也是常見的，平時是誰都不以為奇的，而且自然是誰都毫不注意的。不過這事情在那時卻已經是不合理，可笑，可鄙，甚而至於可惡。但這麼行下來了，習慣了，雖在大庭廣眾之間，誰也不覺得奇怪；現在給它特別一提，就動人。譬如罷，洋服青年拜佛，現在是平常事，道學先生發怒，更是平常事，只消幾分鐘，這事跡就過去，消滅了。但"諷刺"卻是正在這時候照下來的一張相，一個撅着屁股，一個皺着眉心，不但自己和別人看起來有些不很雅觀，連自己看見也覺得不很雅觀；而且流傳開去，對於後日的大講科學和高談養性，也不免有些妨害。倘說，所照的並非真實，是不行的，因為這時有目共睹，誰也會覺得確有這等事；但又不好意思承認這是真實，失了自己的尊嚴。於是挖空心思，給起了一個名目，叫作"諷刺"。其意若曰：它偏要提出這等事，可見也不是好貨。

　　有意的偏要提出這等事，而且加以精煉，甚至於誇張，卻確是"諷刺"的本領。同一事件，在拉雜的非藝術的記錄中，是不成為諷刺，誰也不大會受感動的。例如新聞記事，就記憶所及，今年就見過兩件事。其一，是一個青年，冒充了軍官，向各處招搖撞騙，後來破獲了，他就寫懺悔書，說是不過藉此謀生，並無他意。其二，是一個竊賊招引學生，教授偷竊之法，家長知道，把自己的子弟禁在家裡了，他還上門來逞兇。較可注意的事件，報上是往往有些特別的批評文字的，但對於這兩件，卻至今沒有說過甚麼話，可見是看得很平常，以為不足介意的了。然而這材料，假如到了斯惠夫德（J. Swift）或果戈理（N. Gogol）的手裡，我看是準可以成為出色的諷刺作品的。在或一時代的社會裡，事情越平常，就越普遍，也就愈合於作諷刺。

諷刺作者雖然大抵為被諷刺者所憎恨，但他卻常常是善意的，他的諷刺，在希望他們改善，並非要捺這一群到水底裡。然而待到同群中有諷刺作者出現的時候，這一群卻已是不可收拾，更非筆墨所能救了，所以這努力大抵是徒勞的，而且還適得其反，實際上不過表現了這一群的缺點以至惡德，而對於敵對的別一群，倒反成為有益。我想：從別一群看來，感受是和被諷刺的那一群不同的，他們會覺得“暴露”更多於“諷刺”。

如果貌似諷刺的作品，而毫無善意，也毫無熱情，只使讀者覺得一切世事，一無足取，也一無可為，那就並非諷刺了，這便是所謂“冷嘲”。

五月三日。

點 評

《且介亭雜文二集·後記》中說，集子裡被全篇禁止的有兩篇，其中"一篇是《甚麼是諷刺》,為文學社的《文學百題》而作,印出來時,變了一個'缺'字",未能刊出,後發表於一九三五年九月東京編輯的《雜文》月刊第三號。魯迅的文學觀以真實為根基,在他界定"諷刺"的時候,也體現得相當鮮明:"一個作者,用了精煉的,或者簡直有些誇張的筆墨——但自然也必須是藝術的地——寫出或一群人的或一面的真實來,這被寫的一群人,就稱這作品為'諷刺'。"他進一步強調,真實是藝術的生命所在,唯其真實,才有生命:"'諷刺'的生命是真實;不必是曾有的實事,但必須是會有的實情。所以它不是'捏造',也不是'誣蔑';既不是'揭發陰私',又不是專記駭人聽聞的所謂'奇聞'或'怪現狀'。"這是說不要停留在清末"譴責小説"、民初"黑幕小説"的水準上,魯迅曾經反覆論證過這些小説與《儒林外史》的諷刺傳統存在着實質性差異。因此魯迅主張從習以為常的生活中,揭示人間的悲喜劇:"它所寫的事情是公然的,也是常見的,平時是誰都不以為奇的,而且自然是誰都毫不注意的。不過這事情在那時卻已經是不合理,可笑,可鄙,甚而至於可惡。但這麼行下來了,習慣了,雖在大庭廣眾之間,誰也不覺得奇怪;現在給它特別一提,就動人。……在或一時代的社會裡,事情越平常,就越普遍,也就愈合於作諷刺。"但這就要求諷刺作家有出色的描寫表達的本領了。

論 "人言可畏"

"人言可畏" 是電影明星阮玲玉自殺之後,發見於她的遺書中的話。這哄動一時的事件,經過了一通空論,已經漸漸冷落了,只要《玲玉香消記》一停演,就如去年的艾霞自殺事件一樣,完全煙消火滅。她們的死,不過像在無邊的人海裡添了幾粒鹽,雖然使扯淡的嘴巴們覺得有些味道,但不久也還是淡,淡,淡。

這句話,開初是也曾惹起一點小風波的。有評論者,説是使她自殺之咎,可見也在日報記事對於她的訴訟事件的張揚;不久就有一位記者公開的反駁,以為現在的報紙的地位,輿論的威信,可憐極了,那裡還有絲毫主宰誰的運命的力量,況且那些記載,大抵採自經官的事實,絕非捏造的謠言,舊報具在,可以復按。所以阮玲玉的死,和新聞記者是毫無關係的。

這都可以算是真實話。然而 —— 也不盡然。

現在的報章之不能像個報章,是真的;評論的不能逞心而談,失了威力,也是真的,明眼人決不會過分的責備新聞記者。但是,新聞的威力其實是並未全盤墜地的,它對甲無損,對乙卻會有傷;對強者它是弱者,但對更弱者它卻還是強者,所以有時雖然吞聲忍氣,有時仍可以耀武揚威。於是阮玲玉之流,就成了發揚餘威的好材料了,因為她頗有名,卻無力。小市民總愛聽人們的醜聞,尤其是有些熟識的人的醜聞。上海的街頭巷尾的老虔婆,一知道近鄰的阿二嫂家有野男人出入,津津樂道,但如果對她講甘肅的誰在偷漢,新疆的誰在再嫁，她就不要聽了。阮玲玉正在現身銀幕，是一個大家認識的人，因此她更是給報章湊熱鬧的好材料，至少也可以增加一點銷場。讀者看了這些，有的想："我雖然沒有阮玲玉那麼漂亮，卻比她正經"；有的想："我雖然不及阮玲玉的有本領，卻比她出身高"；連自殺了之後，也還可以給人想："我雖然沒有阮玲玉的技藝，卻比她有勇氣，因為我沒有自殺"。化幾個銅元就發見了自己的優勝，那當然是很上算的。但靠演藝為生的人，一遇到公眾發生了上述的前兩種的感想，她就夠走到末路了。所以我們且不要高談甚麼連自己也並不瞭然的社會組織或意志強弱的濫調，先來設身處地的想一想罷，那麼，大概就會知道阮玲玉的以為"人言可畏"，是真的，或人的以為她的自殺，和新聞記事有關，也是真的。

但新聞記者的辯解，以為記載大抵採自經官的事實，卻也是真的。上海的有些介乎大報和小報之間的報章，那社會新聞，幾乎大半是官司已經吃到公安局或工部局去了的案件。但有一點壞習氣，是偏要加上些描寫，對於女性，尤喜歡加上些描寫；這種案件，是不會有名公巨卿在內的，因此也更不妨加上些描寫。案中的男人的年紀和相貌，是大抵寫得老實的，一遇到女人，可就要發揮才藻了，不是"徐娘半老，風韻猶存"，就是"豆蔻年華，玲瓏可愛"。一個女孩兒跑掉了，自奔或被誘還不可知，才子就斷定道，"小姑獨宿，不慣無郎"，你怎麼知道？一個村婦再醮了兩回，原是窮鄉僻壤的常事，一到才子的筆下，就又賜以大字的題目道，"奇淫不減武則天"，這程度你又怎麼知道？這些輕薄句子，加之村姑，大約是並無甚麼影響的，她不識字，她的關係人也未必看報。但對於一個智識者，尤其是對於一個出到社會上了的女性，卻足夠使她受傷，更不必說故意張揚，特別渲染的文字了。然而中國的習慣，這些句子是搖筆即來，不假思索的，這時不但不會想到這也是玩弄着女性，並且也不會想到自己乃是人民的喉舌。但是，無論你怎麼描寫，在強者是毫不要緊的，只消一封信，就會有正誤或道歉接着登出來，不過無拳無勇如阮玲玉，可就正做了吃苦的材料了，她被額外的畫上一臉花，沒法洗刷。叫她奮鬥嗎？她沒有機關報，怎麼奮鬥；有冤無頭，有怨無主，和誰奮鬥呢？我們又可以設身處地的想一想，那麼，大概就又知她的以為"人言可畏"，是真的，或人的以為她的自殺，和新聞記事有關，也是真的。

然而，先前已經說過，現在的報章的失了力量，卻也是真的，不過我以為還沒有到達如記者先生所自謙，竟至一錢不值，毫無責任的時候。因為它對於更弱者如阮玲玉一流人，也還有左右她命運的若干力量的，這也就是說，它還能為惡，自然也還能為善。"有聞必錄"或"並無能力"的話，都不是向上的負責的記者所該採用的口頭禪，因為在實際上，並不如此，——它是有選擇的，有作用的。

至於阮玲玉的自殺，我並不想為她辯護。我是不贊成自殺，自己也不豫備自殺的。但我的不豫備自殺，不是不屑，卻因為不能。凡有誰自殺了，現在是總要受一通強毅的評論家的呵斥，阮玲玉當然也不在例外。然而我想，自殺其實是不很容易，決沒有我們不豫備自殺的人們所渺視的那麼輕而易舉的。倘有誰以為容易麼，那麼，你倒試試看！

自然，能試的勇者恐怕也多得很，不過他不屑，因為他有對於社會的偉大的任務。那不消說，更加是好極了，但我希望大家都有一本筆記簿，寫下所盡的偉大的任務來，到得有了曾孫的時候，拿出來算一算，看看怎麼樣。

五月五日。

點 評

　　本文原發表於一九三五年五月二十日《太白》半月刊第二卷第五期，收入《且介亭雜文二集》。阮玲玉（一九一〇至一九三五），是中國無聲電影時期的著名影星，祖籍廣東香山，生於上海。自孩童時期隨母親為人幫傭。一九二六年考入上海明星影片公司，在《掛名夫妻》一片中擔任主演，代表作有《野草閒花》、《神女》、《新女性》等。阮玲玉成名後陷於同張達民和唐季珊的名譽誣陷糾紛案，因不堪輿論誹謗於一九三五年婦女節當日服安眠藥自盡。上海《申報》於次日即報道《阮玲玉自殺》，隔日又發表《阮玲玉事件》，噩耗震驚社會各界，唁電不可勝數，上海二十餘萬市民走上街頭為其送。魯迅這篇《論"人言可畏"》是在將近兩個月後寫的，因而以冷峻的眼光，對阮玲玉事件背後的社會輿論和社會心理作出剖析。魯迅已經感覺到阮玲玉的死，"不過像在無邊的人海裡添了幾粒鹽，雖然使扯淡的嘴巴們覺得有些味道，但不久也還是淡，淡，淡"。魯迅分析那些推卸責任的新聞記者，把人們慣用的奚落女性的話，不假思索、搖筆即來，施於無拳無勇如阮玲玉身上，不會想到這也是玩弄着女性，也不會想到自己乃是人民的喉舌，這就傳播了許多使阮玲玉有苦難言的材料，"她被額外的畫上一臉花，沒法洗刷"，感受到"人言可畏"的壓力。行文又分析街頭巷尾的世俗心理，"上海的街頭巷尾的老虔婆，一知道近鄰的阿二嫂家有野男人出入，津津樂道"。她們看了報紙輿論，有的想："我雖然沒有阮玲玉那麼漂亮，卻比她正經"；有的想："我雖然不及阮玲玉的有本領，卻比她出身高"；連自殺了之後，也還可以給人想："我雖然沒有阮玲玉的技藝，卻比她有勇氣，因為我沒有自殺"。這種社會口舌氛圍，使阮玲玉含垢忍辱，投訴無門，釀成了一幕難以指認製造者的人間悲劇。

"題未定"草（一至三）

一

　　極平常的豫想，也往往會給實驗打破。我向來總以為翻譯比創作容易，因為至少是無須構想。但到真的一譯，就會遇着難關，譬如一個名詞或動詞，寫不出，創作時候可以迴避，翻譯上卻不成，也還得想，一直弄到頭昏眼花，好像在腦子裡面摸一個急於要開箱子的鑰匙，卻沒有。嚴又陵說，"一名之立，旬月躊躇"，是他的經驗之談，的的確確的。

　　新近就因為豫想的不對，自己找了一個苦吃。《世界文庫》的編者要我譯果戈理的《死魂靈》，沒有細想，一口答應了。這書我不過曾經草草的看過一遍，覺得寫法平直，沒有現代作品的希奇古怪，那時的人們還在蠟燭光下跳舞，可見也不會有甚麼摩登名詞，為中國所未有，非譯者來閉門生造不可的。我最怕新花樣的名詞，譬如電燈，其實也不算新花樣了，一個電燈的另件，我叫得出六樣：花線，燈泡，燈罩，沙袋，撲落，開關。但這是上海話，那後三個，在別處怕就行不通。《一天的工作》裡有一篇短篇，講到鐵廠，後來有一位在北方鐵廠裡的讀者給我一封信，說其中的機件名目，沒有一個能夠使他知道實物是甚麼的。嗚呼，——這裡只好嗚呼了——其實這些名目，大半乃是十九世紀末我在江南學習挖礦時，得之老師的傳授。不知是古今異時，還是南北異地之故呢，隔膜了。在青年文學家靠它修養的《莊子》和《文選》或者明人小品裡，也找不出那些名目來。沒有法子。"三十六着，走為上着"，最沒有弊病的是莫如不沾手。

可恨我還太自大，竟又小覷了《死魂靈》，以為這倒不算甚麼，擔當回來，真的又要翻譯了。於是"苦"字上頭。仔細一讀，不錯，寫法的確不過平鋪直敍，但到處是刺，有的明白，有的卻隱藏，要感得到；雖然重譯，也得竭力保存它的鋒頭。裡面確沒有電燈和汽車，然而十九世紀上半期的菜單，賭具，服裝，也都是陌生傢伙。這就勢必至於字典不離手，冷汗不離身，一面也自然只好怪自己語學程度的不夠格。但這一杯偶然自大了一下的罰酒是應該喝乾的：硬着頭皮譯下去。到得煩厭，疲倦了的時候，就隨便拉本新出的雜誌來翻翻，算是休息。這是我的老脾氣，休息之中，也略含幸災樂禍之意，其意若曰：這回是輪到我舒舒服服的來看你們在鬧甚麼花樣了。

好像華蓋運還沒有交完，仍舊不得舒服。拉到手的是《文學》四卷六號，一翻開來，卷頭就有一幅紅印的大廣告，其中說下一號裡，要有我的散文了，題目叫作"未定"。往回一想，編輯先生的確曾經給我一封信，叫我寄一點文章，但我最怕的正是所謂做文章，不答。文章而至於要做，其苦可知。不答者，即答曰不做之意。不料一面又登出廣告來了，情同綁票，令我為難。但同時又想到這也許還是自己錯，我曾經發表過，我的文章，不是湧出，乃是擠出來的。他大約正抓住了這弱點，在用擠出法；而且我遇見編輯先生們時，也間或覺得他們有想擠之狀，令人寒心。先前如果說："我的文章，是擠也擠不出來的"，那恐怕要安全得多了，我佩服陀思妥也夫斯基的少談自己，以及有些文豪們的專講別人。

但是，積習還未盡除，稿費又究竟可以換米，寫一點也還不算甚麼"冤沉海底"。筆，是有點古怪的，它有編輯先生一樣的"擠"的本領。袖手坐着，想打盹，筆一在手，面前放一張稿子紙，就往往會莫名其妙的寫出些甚麼來。自然，要好，可不見得。

二

　　還是翻譯《死魂靈》的事情。躲在書房裡，是只有這類事情的。動筆之前，就先得解決一個問題：竭力使它歸化，還是盡量保存洋氣呢？日本文的譯者上田進君，是主張用前一法的。他以為諷刺傳品的翻譯，第一當求其易懂，愈易懂，效力也愈廣大。所以他的譯文，有時就化一句為數句，很近於解釋。我的意見卻兩樣的。只求易懂，不如創作，或者改作，將事改為中國事，人也化為中國人。如果還是翻譯，那麼，首先的目的，就在博覽外國的作品，不但移情，也要益智，至少是知道何地何時，有這等事，和旅行外國，是很相像的：它必須有異國情調，就是所謂洋氣。其實世界上也不會有完全歸化的譯文，倘有，就是貌合神離，從嚴辨別起來，它算不得翻譯。凡是翻譯，必須兼顧着兩面，一當然力求其易解，一則保存着原作的丰姿，但這保存，卻又常常和易懂相矛盾：看不慣了。不過它原是洋鬼子，當然誰也看不慣，為比較的順眼起見，只能改換他的衣裳，卻不該削低他的鼻子，剜掉他的眼睛。我是不主張削鼻剜眼的，所以有些地方，仍然寧可譯得不順口。只是文句的組織，無須科學理論似的精密了，就隨隨便便，但副詞的“地”字，卻還是使用的，因為我覺得現在看慣了這字的讀者已經很不少。

　　然而“幸乎不幸乎”，我竟因此發見我的新職業了：做西崽。

　　還是當作休息的翻雜誌，這回是在《人間世》二十八期上遇見了林語堂先生的大文，摘錄會損精神，還是抄一段——

　　　“……今人一味仿效西洋，自稱摩登，甚至不問中國文法，必欲仿效英文，分‘歷史地’為形容詞，‘歷史地的’為狀詞，以模仿英文之 historic-al-ly，拖一西洋辮子，然則‘快來’何不因‘快’字是狀詞而改為‘快地的來’？此類把戲，只是洋場蕈少怪相，談文學雖不足，當西崽頗有才。此種流風，其弊在奴，救之之道，在於思。"（《今文八弊》中）

其實是"地"字之類的採用，並非一定從高等華人所擅長的英文而來的。"英文""英文"，一笑一笑。況且看上文的反問語氣，似乎"一味仿效西洋"的"今人"，實際上也並不將"快來"改為"快地的來"，這僅是作者的虛構，所以助成其名文，殆即所謂"保得自身為主，則圓通自在，大暢無比"之例了。不過不切實，倘是"自稱摩登"的"今人"所說，就是"其弊在浮"。

倘使我至今還住在故鄉，看了這一段文章，是懂得，相信的。我們那裡只有幾個洋教堂，裡面想必各有幾位西崽，然而很難得遇見。要研究西崽，只能用自己做標本，雖不過"頗"，也夠合用了。又是"幸乎不幸乎"，後來竟到了上海，上海住着許多洋人，因此有着許多西崽，因此也給了我許多相見的機會；不但相見，我還得了和他們中的幾位談天的光榮。不錯，他們懂洋話，所懂的大抵是"英文"，"英文"，然而這是他們的吃飯傢伙，專用於服事洋東家的，他們決不將洋辮子拖進中國話裡來，自然更沒有搗亂中國文法的意思，有時也用幾個音譯字，如"那摩溫"，"土司"之類，但這也是向來用慣的話，並非標新立異，來表示自己的摩登的。他們倒是國粹家，一有餘閒，拉皮胡，唱《探母》；上工穿制服，下工換華裝，間或請假出遊，有錢的就是緞鞋綢衫子。不過要戴草帽，眼鏡也不用玳瑁邊的老樣式，倘用華洋的"門戶之見"看起來，這兩樣卻不免是缺點。

又倘使我要另找職業，能說英文，我可真的肯去做西崽的，因為我以為用工作換錢，西崽和華僕在人格上也並無高下，正如用勞力在外資工廠或華資工廠換得工資，或用學費在外國大學或中國大學取得資格，都沒有卑賤和清高之分一樣。西崽之可厭不在他的職業，而在他的"西崽相"。這裡之所謂"相"，非說相貌，乃是"誠於中而形於外"的，包括着"形式"和"內容"而言。這"相"，是覺得洋人勢力，高於群華人，自己懂洋話，近洋人，所以也高於群華人；但自己又係出黃帝，有古文明，深通華情，勝洋鬼子，所以也勝於勢力高於群華人的洋人，因此也更勝於還在洋人之下的群華人。租界上的中國巡捕，也常常有這一種"相"。

倚徙華洋之間，往來主奴之界，這就是現在洋場上的"西崽相"。但又並不是騎牆，因為他是流動的，較為"圓通自在"，所以也自得其樂，除非你掃了他的興頭。

三

由前所說，"西崽相"就該和他的職業有關了，但又不全和職業相關，一部分卻來自未有西崽以前的傳統。所以這一種相，有時是連清高的士大夫也不能免的。"事大"，歷史上有過的，"自大"，事實上也常有的；"事大"和"自大"，雖然不相容，但因"事大"而"自大"，卻又為實際上所常見——他足以傲視一切連"事大"也不配的人們。有人佩服得五體投地的《野叟曝言》中，那"居一人之下，在眾人之上"的文素臣，就是這標本。他是崇華，抑夷，其實卻是"滿崽"；古之"滿崽"，正猶今之"西崽"也。

所以雖是我們讀書人，自以為勝西崽遠甚，而洗伐未淨，說話一多，也常常會露出尾巴來的。再抄一段名文在這裡——

"……其在文學，今日紹介波蘭詩人，明日紹介捷克文豪，而對於已經聞名之英美法德文人，反厭為陳腐，不欲深察，求一究竟。此與婦女新裝求入時一樣，總是媚字一字不是，自嘆女兒身，事人以顏色，其苦不堪言。此種流風，其弊在浮，救之之道，在於學。"（《今文八弊》中）

但是，這種"新裝"的開始，想起來卻長久了，"紹介波蘭詩人"，還在三十年前，始於我的《摩羅詩力說》。那時滿清宰華，漢民受制，中國境遇，頗類波蘭，讀其詩歌，即易於心心相印，不但無事大之意，也不存獻媚之心。後來上海的《小說月報》，還曾為弱小民族作品出過專號，這種風氣，現在是衰歇了，即偶有存者，也不過一脈的餘波。但生長於民國的幸福的青年，是不知道的，至於附勢奴才，拜金崽子，當然更不會知道。但即使現在紹介波蘭詩人，捷克文豪，怎麼便是"媚"呢？他們就沒有"已經聞名"的文人嗎？況且"已經聞名"，是誰聞其"名"，又何從而"聞"的呢？誠然，"英美法德"，在中國有宣教師，在中國現有或曾有租界，幾處有駐軍，幾處有軍艦，商人多，用西崽也多，至於使一般人僅知有"大英"，"花旗"，"法蘭西"和"茄門"，而不知世界上還有波蘭和捷克。但世界文學史，是用了文學的眼睛看，而不用勢利眼睛看的，所以文學無須用金錢和槍炮作掩護，波蘭捷克，雖然未曾加入八國聯軍來打過北京，那文學卻在，不過有一些人，並未"已經聞名"而已。外國的文人，要在中國聞名，靠作品似乎是不夠的，他反要得到輕薄。

所以一樣的沒有打過中國的國度的文學，如希臘的史詩，印度的寓言，亞剌伯的《天方夜談》，西班牙的《堂·吉訶德》，縱使在別國"已經聞名"，不下於"英美法德文人"的作品，在中國卻被忘記了，他們或則國度已滅，或則無能，再也用不着"媚"字。

對於這情形，我看可以先把上章所引的林語堂先生的訓詞移到這裡來的——

　　"此種流風，其弊在奴，救之之道，在於思。"

　　不過後兩句不合用，既然"奴"了，"思"亦何益，思來思去，不過"奴"得巧妙一點而已。中國寧可有未"思"的西崽，將來的文學倒較為有望。

　　但"已經聞名的英美法德文人"，在中國卻確是不遇的。中國的立學校來學這四國語，為時已久，開初雖不過意在養成使館的譯員，但後來卻展開，盛大了。學德語盛於清末的改革軍操，學法語盛於民國的"勤工儉學"。學英語最早，一為了商務，二為了海軍，而學英語的人數也最多，為學英語而作的教科書和參考書也最多，由英語起家的學士文人也不少。然而海軍不過將軍艦送人，紹介"已經聞名"的司各德，迭更斯，狄福，斯惠夫德……的，竟是只知漢文的林紓，連紹介最大的"已經聞名"的莎士比亞的幾篇劇本的，也有待於並不專攻英文的田漢。這緣故，可真是非"在於思"則不可了。

　　然而現在又到了"今日紹介波蘭詩人，明日紹介捷克文豪"的危機，弱國文人，將聞名於中國，英美法德的文風，竟還不能和他們的財力武力，深入現在的文林，"狗逐尾巴"者既沒有恆心，志在高山的又不屑動手，但見山林映以電燈，語錄夾些洋話，"對於已經聞名之英美法德文人"，真不知要待何人，至何時，這才來"求一究竟"。那些文人的作品，當然也是好極了的，然甲則曰不佞望洋而興嘆，乙則曰汝輩何不潛心而探求。舊笑話云：昔有孝子，遇其父病，聞股肉可療，而自怕痛，執刀出門，執途人臂，悍然割之，途人驚拒，孝子謂曰，割股療父，乃是大孝，汝竟驚拒，豈是人哉！是好比方；林先生云：“説法雖乖，功效實同”，是好辯解。

點 評

　　本文原載一九三五年十月《文學》月刊第五卷第一號，收入《且
介亭雜文二集》。由於《文學》月刊約稿，登出魯迅名下者，題目
“未定”，也就順水推舟，取題《“題未定”草》，顯示了魯迅在接
招、解招上的別具一格。於是由早已應承的翻譯和隨機翻閱的報刊
文章，觸發思想，談論翻譯的甘苦，以及文壇風氣的是是非非。魯
迅的經驗是：“凡是翻譯，必須兼顧着兩面，一當然力求其易解，
一則保存着原作的丰姿，但這保存，卻又常常和易懂相矛盾：看不
慣了。不過它原是洋鬼子，當然誰也看不慣，為比較的順眼起見，
只能改換他的衣裳，卻不該削低他的鼻子，剜掉他的眼睛。我是不
主張削鼻剜眼的，所以有些地方，仍然寧可譯得不順口。”魯迅看
到了翻譯的真實性和變通性之間的張力，申述的還是他的“直譯”
説。生活在上海洋場，對於西崽多有接觸，魯迅認為：“西崽之可
厭不在他的職業，而在他的‘西崽相’。這裡之所謂‘相’，非説
相貌，乃是‘誠於中而形於外’的，包括着‘形式’和‘內容’而
言。這‘相’，是覺得洋人勢力，高於群華人，自己懂洋話，近洋
人，所以也高於群華人；但自己又係出黃帝，有古文明，深通華
情，勝洋鬼子，所以也勝於勢力高於群華人的洋人，因此也更勝
於還在洋人之下的群華人。租界上的中國巡捕，也常常有這一種
‘相’。倚徙華洋之間，往來主奴之界，這就是現在洋場上的‘西崽

相’。”這種文化人格上的東倒西歪，並且在東倒西歪中獲得精神滿足，乃是文化殖民主義帶給中國士人的心靈創傷，魯迅敏銳地觀察到這個事關反抗“殖民化”的命題。

名人和名言

　　《太白》二卷七期上有一篇南山先生的《保守文言的第三道策》，他舉出：第一道是說“要做白話由於文言做不通”，第二道是說“要白話做好，先須文言弄通”。十年之後，才來了太炎先生的第三道，“他以為你們說文言難，白話更難。理由是現在的口頭語，有許多是古語，非深通小學就不知道現在口頭語的某音，就是古代的某音，不知道就是古代的某字，就要寫錯。……”

　　太炎先生的話是極不錯的。現在的口頭語，並非一朝一夕，從天而降的語言，裡面當然有許多是古語，既有古語，當然會有許多曾見於古書，如果做白話的人，要每字都到《說文解字》裡去找本字，那的確比做任用借字的文言要難到不知多少倍。然而自從提倡白話以來，主張者卻沒有一個以為寫白話的主旨，是在從“小學”裡尋出本字來的，我們就用約定俗成的借字。誠然，如太炎先生說：“乍見熟人而相寒暄曰‘好呀’，‘呀’即‘乎’字；應人之稱曰‘是唉’，‘唉’即‘也’字。”但我們即使知道了這兩字，也不用“好乎”或“是也”，還是用“好呀”或“是唉”。因為白話是寫給現代的人們看，並非寫給商周秦漢的鬼看的，起古人於地下，看了不懂，我們也毫不畏縮。所以太炎先生的第三道策，其實是文不對題的。這緣故，是因為先生把他所專長的小學，用得範圍太廣了。

　　我們的知識很有限，誰都願意聽聽名人的指點，但這時就來了一個問題：聽博識家的話好，還是聽專門家的話好呢？解答似乎很容易：都好。自然都好；但我由歷聽了兩家的種種指點以後，卻覺得必須有相當的警戒。因為是：博識家的話多淺，專門家的話多悖的。

博識家的話多淺，意義自明，惟專門家的話多悖的事，還得加一點申說。他們的悖，未必悖在講述他們的專門，是悖在倚專家之名，來論他所專門以外的事。社會上崇敬名人，於是以為名人的話就是名言，卻忘記了他之所以得名是那一種學問或事業。名人被崇奉所誘惑，也忘記了自己之所以得名是那一種學問或事業，漸以為一切無不勝人，無所不談，於是乎就悖起來了。其實，專門家除了他的專長之外，許多見識是往往不及博識家或常識者的。太炎先生是革命的先覺，小學的大師，倘談文獻，講《說文》，當然娓娓可聽，但一到攻擊現在的白話，便牛頭不對馬嘴，即其一例。還有江亢虎博士，是先前以講社會主義出名的名人，他的社會主義到底怎麼樣呢，我不知道。只是今年忘其所以，談到小學，說“‘德’之古字為‘悳’，從‘直’從‘心’，‘直’即直覺之意”，卻真不知道悖到那裡去了，他竟連那上半並不是曲直的直字這一點都不明白。這種解釋，卻須聽太炎先生了。

不過在社會上，大概總以為名人的話就是名言，既是名人，也就無所不通，無所不曉。所以譯一本歐洲史，就請英國話說得漂亮的名人校閱，編一本經濟學，又乞古文做得好的名人題簽；學界的名人介紹醫生，說他“術擅岐黃”，商界的名人稱讚畫家，說他“精研六法”。……

這也是一種現在的通病。德國的細胞病理學家維爾曉（Virchow），是醫學界的泰斗，舉國皆知的名人，在醫學史上的位置，是極為重要的，然而他不相信進化論，他那被教徒所利用的幾回講演，據赫克爾（Haeckel）說，很給了大眾不少壞影響。因為他學問很深，名甚大，於是自視甚高，以為他所不解的，此後也無人能解，又不深研進化論，便一口歸功於上帝了。現在中國屢經介紹的法國昆蟲學大家法布耳（Fabre），也頗有這傾向。他的著作還有兩種缺點：一是嗤笑解剖學家，二是用人類道德於昆蟲界。但倘無解剖，就不能有他那樣精到的觀察，因為觀察的基礎，也還是解剖學；農學者根據對於人類的利害，分昆蟲為益蟲和害蟲，是有理可說的，但憑了當時的人類的道德和法律，定昆蟲為善蟲或壞蟲，卻是多餘了。有些嚴正的科學者，對於法布耳的有微詞，實也並非無故。但倘若對這兩點先加警戒，那麼，他的大著作《昆蟲記》十卷，讀起來也還是一部很有趣，也很有益的書。

不過名人的流毒，在中國卻較為利害，這還是科舉的餘波。那時候，儒生在私塾裡揣摩高頭講章，和天下國家何涉，但一登第，真是"一舉成名天下知"，他可以修史，可以衡文，可以臨民，可以治河；到清朝之末，更可以辦學校，開煤礦，練新軍，造戰艦，條陳新政，出洋考察了。成績如何呢，不待我多說。

這病根至今還沒有除，一成名人，便有"滿天飛"之概。我想，自此以後，我們是應該將"名人的話"和"名言"分開來的，名人的話並不都是名言；許多名言，倒出自田夫野老之口。這也就是說，我們應該分別名人之所以名，是由於那一門，而對於他的專門以外的縱談，卻加以警戒。蘇州的學子是聰明的，他們請太炎先生講國學，卻不請他講簿記學或步兵操典，——可惜人們卻又不肯想得更細一點了。

我很自歉這回時時涉及了太炎先生。但"智者千慮，必有一失"，這大約也無傷於先生的"日月之明"的。至於我的所說，可是我想，"愚者千慮，必有一得"，蓋亦"懸諸日月而不刊"之論也。

七月一日。

點 評

　　本文原載一九三五年七月二十日《太白》半月刊第二卷第九期，收入《且介亭雜文二集》。文章抓住了章太炎的一種意見，"他以為你們說文言難，白話更難。理由是現在的口頭語，有許多是古語，非深通小學就不知道現在口頭語的某音，就是古代的某音，不知道就是古代的某字，就要寫錯"，由此抒發感想。魯迅這種"吾愛吾師，吾尤愛真理"的精神，是非常可貴的。他認為："白話是寫給現代的人們看，並非寫給商周秦漢的鬼看的，起古人於地下，看了不懂，我們也毫不畏縮。所以太炎先生的第三道策，其實是文不對題的。這緣故，是因為先生把他所專長的小學，用得範圍太廣了。"由這種現象進一步開掘，魯迅指出："博識家的話多淺，專門家的話多悖"；"他們的悖，未必悖在講述他們的專門，是悖在倚專家之名，來論他所專門以外的事。"這對社會上無限追捧名人的做法，無疑是一服退燒藥。魯迅說："太炎先生是革命的先覺，小學的大師，倘談文獻，講《說文》，當然娓娓可聽，但一到攻擊現在的白話，便牛頭不對馬嘴，即其一例。"因而魯迅建議："自此以後，我們是應該將'名人的話'和'名言'分開來的，名人的話並不都是名言；許多名言，倒出自田夫野老之口。"對"名人的話"進行理性的分析，區分出其中的"名言"、"非名言"、"平常言"，甚至"胡言"，這是一種思想上的"去魅"，思想因去魅而清明，獨立思考精神也就可能脫穎而出。

"題未定"草（六至九）

六

記得 T 君曾經對我談起過：我的《集外集》出版之後，施蟄存先生曾在甚麼刊物上有過批評，以為這本書不值得付印，最好是選一下。我至今沒有看到那刊物；但從施先生的推崇《文選》和手定《晚明二十家小品》的功業，以及自標"言行一致"的美德推測起來，這也正像他的話。好在我現在並不要研究他的言行，用不着多管這些事。

《集外集》的不值得付印，無論誰説，都是對的。其實豈只這一本書，將來重開四庫館時，恐怕我的一切譯作，全在排除之列；雖是現在，天津圖書館的目錄上，在《吶喊》和《彷徨》之下，就注着一個"銷"字，"銷"者，銷毀之謂也；梁實秋教授充當甚麼圖書館主任時，聽説也曾將我的許多譯作驅逐出境。但從一般的情形而論，目前的出版界，卻實在並不十分謹嚴，所以印了我的一本《集外集》，似乎也算不得怎麼特別糟蹋了紙墨。至於選本，我倒以為是弊多利少的，記得前年就寫過一篇《選本》，説明着自己的意見，後來就收在《集外集》中。

自然，如果隨便玩玩，那是甚麼選本都可以的，《文選》好，《古文觀止》也可以。不過倘要研究文學或某一作家，所謂"知人論世"，那麼，足以應用的選本就很難得。選本所顯示的，往往並非作者的特色，倒是選者的眼光。眼光愈鋭利，見識愈深廣，選本固然愈準確，但可惜的是大抵眼光如豆，抹殺了作者真相的居多，這才是一個"文人浩劫"。例如蔡邕，選家大抵只取他的碑文，使讀者僅覺得他是典重文章的作手，必須看見《蔡中郎集》裡的《述行賦》（也見於《續古文苑》），那些"窮工巧於台榭兮，民露處而寢濕，委嘉穀於禽獸兮，下糠秕而無粒"（手頭無書，也許記錯，容後訂正）的句子，才明白他並非單單的老學究，也是一個有血性的人，明白那時的情形，明白他確有取死之道。又如被選家錄取了《歸去來辭》和《桃花源記》，被論客讚賞着"採菊東籬下，悠然見南山"的陶潛先生，在後人的心目中，實在飄逸得太久了，但在全集裡，他卻有時很摩登，"願在絲而為履，附素足以周旋，悲行止之有節，空委棄於床前"，竟想搖身一變，化為"阿呀呀，我的愛人呀"的鞋子，雖然後來自說因為"止於禮義"，未能進攻到底，但那些胡思亂想的自白，究竟是大膽的。就是詩，除論客所佩服的"悠然見南山"之外，也還有"精衞銜微木，將以填滄海，形天舞干戚，猛志固常在"之類的"金剛怒目"式，在證明着他並非整天整夜的飄飄然。這"猛志固常在"和"悠然見南山"的是一個人，倘有取捨，即非全人，再加抑揚，更離真實。譬如勇士，也戰鬥，也休息，也飲食，自然也性交，如果只取他末一點，畫起像來，掛在妓院裡，尊為性交大師，那當然也不能說是毫無根據的，然而，豈不冤哉！我每見近人的稱引陶淵明，往往不禁為古人惋惜。

這也是關於取用文學遺產的問題，潦倒而至於昏聵的人，凡是好的，他總歸得不到。前幾天，看見《時事新報》的《青光》上，引過林語堂先生的話，原文拋掉了，大意是說：老莊是上流，潑婦罵街之類是下流，他都要看，只有中流，剿上竊下，最無足觀。如果我所記憶的並不錯，那麼，這真不但宣告了宋人語錄，明人小品，下至《論語》，《人間世》，《宇宙風》這些"中流"作品的死刑，也透徹的表白了其人的毫無自信。不過這還是空腹高心之談，因為雖是"中流"，也並不一概，即使同是剽竊，有取了好處的，有取了無用之處的，有取了壞處的，到得“中流”的下流，他就連剽竊也不會，“老莊”不必説了，雖是明清的文章，又何嘗真的看得懂。

標點古文，不但使應試的學生為難，也往往害得有名的學者出醜，亂點詞曲，拆散駢文的美談，已經成為陳跡，也不必回顧了；今年出了許多廉價的所謂珍本書，都有名家標點，關心世道者怒然憂之，以為足煽復古之焰。我卻沒有這麼悲觀，化國幣一元數角，買了幾本，既讀古之中流的文章，又看今之中流的標點；今之中流，未必能懂古之中流的文章的結論，就從這裡得來的。

例如罷，——這種舉例，是很危險的，從古到今，文人的送命，往往並非他的甚麼“意德沃羅基”的悖謬，倒是為了個人的私仇居多。然而這裡仍得舉，因為寫到這裡，必須有例，所謂“箭在弦上，不得不發”者是也。但經再三忖度，決定“姑隱其名”，或者得免於難歟，這是我在利用中國人只顧空面子的缺點。

例如罷，我買的“珍本”之中，有一本是張岱的《琅嬛文集》，“特印本實價四角”；據“乙亥十月，盧前冀野父”跋，是“化峭僻之途為康莊”的，但照標點看下去，卻並不十分“康莊”。標點，對於五言或七言詩最容易，不必文學家，只要數學家就行，樂府就不大“康莊”了，所以卷三的《景清刺》裡，有了難懂的句子：

“……佩鉛刀。藏膝髁。太史奏。機謀破。不稱王向前。坐對御衣含血唾。……”

琅琅可誦，韻也押的，不過“不稱王向前”這一句總有些費解。看看原序，有云：“清知事不成。躍而詢上。大怒曰。毋謂我王。即王敢爾耶。清曰。今日之號。尚稱王哉。命抉其齒。王且詢。則含血前。淰御衣。上益怒。剝其膚。⋯⋯"（標點悉遵原本）那麼，詩該是"不稱王，向前坐"了，"不稱王"者，"尚稱王哉"也；"向前坐"者，"則含血前"也。而序文的"躍而詢上。大怒曰"，恐怕也該是"躍而詢。上大怒曰"才合式，據作文之初階，觀下文之"上益怒"，可知也矣。

縱使明人小品如何"本色"，如何"性靈"，拿它亂玩究竟還是不行的，自誤事小，誤人可似乎不大好。例如卷六的《琴操》《脊令操》序裡，有這樣的句子：

> "秦府僚屬。勸秦王世民。行周公之事。伏兵玄武門。射殺建成元吉魏徵。傷亡作。"

文章也很通，不過一翻《唐書》，就不免覺得魏徵實在射殺得冤枉，他其實是秦王世民做了皇帝十七年之後，這才病死的。所以我們沒有法，這裡只好點作"射殺建成元吉，魏徵傷亡作"。明明是張岱作的《琴操》，怎麼會是魏徵作呢，索性也將他射殺乾淨，固然不能說沒有道理，不過"中流"文人，是常有擬作的，例如韓愈先生，就替周文王說過"臣罪當誅兮天王聖明"，所以在這裡，也還是以"魏徵傷亡作"為穩當。

我在這裡也犯了"文人相輕"罪，其罪狀曰"吹毛求疵"。但我想"將功折罪"的，是證明了有些名人，連文章也看不懂，點不斷，如果選起文章來，說這篇好，那篇壞，實在不免令人有些毛骨悚然，所以認真讀書的人，一不可倚仗選本，二不可憑信標點。

七

還有一樣最能引讀者入於迷途的，是"摘句"。它往往是衣裳上撕下來的一塊繡花，經摘取者一吹噓或附會，說是怎樣超然物外，與塵濁無干，讀者沒有見過全體，便也被他弄得迷離惝恍。最顯著的便是上文說過的 "悠然見南山" 的例子，忘記了陶潛的《述酒》和《讀山海經》等詩，捏成他單是一個飄飄然，就是這摘句作怪。新近在《中學生》的十二月號上，看見了朱光潛先生的《說 '曲終人不見，江上數峰青'》的文章，推這兩句為詩美的極致，我覺得也未免有以割裂為美的小疵。他說的好處是：

"我愛這兩句詩，多少是因為它對於我啟示了一種哲學的意蘊。'曲終人不見' 所表現的是消逝，'江上數峰青' 所表現的是永恆。可愛的樂聲和奏樂者雖然消逝了，而青山卻巍然如舊，永遠可以讓我們把心情寄託在它上面。人到底是怕淒涼的，要求伴侶的。曲終了，人去了，我們一霎時以前所遊目騁懷的世界猛然間好像從腳底倒塌去了。這是人生最難堪的一件事，但是一轉眼間我們看到江上青峰，好像又找到另一個可親的伴侶，另一個可托足的世界，而且它永遠是在那裡的。'山窮水盡疑無路，柳暗花明又一村'，此種風味似之。不僅如此，人和曲果真消逝了麼；這一曲纏綿悱惻的音樂沒有驚動山靈？它沒有傳出江上青峰的嫵媚和嚴肅？它沒有深深地印在這嫵媚和嚴肅裡面？反正青山和湘靈的瑟聲已發生這麼一回的因緣，青山永在，瑟聲和鼓瑟的人也就永在了。"

這確已說明了他的所以激賞的原因。但也沒有盡。讀者是種種不同的，有的愛讀《江賦》和《海賦》，有的欣賞《小園》或《枯樹》。後者是徘徊於有無生滅之間的文人，對於人生，既憚擾攘，又怕離去，懶於求生，又不樂死，實有太板，寂絕又太空，疲倦得要休息，而休息又太淒涼，所以又必須有一種撫慰。於是"曲終人不見"之外，如"只在此山中，雲深不知處"或"笙歌歸院落，燈火下樓台"之類，就往往為人所稱道。因為眼前不見，而遠處卻在，如果不在，便悲哀了，這就是道士之所以說"至心歸命禮，玉皇大天尊！"也。

撫慰勞人的聖藥，在詩，用朱先生的話來說，是"靜穆"：

"藝術的最高境界都不在熱烈。就詩人之所以為人而論，他所感到的歡喜和愁苦也許比常人所感到的更加熱烈。就詩人之所以為詩人而論，熱烈的歡喜或熱烈的愁苦經過詩表現出來以後，都好比黃酒經過長久年代的儲藏，失去它的辣性，只剩一味醇樸。我在別的文章裡曾經說過這一段話：'懂得這個道理，我們可以明白古希臘人何以把和平靜穆看作詩的極境，把詩神亞波羅擺在蔚藍的山巔，俯瞰眾生擾攘，而眉宇間卻常如作甜蜜夢，不露一絲被擾動的神色？'這裡所謂'靜穆'（Serenity）自然只是一種最高理想，不是在一般詩裡所能找得到的。 古希臘——尤其是古希臘的造形藝術——常使我們覺到這種'靜穆'的風味。'靜穆'是一種豁然大悟，得到歸依的心情。它好比低眉默想的觀音大士，超一切憂喜，同時你也可說它泯化一切憂喜。這種境界在中國詩裡不多見。屈原阮籍李白杜甫都不免有些像金剛怒目，憤憤不平的樣子。陶潛渾身是'靜穆'，所以他偉大。"

古希臘人，也許把和平靜穆看作詩的極境的罷，這一點我毫無知識。但以現存的希臘詩歌而論，荷馬的史詩，是雄大而活潑的，沙孚的戀歌，是明白而熱烈的，都不靜穆。我想，立"靜穆"為詩的極境，而此境不見於詩，也許和立蛋形為人體的最高形式，而此形終不見於人一樣。至於亞波羅之在山巔，那可因為他是"神"的緣故，無論古今，凡神像，總是放在較高之處的。這像，我曾見過照相，睜着眼睛，神清氣爽，並不像“常如作甜蜜夢”。不過看見實物，是否“使我們覺到這種‘靜穆’的風味”，在我可就很難斷定了，但是，倘使真的覺得，我以為也許有些因為他“古”的緣故。

我也是常常徘徊於雅俗之間的人，此刻的話，很近於大煞風景，但有時卻自以為頗“雅”的：間或喜歡看看古董。記得十多年前，在北京認識了一個土財主，不知怎麼一來，他也忽然“雅”起來了，買了一個鼎，據說是周鼎，真是土花斑駁，古色古香。而不料過不幾天，他竟叫銅匠把它的土花和銅綠擦得一乾二淨，這才擺在客廳裡，閃閃的發着銅光。這樣的擦得精光的古銅器，我一生中還沒有見過第二個。一切“雅士”，聽到的無不大笑，我在當時，也不禁由吃驚而失笑了，但接着就變成肅然，好像得了一種啓示。這啓示並非“哲學的意蘊”，是覺得這才看見了近於真相的周鼎。鼎在周朝，恰如碗之在現代，我們的碗，無整年不洗之理，所以鼎在當時，一定是乾乾淨淨，金光燦爛的，換了術語來說，就是它並不“靜穆”，倒有些“熱烈”。這一種俗氣至今未脫，變化了我衡量古美術的眼光，例如希臘雕刻罷，我總以為它現在之見得“只剩一味醇樸”者，原因之一，是在曾埋土中，或久經風雨，失去了鋒棱和光澤的緣故，雕造的當時，一定是嶄新，雪白，而且發閃的，所以我們現在所見的希臘之美，其實並不準是當時希臘人之所謂美，我們應該懸想它是一件新東西。

凡論文藝，虛懸了一個“極境”，是要陷入“絕境”的，在藝術，會迷惘於土花，在文學，則被拘迫而“摘句”。但“摘句”又大足以困人，所以朱先生就只能取錢起的兩句，而踢開他的全篇，又用這兩句來概括作者的全人，又用這兩句來打殺了屈原，阮籍，李白，杜甫等輩，以為“都不免有些像金剛怒目，憤憤不平的樣子”。其實是他們四位，都因為墊高朱先生的美學說，做了冤屈的犧牲的。

我們現在先來看一看錢起的全篇罷：

> "省試湘靈鼓瑟
>
> 善鼓雲和瑟，常聞帝子靈。馮夷空自舞，楚客不堪聽。苦調
> 淒金石，清音入杳冥。蒼梧來怨慕，白芷動芳馨。流水傳湘
> 浦，悲風過洞庭。曲終人不見，江上數峰青。"

要證成"醇樸"或"靜穆"，這全篇實在是不宜稱引的，因為中間
的四聯，頗近於所謂"衰颯"。但沒有上文，末兩句便顯得含胡，不過
這含胡，卻也許又是稱引者之所謂超妙。現在一看題目，便明白"曲
終"者結"鼓瑟"，"人不見"者點"靈"字，"江上數峰青"者做"湘"
字，全篇雖不失為唐人的好試帖，但末兩句也並不怎麼神奇了。況且
題上明說是"省試"，當然不會有"憤憤不平的樣子"，假使屈原不和
椒蘭吵架，卻上京求取功名，我想，他大約也不至於在考卷上大發牢
騷的，他首先要防落第。

我們於是應該再來看看這《湘靈鼓瑟》的作者的另外的詩了。但
我手頭也沒有他的詩集，只有一部《大曆詩略》，也是迂夫子的選本，
不過篇數卻不少，其中有一首是：

> "下第題長安客舍
>
> 不遂青雲望，愁看黃鳥飛。梨花寒食夜，客子未春衣。世事
> 隨時變，交情與我違。空餘主人柳，相見卻依依。"

一落第，在客棧的牆壁上題起詩來，他就不免有些憤憤了，可見
那一首《湘靈鼓瑟》，實在是因為題目，又因為省試，所以只好如此
圓轉活脫。他和屈原，阮籍，李白，杜甫四位，有時都不免是怒目金

剛，但就全體而論，他長不到丈六。

世間有所謂"就事論事"的辦法，現在就詩論詩，或者也可以説是無礙的罷。不過我總以為倘要論文，最好是顧及全篇，並且顧及作者的全人，以及他所處的社會狀態，這才較為確鑿。要不然，是很容易近乎説夢的。但我也並非反對説夢，我只主張聽者心裡明白所聽的是說夢，這和我勸那些認真的讀者不要專憑選本和標點本為法寶來研究文學的意思，大致並無不同。自己放出眼光看過較多的作品，就知道歷來的偉大的作者，是沒有一個"渾身是'靜穆'"的。陶潛正因為並非"渾身是'靜穆'，所以他偉大"。現在之所以往往被尊為"靜穆"，是因為他被選文家和摘句家所縮小，凌遲了。

八

現在還在流傳的古人文集，漢人的已經沒有略存原狀的了，魏的嵇康，所存的集子裡還有別人的贈答和論難，晉的阮籍，集裡也有伏義的來信，大約都是很古的殘本，由後人重編的。《謝宣城集》雖然只剩了前半部，但有他的同僚一同賦詠的詩。我以為這樣的集子最好，因為一面看作者的文章，一面又可以見他和別人的關係，他的作品，比之同詠者，高下如何，他為甚麼要說那些話……現在採取這樣的編法的，據我所知道，則《獨秀文存》，也附有和所存的"文"相關的別人的文字。

那些了不得的作家，謹嚴入骨，惜墨如金，要把一生的作品，只刪存一個或者三四個字，刻之泰山頂上，"傳之其人"，那當然聽他自己的便，還有鬼蜮似的"作家"，明明有天兵天將保祐，姓名大可公開，他卻偏要躲躲閃閃，生怕他的"作品"和自己的原形發生關係，隨作隨刪，刪到只剩下一張白紙，到底甚麼也沒有，那當然也聽他自己的便。如果多少和社會有些關係的文字，我以為是都應該集印的，其中當然夾雜着許多廢料，所謂"榛楛弗剪"，然而這才是深山大澤。現在已經不像古代，要手抄，要木刻，只要用鉛字一排就夠。雖説排印，糟蹋紙墨自然也還是糟蹋紙墨的，不過只要一想連楊邨人之流的東西也還在排印，那就無論甚麼都可以閉着眼睛發出去了。中國人常説"有一利必有一弊"，也就是"有一弊必有一利"：揭起小無恥之旗，固然要引出無恥群，但使謙讓者潑剌起來，卻是一利。

收回了謙讓的人，在實際上也並不少，但又是所謂"愛惜自己"的居多。"愛惜自己"當然並不是壞事情，至少，他不至於無恥，然而有些人往往誤認"裝點"和"遮掩"為"愛惜"。集子裡面，有兼收"少作"的，然而偏去修改一下，在孩子的臉上，種上一撮白鬍鬚；也有兼收別人之作的，然而又大加揀選，決不取謾罵誣蔑的文章，以為無價值。其實是這些東西，一樣的和本文都有價值的，即使那力量還不夠引出無恥群，但倘和有價值的本文有關，這就是它在當時的價值。中國的史家是早已明白了這一點的，所以歷史裡大抵有循吏傳，隱逸傳，卻也有酷吏傳和佞倖傳，有忠臣傳，也有奸臣傳。因為不如此，便無從知道全般。

而且一任鬼蜮的技倆隨時消滅，也不能洞曉反鬼蜮者的人和文章。山林隱逸之作不必論，倘使這作者是身在人間，帶些戰鬥性的，那麼，他在社會上一定有敵對。只是這些敵對決不肯自承，時時撒嬌道："冤乎枉哉，這是他把我當作假想敵了呀！"可是留心一看，他的確在放暗箭，一經指出，這才改為明槍，但又説這是因為被誣為"假想敵"的報復。所用的技倆，也是決不肯任其流傳的，不但事後要它消滅，就是臨時也在躲閃；而編集子的人又不屑收錄。於是到得後來，就只剩了一面的文章了，無可對比，當時的抗戰之作，就都好像無的放矢，獨個人在向着空中發瘋。我嘗見人評古人的文章，説誰是"鋒棱太露＂，誰又是＂劍拔弩張＂，就因為對面的文章，完全消滅了的緣故，倘在，是也許可以減去評論家幾分懵懂的。所以我以為此後該有博採種種所謂無價值的別人的文章，作為附錄的集子。以前雖無成例，卻是留給後來的寶貝，其功用與鑄了魑魅罔兩的形狀的禹鼎相同。

就是近來的有些期刊，那無聊，無恥與下流，也是世界上不可多得的物事，然而這又確是現代中國的或一群人的＂文學＂，現在可以知今，將來可以知古，較大的圖書館，都必須保存的。但記得Ｃ君曾經告訴我，不但這些，連認真切實的期刊，也保存的很少，大抵只在把外國的雜誌，一大本一大本的裝起來：還是生着＂貴古而賤今，忽近而圖遠＂的老毛病。

九

仍是上文説過的所謂《珍本叢書》之一的張岱《琅嬛文集》，那卷三的書牘類裡，有《又與毅儒八弟》的信，開首説：

＂前見吾弟選《明詩存》，有一字不似鍾譚者，必棄置不取；今幾社諸君子盛稱王李，痛罵鍾譚，而吾弟選法又與前一變，有一字似鍾譚者，必棄置不取。鍾譚之詩集，仍此詩集，吾弟手眼，仍此手眼，而乃轉若飛蓬，捷如影響，何胸無定識，目無定見，口無定評，乃至斯極耶？蓋吾弟喜鍾譚時，有鍾譚之好處，盡有鍾譚之不好處，彼蓋玉常帶璞，原不該盡視為連城；吾弟恨鍾譚時，有鍾譚之不好處，仍有鍾譚之好處，彼蓋瑕不掩瑜，更不可盡棄為瓦礫。吾弟勿以幾社君子之言，橫據胸中，虛心平氣，細細論之，則其妍醜自見，奈何以他人好尚為好尚哉！……＂

這是分明的畫出隨風轉舵的選家的面目，也指證了選本的難以憑信的。張岱自己，則以為選文造史，須無自己的意見，他在《與李硯翁》的信裡說：“弟《石匱》一書，泚筆四十餘載，心如止水秦銅，並不自立意見，故下筆描繪，妍媸自見，敢言刻劃，亦就物肖形而已。……”然而心究非鏡，也不能虛，所以立“虛心平氣”為選詩的極境，“並不自立意見”為作史的極境者，也像立“靜穆”為詩的極境一樣，在事實上不可得。數年前的文壇上所謂“第三種人”杜衡輩，標榜超然，實為群丑，不久即本相畢露，知恥者皆羞稱之，無待這裡多說了；就令自覺不懷他意，屹然中立如張岱者，其實也還是偏倚的。他在同一信中，論東林云：

“……夫東林自顧涇陽講學以來，以此名目，禍我國家者八九十年，以其黨升沉，用佔世數興敗，其黨盛則為終南之捷徑，其黨敗則為元祐之黨碑。……蓋東林首事者實多君子，竄入者不無小人，擁戴者皆為小人，招徠者亦有君子，此其間線索甚清，門戶甚迥。……東林之中，其庸庸碌碌者不必置論，如貪婪強橫之王圖，奸險兇暴之李三才，闖賊首輔之項煜，上箋勸進之周鍾，以致竄入東林，乃欲俱奉之以君子，則吾臂可斷，決不敢徇情也。東林之尤可醜者，時敏之降闖賊曰，‘吾東林時敏也’，以冀大用。魯王監國，蕞爾小朝廷，科道任孔當輩猶曰，‘非東林不可進用’。則是東林二字，直與蕞爾魯國及汝偕亡者。手刃此輩，置之湯鑊，出薪真不可不猛也。……”

這真可謂“詞嚴義正”。所舉的群小，也都確實的，尤其是時敏，雖在三百年後，也何嘗無此等人，真令人驚心動魄。然而他的嚴責東林，是因為東林黨中也有小人，古今來無純一不雜的君子群，於是凡有黨社，必為自謂中立者所不滿，就大體而言，是好人多還是壞人多，他就置之不論了。或者還更加一轉云：東林雖多君子，然亦有小人，反東林者雖多小人，然亦有正士，於是好像兩面都有好有壞，並無不同，但因東林世稱君子，故有小人即可醜，反東林者本為小人，故有正士則可嘉，苛求君子，寬縱小人，自以為明察秋毫，而實則反助小人張目。倘說：東林中雖亦有小人，然多數為君子，反東林者雖亦有正士，而大抵是小人。那麼，斤量就大不相同了。

謝國楨先生作《明清之際黨社運動考》，鈎索文籍，用力甚勤，紋魏忠賢兩次虐殺東林黨人畢，說道：“那時候，親戚朋友，全遠遠的躲避，無恥的士大夫，早投降到魏黨的旗幟底下了。說一兩句公道話，想替諸君子幫忙的，只有幾個書呆子，還有幾個老百姓。”

這說的是魏忠賢使緹騎捕周順昌，被蘇州人民擊散的事。誠然，老百姓雖然不讀詩書，不明史法，不解在瑜中求瑕，屎裡覓道，但能從大概上看，明黑白，辨是非，往往有決非清高通達的士大夫所可幾及之處的。剛剛接到本日的《大美晚報》，有“北平特約通訊”，記學生遊行，被警察水龍噴射，棍擊刀砍，一部分則被閉於城外，使受凍餒，“此時燕冀中學師大附中及附近居民紛紛組織慰勞隊，送水燒餅饅頭等食物，學生略解飢腸……” 誰說中國的老百姓是庸愚的呢，被愚弄誑騙壓迫到現在，還明白如此。張岱又說：“忠臣義士多見於國破家亡之際，如敲石出火，一閃即滅，人主不急起收之，則火種絕矣。”（《越絕詩小序》）他所指的“人主”是明太祖，和現在的情景不相符。

石在，火種是不會絕的。但我要重申九年前的主張：不要再請願！

十二月十八 —— 十九夜。

點 評

　　本文共四節，原初分別刊於一九三六年一月至二月上海《海燕》月刊第一、二期，收入《且介亭雜文二集》。魯迅雜文之所以耐人閱讀，除了文章魅力之外，還由於它往往於知識中混合着眼光，論辯中閃爍着思想，具有一眼難以窺透的深邃的意義層面。這幾篇《"題未定"草》對施蟄存、林語堂、朱光潛諸人的批評和持異，與當時的文學見解和思潮流派衝突有關，對二十世紀三十年代把文學作為社會進步之"火種"的潮流，起過推波助瀾的作用。深入思考可知，魯迅在這些有感而發的文字的深層，提供了一種閱讀和研究文學作品的科學方法論。他認為選本、標點和摘句，都不同程度地離開作家作品多重構成和原有特色，包含着選、摘、標點者的眼光、學力和趣味。他指出："選本所顯示的，往往並非作者的特色，倒是選者的眼光。眼光愈銳利，見識愈深廣，選本固然愈準確，但可惜的是大抵眼光如豆，抹殺了作者真相的居多，這才是一個'文人浩劫'。"

　　隨之舉了蔡邕的例子，又舉了陶淵明的例子："又如被選家錄取了《歸去來辭》和《桃花源記》，被論客讚賞着'採菊東籬下，悠然見南山'的陶潛先生，在後人的心目中，實在飄逸得太久了，但在全集裡，他卻有時很摩登，'願在絲而為履，附素足以周旋，悲行止之有節，空委棄於床前'，竟想搖身一變，化為'阿呀呀，我的愛人呀'的鞋子，雖然後來自說因為'止於禮義'，未能進攻到底，但那些胡思亂想的自白，究竟是大膽的。就是詩，除論客所佩服的'悠然見南山'之外，也還有'精衛銜微木，將以填滄海，形天舞干戚，猛志固常在'之類的'金剛怒目'式，在證明着他並非整天整夜的飄飄然。這'猛志固常在'和'悠然見南山'的是一個人。"由此，魯迅得出原則性的結論："倘有取捨，即非全人，再加抑揚，更離真實。"這是由於有選家的價值觀和審美趣味的介入，不可能做到"0價值觀"："心究非鏡，也不能虛，所以立'虛心平氣'為選詩的極境，'並不自立意見'為作史的極境者，也像立'靜穆'為詩的極境一樣，在事實上不可得。"魯迅的這些意見，具有類乎"後現代"的超前性。

魯迅又評議了京派理論家朱光潛以"靜穆"為詩的極境的思想，認為："以現存的希臘詩歌而論，荷馬的史詩，是雄大而活潑的，沙孚的戀歌，是明白而熱烈的，都不靜穆。我想，立'靜穆'為詩的極境，而此境不見於詩，也許和立蛋形為人體的最高形式，而此形終不見於人一樣。"魯迅是對"極境說"進行消解的："凡論文藝，虛懸了一個'極境'，是要陷入'絕境'的，在藝術，會迷惘於土花，在文學，則被拘迫而'摘句'。但'摘句'又大足以困人，所以朱先生就只能取錢起的兩句，而踢開他的全篇，又用這兩句來概括作者的全人，又用這兩句來打殺了屈原，阮籍，李白，杜甫等輩，以為'都不免有些像金剛怒目，憤憤不平的樣子'。其實是他們四位，都因為墊高朱先生的美學說，做了冤屈的犧牲的。"

在反對割裂肢解作者全人、作品全文的選與摘的時候，魯迅主張顧及文學存在的整體性："我總以為倘要論文，最好是顧及全篇，並且顧及作者的全人，以及他所處的社會狀態，這才較為確鑿。要不然，是很容易近乎說夢的。但我也並非反對說夢，我只主張聽者心裡明白所聽的是說夢。"他尤其不願苟同的，是"苛求君子，寬縱小人，自以為明察秋毫，而實則反助小人張目"。這就是說，評論文學作品要把握它的全部"語境"，不要局限於選本、摘句，使"語"與"境"離，而要貫通內語境（本文）和外語境（歷史變遷和社會狀態），溝通內外，保存原本。為了知人論世，他主張編文集應該附錄與之相關的爭議文字，盡量保存文學語境的原生態，即所謂"榛楛弗剪"，這才是"深山大澤"。魯迅雜文寫作，離我們已在半個世紀以上，一些具體爭執已相對淡化，個別問題還可重新反省，在肯定先驅者執着的戰鬥精神和歷史業績之時，倘能透過表層文字看取深層意蘊，其收穫之饒當會使我們嘆為發現一個新的智慧世界。

至於結尾處，魯迅就蘇州人民擊散魏忠賢拘捕政敵的緹騎的事件，稱讚"老百姓雖然不讀詩書，不明史法，不解在瑜中求瑕，屎裡覓道，但能從大概上看，明黑白，辨是非，往往有決非清高通達的士大夫所可幾及之處的"，並且預言"石在，火種是不會絕的"。這些都表明，魯迅的心是通向民眾的。

《且介亭雜文》序言

近幾年來，所謂"雜文"的產生，比先前多，也比先前更受着攻擊。例如自稱"詩人"邵洵美，前"第三種人"施蟄存和杜衡即蘇汶，還不到一知半解程度的大學生林希雋之流，就都和雜文有切骨之仇，給了種種罪狀的。然而沒有效，作者多起來，讀者也多起來了。

其實"雜文"也不是現在的新貨色，是"古已有之"的，凡有文章，倘若分類，都有類可歸，如果編年，那就只按作成的年月，不管文體，各種都夾在一處，於是成了"雜"。分類有益於揣摩文章，編年有利於明白時勢，倘要知人論世，是非看編年的文集不可的，現在新作的古人年譜的流行，即證明着已經有許多人省悟了此中的消息。況且現在是多麼切迫的時候，作者的任務，是在對於有害的事物，立刻給以反響或抗爭，是感應的神經，是攻守的手足。潛心於他的鴻篇巨製，為未來的文化設想，固然是很好的，但為現在抗爭，卻也正是為現在和未來的戰鬥的作者，因為失掉了現在，也就沒有了未來。

戰鬥一定有傾向。這就是邵施杜林之流的大敵，其實他們所憎惡的是內容，雖然披了文藝的法衣，裡面卻包藏着"死之説教者"，和生存不能兩立。

這一本集子和《花邊文學》，是我在去年一年中，在官民的明明暗暗，軟軟硬硬的圍剿"雜文"的筆和刀下的結集，凡是寫下來的，全在這裡面。當然不敢説是詩史，其中有着時代的眉目，也決不是英雄們的八寶箱，一朝打開，便見光輝燦爛。我只在深夜的街頭擺着一個地攤，所有的無非幾個小釘，幾個瓦礫，但也希望，並且相信有些人會從中尋出合於他的用處的東西。

一九三五年十二月三十日，記於上海之且介亭。

點　評

"且介"取"租界"二字之半，所謂"且介亭"即作者當時所住的上海北四川路的地處半租界地域的房子。魯迅對文字學興趣甚濃，以這種功底為雜文集取名，諧趣盎然，且有深意存焉。本文所論的雜文，乃是二十世紀三十年代的強勢文體，一個報紙的副刊不載雜文，似乎便多了暮氣，不成其為副刊似的。魯迅於此為以往未見於"文學概論"中的雜文"正名"，並簡要地勾勒了它的文體特徵，對於引導三十年代的雜文成為時代的"感應的神經"和"攻守的手足"，形成一種敏銳、深刻、犀利而富於批判性的雜文風氣，發揮了航標的作用。

魯迅說："分類有益於揣摩文章，編年有利於明白時勢，倘要知人論世，是非看編年的文集不可的。"魯迅生前編成的雜文集有《熱風》《華蓋集》《墳》《華蓋集續編》《而已集》《三閒集》《二心集》《偽自由書》《南腔北調集》《准風月談》《集外集》《花邊文學》《且介亭雜文》，又有《且介亭雜文二集》、《且介亭雜文末編》的存稿，以及散在報刊的《集外集拾遺》。計有雜文七百餘篇之譜。因此不拘限於結集，而按照年代而作編年選錄，也應合了魯迅晚年此言。魯迅論雜文，說："況且現在是多麼切迫的時候，作者的任務，是在對於有害的事物，立刻給以反響或抗爭，是感應的神經，是攻守的手足。潛心於他的鴻篇巨製,為未來的文化設想,固然是很好的,但為現在抗爭,卻也正是為現在和未來的戰鬥的作者,因為失掉了現在,也就沒有了未來。"魯迅強調雜文抗爭的現在性,編年正是現在性在行進中的序列。正因為如此,魯迅才說:"當然不敢說是詩史,其中有着時代的眉目,也決不是英雄們的八寶箱,一朝打開,便見光輝燦爛。我只在深夜的街頭擺着一個地攤,所有的無非幾個小釘,幾個瓦碟,但也希望,並且相信有些人會從中尋出合於他的用處的東西。"進而言之,雜文的傳世,還應該在現在性的深處蘊含歷史和人生的本質,這樣才能夠在歲月流逝中保存其啓迪後人的生命力,最終成為民族的經典。

白莽作《孩兒塔》序

　　春天去了一大半了，還是冷；加上整天的下雨，淅淅瀝瀝，深夜獨坐，聽得令人有些淒涼，也因為午後得到一封遠道寄來的信，要我給白莽的遺詩寫一點序文之類；那信的開首說道："我的亡友白莽，恐怕你是知道的罷。……"——這就使我更加惆悵。

　　說起白莽來，——不錯，我知道的。四年之前，我曾經寫過一篇《為忘卻的記念》，要將他們忘卻。他們就義了已經足有五個年頭了，我的記憶上，早又蒙上許多新鮮的血跡；這一提，他的年青的相貌就又在我的眼前出現，像活着一樣，熱天穿着大棉袍，滿臉油汗，笑笑的對我說道："這是第三回了。自己出來的。前兩回都是哥哥保出，他一保就要干涉我，這回我不去通知他了。……"——我前一回的文章上是猜錯的，這哥哥才是徐培根，航空署長，終於和他成了殊途同歸的兄弟；他卻叫徐白，較普通的筆名是殷夫。

　　一個人如果還有友情，那麼，收存亡友的遺文真如捏着一團火，常要覺得寢食不安，給它企圖流佈的。這心情我很瞭然，也知道有做序文之類的義務。我所惆悵的是我簡直不懂詩，也沒有詩人的朋友，偶爾一有，也終至於鬧開，不過和白莽沒有鬧，也許是他死得太快了罷。現在，對於他的詩，我一句也不說——因為我不能。

　　這《孩兒塔》的出世並非要和現在一般的詩人爭一日之長，是有別一種意義在。這是東方的微光，是林中的響箭，是冬末的萌芽，是進軍的第一步，是對於前驅者的愛的大纛，也是對於摧殘者的憎的豐碑。一切所謂圓熟簡練，靜穆幽遠之作，都無須來作比方，因為這詩屬於別一世界。

那一世界裡有許多許多人，白莽也是他們的亡友。單是這一點，我想，就足夠保證這本集子的存在了，又何需我的序文之類。

一九三六年三月十一夜，魯迅記於上海之且介亭。

點　評

本序文原以《白莽遺詩序》為題，發表於一九三六年四月《文學叢報》月刊第一期，收入《且介亭雜文末編》。白莽（一九〇九至一九三一）原名徐祖華，浙江象山人，即二十世紀三十年代左翼詩人殷夫，也是"左聯五烈士"之一。魯迅説："收存亡友的遺文真如捏着一團火，常要覺得寢食不安。"這篇序文，體驗着春雨的惆悵、回憶的惘然，面對着遺文難以釋懷的有如"捏着一團火"的焦灼，寫得筆致深婉，處處顯示了作者的真性情。對殷夫詩的評價，多用駢語，如"東方的微光，林中的響箭，冬末的萌芽"，如"愛的大纛，憎的豐碑"，魯迅簡直是將天際殷殷雷鳴，心間炎炎憤火，都融合在詩的韻味情調之中，用來為一本遺詩集寫序了。他以序文，祭奠那種"屬於別一世界"的詩。

因太炎先生而想起的二三事

　　寫完題目，就有些躊躕，怕空話多於本文，就是俗語之所謂"雷聲大，雨點小"。

　　做了《關於太炎先生二三事》以後，好像還可以寫一點閒文，但已經沒有力氣，只得停止了。第二天一覺醒來，日報已到，拉過來一看，不覺自己摩一下頭頂，驚嘆道："二十五週年的雙十節！原來中華民國，已過了一世紀的四分之一了，豈不快哉！"但這"快"是迅速的意思。後來亂翻增刊，偶看見新作家的憎惡老人的文章，便如兜頂澆半瓢冷水。自己心裡想：老人這東西，恐怕也真為青年所不耐的。例如我罷，性情即日見乖張，二十五年而已，卻偏喜歡說一世紀的四分之一，以形容其多，真不知忙着甚麼；而且這摩一下頭頂的手勢，也實在可以說是太落伍了。

　　這手勢，每當驚喜或感動的時候，我也已經用了一世紀的四分之一，猶言"辮子究竟剪去了"，原是勝利的表示。這種心情，和現在的青年也是不能相通的。假使都會上有一個拖着辮子的人，三十左右的壯年和二十上下的青年，看見了恐怕只以為珍奇，或者竟覺得有趣，但我卻仍然要憎恨，憤怒，因為自己是曾經因此吃苦的人，以剪辮為一大公案的緣故。我的愛護中華民國，焦唇敝舌，恐其衰微，大半正為了使我們得有剪辮的自由，假使當初為了保存古跡，留辮不剪，我大約是決不會這樣愛它的。張勳來也好，段祺瑞來也好，我真自愧遠不及有些士君子的大度。

當我還是孩子時，那時的老人指教我說：剃頭擔上的旗竿，三百年前是掛頭的。滿人入關，下令拖辮，剃頭人沿路拉人剃髮，誰敢抗拒，便砍下頭來掛在旗竿上，再去拉別的人。那時的剃髮，先用水擦，再用刀刮，確是氣悶的，但掛頭故事卻並不引起我的驚懼，因為即使我不高興剃髮，剃頭人不但不來砍下我的腦袋，還從旗竿斗裡摸出糖來，說剃完就可以吃，已經換了懷柔方略了。見慣者不怪，對辮子也不覺其醜，何況花樣繁多，以姿態論，則辮子有鬆打，有緊打，辮線有三股，有散線，周圍有看髮（即今之“劉海”），看髮有長短，長看髮又可打成兩條細辮子，環於頂搭之周圍，顧影自憐，為美男子；以作用論，則打架時可拔，犯姦時可剪，做戲的可掛於鐵竿，為父的可鞭其子女，變把戲的將頭搖動，能飛舞如龍蛇，昨在路上，看見巡捕拿人，一手一個，以一捕二，倘在辛亥革命前，則一把辮子，至少十多個，為治民計，也極方便的。不幸的是所謂“海禁大開”，士人漸讀洋書，因知比較，縱使不被洋人稱為“豬尾”，而既不全剃，又不全留，剃掉一圈，留下一撮，打成尖辮，如慈菇芽，也未免自己覺得毫無道理，大可不必了。

　　我想，這是縱使生於民國的青年，一定也都知道的。清光緒中，曾有康有為者變過法，不成，作為反動，是義和團起事，而八國聯軍遂入京，這年代很容易記，是恰在一千九百年，十九世紀的結末。於是滿清官民，又要維新了，維新有老譜，照例是派官出洋去考察，和派學生出洋去留學。我便是那時被兩江總督派赴日本的人們之中的一個，自然，排滿的學說和辮子的罪狀和文字獄的大略，是早經知道了一些的，而最初在實際上感到不便的，卻是那辮子。

　　凡留學生一到日本，急於尋求的大抵是新知識。除學習日文，準備進專門的學校之外，就赴會館，跑書店，往集會，聽講演。我第一次所經歷的是在一個忘了名目的會場上，看見一位頭包白紗布，用無錫腔講演排滿的英勇的青年，不覺肅然起敬。但聽下去，到得他說"我在這裡罵老太婆，老太婆一定也在那裡罵吳稚暉"，聽講者一陣大笑的時候，就感到沒趣，覺得留學生好像也不外乎嬉皮笑臉。"老太婆"者，指清朝的西太后。吳稚暉在東京開會罵西太后，是眼前的事實無疑，但要說這時西太后也正在北京開會罵吳稚暉，我可不相信。講演固然不妨夾着笑罵，但無聊的打諢，是非徒無益，而且有害的。不過吳先生這時卻正在和公使蔡鈞大戰，名馳學界，白紗布下面，就藏着名譽的傷痕。不久，就被遞解回國，路經皇城外的河邊時，他跳了下去，但立刻又被撈起，押送回去了。這就是後來太炎先生和他筆戰時，文中之所謂"不投大壑而投陽溝，面目上露"。其實是日本的御溝並不狹小，但當警官護送之際，卻即使並未"面目上露"，也一定要被撈起的。這筆戰愈來愈兇，終至夾着毒詈，今年吳先生譏刺太炎先生受國民政府優遇時，還提起這件事，這是三十餘年前的舊賬，至今不忘，可見怨毒之深了。但先生手定的《章氏叢書》內，卻都不收錄這些攻戰的文章。先生力排清虜，而服膺於幾個清儒，殆將希蹤古賢，故不欲以此等文字自穢其著述——但由我看來，其實是吃虧，上當的，此種醇風，正使物能遁形，貽患千古。

剪掉辮子，也是當時一大事。太炎先生去髮時，作《解辮髮》，有云——

"……共和二千七百四十一年，秋七月，余年三十三矣。是時滿洲政府不道，戕虐朝士，橫挑強鄰，戮使略賈，四維交攻。憤東胡之無狀，漢族之不得職，隕涕潺潺曰，余年已立，而猶被戎狄之服，不違咫尺，弗能剪除，余之罪也。將薦紳束髮，以復近古，日既不給，衣又不可得。於是日，昔祁班孫，釋隱玄，皆以明氏遺老，斷髮以歿。《春秋穀梁傳》曰：'吳祝髮'，《漢書》

《嚴助傳》曰：'越劓髮'，（晉灼曰：'劓，張揖以為古剪字也'）
余故吳越間民，去之亦猶行古之道也。……"

　　文見於木刻初版和排印再版的《訄書》中，後經更定，改名《檢論》時，也被刪掉了。我的剪辮，卻並非因為我是越人，越在古昔，"斷髮文身"，今特效之，以見先民儀矩，也毫不含有革命性，歸根結蒂，只為了不便：一不便於脫帽，二不便於體操，三盤在囟門上，令人很氣悶。在事實上，無辮之徒，回國以後，默然留長，化為不二之臣者也多得很。而黃克強在東京作師範學生時，就始終沒有斷髮，也未嘗大叫革命，所略顯其楚人的反抗的蠻性者，惟因日本學監，誡學生不可赤膊，他卻偏光着上身，手挾洋磁臉盆，從浴室經過大院子，搖搖擺擺的走入自修室去而已。

點　評

　　本文作於魯迅逝世前二日，即一九三六年十月十七日，未完而輟筆，為魯迅最後一篇文稿。最初印入一九三七年三月二十五日出版的《工作與學習叢刊》之二《原野》，收入《且介亭雜文末編》。魯迅落筆，善於尋找切入口。由於雙十節的二十五週年快到，自然而然就想起辮子："我的愛護中華民國，焦唇敝舌，恐其衰微，大半正為了使我們得有剪辮的自由，假使當初為了保存古跡，留辮不剪，我大約是決不會這樣愛它的。"隨之聯想到童年見剃頭擔子的旗杆之恐怖和有趣；又聯想到留學日本時，吳稚暉在東京開會罵西太后，無聊地打諢說："我在這裡罵老太婆，老太婆一定也在那裡罵吳稚暉"，覺得留學生好像也不外乎嬉皮笑臉。不久，吳稚暉就被遞解回國，路經皇城外的河邊時，跳了下去，立刻又被撈起，押送回去了。這就是後來章太炎和他筆戰時，文中之所謂「不投大壑而投陽溝，面目上露」。剪掉辮子，也是當時一大事。太炎先生去髮時，作《解辮髮》，說自己剪辮，是憤東胡之無狀，仿效古越「斷髮文身」。由此進入對章太炎的回憶，是牽一髮而動全身的。

以辮子的或剪或留，作為辛亥革命的象徵，在魯迅的小說和雜文中多見。阿Q在革命風潮初起時，已經用竹筷盤上他的辮子，作為他「革他媽媽的命」的標記。周作人說，「據著者（魯迅）自己說，他就覺得那Q字（須得大寫）上邊的小辮好玩。」（《魯迅小說裡的人物》）這又進了一層，就是以滿清奴隸標記的辮子，作為解剖國民性的「抓手」。《頭髮的故事》中，辮子簡直成了主角，把它與辛亥革命、雙十節聯繫起來。峻急的N先生：「我們講革命的時候，大談甚麼揚州三日，嘉定屠城，其實也不過一種手段；老實說：那時中國人的反抗，何嘗因為亡國，只是因為拖辮子。」辮子在魯迅作品中，是一個大意象。魯迅從辮子意象入手，再憶辛亥和章太炎，顯得筆力遒勁老辣，針針見血，可見作者文思猶旺，茲錄以紀念。